云南师范大学学术精品文库资助

# 鲁迅小说的
## 戏 剧 改 编 研 究

孙淑芳 著

中国社会科学出版社

图书在版编目（CIP）数据

鲁迅小说的戏剧改编研究／孙淑芳著 . —北京：中国社会科学出版社，
2022. 9

ISBN 978 - 7 - 5227 - 0613 - 9

Ⅰ. ①鲁…　Ⅱ. ①孙…　Ⅲ. ①鲁迅小说—剧本—改编—研究—中国
Ⅳ. ①I210. 976

中国版本图书馆 CIP 数据核字（2022）第 137014 号

| | | |
|---|---|---|
| 出　版　人 | 赵剑英 |
| 责任编辑 | 高　歌 |
| 责任校对 | 王佳玉 |
| 责任印制 | 戴　宽 |

| | | |
|---|---|---|
| 出　　　版 | 中国社会科学出版社 |
| 社　　　址 | 北京鼓楼西大街甲 158 号 |
| 邮　　　编 | 100720 |
| 网　　　址 | http://www.csspw.cn |
| 发　行　部 | 010 - 84083685 |
| 门　市　部 | 010 - 84029450 |
| 经　　　销 | 新华书店及其他书店 |

| | | |
|---|---|---|
| 印　　　刷 | 北京明恒达印务有限公司 |
| 装　　　订 | 廊坊市广阳区广增装订厂 |
| 版　　　次 | 2022 年 9 月第 1 版 |
| 印　　　次 | 2022 年 9 月第 1 次印刷 |

| | | |
|---|---|---|
| 开　　　本 | 710×1000　1/16 |
| 印　　　张 | 18 |
| 插　　　页 | 2 |
| 字　　　数 | 243 千字 |
| 定　　　价 | 99. 00 元 |

凡购买中国社会科学出版社图书，如有质量问题请与本社营销中心联系调换
电话：010 - 84083683

# 序　言

孙　郁

　　过去的中国年轻人，对于许多经典作品的认识，是来自连环画与戏剧、电影的。比如我最初了解《水浒》与《西游记》，都不是阅读原作，看到连环画与动画片，才知道古代那些奇异的人与事。等到长大，读了原著，发现过去所知的，还仅仅是原著的一部分，文本之间，总有差异的。但回想此类事情，也不禁对于改编原作者心存感激，是那有趣的形式引起了自己对于文学作品的好奇心。经典的流传，是经过了不同的渠道的，其中改写、复写与重写，是艺术界常有的事，一代代人在这种间接的方式里，触摸到了元典里有价值的东西。

　　一般说来，大凡是经典作品，都是有一种超越性的功能的。从古希腊到日本，在印度与以色列，许多作品原型来自前人的文本。远古的闪亮的思想在流传中也被后人不断延伸着。这延伸有多种渠道，有的因阅读和阐释而受人关注，有的被改编成别样的戏剧形式而扩大了影响。有一次在北京看到希腊一个剧团演出的《安提戈涅》，就是古希腊艺术的一种再现，表演方式也与原作有了差异。还看到以色列国家话剧团将契诃夫多篇小说糅为一体的《安魂曲》，独创性的表达至今难忘。中国的古代小说被改编成戏剧的也有很多，这是大家颇为熟悉的，仅《红楼梦》，就有多个不同的戏剧文本，达到了家喻户晓的程度。而现代作家中，鲁迅作品是被不断搬到舞台的。我在青年时就喜欢夏衍创作的电影《祝福》，上大学后，接触了陈白尘执笔的话剧《阿Q正传》，对于了解鲁迅都不无帮助。记得在日本还看过据《藤野先生》改编的《远火：鲁迅在仙台》，我曾与朋友们还把此剧介绍到国内演出过多场。近三十年来在剧场多次目睹了艺术家对于鲁迅作品的移植，不同风格中显示了今人的大胆尝试精神，无论是研究者还是创作者，如此热心于鲁迅文本，是中国知识界特别值得注意的现象。

孙淑芳的《鲁迅小说的戏剧改编研究》，讨论的就是这个现象。书中对于鲁迅作品改编历史的描述与思考，提供了认识经典传播的另一条思路。鲁迅生前，作品就被搬到舞台，同代人在原作基础的再创作，也有向鲁迅致意的意思。先生去世后，许多优秀的剧作家有过改编《呐喊》《彷徨》作品的实践，可说是对这位前辈思想的重温。孙淑芳注意到，鲁迅作品的改编有不少值得思考的亮点，无论是启蒙救亡意识使然，还是后现代意识里的审美追求，艺术家面对鲁迅的遗产，有着与时代对话的渴望，也不无回答时代难题的冲动。本书梳理了大量史料，从改编的方法，改编的策略和改编的机制等方面入手，看到了传播经典的多样性道路。这里涉及原作的思想核心点如何再现的问题，其中一些难题也得以呈现出来。可以说是一部系统性的研究著作，我们之前许多模糊的感觉，在此书中被一点点条理化了。

这一本书刺激我想了许多审美问题和思想史问题，由此开始重新审视自己的阅读经验。有个时期，改编鲁迅作品是颇为敏感的，因为涉及意识形体话语，作者的再现性表达，就被某种观念罩住了。六十年代拟拍摄的电影《鲁迅传》的流产，说明了特殊时期的思想氛围。夏衍等人当年的尴尬，至今还被人所记着。在以狭隘的逻辑认识和描述一切的年代，把握鲁迅文本就有一点难度。八十年代后，人们的思想活跃起来，陈白尘的话剧《阿Q正传》的国民性主题，才能够凸现出来，导演与演员都回到了鲁迅的起点上来，空间就打开了。1981年，歌剧

《伤逝》的诞生，是大胆的尝试，音乐与情境，都有了深广的地方。至今回忆那神异的旋律里的故事，还让人感动。鲁迅作品在舞台上的出现，无不带有时代印记。夏衍在五十年代改编的《祝福》，受现实主义影响，我们看到了许多典型化的塑造人物的手段。改革开放后，思想解放运动也催生出不少新的作品，先锋艺术出现的时候，鲁迅也被视为一个先驱者，我记得林兆华导演的《故事新编》，受益于现代主义学术思潮。后来北京人艺推出的郑天玮的《无常□女吊》就有点神秘主义意味，作者重新塑造人物形象时，一方面忠实于原文，另一方面，现代主义手法也应用其间。到了2015年出现的李静的话剧《大先生》，卡夫卡式的精神也渗透进来，这些也看出各种思潮的交织，在主题上与鲁迅有了互动的一面。

每次作品的改编，都有着学术层面的纠错。比如林兆华就避开写实的套路，作品是多了写意的韵致。丁荫楠执导的电影《鲁迅》，在表现思想性与战斗性的同时，也强调鲁迅的父爱意识与柔情。张广天的"民谣清唱史诗剧"《鲁迅先生》，则试图回应时代问题，他不满意于学院鲁迅研究，也讨厌资本的力量，只是因为过于囿于自我的体验，反而将鲁迅单一化处理了。这里可以看到，人们在创作中，不断试图弥补过去认知的不足。在以不同方式接近经典的时候，也召唤出了内心深处的一种渴念。

各类改编作品的出现，体现了人们对于精品认识的程度，与前人对话的激情也藏在文本里。不同年龄和不同经验的人，借着鲁迅文本再创作的时候，内在的热力不同。比如王西麟据《野草》而创作的《第三交响曲》，就是五六十年代经验与二三十年代经验的呼应。2001年，复旦大学生将《伤逝》改编成昆曲，审美里的东西就跨越了特定时代的体验，有了新的韵致的体现。这个时候，我们在小剧场话剧的实验里，也时常看见与鲁迅作品相关的人物的出现，青年一代对于鲁迅的兴趣，与前代人的差异也显而易见了。不过，在和平的年代，青年作家对于历史环境缺乏认识，有些舞台作品，偏离了鲁迅的思想，像小剧场话剧《圈》，对于鲁迅解之不深，有些地方流于平庸，一些观众不太买账，也是自然的。

鲁迅的作品有一个弹性的空间。他并不把话说满，留有余地，空白处可供想象的地方殊多。这是艺术的非寻常之处，也有叙述策略在里面。后来的人改编原作，就遇到一个问题，是复原作品的基本色调，还是引伸其中未表达而实则隐含的意蕴？我觉得都未尝不可。改编也是再创作，只是看你在弹性的空间如何处理那些旧有的意象。理解力有时候制约着审美表达，而能够像原作那样也洒脱起来，则是新作是否成功的标志之一。思考这一现状，既是对经典的打量，也是对当代艺术的考察，牵扯到诸多不同语境。孙淑芳在书中深入浅出地呈现不同文本生成的现状，描其神理，述所由来，道其利弊，是有客观与中正的态度的。其中对于小说改编的方法与本体透视的思考，多有启发之处，而对于田汉创作的话剧《阿Q正传》，陆帕改编的《狂日日记》的个案分析，看出不同时代，不同地域的知识人的领悟力的差异，一些心得都值得反复思量。

孙淑芳对于这些现象的梳理，是立体化的，作者在众多的文本里寻找背后的动因，无疑推动了相关话题的深入。印象是史料搜集得比较全面，阅读量大，此其一；对于改编的作品的读解显示了一定的功底，此其二；能够对比鲁迅原著，提出自己独特的感受，指出改编作品的风格差异里隐含的时代风气，此其三。我过去写过一本《鲁迅遗风录》，讨论鲁迅的传播史，但没有考虑到作品改编这一现象。孙老师的研究，看到了我没有注意到的问题，从不同作家对于经典作品的态度中，能够寻到不同时代的审美特点和流行的思潮。过去读过一些相关的论文，但都没有此书考虑得全面，一些细节也都给人留下深刻的印象。

我与孙淑芳教授不十分熟悉，只是在会议上见过几面。读了她的书，感到作者的用心与诚意，不都是为学术而学术，而是有着执着的精神的。从梳理文献的努力与审美判断中，看出一个学者的责任感。天底下凡喜欢鲁迅者，在彼此的交流里，都可成为朋友。也相信许多读了此书的人，也会沿着相关的话题继续探讨下去。鲁迅研究不是春种秋收的有始有终的过程，而是一个没有终点的跋涉。作为一个精神起点，先生被阐释的空间是无限宽广的，在不到百年的传播史里，已经带有了可观的实绩。我们看莎士比亚、雨果、托尔斯泰的作品被改编的历史，都与思想史和审美变迁史有关，相信对于鲁迅作品的再创作的艺术活动，当会伴随着中国的艺术生长而生长，且影响着一代又一代人。火种在，世界总是会亮着的。

2022 年 8 月 29 日于北京

# 目　录

# 绪　　论

## 第一节　改编的概念和内涵

何谓改编？关于改编的概念和内涵，研究者虽然没有清晰、统一的认识和界定，但我们根据百科词语概念的解释和中国《知识产权法》的规定，可以对改编有一个大致了解。百科词语概念解释对"改编"是这样界定的：改编指在原有作品的基础上，通过改变作品的表现形式或者用途，创作出具有独创性的作品。中国《知识产权法》对于"改编"规定如下："改编是指以原作品为基础，对原有形式进行解剖与重组，创作新的作品形式的行为。改编是一种再创作，不是原创，故又称为演绎制作、二度创作、派生创作以及衍生创作。"[①] "改编者将作品经再度创作赋予新的形式，改编者对这种新的形式享有新的著作权。""改编完成的新作品，是原作和派生创作双重创作活动的产物。"[②] 根据以上两种关于"改编"的比较权威的概念界定，我们可以看出，"改编"必须包含以下几个构成要件：

第一，改编必须要以原作品为基础。

第二，改编并非是对原作品的照抄照搬，它具有独创性，属于再创作。

---

[①] 刘春田主编：《知识产权法》，高等教育出版社、北京大学出版社 2003 年版，第 74 页。

[②] 刘春田主编：《知识产权法》，第 74 页。

第三，改编会使原作品的形式或功能改变为一种新的形式或功能。

由以上三点，我们可以将"改编"的概念简要概括为：改编是在原作品的基础上进行具有独创性的再创作而形成新的作品形式的行为。

改编可以是与原作品表达相同方式的再创作，如将长篇小说改编为短篇小说，两者都采用的是以文字叙述为主的表达方式；也可以是与原作品表达不同方式的再创作，如将小说改编为戏剧，戏剧采用的就是与小说不同的以场景和人物台词为主的表达方式。即便由小说改编为剧本同为文字作品的一种，也因为剧本用于舞台表演的创作目的而具有区别于小说等文学形式的作品功能，其表达方式需要符合舞台表演及视听呈现需求。但是，改编完成的新作品的形式都是与原作品不同的，呈现出丰富多样的形态。形式是改编的物质体现，指的是艺术作品内部的组织构造和外在的表现形态以及种种艺术手段的总和，如戏剧、影视、舞蹈、音乐、连环画、小说、游戏等。改编的形式虽然丰富多样，但具有表演性质的形式比较少，如戏剧、影视剧。

## 第二节　改编学的产生

综观古今中外，改编是常见的艺术创作活动，是创作的重要来源，改编作品的数量十分可观，而且出现了不少优秀的改编之作。近代著名戏剧家李健吾曾指出中国戏曲改编数量之多："拿戏曲来说，一百出里头，就许有九十出是改编本子。"[1] 可见，改编是上演戏曲曲目的重要来源，改编曲目历来在舞台上占据重要的席位。追溯最早开始的戏剧改编，李健吾认为："古希腊的戏可以说是世上最古的戏了，悲剧几乎全部取材于神话或者传说，归到改编里头，也没有什么太不妥当。"[2] 事实上，戏剧作为一种生动直观感染力强的艺术形式，是改编经常选用

---

[1] 李健吾：《漫谈改编剧本》，《剧本》1959 年第 4 期。
[2] 李健吾：《漫谈改编剧本》，《剧本》1959 年第 4 期。

的一种艺术形式。古代将文学作品改编为戏剧，或者以戏剧这同一种艺术形式进行相互改编如将一种戏曲改编为另一种戏曲是比较多的。如元代著名戏曲家王实甫的《西厢记》就是根据唐代元稹所著的传奇小说《莺莺传》和金代董解元的《西厢记诸宫调》改编而成的杰出杂剧。随着时代的发展，影视剧等新媒介艺术的出现，改编的艺术形式也出现了变化。总体来看，将文学作品改编为戏剧、影视作品的居多，尤其是进入被称为"视觉时代"的 21 世纪，图像符号成为人们生活的不可或缺的一部分，文学作品不仅是戏剧，也是其他艺术形式改编的重要题材。越来越多的文学作品特别是文学名著往往成为戏剧、电影、电视剧改编的主要题材，被搬上舞台、银幕和荧屏，视觉艺术的改编成为热潮。无论是中国文学名著，还是外国文学名著，都可以成为改编的最好的蓝本。而事实上，也出现了很多改编的优秀剧目。如外国小说《黑奴恨》《复活》均被改编过戏剧，鲁迅的《孔乙己》《伤逝》等较多篇目被改编为戏剧，莫言的《红高粱》、都梁的《亮剑》、路遥的《平凡世界》、鲁迅的《阿 Q 正传》、陈忠实的《白鹿原》、巴金的《家》等被改编为电影或电视剧。随着电影、电视等现代电子媒介的出现，越来越多的文学作品被改编，改编成了缔结文学作品与影视"姻缘"最常见、最直接的联系方式。文学的戏剧、影视改编是将以语言文字为媒介的供阅读的文本转变为以人的表演为媒介的舞台艺术或影视艺术，以使文学作品能够更广泛地传播、更容易被接受。改编是一个化雅为俗的通俗化过程和传播过程。事实上，改编已经成为普及文学名著、将文学名著传播大众化、促进文学名著经典化过程完成的重要手段和途径。

在这个改编频繁的视觉时代里，如果仍然按照传统上仅仅从文学批评的角度或媒体学角度进行研究显然力不从心，这就"需要有一个对当今社会中各种类型的改编现象进行系统研究，找出相互之间的区别点及共同规律，并对各种改编进行分析批评，以提高我们对各种类型的改编的认识，更好地应对视觉时代中文化信息和传统、特别是经典文化传统的承续、交流和拓展"①。于是改编学或改编研究也就顺应时代的需求而产生了。改编学或改编研究比较早的来源于电影改编研究，但是对改编进行较为自觉而系统的研究则真正始于 21 世纪初，随着 2008 年国际学术组织"改编研究学会"及学会刊物《改编研究》的出现，改编学或改编研究才正式成为国际学术研究视野中的新领域。改编学对文学研究，尤其是视觉化语境下文学研究具有重要意义。改编学的任务是要看改编者对原著进行了怎样的改动，这种改动之所以产生的客观文化、历史环境是什么，本身反映了什么样的价值判断。这一理论在研究改编问题上无疑更为客观。

## 第三节　鲁迅小说的戏剧改编研究现状

在改编学成为国际学术研究新领域的背景下，我们不得不关注到作为世界文学巨匠的鲁迅的作品改编，并力图对其进行系统而深入地研究。研究鲁迅作品的改编，对于丰富、拓展、深化鲁迅研究并挖掘鲁迅在新时代的价值有着重要的意义。

在中国现当代文艺史上，鲁迅作品，尤其是小说，成了艺术形式转换领域引人注目的输出者，不断地被其他艺术形式所改编，从一种媒介转换成另一种媒介，成为国内外改编领域的"焦点"。以语言为媒介的鲁迅小说，因其被改编而凭借其他媒介得以更广泛、更直观的传播。迄今为止，鲁迅小说已经被改编为戏剧、电影、电视剧、连环画等，其中改编最多的就是戏剧。早在 20 世纪二三十年代，鲁迅作品的话剧、电影改编本就已经出现。鲁迅作品的舞台化、影视化能够使鲁迅深刻的文字作品通过视觉化方式呈现在观众面前，具有广泛传播和普及新文学经典的现实意义。

---

① 张冲：《改编学与改编研究：语境·理论·应用》，《外国文学评论》2009 年第 3 期。

　　作为 20 世纪世界文学经典的鲁迅作品，尤其是小说作品，它们宏富的内容与卓绝的审美价值，不仅受到海内外读者及文学界的高度重视，而且也受到戏剧界同人的百般青睐，从 20 世纪 20 年代迄今，鲁迅小说的戏剧改编可谓果实累累。在国内，鲁迅小说的戏剧改编在鲁迅生前就开始了，从 1928 年陈梦韶最早将鲁迅的《阿 Q 正传》改编为六幕话剧至今，鲁迅小说的戏剧改编走过了 90 余年的历史，出现了不少优秀的改编之作。90 多年来，改编一直未曾中断过，尤其是在纪念鲁迅诞辰或逝世周年之际，改编就更为集中，总是热点不断。虽然改编者的价值取向各异，但鲁迅小说作为一种取之不尽的改编资源，一直是一座凸显于改编领域的"重镇"。在国外，鲁迅小说也有被改编为戏剧并搬上舞台的，如美国、加拿大、法国、荷兰、德国、日本等国家或独自改编或与中国合作创作。国外比较早地对鲁迅小说进行戏剧改编的是美国剧作家雪森库鲁，他于 20 世纪 30 年代即将《阿 Q 正传》改编为剧本《阿 Q 之趣史》，并于 1937 年公演。

　　尽管鲁迅小说的戏剧改编历史较长，改编艺术形式多样，作品也比较丰富，但是关于鲁迅小说的戏剧改编这一课题的研究却未受到应有重视，依然是鲁迅研究中比较薄弱、成果稀少的领域。已有研究成果比较零散，研究者多为从事戏剧专业研究的人士，成果形式基本局限于论文、评论以及观后感，而且主要是从微观角度针对鲁迅小说改编的某一部戏剧作品所进行的个案研究、评析或感悟，针对改编的多部戏剧作品研究的成果屈指可数，而从整体上构筑较为完整的研究框架，对鲁迅小说的戏剧改编进行宏观、系统研究的专著迄今尚未出现。

　　国内鲁迅小说的戏剧改编研究成果在内容上大致可以归为以下三个方面：一是就鲁迅小说改编的某一部戏剧或多部戏剧开展的研究。该研究主要集中在《阿 Q 正传》《祥林嫂》《伤逝》《孔乙己》《阿 Q 与孔乙己》这几部改编作品上，其中研究较多的是《阿 Q 正传》。代表性的成果有：吴戈的《论陈白尘改编〈阿Q正传〉的传神性与创造性》、吕兆康的《由鲁迅小说〈阿Q正传〉改编的戏剧》、成艳军的硕士学位论文《〈阿Q正传〉改编研究》、余静的硕士学位论文《〈阿Q正传〉话剧改编研究》等。这一类研究学术性比较强，主要侧重于戏剧改编与原著的比较研究，以及从小说到戏剧两种艺术形式语言和叙事的异同及转换方面的研究。二是关于鲁迅小说的戏剧改编的评论。这方面成果比较突出的有：吴国群的《评越剧〈孔乙己〉》、侯耀忠的《走向永恒的解读——评大型悲喜曲剧〈阿Q与孔乙己〉》、许由文的《评现代眉户戏〈祥林嫂〉》、顾文勋的《再创造的硕果——评陈白尘改编的话剧本〈阿Q正传〉》、赵莱静等的《百家评说〈孔乙己〉》等。这一类研究呈现出即时性的批评式特征，基本上是由业内人士撰写的剧评。这些剧评虽然在评论时能一针见血、切中肯綮，但大都局限于改编剧作的某一点或几点最闪亮之处进行评论，缺乏研究的系统性。三是就鲁迅小说的戏剧改编发表的观后感想、感悟以及编演者自身的感悟。如江苏盐阜人民商场集团董事长、总经理兼党委书记施建石的《走近茅威涛——越剧〈孔乙己〉随看随想》，上海市委副书记龚学平、文化部副部长李源潮发表的《〈孔乙己〉观后感》，余铜的《喜看黄梅添新枝——黄梅戏〈祥林嫂〉观后》，项奇的《〈孔乙己正传〉观后有感》，李丽萍的《编排小剧场京剧〈祝福〉的感悟》。而沐初的《重排版越剧〈祥林嫂〉观·演偶记》，实际上是一个采访整理稿。这一类作者身份不定，由作者观看而生感悟，往往比较感性。

在国内，涉及鲁迅小说的戏剧改编的研究成果，新中国成立前的研究数量较少，基本上是发表在报刊上的评论，新中国成立后，尤其是1980年之后，学术性的研究增多。魏金枝将越剧《祥林嫂》与电影《祝福》进行比较研究，认为越剧《祥林嫂》更深刻地体现了原著的主题思想，但也存在与原著意图相违背的地方。吕兆康对国内外由鲁迅小说《阿Q正传》改编的十余种戏剧改编本的传播和主要内容进行了研究，认为戏剧改编为扩大鲁迅作品在人民群众中的影响起到了积极的作用。王安国对歌剧《狂人日记》的音乐特点进行了研究，认为该歌剧很好地呈现了语言与音乐的高度统一。吴戈认为陈白尘的话剧改编本是最忠实于原著又最有创造性的作品。林敏洁通过研究日本对鲁迅作品戏剧形式的接受及传播，认为本土化的改编有助于推动鲁迅及其作品在日本的传播。郭瑛、程桂婷认为鲁迅作品的戏剧改编总体来说就单个戏剧作品研究颇多，缺少整体把握的视野，且对新时期以来的戏剧作品研究较少。赵京华通过对战后日本三次较大规模的《阿Q正传》戏剧改编和公演的梳理、研究，发现戏剧改编存在偏离原作主题的倾向，认为要想全面了解《阿Q正传》在日本的跨界旅行，需要关注思想学理层面的研究成果。

　　在国外，虽然也有不少国家将鲁迅小说搬上了戏剧舞台，其中日本是将鲁迅作品改编为戏剧最多的国家，但是总的来看，相比中国改编的数量还是比较少的，研究鲁迅作品改编的成果也不多，基本为针对某一部改编作品发表的评论和观后感，针对多部改编作品研究的成果稀少，尚未出现鲁迅小说的戏剧改编研究的著作。具有代表性的研究成果主要有两项：一项是日本学者饭冢容的论文《中国现当代话剧舞台上的鲁迅作品》；一项是澳大利亚学者寇致铭的论文《跟鲁迅徘徊在澳洲：当代澳洲歌剧〈新鬼〉及澳洲媒体的反映》。日本中央大学文学部教授饭冢容在《中国现当代话剧舞台上的鲁迅作品》一文中，对中国现当代历史上不同时段的鲁迅作品的话剧改编进行了较为全面的研究，对20世纪80年代以来不同历史时段鲁迅作品话剧化的特点进行了客观评价，提出重审鲁迅作品舞台化历史的必要和价值所在。澳大利亚著名汉学家寇致铭在《跟鲁迅徘徊在澳洲：当代澳洲歌剧〈新鬼〉及澳洲媒体的反映》一文中，对澳大利亚1997年上演的由鲁迅的《药》改编的歌剧《新鬼》进行了比较全面的介绍和研究，涉及该剧的反响、节目单、作曲家、命名、角色等，主要对剧中的象征意象如乌鸦进行了讨论。尽管该剧在情节上与原著相差较大，但寇致铭对其还是十分认可，认为是一部"独特而难得的含意深远的国际歌剧"①。

由以上可见，鲁迅小说的戏剧改编研究成果呈现出丰富多彩的局面，取得了不可忽视的成就，也为本书的研究提供了良好的基础。但是，既往的研究，多为分散性与随笔性的研究，基于"改编学"的理论进行"系统"研究的成果，如专著却尚未得见。本书引入"改编学"这一专门研究各种类型改编现象的理论，可以避免以往研究中从文学批评或媒体学的单一角度开展研究所造成的偏重文学本体或戏剧本体研究的片面性。本书正是鉴于鲁迅小说的巨大影响及戏剧改编的非凡成就与对其改编研究不够的学术状况而设计的。本书将尽可能地对鲁迅小说的戏剧改编进行系统而深入地研究，通过梳理改编的历史，对改编作品进行分析研究，全面认识鲁迅小说的戏剧改编的概况、特征、规律及意义，从而对鲁迅小说的戏剧改编进行深入思考并提出建议，以使改编能够超越单纯的市场考虑或艺术本能，使改编之作能够成为时代的经典。在此基础之上，本书还对文学作品的戏剧改编进行理论研究，探讨在当今视觉文化语境下文学经典改编的价值、改编的忠实度、改编与原作的关系等问题，以为改编提供参考和借鉴，提高改编的自觉和深度，促进文学经典的传播、延续甚至扩大其影响。

---

① ［澳］Jon Kowallis（寇志明）:《跟鲁迅徘徊在澳洲：当代澳洲歌剧〈新鬼〉及澳洲媒体的反映》，［中国澳门］杨青泉译，《鲁迅研究月刊》2012 年第 8 期。

# 第一章

# 鲁迅小说的戏剧改编总况

众所周知，没有读者的经典，就失去了鲜活的生命，也失去了经典的意义。鲁迅小说的戏剧影视改编载体的变化，意味着媒体自身成为鲁迅小说改编中鲁迅命运的时代书写。从20世纪20年代至今，国内外鲁迅小说的戏剧改编走过了90余年的历史，出现了不少优秀的改编之作。已有的相关研究成果，主要是就鲁迅小说改编的某一部戏剧开展的研究、评论以及发表的观后感想、感悟。研究者多为从事戏剧专业研究的人士。因此，我们有必要从整体上对鲁迅小说90余年的戏剧改编进行梳理和研究，以透视改编的特点和规律，从而引发如何更好地改编鲁迅小说的进一步思考。

## 第一节 国内鲁迅小说的戏剧改编概况

国内鲁迅小说的戏剧改编大致分为五个历史阶段，在不同的历史阶段呈现出比较鲜明的特点。改编作品在审美上也经历了从注重启蒙到反思现实，从现实主义到现代主义，从尊重原著到实验创新，从传统舞台到现代技术融入的大致发展过程。戏剧改编可以使鲁迅小说绽放出新的生命力，具有更为强大的传播功能，但是，只有那些得其原型故事之精髓的改编，才会具有更永恒的艺术生命力。

### 一 民国时期的改编：对《阿Q正传》的情有独钟

关于鲁迅小说的戏剧改编，早在鲁迅生前就开始了。改编作品有两部，都是对鲁迅唯一一部中篇小说《阿Q正传》的改编，一部是陈梦韶的改编本，一部是袁牧之的改编本。

最早对鲁迅小说进行戏剧改编并演出的是陈梦韶。陈梦韶（1903—1984）于1928年将鲁迅的《阿Q正传》改编为六幕话剧。该剧本于1931年10月由华通书局出版了单行本。陈梦韶还亲自导演该剧，由其所任教的厦门双十中学的话剧团首演。该剧是唯一在鲁迅生前被改编而且被搬上舞台的作品。但鲁迅似乎并未看过该剧，从已有的材料来看，鲁迅没有对该剧进行只言片语的评论。陈梦韶也不确定鲁迅是否看了该剧，是否对该剧进行了批评。陈梦韶在《鲁迅在厦门的鳞爪》一文中说："他欣然为《绛洞花主》作序文，我也决心为他的《阿Q正传》编剧本，一九二七年一月十五日，他离开了厦门，一九二八年八月《阿Q剧本》编好。是年送华通书局去出版，他看了没有，我不知道，是否因编不好使他为他的大作叫屈，我也不知道。"[①]《绛洞花主》是陈梦韶根据曹雪芹的《红楼梦》改编的话剧剧本，陈梦韶将稿本送给当时在厦门大学讲学亦师亦友的鲁迅看，鲁迅于1927年1月14日为该剧本作《小引》，对该剧本大加赞赏，称赞作者"熟于情节，妙于剪裁"[②]。显然，陈梦韶是出于对鲁迅热情支持青年人的感佩之心而改编其作品的，然而由于鲁迅的离开，陈梦韶并未能将阿Q剧本送给鲁迅阅读，鲁迅也未能观演到此剧。

鲁迅生前的另一改编本是袁梅（袁牧之）所作《阿Q正传》剧本，该剧本于1934年8月在《中华日报》副刊之一《〈戏〉周刊》上从创

---

① 陈梦韶：《鲁迅在厦门的鳞爪》，载鲁迅先生纪念委员会编《鲁迅先生纪念集（评论与记载）》，上海书店出版社1979年版，第169页。
② 《鲁迅全集》第8卷，人民文学出版社2005年版，第179页。

刊号起开始连载。当时，《〈戏〉周刊》编者在该剧本的第一幕登完之后，写信给鲁迅请他发表一点意见。1934 年 11 月 14 日，鲁迅在《答〈戏〉周刊编者信》中对剧本发表了篇幅较长的个人意见，他首先对这一改编本进行了充分的肯定："现在回忆起来，只记得那编排，将《呐喊》中的另外的人物也插进去，以显示未庄或鲁镇的全貌的方法，是很好的。"① 但接下来鲁迅也提出了一些不同的看法。一是语言的问题：阿 Q 的绍兴话让人看不懂。鲁迅说："阿 Q 所说的绍兴话，我却有许多地方看不懂"②，"这回编者的对于主角阿 Q 所说的绍兴话，取了这样随手胡调的态度，我看他的眼睛也是为俗尘所蔽的"③。就如何使用绍兴话，鲁迅十分熟悉地指出，在绍兴戏文中，生、旦、净这几个角色基本上用官话，丑角必用土话。即使是都用绍兴话也有区别，上等人和下等人说话时句子的长短，所用语助词和感叹词的多少也并不一样。④ 二是地点的问题：故事发生的地点选在绍兴，将未庄地点明确化，容易使人变为旁观者，不利于自身反省。鲁迅说："我的一切小说中，指明着某处的却少得很。中国人几乎都是爱护故乡，奚落别处的大英雄，阿 Q 也很有这脾气。那时我想，假如写一篇暴露小说，指定事情是出在某处的罢，那么，某处人恨得不共戴天，非某处人却无异隔岸观火，彼此都不反省，一班人咬牙切齿，一班人却飘飘然，不但作品的意义和作用完全失掉了，还要由此生出无聊的枝节来，大家争一通闲气。"⑤ 鲁迅如此用心良苦，他解释道：并非"怕得罪人，目的是在消灭各种无聊的副作用，使作品的力量较能集中，发挥得更强烈"⑥。三是演出对象的问题：此剧本将演出对象定为绍兴人，但如果不是绍兴人的话，剧本的

---

① 《鲁迅全集》第 6 卷，人民文学出版社 2005 年版，第 148 页。
② 《鲁迅全集》第 6 卷，第 148—149 页。
③ 《鲁迅全集》第 6 卷，第 150 页。
④ 《鲁迅全集》第 6 卷，第 150 页。
⑤ 《鲁迅全集》第 6 卷，第 149 页。
⑥ 《鲁迅全集》第 6 卷，第 149 页。

作用就会减弱，甚或完全消失。鲁迅说："据我所留心观察，凡有自以为深通绍兴话的外县人，他大抵是像目前标点明人小品的名人一样，并不怎么懂得的；至于北方或闽粤人，我恐怕他听了之后，不会比听外国马戏里的打诨更有所得。"① 鲁迅认为，编写剧本最好的办法就是"编一种对话都是比较的容易了解的剧本，倘在学校之类这些地方扮演，可以无须改动，如果到某一省县，某一乡村里面去，那么，这本子就算是一个底本，将其中的说白都改为当地的土话，不但语言，就是背景，人名，也都可变换，使看客觉得更加切实。譬如罢，如果这演剧之处并非水村，那么，航船可以化为大车，七斤也可以叫作'小辫儿'的"。总之，鲁迅强调："剧本最好是不要专化，却使大家可以活用。"②

1934 年 11 月 18 日，离上次回信仅隔三天，鲁迅又给《戏》周刊编者回复了一封信，对袁牧之剧中人物画像发表了自己的意见。《戏》周刊在发表袁牧之剧本的同时，从 1934 年 9 月起，刊载剧中的人物画像。鲁迅在《寄〈戏〉周刊编者信》中说："在这周刊上，看了几个阿Q像，我觉得都太特别，有点古里古怪。我的意见，以为阿Q该是三十岁左右，样子平平常常，有农民式的质朴，愚蠢，但也很沾了些游手之徒的狡猾。在上海，从洋车夫和小车夫里面，恐怕可以找出他的影子来的，不过没有流氓样，也不像瘪三样。只要在头上给戴上一顶瓜皮小帽，就失去了阿Q，我记得我给他戴的是毡帽。这是一种黑色的，半圆形的东西，将那帽边翻起一寸多，戴在头上的；上海的乡下，恐怕也还有人戴。"③ "头上戴着一顶瓜皮小帽"的阿Q画像是叶灵凤所作，载于该刊第 12 期（11 月 4 日）。鲁迅之所以悉心指出画像中人物造型的错误理解之处，是担心搬演到舞台上的人物形象也会如此，这样就会影响到观众对人物形象和性格的准确把握。鲁迅还专门向编者提供了陈铁

---

① 《鲁迅全集》第 6 卷，第 150—151 页。

② 《鲁迅全集》第 6 卷，第 151 页。

③ 《鲁迅全集》第 6 卷，第 154 页。

耕的十张木刻图画，并对木刻符合事实的情况发表了意见，从意见中可见，鲁迅追求的是与事实相符，能如实再现小说中人物形象的图画。另外，在这封信中，鲁迅再次强调了人名不必穿凿，不必指明是谁。

袁牧之的剧本原打算是要搬上舞台的，征求鲁迅的意见也是为了公演准备。《戏》周刊编者在写给鲁迅的信中说："《阿Q》的第一幕已经登完了，搬上舞台实验虽还不是马上可以做到，但我们的准备工作是就要开始发动了。我们希望你能在第一幕刚登完的时候先发表一点意见"，"对于我们的公演准备或者也有些帮助"[1]。尽管鲁迅就剧本和演出都发表了意见，但袁牧之的剧本最终没有载完也没有上演。也许是袁牧之、田汉等人看了鲁迅的意见，觉得该剧本存在的问题较多，改编的意义不大，于是中途放弃了改编，因此，这一改编本是不完整的。其实，袁牧之的《阿Q正传》最初是田汉改编的，袁牧之只是将其翻译成了绍兴话。田汉曾在后来出版的五幕话剧《阿Q正传》单行本的"自序"中说："若干年前应《中华日报》的《戏》周刊之约，把鲁迅先生的小说《阿Q正传》改成话剧。当时正是大众语运动展开的时候，所以每一段写成后照例由《戏》编者袁牧之先生改译成绍兴话。而且预备全部完成后，由辛酉学社的话剧部用绍兴话演出。但后来问鲁迅先生时才知道袁牧之先生的'宁波绍兴话'不大靠得住。而我也因为种种原因把那一改编的企图半途放弃了……"[2]

总之，从鲁迅生前所发表的意见来看，鲁迅并不赞成自己作品被改编。1930年10月，时任北京陆军军医学校数学教师的王乔南，首次将鲁迅的《阿Q正传》改编为电影文学剧本《女人与面包》，他写信征求鲁迅的意见，鲁迅是这样回复的："我的意见，以为《阿Q正传》，实无改编剧本及电影的要素，因为一上演台，将只剩了滑稽，而我之作此篇，实不以滑稽或哀怜为目的，其中情景，恐中国此刻的'明星'是

---

① 《鲁迅全集》第6卷，第148页。
② 田汉：《阿Q正传》，戏剧时代出版社1937年版，第1页。

无法表现的。况且诚如那位影剧导演者所言,此时编制剧本,须偏重女脚,我的作品,也不足以值这些观众之一顾,还是让它'死去'罢。"①1930 年 11 月,王乔南再次致信鲁迅,并将重编的阿 Q 剧本寄给鲁迅看,鲁迅回信说:"它化为《女人与面包》以后,就算与我无干了。"②鉴于以上鲁迅对其作品被改编的态度,鲁迅生前被改编的作品比较稀少。

鲁迅逝世后,1937 年先后出现了由许幸之、田汉改编的两个《阿Q 正传》话剧版本,如同两颗璀璨的明珠照亮了当时整个中国戏剧界。这两个改编本在后来均屡次上演,经久不衰,各有千秋。

1937 年 2 月,许幸之将鲁迅的《阿 Q 正传》改编成六幕话剧,之后直到 1939 年 6 月 8 日共进行了五次修改,同年在上海首次公演。1937 年 4—5 月,该剧本在《光明》半月刊第 2 卷第 10—12 期上发表。1940 年 8 月,该剧本由上海光明书局初版并发行单行本,到 1949 年 3 月已经发行六版。为纪念鲁迅百年诞辰,许幸之于 1980 年 11 月 30 日对该剧本重新修改完毕,1981 年,该剧本由中国戏剧出版社重版。许幸之的改编主要以鲁迅的《阿 Q 正传》为蓝本,同时综合运用了鲁迅其他小说——《孔乙己》《明天》《药》中的人物和情节。该剧强调故事发生的典型时代中的典型环境,专门设置了序幕,用以交代辛亥革命前夜的时代背景。许幸之着重表现了在这一历史转换的黑暗背景下,封建地主豪绅和半封建贪官污吏、买办阶级两大势力共同欺压、相互勾结,不仅使阿 Q 糊里糊涂断送了性命,成为他们阴谋的牺牲品,而且最后还要吃掉他的鲜血,以救治赵秀才这个患痨病的社会寄生虫。许幸之意在从阿 Q 身上透视社会的罪恶、黑暗及弱点。

许幸之改编本几乎含纳了原著中所有叙事内容,如关于小说中阿 Q 名字的问题,在此改编本中巧妙地借县官审问表现出来,而在其他改编

---

① 《鲁迅全集》第 12 卷,人民文学出版社 2005 年版,第 245 页。
② 《鲁迅全集》第 12 卷,第 247 页。

本中都是省略不提的。然而，许幸之也并未严格遵从原著，改编本中也不乏一些创造之处。首先，丰富了一些情节内容。为了加强戏剧性，同时为了凸显赵太爷、假洋鬼子等统治势力的罪恶，许幸之虚构了他们淫荡无耻、卑劣阴险的言行。其次，人物形象塑造有明显的改变。如该剧突出了吴妈性格中泼辣，敢于反抗，爱憎分明，具有同情心，有情有义的一面。对于小尼姑，则有意强调了其姿色秀丽，表现了其风骚、放浪的做派。至于主人公阿Q，则使其性格发生了突变。阿Q临死前奋昂地呼喊："过了二十年……革命！"枪声响了两下之后，阿Q未倒，仍无力地再次呼喊"革命"。究竟是什么促使阿Q被枪毙前猛然醒悟、能够如此决然地要"革命"?！剧中并没有给出人物性格发展的合理解释。剧中阿Q呼喊的"革命"显然不是鲁迅小说中阿Q所理解的旧式革命。再次，思想主题与原著有偏差。小尼姑的风骚和放浪，消解了鲁迅小说严肃的主题，也消解了这一底层人物本身具有的悲剧性。吴妈自觉地到刑场为阿Q送终，给其喂水，为其流泪，以及阿Q临刑前两次呼喊"革命"，这一系列动作均大大削弱了鲁迅在小说中批判看客冷漠、麻木精神的力度。剧中得痨病、买人血馒头、吃人血的均不是愚昧的民众，而是有钱有势的剥削者，夏瑜的血不是被愚昧的民众吃了，而是被有钱人家萧百万家的小儿子吃了，阿Q等三位因犯的血也将被患痨病的赵秀才吃掉，编剧如此大动作的改编，完全改变了鲁迅在小说《药》中所揭示出来的主题。可见，许幸之在思想主题上是要刻意表现吴妈与阿Q的觉醒，以及辛亥革命前后封建地主豪绅、买办阶级、贪官污吏相互勾结欺压民众的罪恶。最后，结构上有变化，第五幕不准革命的场景是在县衙大厅，通过在审案中运用超现实的夸张方法，揭示并讽刺贪官污吏与封建地主、买办阶级相勾结的罪恶。

　　该剧不足之处主要有以下几个方面：一是该剧将小说中的叙述语言转为对话，且对话中又以其中一个人陈述为主，等于让其承担小说中叙述人角色，这样的一种情节展现方式，不如场景展现鲜活，加之重复讲述，有些啰唆。如第二幕最后一个场景阿 Q 向小尼姑强要山芋的手段与偷萝卜是一样的，都是耍无赖，这样就显得情节重复拖沓。二是未能将小说中阿 Q 的土谷祠梦和阿 Q 被押赴刑场途中的心理描写准确形象地呈现出来。戏剧如何处理小说中的白日梦和人物的心理描写，这确实是一个难题。结果该剧只能借助人物对话，且以一人表达为主。三是情节内容与原著相异，影响原著主题意蕴的准确表达。如该剧中赵太爷亲临土谷祠买阿 Q 的旧东西，而原著中赵太爷是让阿 Q 带着旧货到家里去看；该剧中单四嫂子的宝儿是吃了土谷祠里老头子求的仙方死的，而原著中单四嫂子的宝儿是吃中医何小仙的药死的；该剧中阿 Q 意欲去向赵太爷讨工钱，而原著中阿 Q 则根本不敢去向赵太爷讨要工钱。

显然，许幸之的改编并未完全遵从原著，而且有"偏重女脚"之嫌。关于这一点，许幸之有自己的看法，他认为：根据戏剧的突出特征——"人间意志的斗争"和"没有斗争，就没有戏剧""剧作者的任务并不在于忠实原著""剧作者，要使原著在获得多数的读者之外，获得更多数的观众，这才是剧作者忠实于原著的唯一方针，因此，我的改编《阿 Q 正传》的剧本，是大胆地在这方向之下进行着我的计划的"[1]。于是，许幸之"在原著的暗示之中，或从原著的可能性之内，增加了故事本身的葛藤和纠纷"[2]，以使该剧在舞台上能够呈现出更强烈的戏剧性效果。关于该剧的演出形式与方针，许幸之基于自身对《阿 Q 正传》的理解将其定为："是悲喜剧的交流，是'幽默'与'讽刺'的并用，是'会心的微笑'与'泪往心底潜流'的交织。是用现实主义的表现手法，同时，也用超现实主义的象征的暗示，总之，希望能从双重的演出方法中获得单纯而统一的效果。"为了顺利演出，增加趣味性和获得大众化演出效果，许幸之还运用了幕前戏，戏中戏，夸张等表演方法。

---

[1] 许幸之：《阿 Q 正传》，光明书局 1940 年版，第 7 页。
[2] 许幸之：《阿 Q 正传》，第 8 页。

田汉于 1937 年改编的《阿 Q 正传》，是根据鲁迅的《阿 Q 正传》《明天》《孔乙己》《狂人日记》《风波》《故乡》等多篇小说综合改编的五幕话剧。剧本原载于 1937 年 5、6 月《戏剧时代》第 1 卷的第 1、2 期上。同年 12 月由中国旅行剧团首演于汉口天声舞台，此后十多年该剧本曾在全国各大城市上演，受到广大观众欢迎，即使到了 20 世纪五六十年代仍然是鲁迅作品戏剧改编本中上演机会较多的。1937 年 10 月由汉口戏曲时代出版社出版了单行本，此后又多次出版。在鲁迅小说《阿 Q 正传》的戏剧改编史上，田汉的改编本始终是不容忽视的一部重要剧作。田汉的改编本在思想主题、人物塑造、艺术审美上均与原著有很大的差别。田汉集中塑造了两大矛盾群体，重在展示以阿 Q 为代表的底层民众在封建统治势力剥削、压迫下所遭受的苦难和被激起的反抗意识，并借革命党之口直接反思了辛亥革命因脱离下层民众而导致失败的教训，鲜明地突出了"彻底去除阿 Q 精神，争取中国苦难人民真正胜利"这一思想主题。因此，田汉为纪念鲁迅和配合当时抗战需要而改编的《阿 Q 正传》在抗战形势紧张的特殊历史时代演出效果轰动，发挥了启蒙大众、唤醒救亡意识、激发抗日热情的重要作用。

田汉这一改编本与其戏剧理论主张密切相关。田汉认为："对于中国戏运的发展过程，倘使用一个作为社会问题的研究者态度来观察，它的发生、发展和没落，都有着莫大的社会性，与中国的近代政治史和经济史都有很大的关系。这是谁也不能否认的。"[①] "即使在近代戏剧中间，有一些'戏'是显然的无益而有害的。因为它是在驱使一切进步的近代舞台技术造出种种空幻的或是歪曲的艺术境界，使被近代人剥削人的制度压迫着的大众暂时麻醉在那种境界中，不去要求解放，或是即使也一样敲起解放的钟，却把你引向一条错误的道路上去。因此，如何创造'有益的戏'，——更正确地说，有益于被压迫大众之解放的戏，

---

① 田汉：《国防戏剧与国难戏剧》，载《田汉文集》（十四），中国戏剧出版社 1987 年版，第 486 页。

是加在现代进步的戏剧艺术家的最重要的课题。"① 根据以上田汉的戏剧观，我们可以看出，田汉认为戏剧的发展具有明显的社会性，他主张创造的戏剧要有益于被压迫大众的解放。田汉的改编本很显然体现了他的戏剧理论主张，但也存在思想主题暴露、人物个性不突出、艺术粗糙等问题。

## 二　新中国成立后30年的改编：一部重要越剧的发展

1949—1979 年，新中国成立 30 年的历史虽然不短，但鲁迅小说新改编的戏剧作品数量并不多。在纪念鲁迅诞辰和逝世的演出活动中，许幸之和田汉两个版本的《阿 Q 正传》仍然是演出次数最多的作品。许幸之曾在 1981 年撰写的《〈阿 Q 正传〉话剧改写本后记》中回忆时说："在鲁迅逝世二十周年纪念时，曾在北京、沈阳、大连、鞍山、抚顺各地上演过该剧。"② 但在新改编的作品中，根据鲁迅小说《祝福》改编的越剧《祥林嫂》可谓是不能不提的一部经典之作。

越剧《祥林嫂》，历经 30 余年，五次上演，每次均有修改，最终成为艺术精品，被称为剧种代表作。最早演出的剧本是由南薇于 1946年改编的，同年 5 月，该剧由雪声剧团在上海首演，由南薇亲自编导，袁雪芬主演，但此改编本并没有很好地体现原著精神，如增加的祥林嫂"砍门槛"这一情节被很多人认为是败笔。然而，20 世纪 40 年代，越剧首次引入鲁迅，大大提升了越剧的文化品质、思想内涵和艺术水平。尽管袁雪芬主演的《祥林嫂》各方面还不很成熟，但因其大胆的革新创造而成为越剧发展史上的里程碑。

1956 年，为纪念鲁迅逝世二十周年，吴琛、庄志、袁雪芬、张桂凤集体重新改编、排演了越剧《祥林嫂》，由吴琛导演，袁雪芬饰演祥林嫂，同年 10 月由上海越剧院在上海大众剧场演出。吴琛的团队是在周总理的指示

---

① 田汉：《戏》，载《田汉文集》（十四），第 385 页。
② 许幸之：《阿 Q 正传》，第 127 页。

下，在全方位学习鲁迅的基础上进行改编、排演的，基本上忠于原著精神，成功地塑造了祥林嫂的艺术形象，曾受到文艺界及相关方面的充分认可和观众的欢迎。但也因为结构上的分幕没有发挥出戏曲时间叙事的优势，而且因为分幕多达十幕，场景频繁转换，整部戏不很紧凑。

1962 年，吴琛对该剧又进行了一次较大的艺术加工，将结构上的分幕制改为分场制，在形式上又将幕里幕外紧密衔接，依据内容将全剧分为两个大的单元：祥林嫂抗卖出逃到贺老六，阿毛死亡；祥林嫂二进鲁府到最后被逐出倒毙在风雪中。除了形式结构外，吴琛还在内容着重修改了柳妈与祥林嫂在厨房谈论地狱的戏，增加了第十一场祥林嫂看了《玉历宝钞劝世文》之后极度惊惧、神智混乱这一部分戏，用以加强神权对祥林嫂精神上迫害的残酷性。如祥林嫂翻看《玉历宝钞劝世文》上面的画，只见"十殿阎罗阴森森，青面獠牙是……是小鬼，紧拉着铁索唧当一妇人"，不禁叫道："有鬼！有鬼！"于是下定决心去庙里捐门槛赎罪。另外，删去了大伯逼债霸占祥林嫂房屋等内容，也删去了几个次要人物。这次修改，作曲由刘如曾重新改编，更深地体现了原著精神。鲁迅小说研究专家魏金枝在《试论越剧〈祥林嫂〉的改编》一文中评论道："越剧《祥林嫂》的改编，因为它可以有机会吸取电影《祝福》的长处，更重要的是利用戏曲这一表现形式的特点，从最近这次演出的效果来看，确乎已经比电影《祝福》更深地体现了原作的主题思想。最明显的一点是，对祥林嫂的善良的性格，作了更多更深的描绘。"[1] "大家认为这次《祥林嫂》的改编、演出时越剧有这个剧目以来的第三次了，在思想内容和艺术质量上，较之第一、二次的改编、演出有很显著的提高，它既体现了鲁迅先生的小说《祝福》的原作精神，又具有戏曲化的特色。"[2]

---

[1] 魏金枝：《试论越剧〈祥林嫂〉的改编》，《上海戏剧》1962 年第 6 期。

[2] 其水：《深刻动人的祥林嫂——记中国剧协上海分会座谈越剧〈祥林嫂〉》，《上海戏剧》1962 年第 6 期。

"文化大革命"期间，越剧《祥林嫂》因祥林嫂的唱词——"人世不见天堂路，阴司倒有地狱门"而被诬蔑是对社会主义社会心怀不满，所以受到批判，被禁演。扮演祥林嫂的著名越剧演员袁雪芬在粉碎"四人帮"后重登舞台回忆起当时被剥夺演唱的权利，仍然痛心万分："当我被'四人帮'严密监视，失去自由的时候，我实在憋不住，有一回，我吟唱起毛主席的诗词，不料也横遭呵斥：'什么，你还想唱？你要复辟啊！'即使后来不得不宣布将我解放，也还是严加控制，不让我好好工作。作为一个演员，却不能唱，不能演，也不能讲，我被剥夺了为人民服务的革命权利。"① 袁雪芬将自身在"文化大革命"期间所遭受的迫害与祥林嫂的命运融为一体，更深刻地领悟了祥林嫂的思想精神与内心世界，从而在后来的演唱中将这一人物塑造得生动传神，难以超越。

1977 年，上海越剧院又进行了修改和排演。这次改编本只是在语言方面进行了修改，将唱词、台词改得更为符合原著精神，更具动作性和形象性。这次排演采取了男女同台演出的形式，由袁雪芬、金采风分别饰演不同阶段的祥林嫂。该剧因在编、导、演、音、美各方面对原著的深刻理解和精彩表现而成为上海越剧院的代表作。戏剧家沈西蒙、漠雁曾发表了观剧后的长篇评论——《赞越剧〈祥林嫂〉》，深有感触地称赞道：该剧"紧密配合了揭批'四人帮'的伟大斗争。在艺术上，她也是不可多得的一出好戏。她，剧本好、导演好、表演好、音乐好、舞美好。整个演出，象一部和谐的乐章，给人的艺术感受是强烈的、深远的。"② 吴琛此次重排《祥林嫂》的目的主要有三个：一是纪念鲁迅；二是反击"四人帮"在"文化大革命"期间对越剧的污蔑；三是恢复现实主义传统。该剧十分注重艺术性，力避作者情感、态度和主题思想的暴露，符合原著含蓄蕴藉的特色。

---

① 袁雪芬：《重演〈祥林嫂〉》，载吴琛、庄志、袁雪芬、张桂凤改编《祥林嫂》（越剧），上海文艺出版社 1978 年第 2 版，第 113 页。

② 沈西蒙、漠雁：《赞越剧〈祥林嫂〉》，《上海文学》1978 年第 3 期。

越剧《祥林嫂》前后经历了四个改编版本，袁雪芬也四演《祥林嫂》，影响很大，传播广泛。1960 年，上海文艺出版社出版了该剧的单行本。1978 年，再版发行。1978 年，该剧被摄制成彩色宽银幕戏曲艺术片在全国放映。该剧主要唱段由中国唱片社和音像出版单位制成唱片和音带，发行国内外。

### 三　20 世纪八九十年代的改编：多种戏剧表现形式改编的盛况

1981 年，适逢鲁迅诞辰一百周年，戏剧界在经历了"文化大革命"摧残之后经过短暂的调整即焕发出青春的活力，对鲁迅作品的改编呈现出空前的热情，从而使鲁迅小说在话剧、歌剧、戏曲的改编上出现了前所未有的盛况，也出现了不少优秀的作品。

首先，在话剧的改编上，最引人注目、影响最大的话剧作品是由两位著名戏剧家陈白尘、梅阡先后改编的《阿 Q 正传》和《咸亨酒店》。1981 年 1 月，为纪念鲁迅一百周年诞辰，陈白尘受江苏省话剧团之托将鲁迅的《阿 Q 正传》改编成同名七幕话剧，成为鲁迅小说戏剧改编中的又一个里程碑。该剧由江苏省话剧团首先开排，并于同年 6 月首演。中央实验话剧院、西安话剧院等处也排练该剧并在纪念鲁迅诞辰一百周年活动中演出。陈白尘的改编可以说是鲁迅小说的戏剧改编作品中最切近原著内容及精神的。陈白尘认为这种改编并非严格意义上的"改编"，"只是加工的誊写而已"①。这种改编也曾被人贬斥为根本不能算是"改编"。为了尽可能忠实于原著，陈白尘采取了一种独特的方法，即在剧中专门设计了一个演出解说人充当鲁迅叙述的代言，相当于鲁迅旁白。陈白尘保持原著风格的另一种方法是在人物设置上不"超编"。尽管鲁迅阅读袁梅的话剧《阿 Q 正传》改编本后，曾赞赏其借用《呐喊》中其他人物以显示未庄或鲁镇全貌的方法，但是陈白尘坚持以

---

① 董健编：《陈白尘论剧》，中国戏剧出版社 1987 年版，第 304 页。

原著中人物为主。

陈白尘尽管坦言自己的改编"称不上改编，更不是再创造"，但"在加工誊写过程中，自然也不免有些需剪裁、费斟酌之处"①。如，一是将原著中白举人和鲁迅《药》里出卖革命党夏瑜获赏银二十五两的夏三爷合二为一，人物原型均为绍兴城中大绅士、大财主章介眉。剧中夏家和白举人成了亲戚，夏四奶奶是举人的堂妹子。后来，阿Q被辞是因为他说夏瑜是举人的外甥，举人告官赚的是昧心钱，这在某种程度上表现了阿Q的正义之气。二是将夏瑜的遇害和阿Q被枪毙的地点都放在古轩亭口，阿Q到城里谋生所见的被杀头的革命党即是夏瑜。三是借鉴了鲁迅在《呐喊》中运用的"曲笔"，让土谷祠里的老头子在阿Q被捕时将棉被扎成了一个环形挂在阿Q脖子上，以防受冻，还安慰阿Q不要怕。然而，该剧也存在一些值得商榷的地方。如，其一，该剧将阿Q、小D名字具体化，分别称为阿桂、小同，这显然违背鲁迅的意思。其二，关于路途中假洋鬼子用哭丧棒打阿Q这一情节。剧中说阿Q是因为赵太爷和赵秀才受到假洋鬼子的奚落而见义勇为，要为赵家争口气，主动挑衅假洋鬼子，并故意大声说"秃儿，驴，原来是假的"，所以才挨打。其三，阿Q的自我反思。阿Q无路可走，自己反思缘由，反思惹祸的根苗，在阿Q身上表现出两个自己——自我与本我的对话，两种思想的交锋，最终得出祸根还是在于自己，并以打另一个自己压抑住想女人的潜意识。这一设计比较别致，但对于愚昧、糊涂的阿Q根本是不能想明白的。四是阿Q被枪毙后小D在人们的议论中与众不同的表现。当别人都在说阿Q应当被杀头，枪毙没有杀头好看，没唱一句戏白跟了他一趟，他不该满街嚷嚷造反，不该到处嚷嚷姓赵，惦记欠49文酒钱未还时，小D却出乎意料地说：阿桂哥他还是一条好汉，并唱到"我手执钢鞭将你打"，这似乎是暗示小D延续了阿Q的革

---

① 董健编：《陈白尘论剧》，第307页。

命精神。

总之，正像陈白尘所说的那样，他的改编本"依然是鲁迅的原著"①，他真诚地希望"以鲁迅的原著之力能重新唤起全国人民的羞恶之心！那我这一改编能起到通俗化的作用，并引起观众去重读鲁迅先生原著的兴趣，就于愿足矣"②。

1981年，梅阡根据鲁迅《狂人日记》等七篇小说中的人物和事件综合改编成《咸亨酒店》四幕话剧。梅阡曾在《说〈咸亨酒店〉》一文中指出，"编成一个大戏，避开《阿Q正传》与《祝福》，一篇小说的素材是不够的，我于是选取多篇，以《长明灯》《狂人日记》与《药》为主，旁及《明天》《孔乙己》《祝福》《阿Q正传》中的人物，择其所需，编凑成章"③。梅阡还与金犁亲自导演编排了该剧，由北京人民艺术剧院首演。在思想主题上，《咸亨酒店》以长明灯象征封建势力贯穿全剧，展示了在封建势力相互勾结下愚昧无知的劳苦大众遭受欺凌迫害和觉醒的革命党、狂人被残酷镇压两条动作线，表达了反封建的思想主题。在结构上，《咸亨酒店》采用的是人物展览式结构，全剧既没有贯穿始终的中心事件，也没有一个主要人物。狂人可以称得上是唱响主旋律的人物，用以凸显全剧主旨，但称不上是结构全剧的线索人物。灰五婶虽然贯穿全剧，但也是作为社会悲剧的见证人，其动作不能作为全剧动作体系的中心，也不能称得上结构的中心。在构思上，《咸亨酒店》设计很巧妙，将狂人这一人物作为呈现主旨的层面，将劳苦大众所生存的黑暗社会作为展示层面。全剧动作的中心是封建势力对劳苦大众和觉醒者的压迫和迫害，而集中体现主题的动作中心人物即为以赵太爷为代表的封建势力。另外，该剧场景集中，将咸亨酒店作为人物活动的唯一场所；人物众多，集中了鲁迅七篇小说中的主要人物；事件

① 董健编：《陈白尘论剧》，第312页。
② 董健编：《陈白尘论剧》，第314页。
③ 梅阡：《咸亨酒店》，中国戏剧出版社1982年版，第86页。

・23・

繁多，基本上选取原著中为人熟知的事件。

但是，梅阡在人物塑造和事件上也进行了虚构和创造：将《长明灯》中的疯子与《狂人日记》中的狂人合二为一；将《药》中处于暗场中的夏瑜拉到明场；将原著中愚不可及的夏瑜母亲塑造成理解、支持儿子革命事业，深明大义的现代母亲；将单四嫂子病重的宝儿死因改为被赵太爷等在迎神赛会上被绑在两丈高的幢幡上耍，意外摔死；设计了狂人与被押赴刑场的夏瑜悲愤告别，以及狂人被迫害惨死的场景等。该剧尽管以丰富的人物和事件显示了辛亥革命前后乡村的全貌和界限分明的阶级关系，但是也因头绪繁多，情节简化、错杂，有些人物形象塑造不够丰满、深刻，不如原著那么震撼人心。在人物形象塑造上，刻意凸显"亮色"也使原著中本来的意蕴不复存在。

其次，在歌剧改编上，《伤逝》成为中国歌剧史上里程碑式的作品。1981 年，鲁迅小说《伤逝》被改编为同名歌剧，同年秋由中国歌剧舞剧院在北京人民剧场首演。编剧为王泉、韩伟，作曲为中国著名作曲家施光南，导演为王泉、于夫。全场登场的演员极为精简，只有四个歌唱演员：男、女歌者和男、女主角，还有两位舞蹈演员。男、女中音歌者"作为旁唱，以介绍剧情、补充人物的内心独白，并与两位剧中人构成声部完整的四重唱"①。该剧简化了剧情，重在表达人物的内心情感，塑造涓生和子君两个抒情主人公的形象。施光南将鲁迅作品中深邃的思想内涵、富于诗意的抒情色彩与歌剧的艺术形式完美融合，从而使歌剧《伤逝》开创了中国新时期严肃大歌剧之先河，成为中国歌剧发展史上第一部抒情心理歌剧，因其很高的艺术成就，入选"二十世纪华人音乐经典"②。该剧的音乐以西洋歌剧的表现形式为主，交错运用了大段的宣叙调、咏叹调，以及重唱、合唱、对唱、伴唱等多种形

---

① 上海音乐出版社编：《〈音乐欣赏手册〉续集》，上海音乐出版社 1989 年版，第 747 页。
② 居其宏：《歌剧情结：从〈伤逝〉到〈屈原〉——简评施光南的歌剧创作》，《人民音乐》1999 年第 4 期。

式，将抒情性和戏剧性有机地结合起来，充分抒发了人物内心复杂、微妙而又起伏跌宕的情感。主题曲《紫藤花》贯穿全剧，饱含深情地表达了涓生和子君两个青年男女对纯洁、真挚、美好爱情的向往。全剧布景简单，不分幕和场，采用小说中叙事的时间顺序，以春、夏、秋、冬四季结构场序，展现涓生与子君的情感发展历程。可以说，歌剧《伤逝》的改编是相当成功的，很多曲目已成为歌剧中的经典曲目被反复演唱，最为著名的就是主题曲《紫藤花》。而且，"它在音乐戏剧结构、人物设置的独特、心理描写的深刻以及对人声表现力的开拓等方面，均有创新的意义"①。2014 年，中国歌剧舞剧院复排此剧，呈现出相当强大的阵容，于 12 月 11 日由北京天桥剧场盛大演出。中国歌剧舞剧院在这次复排中，呈现出 120 余名演员的一个相当强大的阵容，特别邀请了在歌剧、音乐剧舞台上著名导演陈蔚执导该剧，由美声专业女博士王莹主演二代子君，国际著名男高音莫华伦主演二代涓生。

继歌剧《伤逝》之后，20 世纪末，鲁迅第一部白话小说《狂人日记》被改编为独幕歌剧，共分四场。该歌剧是 1994 年荷兰艺术节的委约之作，编剧为曾力、郭文景，作曲为郭文景，脚本于 1993 年 10 月完成，音乐于 1994 年 4 月完成。同年 6 月 24 日，该剧于荷兰首都阿姆斯特丹首演，导演为保罗·加利斯，指挥为埃迪·斯帕亚德。首演一举获得成功，轰动欧洲。作为具有国际声望的中国作曲家，郭文景善于将源于西方的歌剧与中国的文化、艺术、语言结合起来，进行民族化的创造，从本民族语言的音乐内涵中发掘音高素材。王安国对其创作的音乐十分赞赏，称"语言与音乐的高度统一，使这种作品不仅是西方人用中文完整上演的第一部中国歌剧，而且它还是一部真正的不可翻译（离开了中文语音的唱词，唱段便丧失其存在依据）的艺术品"②。该剧

---

① 上海音乐出版社编：《〈音乐欣赏手册〉续集》，第 747 页。
② 王安国：《语言与音乐的一体化——歌剧〈狂人日记〉的音乐特点》，《人民音乐》1994 年第 8 期。

主要内容为：第一场写黄昏的狼子村街头，狂人从众人同狗一样的眼色和交头接耳的议论中，发现并感受到众人吃人的意念；第二场写狂人发现众人吃人的事实，进而从书中发现"吃人"的字眼；第三场写狂人发现众人吃人的伎俩和大哥等亲人合谋吃人的真相；第四场写狂人对自身吃人的反省，感叹世间难见真的人，决心与吃人历史决绝。就脚本而言，编剧基本上按照原著的叙述顺序和内容改编，人物设置比较简单，基本上是原著中的人物：狂人（男高音）、大哥（男中音）、何先生（男低音）、行人们、佃户们（男次中音、男低音若干）、幽灵即狂人死去的妹子（抒情女高音）、村妇（女中音）、巫婆（女低音）、村姑（女高音）。人物中除了增加了巫婆，还将原著中被村妇打的儿子换成了村姑。该剧在表现人物上比较成功，准确抓住了人物的精神特征。对于众人，编剧主要刻画其青面獠牙的外部特征，凸显其似乎怕我，似乎想害我的精神特征。

该剧语言简洁而富有表现力，集中、直观地表现出了鲁迅在小说中所赋予的强烈反封建的深刻思想内涵。编剧又别出心裁让狂人死去的妹子以幽灵的形象出现并歌唱，幽灵的唱词源于鲁迅散文诗集《野草》中《影的告别》，隐晦而富于哲理的诗句给该剧增加了含蓄蕴藉、深邃幽远的意境，很好地完成了思想主题的深刻揭示。该剧最后以幽灵的歌唱结束："我独自远行，不但没有你，并且再没有别的影在黑暗里。只有我被黑暗沉没，那世界全属于我自己。"① 随即舞台全黑。编剧以《影的告别》最后的诗句作为该剧的结语具有曲折的象征意义。其实幽灵又似鲁迅的化身，最后的唱词表现了鲁迅独自远行的孤寂，独自肩住黑暗闸门与黑暗抗争的决心，以及愿以自己的牺牲换来未来光明的无私精神。编剧将散文诗《影的告别》中的诗句糅合到小说《狂人日记》中来，从而使小说的思想主题更为丰厚，也使鲁迅的形象和精神展现得

---

① 曾力、郭文景编剧：《狂人日记》（独幕歌剧），中央音乐学院学报（季刊）1995 年第 1 期。

更为充分。

编剧还在一些细节上进行了创造性地发挥，如第二场，佃户们向大哥汇报村里打死了一个大恶人，并把其心肝挖出用油煎炒吃了一事时，编剧有意让佃户们汇报吃人一事时结结巴巴。如：佃户以压低的声音说道：

　　　老老老老老爷！
　　　村村村村村子里
　　　刚刚刚刚刚才
　　　打打打打打死一个
　　　大大大大大大……
　　　……大恶人。

　　　几几几几几个人
　　　把把把把把他的
　　　心心心心心肝
　　　挖挖挖挖挖出来
　　　用油煎煎煎煎煎炒……
　　　吃了。①

　　然而该剧在改编创造中也存在着一些值得商榷的地方。一是原著中，街上女人打的是儿子，在剧中被换成了女儿（村姑），那么女人的称呼"老子呀"就有些奇怪。"老子"一词若拆开解释，"子"在古代指儿女，现专指儿子，"老子"的意思为"父亲"和"男性的自称（含傲慢意，用于气忿或开玩笑的场合）"，因此，戏剧改编将"儿子"

---

① 曾力、郭文景编剧：《狂人日记》（独幕歌剧），中央音乐学院学报（季刊）1995年第1期。

换成"女儿"看似小事，实则不妥。二是该剧将原著中的医生何先生这样一个老头子与狂人质问的一个二十岁左右的年轻人合二为一。这虽然在人物角色分担上更为节俭，但也忽视了鲁迅所表达的深厚思想。鲁迅意在表现不管是老头子还是年轻人都是吃人的一伙，封建社会吃人的意念和行为早已浸染了所有的人，如今已难见真的人。三是该剧将地点都设在狼子村，这个村子在原著中发生过打死人并将人吃掉的事，但是原著并没有将狂人所在地定为狼子村。也就是说狂人所在村庄还没有像狼子村一样明目张胆地吃人。鲁迅如此安排，意在表明发现吃人是一个过程，"从盘古开天辟地以后，一直吃到易牙的儿子；从易牙的儿子，一直吃到徐锡林；从徐锡林，又一直吃到狼子村捉住的人。去年城里杀了犯人，还有一个生痨病的人，用馒头蘸血舐"①，如今狂人发现村里的人也想吃自己，因此，狂人将这一切联系起来，方才明白自己最亲的人在吃人，周围的人在吃人，整个封建社会都在吃人！四是该剧最后以影子的告别替代了原著鲁迅所发出的"救救孩子"的呼声。原著虽然重在表现狂人因已难见真的人而对现实充满绝望，但也在小说最后呼吁"救救孩子"中表现出对未来"真的人"的社会抱以希望。该剧以影子的告别结束，虽然呈现出鲁迅自我牺牲的精神，但与原著的意图存在出入。

再次，鲁迅小说还被改编为芭蕾舞剧。芭蕾舞剧是戏剧表演形式中独特的一种，它集舞蹈、音乐、美术于同一舞台空间，以舞蹈作为最主要的表现手段，完全依靠形体表现力完成所有戏剧的要求，它是由身着剧装的舞蹈演员在音乐伴奏下表演的戏剧。1980 年、1981 年，上海芭蕾舞团为探索芭蕾舞这一外来艺术形式的民族化发展道路，丰富芭蕾舞剧题材，拓深芭蕾舞形式表现的思想内涵，大胆尝试，一口气将鲁迅的三部小说——《祝福》《阿 Q 正传》《伤逝》改编为三部独幕芭蕾舞

---

① 张秀枫编选：《鲁迅小说全编》，北京工业大学出版社 2005 年版，第 8 页。

剧——《魂》《阿Q》《伤逝》，以芭蕾的艺术形式生动地塑造了鲁迅小说中的人物形象，并使其呈现出民族的特点。上海芭蕾舞团改编鲁迅小说的主要意义在于两个方面，一方面通过祥林嫂、子君、涓生、阿Q这些为人熟知的典型人物使观众更易于了解芭蕾舞剧的艺术语言，另一方面芭蕾舞剧凭助经典的力量可以为其争取到更多的观众。在编导和演员对芭蕾舞的革新性研究和民族化探索下，芭蕾舞坛上最终向世人展现了具有民族风格的鲁迅小说中的人物。然而，以舞蹈形象表现鲁迅小说深邃的思想，还是很难把握的，上海芭蕾舞团改编经典的这一大胆尝试是十分可贵的。如1981年9月，上海芭蕾舞团改编的独幕芭蕾舞剧《阿Q》就以其独特的艺术语言很好地传递出原著的思想意蕴。该剧编剧为钱世锦，编导为蔡国英、林培兴，作曲为金复载，主要演员为林建伟、王国平（分别饰演阿Q的A、B角）。该剧为更贴切地展现人物性格，"突破古典芭蕾的某些程式和规格。如古典芭蕾中，男演员走路按规格都要蹦脚背，而且很讲究重心，但编导为阿Q设计的是：走路左右摇摆扭曲的拖步，并有不少失重心的动作。因此跳舞时经常有倾斜，用前腿多，后腿少，我认为这样是比较接近阿Q这个贫苦农民被扭曲的性格的"[1]。

最后，鲁迅小说还被改编为戏曲。20世纪90年代，陈涌泉改编的曲剧《阿Q与孔乙己》可谓是代表性的作品。为纪念鲁迅诞辰115周年，河南省著名青年剧作家陈涌泉根据鲁迅的两部名著《阿Q正传》和《孔乙己》改编成曲剧《阿Q与孔乙己》，于1996年由河南省曲剧团公演。导演卓鉴清、李杰，作曲潘永长、杨华一、方可杰，杨帅学领衔主演饰演阿Q，邱全福饰演孔乙己。这出戏曾三次进京演出，荣获第六届河南省戏剧大赛剧目"金奖"和第三届中国戏曲"金三角"交流"剧目奖"。2003年，该剧被中央电视台录制并多次向全国播出。2011

---

① 林建伟：《我演〈阿Q〉》，《上海戏剧》1981年第6期。

年，为纪念辛亥革命100周年，河南省杨帅学戏曲艺术中心和河南省曲剧团将该剧拍摄成戏曲电影，于2012年9月23日在《梨园春》705期首映，上演了其中的一些精彩片段，24日通过电视和电影院正式广泛上映全剧。该剧是一部近代大型悲喜剧，首次将鲁迅的这两部小说糅合在一起，塑造了两个性格、身份等截然不同的社会底层人物形象，展现了他们同样难以抗拒的悲惨命运。该剧大致遵循了原著，但也融入了一些新的思考。该剧最大的创新之处就是让鲁迅小说中故事发生相差十几年的两个主人公阿Q与孔乙己在同一部剧中相遇，并碰撞出了火花。该剧通过阿Q与孔乙己处于同一场景的不同言行，更鲜明地表现出了他们截然不同的性格。但这两个人物在最后一个场景——阿Q临刑前游街示众时竟然惺惺相惜，孔乙己不惜当掉长衫买来酒和茴香豆拖着打断的腿前来送别阿Q。这可以说是陈涌泉改编尺度最大的一场戏。鲁迅的这两部小说均以悲剧结束，在悲剧中透着世人的冷漠。而该剧还在结尾平添了一笔亮色，吴妈为阿Q送行表达相爱的心意，孔乙己则以酒壮其行，这两个人物的动作让阿Q的死似乎没有那么寂寞与悲凉。

由此可见，该剧在原著基础上对细节还是做了一些改动，改动也使人物性格、思想主题发生了一些改变。该剧主要表现了阿Q与孔乙己在封建统治势力迫害下的悲惨命运，这在主题曲中有所揭示："想胜利就胜利，败也胜利，到头来却留下，悲歌一曲；想清高难清高，斯文扫地，有谁能摆好这，人生棋局。"但该剧的思想主题相对于原著而言还是有差别的，一是在表现看客的愚昧和麻木上还欠力度，如鲁迅笔下围观杀头的冷漠民众被两个有人情味的人物所替代，阿Q欺负小尼姑时的鉴赏家们在剧中只剩下一个小D，孔乙己常常被作为酒客的笑料在剧中却没有表现出来；二是在表现封建科举制度的残酷上还欠深刻，如鲁迅笔下未进学的孔乙己是被通过科举爬到统治阶层的丁举人打断的，而在该剧中却是被地主赵太爷打断的。另外有些遗憾的是，就全剧而言，阿Q的戏份比孔乙己要重些，阿Q的戏比较完整，而孔乙己的戏却展开得不够充分，尤其是孔乙己因偷书挨打留下的伤疤经常成为酒客取笑的场景，这不仅会影响到人物性格的丰富性，还会影响到思想主题的深刻性。

1996年，中国台湾"复兴剧团"根据鲁迅小说《阿Q正传》改编并演出了同名京剧，受到观众的喜爱和好评。该剧"在唱腔设计中，第一次将京剧、台湾特产——歌仔戏及台湾民谣小调熔为一炉，摆脱京剧中西皮二黄的定规使观众听起来别有一番风味。同时，在念白方面，北京话、台湾话和英语也一齐搬上了舞台，使剧中人物形象显得更为丰富、滑稽和有喜剧性"①。该剧饰演阿Q的演员为吴兴国，受到台湾《联合报》副刊大加赞誉："眼神锐利，轮廓漂亮，是鲁迅难以构想的。"② 然而，如果阿Q是如此形象，那么就已经不是鲁迅心中的阿Q形象了。此外，根据台湾《联合报》副刊刊登的剧照，阿Q戴的是新式呢帽，并非鲁迅看重的毡帽。阿Q抽的旱烟管似乎过长，"这么长的旱烟管是赵太爷一类人物使的；阿Q经常替人家打工，无论舂米挑水，这么长身带不方便；必须用二尺以内，不吸烟时可以插在腰带上那种尺寸的"③。但该剧在中国大陆并未正式上演过。

## 四　2001年前后的改编：小剧场实验戏剧的兴盛

2001年，为纪念鲁迅一百二十周年诞辰，鲁迅小说的戏剧改编又掀起了新的热潮。然而，值得注意的是，新时期以来，受西方现代主义戏剧思潮的影响，中国小剧场戏剧迅速发展，2001年前后的改编多为具有实验性或先锋性的小剧场戏剧。这些作品从思想观念、情节内容、剧场形式、艺术手段等都突破了中国传统戏剧。这一时期，鲁迅小说改编除了实验话剧外，一个重要的特色就是改编为戏曲的作品比较多。一

---

① 裘金兔：《台湾近日演出〈阿Q正传〉》，《鲁迅研究月刊》1996年第7期。
② 徐干文：《想看台湾京剧〈阿Q正传〉》，《鲁迅研究月刊》1996年第7期。
③ 徐干文：《想看台湾京剧〈阿Q正传〉》，《鲁迅研究月刊》1996年第7期。

些中国古老的戏曲在寻求现代变革时，选取鲁迅的小说作为题材，可谓一箭双雕，鲁迅的经典造就了戏曲，戏曲借鲁迅的经典培养了青年观众，发扬了自身，当然经典也得到了传播。但是，鲁迅小说改编为实验戏剧的命运并不是都一样的，有的因其耳目一新的感受而受到欢迎，也有的因其过于前卫而备受争议，甚至被禁演。

鲁迅小说改编为实验话剧的尝试在 20 世纪 90 年代就开始了，而 2001 年更为集中。1996 年，为纪念鲁迅逝世六十周年，阿 Q 诞生七十五周年，中央实验话剧院与中国青年艺术剧院首次合作，排演了刁亦男编剧、孟京辉导演的先锋戏剧《阿 Q 同志》。《阿 Q 同志》的创作团队均为青年，热衷实验戏剧。事实上，该剧没有真正的剧本，没有人物对话，只是提纲而已，它们主要对剧情做大致描述，并不能作为直接排演的剧本。而且，《阿 Q 同志》仅仅是借用鲁迅《阿 Q 正传》中阿 Q、吴妈等人物以及故事情节的名称而进行的重新创作，完全成了另外一个作品，根本不能算做改编。编剧将阿 Q 置于现代语境下，让其与现代人一起在荒诞滑稽与摇滚乐中演绎不同时代下人物生存的状态，尤其展现了 20 世纪 90 年代小人物因现实生存困境而致的种种精神病态。该剧给人一种荒诞不经，将名著演绎得面目全非的感觉，但也存有引人深思之处，在某种程度上，它反映了时代的精神特点并映射了社会现实弊病，具有讽刺性。尽管该剧专门制作了阵势相当大的宣传计划，利用多种媒体开展宣传，不过，该剧在排演中即被叫停。刁亦男在接受凤凰卫视年代访——我们年代的心灵史栏目的专访"怎么看待戏剧"时，他为该剧已经排了一个多月被叫停、遭禁演而受打击，为其不能像电影一样保存下来痛惜。刁亦男说该剧都是在黑暗中被大家观看的，是集体偷窥、集体做梦的行为。

2000 年，具有前卫戏剧思想的北京人艺剧院导演林兆华改编并导演了实验话剧《故事新编》，11 月首演于北京南城一个工厂的煤堆上，但只限于内部交流的小范围演出。林兆华使原著中一个个故事既独立又相互关联，采取独特的讲述方式。出演该剧的为 9 名不同剧种的演员，他们在舞台上以前所未有的自由想象力、即兴表演能力和对话、歌舞、形体语言等多种演出形式，将原著中的幽默、荒诞充分展现出来。但该剧在剧本内容的改编和导演的手法上引起了争议。为满足更多观众观看的要求，该剧于 2003 年 1 月在北京北兵马司剧场再度演出，并于 2003 年 10 月，受日本相关部门的邀请，赴日参加戏剧节演出。

2001 年，著名电影导演古榕将鲁迅的《孔乙己》改编为大型现代历史话剧《孔乙己正传》，并导演了该剧。美国百老汇华裔著名演员王洛勇任主演，倾情演绎悲剧人物孔乙己。该剧于 2001 年 8 月 17 日，在首都剧场公演之后，又多次上演，引起很大反响。该剧虚构成分很大，名为"正传"，实为"戏说"。该剧以科举制度为社会背景，编织了孔乙己即孔少成从青年到老年在科举仕途和爱情上坎坷的人生传奇。该剧主要围绕浙江绍兴孔家与丁家两大读书官宦人家世代仇怨冲突展开情节，孔少成在丁举人父子的迫害下，最终被剥夺功名走向落魄，妻子也被丁举人儿子奸污自尽，由此揭露了科举制度所造成的人性扭曲的罪恶。古榕充分发挥了自己专长，在舞台设计上创造性地将电影艺术运用到舞台艺术中，展现出戏剧电影化的独特魅力，从而增强了舞台的表现力，生动展现了江南水乡的特色风情和人物生活化的表演。为使舞台效果逼真，古榕还花费巨资打造舞台，用价值 300 万的明清古董家具布景。整个舞台气势恢宏，超强的视觉冲击力和动人的音乐，极大地增强了观赏性。

2001 年 8 月 20 日，郑天玮编剧、王延松导演的实验话剧《无常·女吊》在北京人艺小剧场首演。该剧根据在改编上为人关注较少的鲁迅的《伤逝》《孤独者》《在酒楼上》《头发的故事》四篇小说，以及《无常》《女吊》两篇散文综合改编而成。郑天玮用看似荒诞的手法，将六篇作品中的人物、情节、思想等进行重组和全新的创作，赋予新的艺术形象以今人的思考和感悟，借以讽喻现实。全剧只有两男两女四个演员，然而每个演员需要同时担任多个角色，其中扮演无常的方亮在剧中扮演五个人物。导演王延松将该剧以荒诞喜剧的形式呈现出来，将演出思想归结为："《无常·女吊》，通过想像的世界来修补现实的世界，是一种积极的、批判的'入世'思想。不要如实地看世界，其实世界存在的真正意义是不断唤起人类美好的渴望与幻想。"①

2001 年 10 月，辽宁省鞍山艺术剧院在北京人艺小剧场首次上演由毛世杰编剧、崔智慧导演的小剧场话剧《圈》。该剧根据鲁迅的《阿 Q 正传》改编，同时借用了鲁迅《药》中的一些内容。该剧上演之后，争议很大，被认为是对鲁迅的轻薄与玩弄。该剧颠覆了原著，在剧情设计、人物性格塑造、主题表现上进行了比较大胆的演绎。编剧以阿 Q 与吴妈的感情纠葛作为全剧的主线，从人性的视角重新解读《阿 Q 正传》，改变了原著中阿 Q 与吴妈之间的冷漠关系，使他们的情爱、性欲等原始人性得以复归。在阿 Q 临死前，吴妈怀着自责、忏悔之心前往探监，并以身相许与阿 Q 诀别，表现了情欲的本真。然而，阿 Q 与吴妈在死囚大牢里圆房，这一与原著思想主题相去甚远的情节令观众难以接受，而且阿 Q 与吴妈低俗的台词、行为，也让观众忍不住发笑。该剧将悲剧演成了喜剧，将阿 Q 演出了滑稽的感觉，把吴妈塑造成了敢爱敢恨，又充满情欲、具有性解放意识的女人。改编者以超越封建礼法的观念阐释了鲁迅的《阿 Q 正传》，从人性解放的角度重新解读和演绎了原著中的人物，他们想要冲破禁锢人思想的封建枷锁——圈。尽管改编者有自己新的理解，但该剧在观众和剧评人来看，并未达到理想的效果。

2001 年前后，鲁迅小说改编的另一个特色就是小剧场实验戏曲的作品比较多，而且往往能给观众带来惊喜。20 世纪末，越剧再次引入鲁迅。1998 年，沈正钧取材于鲁迅《孔乙己》《药》等小说，改编成

---

① 王延松：《我，在荒诞中寻找美好——〈无常·女吊〉导演手记》，《中国戏剧》2001 年第 11 期。

四幕七场越剧《孔乙己》。该剧由著名越剧表演艺术家且以演小生著称的茅威涛饰演孔乙己，该剧于杭州首演之后，轰动剧坛，次年受邀巡演于大陆各大城市和香港，引发越剧热，被评论界誉为"越剧新里程碑"，荣获众多奖项。但该剧也引发持续的争鸣，褒贬之声均有。就整体而言，该剧与原著出入很大，可以说是沈正钧在取材鲁迅小说基础上的创新之作，而并非改编之作。沈正钧采用这种非同寻常的改编方法，塑造了一个不同于原著，也不同于其他舞台上的孔乙己。关于人物，编剧沈正钧基于《孔乙己》中的主要人物，除了直接挪用鲁迅其他小说如《药》《明天》等中的人物之外，还另外创造出一些人物，如老鸨、小寡妇、半疯子、女戏子等。

沈正钧和茅威涛塑造的孔乙己与原著有很大不同，有意拔高了孔乙己，彰显了他的善良、觉悟和才气。如剧中的孔乙己为救小寡妇，不顾礼法让小寡妇与自己共睡一床装死，待小寡妇逃脱老鸨之手后为报恩愿以身相许，孔乙己却觉得有违圣贤教训拒绝了，还送其长衫和扇子劝其女扮男装逃往他乡。孔乙己虽为旧式知识分子，但已有较高的思想觉悟，他不仅给革命党夏瑜通风报信，而且反省了自己的看客身份，反思了自己读书人的际遇及读书无用的悲凉现状，甚至想脱下长衫挂林梢，他还自觉无法担当重任，将夏瑜送给他的扇子转赠给女戏子，以求夏瑜其人其事能传播天下。该剧尤其突出了孔乙己的才气。孔乙己在酒客眼中是值得佩服的、很有才气的读书人，他写的诗联被挂在咸亨酒店雅座的门口。原著中孔乙己是站着喝酒的，脸上"皱纹间时常夹些伤痕"，有"一部乱蓬蓬的花白的胡子"，在酒客的取笑下脸色总是会发生变化，他迂腐懒惰，不会任何营生，以偷书为生，最终被打断腿。而在该剧中，孔乙己总是到店里坐着喝，由干净、清秀的小生扮演，其形象并不显穷苦潦倒，倒显风流倜傥之韵；他在别人的取笑中总是不卑不亢，自始至终孔乙己都未见到穷途末路，他以富有才气的诗联赢得赏钱，用抄书换钱，靠唱小曲换酒喝；孔乙己并无偷书的事实，而且他的腿只是被打瘸并未被打断。剧中其他的人物对待孔乙己的态度与原著也有本质的不同：咸亨酒店的掌柜和酒客虽也提孔乙己欠钱、对其嘲笑，但他们都很爱才，从心里尊重有才之人，知道"好诗无价"，掌柜并非原著中那个冷酷的凶脸孔，酒客也并非原著中那些只是将孔乙己作为谈资和笑料的冷漠看客。这一切都大大减损了鲁迅笔下孔乙己所体现出来的悲剧色彩，原著中的悲剧不仅指孔乙己的悲惨遭遇，更侧重指孔乙己的悲惨遭遇遭人漠视、围观、咀嚼和欣赏，这是更令人痛心的。因此，该剧并未深切表现出鲁迅笔下孔乙己带给读者的悲凉、凄惨之感。

该剧中其他取材于鲁迅小说中的人物形象也并未保持原样，如钱大少爷变身为与夏瑜同在日本留学的朋友，都是革命党，而夏瑜则变成了一个女士。该剧为表现孔乙己思想性格发展变化，塑造了与之相关三个女角色——小寡妇、夏瑜、女戏子，编剧用一把扇子将她们贯穿起来，暗示"三个女人一脉牵"，使全剧形成了"一张瑶琴三组弦"的结构，意在以这三个命运悲苦、面貌相似的女人作为三组弦拨动孔乙己这张瑶琴，丰富孔乙己的动作，从多侧面塑造这一主体形象。但是，关于这一设计，评论者和研究者批评的较多，主要有以下几种看法：一是认为三个女角色的形象塑造没有展开，性格不够鲜明；二是认为一把扇子串起的三个女角色缺乏内在联系，表达的意思模糊；三是认为三个女角色并未促进孔乙己思想性格的发展；四是孔乙己与小寡妇的戏比较具体、合乎情理，但与夏瑜和女戏子的戏则缺少具体的生活动作，哲理性语言和述怀抒情偏多，人物之间缺少沟通和心理展示，象征意义不清楚，且存有情理不通之处。以上看法均不无道理，在剧中确实都可以找到相关依据。事实上，从剧中孔乙己整个思想性格发展历程来看，孔乙己并无本质的变化。夏瑜的出现确实触动了孔乙己的心弦，孔乙己感佩夏瑜的豪情壮志，并对其以死唤醒民众的刚烈禀性深感震撼，但他终究还是喜欢超凡脱俗，不愿去感伤时势。女戏子的出现让孔乙己完成了重托，他将夏瑜赠给他的扇子转赠给女戏子，想让夏瑜这一女中豪杰的热血精神传颂天下，而他终究无力担当重任，只愿"一件长衫挂残生，乘风归去一身轻松"。可见孔乙己虽受到触动，但仍然深陷封建科举制度的图图，难以摆脱旧式读书人的志趣。因此，孔乙己在该剧中的思想状态正可用他的一句独白来概括——"一点清醒无奈中"。孔乙己思想性格最终未发生质的变化，还是以原著对人物的塑造为基础的，也与该剧表现出来的思想主题相关。

该剧的思想主题是以夏瑜的诗联呈现出来的。"酒醉了的中国，炮打国门也唤不醒；诗化成之历史，血洒长街都研成墨"，这一诗联构思巧妙，在鲁迅小说的戏剧改编中首次将"酒""诗"两个意象与中国的传统文化和国民性的消极一面关联起来，批判了清朝末年中国国民的麻木、不觉醒。整个中国如同喝醉了酒，连外辱入侵的炮声也唤不醒；历史被"诗化"之后，国民也就不愿正视现实，以致国人的鲜血都被研成墨汁继续书写"诗化"的现实。该剧最后以咸亨酒店里的酒客（包括孔乙己）全都醉卧昏睡的场景和伴唱夏瑜的诗联落幕，从而使主题思想更为鲜明。该剧文词典雅、优美，富有诗意，演唱情感饱满、十分动人，尤其是最后揭示主题的演唱，其凄婉、沉郁、悲怆、幽远的唱腔感染力相当强，可谓震撼人心，让观众为昏睡的中国演绎的大悲剧所带来的悲怆之情久久挥之不去。事实上，编剧即是通过孔乙己这个嗜酒如命，固守诗书，尽管有一点清醒但终究不愿改变自己的形象，生动地表达这一思想主题的。由此可见，越剧塑造的孔乙己与原著形象有很大差别，表达的思想主题也另辟蹊径，虽然没有遵从原著，但与原著可谓殊途同归，都批判了国民麻木的灵魂。

该剧在创作手法上以现实主义为主，兼用象征主义、表现主义、写意等多种手法，既具有剧诗的厚重，又体现了对现代审美的追求。该剧似乎并不看重故事的逻辑性、合理性、完整性，而注重气氛、意境、幻觉的营造，注重写意、象征的表达，以至于一些观众感到朦胧、模糊，难以理解剧情、人物及主题。尽管该剧存有一些不尽人意的地方，但它给越剧乃至当代戏剧舞台带来了新的东西，给观众带来了新的体验，其深厚的文化品位、大气磅礴的构思及演唱为越剧赢得了更多的观众。因此，越剧《孔乙己》尽管颇具争议，但它对鲁迅小说另类的改编，创新性的诠释，使其成为鲁迅小说戏剧改编中不容忽视的一部力作，也是越剧自我探索中在演出方式、题材、主题、风格、唱腔、程式、角色等多方面突破的里程碑式作品。研究者对该剧给予了充分的肯定和高度的评价。中国剧协秘书长王蕴明十分赞赏地指出："越剧《孔乙己》是我国当前戏剧舞台上不可多得的实验性、超前性、先锋性的探索戏剧，它的经验是多方面的，它的意义是深远的。可以说，这个戏的深远意义超出于戏本身，可谓大义在戏外。"① 童道明也赞赏道："《孔乙己》更有前无古人的气魄。当茅威涛穿着孔乙己的长衫在舞台上迈出一小步的时候，越剧向前迈出了一大步。"② 何西来、丛小荷还对其剧本的文学价值进行了充分肯定，认为："就我们所见，近些年，戏曲剧本写成如越剧《孔乙己》这样，经得起案头欣赏、玩味的，实在不多。"③

2001 年，复旦大学中文系 1999 级在读大学生张静将鲁迅小说《伤逝》改编成小剧场实验昆剧。2003 年 2 月，该剧由上海昆剧团投资，以较低成本制作，在上海话剧艺术中心小剧场首次公演，公演之后受到昆剧界和大学校园的热议。这次演出可以说是一个年轻组合的大胆尝试，编剧张静，导演钱正，男女主角黎安、沈昳丽，他们的年龄均在20—30 岁。该剧将作为经典的鲁迅小说《伤逝》这一现代题材引入昆剧这个中国古老的剧种，"一举击破了昆剧现代戏没有成功先例的怪圈"④。这一现代昆剧在唱词、表演程式、舞台音乐、舞台场景、演员服装、道具等，均以其先锋性、实验性又继承了昆剧的传统特色而赢得

---

① 王蕴明：《一种全新的文化对象》，《中国戏剧》1999 年第 3 期。
② 童道明：《在局限中寻得最大的自由》，《中国戏剧》1999 年第 3 期。
③ 何西来、丛小荷：《茅威涛的"这一个"孔乙己》，《中国戏剧》1999 年第 3 期。
④ 王寅：《现代昆剧〈伤逝〉》，《南方周末》2003 年 3 月 13 日第 3 版。

观众的喜爱，演出效果很好，以其在表现人物内心情感特有的细腻感动了全场的观众。2007 年 9 月，上海昆剧团再次推出《伤逝》，在被称为"时尚小剧场"的上海同乐坊芷江梦工场上演。尽管该剧使古老的昆剧焕发出了青春，走上现代化，但在人物形象塑造和思想主题开掘上还存有不足之处。如对子君和涓生性格的塑造与原著有较大出入，第三幕中两人为生活的拮据、日常生活的琐事相互指责、抱怨。子君不满涓生骂自己市井妇人不明事理、小肚鸡肠，愤愤地说："你说我不识理。你成日里译书写稿，怎么也不见写出些柴米油盐，连妻子都养活不了。你这样子还算是个男儿丈夫么！"涓生被子君的话激怒后，也愤然指责："好！我不是男儿，算不得丈夫！你是个新派的女子，那你怎么不自谋生路！反倒要我养活你?！"该剧将两人情感的完全破裂归结为"苦时光""一粥一饭一瓢饮""生活担儿重千斤"。生活的艰辛造成两人情感被磨灭的主题思想显然使鲁迅小说思想的深刻性大打折扣，没有揭示出来自社会、文化的深层原因，以及作为小资产阶级知识分子的自私性、软弱性，大大削弱了悲剧性，只限于两人的爱情层面。该剧始终围绕两人的爱情、婚姻改编。

1999 年，河北省河北梆子剧院著名编剧陈家和受茅威涛搬演越剧《孔乙己》的启发，决定将鲁迅的《阿 Q 正传》改编为河北梆子现代戏。陈家和让阿 Q 前所未有地唱了一回河北梆子。剧本在《大舞台》艺术双月刊 2004 年第 1 期上刊发。陈家和在改编上选择了忠于原著，但也融入了自己的创造性思考。在 2004 年举行的"陈家和剧作研讨会"上，陈家和改编的《阿 Q 正传》受到了研究者的充分肯定。中国艺术研究院研究员吴乾浩认为："剧作在忠实于原著的基础上又增加了新的亮点。"①《大舞台》杂志编辑麻立哲赞赏地指出："《阿 Q 正传》既忠实于原著，又有自己的创作思路，有机地将阿 Q 这一典型人物尽

---

① 杜孟丽：《陈家和剧作研讨会发言摘要》，《大舞台》2005 年第 1 期。

量直观化、扩大化、深刻化，而不至于流于直白、浅显和一般化。"①
在改编方法上，陈家和在《阿Q情结——〈阿Q正传〉改编后记》中
曾指出："改编有多种办法，可取其名，可会其意，可增可删，可拼可
搬，可借题发挥，可节外生枝，可改头换面，可全面翻新……"但是，
陈家和"想来想去都不行，非不能也，实不敢也，还是忠于原著稳妥
些。这也是因为此戏是想演给大中学生为主的青年观众看的，若离的太
远了他们会不认可的。"② 在剧本结构上，陈家和为使情节紧凑连贯，
他并没有按照原著的章节来进行分幕分场，而是采取戏曲"一人一事"
的编剧法，全剧巧妙地以灯光切换场景，运用"淡化时间地点，一气
呵成的办法，不让它有幕间，不让观众休息，不让演员喘气儿"③。

　　在如何写的问题上，陈家和说："这个戏我是在原著上先做减法后
做了一点加法，减掉了一些人物。如赵老太太、赵秀才、赵白眼、白举
人、邹七嫂、老尼姑等。剪掉了一些情节，如阿Q和王胡比捉虱子，
阿Q偷尼姑庵的萝卜，赵太爷买门幕，阿Q被捉，白举人和县太爷的
口角等。这样才能腾出篇幅做加法。加上一些我的想法。"④ 陈家和所
增加的想法主要有以下几点。一是陈家和认为阿Q精神不应该只表现
在阿Q一个人身上，他将阿Q精神运用到舞台所有人物身上，并有所
侧重。关于这一点，陈家和举例说："比如欺软怕硬、趋炎附势。于是
我加上了阿Q卖货一节，让女人们围着阿Q团团转。让男人们为阿Q
敬酒陪笑脸。在梦境中让地保成了阿Q的太监。加上了报官一节，让
赵太爷在县官面前奴象十足……"⑤ 二是陈家和因看到阿Q精神不死，
时至今日仍然存在，"索性让小D在剧终时理直气地喊出'阿Q哥不该

①　杜孟丽：《陈家和剧作研讨会发言摘要》，《大舞台》2005年第1期。
②　陈家和：《阿Q情结——〈阿Q正传〉改编后记》，《大舞台》2004年第1期。
③　陈家和：《阿Q情结——〈阿Q正传〉改编后记》，《大舞台》2004年第1期。
④　陈家和：《阿Q情结——〈阿Q正传〉改编后记》，《大舞台》2004年第1期。
⑤　陈家和：《阿Q情结——〈阿Q正传〉改编后记》，《大舞台》2004年第1期。

死，他是个好人！'"① 三是增加了赵太爷调戏吴妈的情节，陈家和认为
阿Q调戏吴妈虽然不对，但情感毕竟是真诚的，比起那些道貌岸然的
封建统治者来说要可爱得多。四是为表现阿Q悲剧的社会原因，增加
了县官公开接受赵太爷贿赂的情节。另外，陈家和在情感上也有所增
加，他认为对于阿Q不应该只是恨他、骂他、笑他，而应该有更多的
思考，有更多的行动。该剧一开场的伴唱就引人深思：

> 为什么——
> 浑浑噩噩世上走，
> 为什么——
> 自尊自卑自吹牛。
> 为什么——
> 自瞒自骗自无忧，
> 不惊不醒几时休。
> 为什么——②

这一伴唱在全剧中出现四次，唱响了该剧的主旋律，鲜明地揭示了
该剧的主题思想。该剧对以阿Q为代表的国民的劣根性和不觉醒的意
识进行了批判，但更多的是反思。

河南沼君戏剧创作中心、河南省省豫剧三团合作，大胆尝试，将鲁
迅小说《伤逝》改编成豫剧，于2008年在河南首演，引起很大争论。
2011年，豫剧《伤逝》进京演出，一举成功，不仅获得观众的欢迎而
且受到许多专家的肯定，并于同年在"第二届全国戏剧文化奖"上荣
获"改编剧目大奖"等奖项，开创了河南豫剧小剧场艺术的先河。
2015年，该剧在第二届当代小剧场戏曲艺术节上受邀，在北京繁星戏

---

① 陈家和：《阿Q情结——〈阿Q正传〉改编后记》，《大舞台》2004年第1期。
② 陈家和：《阿Q正传》，《大舞台》2004年第1期。

剧村贰剧场连续三天上演，此次演出让更多的观众了解了豫剧，欣赏到豫剧版的鲁迅小说，又产生了新的影响。豫剧《伤逝》编剧孟华，导演李利宏，作曲汤其河，盛红林饰演涓生，卢沼君饰演子君。在主题思想上，该剧通过涓生、子君的爱情悲剧，重在表现新青年在"五四"时代冲破封建牢笼，追求自由爱情的使命仍然是持久而又艰巨的。但该剧的悲剧主题表现得不够深刻，悲剧色彩不鲜明。在音乐设计上，该剧既继承了豫剧传统的四大板式，又融合了歌剧、江南小调、民歌等其他音乐元素，唱腔设计更加时尚化、年轻化。在编写剧本时，编剧们首先找到了超越年代的感情共鸣点：爱情与现实如何平衡，使整出剧目的故事情节与当代年轻人更有贴近性。该剧创作的目的就是让青年观众感受到豫剧的魅力，从而培养豫剧的青年观众群。

## 五 2021 年前后的改编：精心的舞美设计与精细的文本解读

2021 年，时值鲁迅一百四十周年诞辰，为了纪念鲁迅、传播鲁迅，国内国外的戏剧家们再次将鲁迅小说搬上了舞台，又一度掀起鲁迅小说的戏剧改编热情，其中国内的改编已经举行公演且反响巨大的有两部：一部是袁连成改编的大型新编黄梅戏《祝福》，另一部是陈涌泉改编的大型现代原创曲剧《鲁镇》，这两部堪称代表作品。随着戏剧表现力的增强和对鲁迅小说认知的加深，改编不仅呈现出精心的舞美设计而且注重对鲁迅小说文本进行精细的解读。

进入 21 世纪，随着现代技术的发展，戏剧逐步将现代多媒体影像技术广泛运用到舞台艺术中，极大地拓展了戏剧舞台时空，实现了戏剧艺术与现代技术趋向完美的结合，使剧场成为多媒介融合的环境。这两部戏曲改编之作，不仅影像呈现出来的时空背景精美，而且舞台上的布景也十分讲究，每一场的舞台布景都根据故事发生的地点和人物的心理来精心安排景物，从而虚实相映，营造出一个个看似逼真的生活化、写实化的场景，呈现出东西方戏剧文化在不断地交流与交融进程中的成果特点。这两部改编之作精心的舞美设计还体现在灯光、音乐、服饰、化妆、道具等方面，精心的细节设计成为塑造人物性格、暗示人物心理、展现人物命运的有力表达。另外，在 20 世纪末 21 世纪初期，鲁迅小说的戏剧改编经历了小剧场实验戏剧的兴盛之后，戏剧改编鲁迅小说越来越注重对其文本进行深入而精细的解读，尽可能地去表现鲁迅小说中的真意和鲁迅的本质精神。

2021 年 5 月 18 日，大型新编黄梅戏《祝福》在南京紫金大戏院上演，角逐第 30 届中国戏剧梅花奖。该剧根据鲁迅同名小说改编而成，编剧为袁连成、导演为黄依群，主演为著名黄梅戏演员吴美莲。安庆再芬黄梅艺术剧院创排该剧，意在纪念鲁迅先生诞辰 140 周年，向鲁迅致敬，向经典致敬。该剧实际上由袁连成于 2002 年改编的大型无场次淮剧《祥林嫂》改编而来的。为了纪念鲁迅先生诞辰 121 周年，更是为了对过去中国妇女苦难历程的追怀，泰州市淮剧团将《祥林嫂》搬上了舞台，并作为淮剧精品参加了第四届江苏省淮剧艺术节。淮剧《祥林嫂》导演为王友理，作曲为赵震方，祥林嫂的扮演者为淮剧名家陈澄。2002 年 11 月，中国扮演祥林嫂的第一人、著名越剧表演艺术家袁雪芬应邀观看了新编淮剧《祥林嫂》，对其进行了充分肯定，她认为该剧忠实地体现了鲁迅原著的精神，移植是很成功的。

由淮剧《祥林嫂》改编而来的黄梅戏《祝福》，在整体结构和故事情节的构思上与其大体一致，注重从细节上解读鲁迅小说文本，在空白之处尽量合理地发挥想象力和创造力去改编。首先，两部戏曲均在开头和结尾以同一首曲子首尾呼应：先生讲了一个老故事，老故事说的是新女子，新女子为何总是走进老故事，老故事里何日再无新女子。以这首曲子进入故事，又以这首曲子结束全剧，结构完整，点明题旨。这里唱的新女子暗指祥林嫂敢于质疑魂灵的有无，成为打破鲁镇信仰的第一人。然而，是否就能以此将祥林嫂定为"新女子"，还有待商榷。其次，该剧以卖"福"开始，以卖"福"结束，故事中间祥林嫂两次买

"福"，一次是在鲁府帮工心情舒畅下买"福"，一次是与贺老六、阿毛过着幸福的生活时买"福"。买福，这是以祥林嫂为代表的苦难人们的精神寄托，用来表达对美好幸福生活的期待，对家人平安健康的祝祷。全剧尤其突出"祝福"，除夕，成人在祭礼时祝福，孩子们也唱着祝福的歌谣：除夕到，挂灯笼，红红的灯笼福字蒙，灯蒙福字灯得福，福蒙灯笼福火红。该剧抓住原著中只在开头、结尾提到的两次"祝福"，以卖福—买福—得福为线索，将中国的福文化从头到尾渗透在剧中，使人们美好的愿望与以祥林嫂为代表的底层民众的悲苦命运形成巨大反差，从而构成反讽，增强了悲剧性。

与其他戏剧改编鲁迅作品构思的情节不同，该剧与淮剧《祥林嫂》这两部戏曲均制造了祥林嫂与贺老六的偶遇和救命之恩。祥林嫂被卖改嫁出逃，婆婆以酒肉管饱为条件央求癫爷追拿。危急时刻，祥林嫂巧遇猎户贺老六，贺老六将她带出大山，带进鲁府去做工。后来祥林嫂被卖到贺家坳，才发现买她的新郎正是恩人贺老六。剧作创造性地制造两人这一非同寻常的缘分，为后面两人和美恩爱地生活在一起做了铺垫。关于祥林嫂嫁到贺家坳接受贺老六之前的情节内容，历来是戏剧改编精心演绎之处，原著仅用只言片语表现了两人之间的冲突，祥林嫂撞了香案之后就只是"骂"，而贺老六就是凭借自己的力气迫使其依从。但是，戏剧改编之作却总是基于两人均为苦命人的同一阶级属性，让贺老六真情倾诉矛盾心理，决定情愿自己承担债务也愿放祥林嫂归去，最终感动祥林嫂，使其主动留下与贺老六过日子。该剧也是如此构设故事情节和唱词的。

另外，该剧除了发挥戏曲唱的优势之外还注重人物的表演，并通过精心的舞美设计为人物表演提供相应的环境。有的剧种的《祝福》是以唱故事为主，而黄梅戏版则是既唱故事又演故事。该剧最为精彩的唱段还是祥林嫂被赶出鲁府流落鲁镇街头长达 13 分钟左右的独唱，唱尽了她一生的悲剧和悲愤，成为该剧的高潮。凡是戏曲改编鲁迅的《祝福》，都会在祥林嫂被赶出鲁府后精心设计其独白和演唱，尽管大体上都是演唱祥林嫂不幸的一生，但因为改编的唱词、唱腔等不同，不同剧种的改编也是各具精彩，具有很强的文学性和极高的审美价值。该剧此处的唱词、唱腔、音乐节奏等改编也十分精彩，感染力很强，一句"为什么阴间阳间都不放过我"，唱哭了多少观众。

该剧很注重人物表演，即便是用以衬托祥林嫂的次要人物也演得有声有色。尽管该剧主要以鲁迅的《祝福》为蓝本进行改编，但为了拓展剧作的内涵也借用了鲁迅其他小说中的人物，如假洋鬼子、红鼻子老拱、蓝皮阿五，该剧将这三人化为剧中酒鬼张少爷、懒鬼李四、赌鬼王二麻子，他们整日百无聊赖靠在酒馆里喝酒打发日子。虽然他们只是次要人物，但却将人物好吃懒做、流氓无赖的嘴脸表演得淋漓尽致。"三鬼"出场之一是到鲁府求帮工，面对鲁四老爷家黑色的雕刻着镂空图案高入房顶的庄严四壁和威严的鲁四老爷，极尽巴结讨好企图混得一些钱，但是鲁四太太十分精明，看穿了他们的诡计将其轰了出去。在鲁府的这一段表演很精彩，富有喜剧性，与随后出场的朴实能干不问工钱的祥林嫂形成鲜明对比。"三鬼"出场之二是从酒馆出来觉得无聊，于是到街头寻找乐趣，此时影像呈现出来的背景则是鲁镇全景，舞台上摆放着柳树、石凳、河边台阶等道具。三人肆意调笑着，拿寡妇祥林嫂谈论取乐，李四和王二麻子还各自表达喜欢祥林嫂并要娶其生子的想法，而张三表面是新派实则保守派。三人表演可谓各具形态，将人物演得活了。寡妇成为任人调戏、偷窥、欺辱的对象，本来是鲁迅小说《明天》中表现出来的思想内容，然而该剧基于同为寡妇的遭遇将单四嫂子的悲惨命运集中体现在祥林嫂的身上，使祥林嫂载负更广泛女性的悲剧，在原著的基础上拓展了祥林嫂悲剧的根源。

该剧虽为戏曲但却为人物的表演提供了一个个较为真实的场景。该剧的舞台布景称得上精美，它通过多媒体技术营造出写实与写意交融的更为广阔的舞台时空，还独具匠心地把鲁迅倡导的木刻用到舞台上作为一些元素去呈现环境。黄梅戏《祝福》不论用影像技术营造的故事环境还是舞台上的布景，均具有木刻的元素。如，在"鲁镇街头·河边"这一场中，影像投射的鲁镇背景从近处看就是只有房顶的木刻图景，写意感很强，非常独特。鲁四老爷家的客厅、贺老六家的墙壁均有木刻的元素。可见，该剧在舞美设计上十分用心，尽量从多方面渗入鲁迅的元素。

该剧展现了一个不幸中国中的一个不幸的祥林嫂，这一愤世绝望的悲剧性人物，意在震撼那个昏睡的时代，唤醒那时麻木的人们。但是，祥林嫂在原著中向具有新思想的"我"询问灵魂的有无，"我"则是抱以善心没有绝对地回答。但在该剧中祥林嫂问的是一个家道没落的混世度日行为放荡的张少爷，祥林嫂问其有没有魂灵，他大笑回答：魂灵？你说呢。这一设计缺乏了原著的庄严感。该剧还存在一些与原著不符之处，如贺老六不是因为伤寒病复发去世，而是摔下悬崖，又听闻阿毛被狼吃掉，急火攻心万念俱灰而去世。虽然儿子与丈夫几乎同时去世带来的悲痛更集中，但还是没有原著中丈夫、儿子先后去世对一个女人逐步掏空她的希望打击更大。

截止到 2021 年，河南戏曲根据鲁迅题材（生平创作）改编而成的作品就已有七个。姬学友在《鲁迅的文学遗产与河南戏曲》一文中专门就河南戏曲改编鲁迅题材的情况进行了细致的统计，并就河南改编盛况进行了深入分析。他指出："到目前为止，在全国戏曲界，具体地说是在全国有京剧和地方剧种的省份，根据鲁迅题材改编成戏曲作品（包括大剧场公开演出，小剧场公开演出，或制作成戏曲电影等）最多的地区，不是鲁迅的故乡浙江，也不是鲁迅曾经生活、学习和工作过的南京、北京、厦门、广州、上海；不是越剧、粤剧，也不是被称作国剧的京剧，而是河南以及发源于河南的豫剧和曲剧。"①

---

① 姬学友：《鲁迅的文学遗产与河南戏曲》，《鲁迅研究月刊》2021 年第 11 期。

在鲁迅题材改编的七个河南戏曲作品中，著名剧作家陈涌泉改编的就有四个，其中两个为曲剧作品《阿Q梦》《阿Q与孔乙己》，一个为豫剧作品《风雨故园》，主要表现鲁迅原配夫人朱安的辛酸难言的一生。2021年，为了纪念鲁迅140周年诞辰，陈涌泉再次以曲剧形式对鲁迅小说进行改编，此次改编堪称大手笔之作，陈涌泉以《鲁镇》之名将鲁迅众多的作品嫁接到一起，把作品中具有代表性的人物都集中在鲁镇同时上演，设置多条线索，将众多作品中的思想内涵融会贯通、拓展升华，实现了鲁迅作品戏剧改编的再次重大突破。

2021年12月28日，由陈涌泉编剧、张曼君导演、方可杰作曲、梁献君设计唱腔的大型现代原创曲剧《鲁镇》在郑州市艺术宫首次上演，八场一尾声，时长两个半小时，演出单位为河南省曲剧艺术保护传承中心。领衔主演的是曲剧新秀、"90后"新生代演员李晶花，饰祥林嫂一角，从角色的青年时期一直演到老年。著名曲剧表演艺术家杨帅学饰演狂人。陈涌泉以鲁迅的《祝福》《狂人日记》两部小说为主并借鉴鲁迅其他多篇作品改编而成，他富有创意地将鲁迅这两部小说中的主人公祥林嫂与狂人的命运关联起来，以祥林嫂的故事为主线，融入鲁迅其他小说中的众多人物，为观众演绎了一个既熟悉而又陌生的鲁镇故事。该剧第一场开场即唱道：曾经有个镇，住着一群人，或梦或醒多混沌，堪笑堪怜泪涔涔。唱罢，台上的一群人依次从屏风的各扇门走出自报家门单独亮相：孔乙己、九斤老太、N先生、阿Q、单四嫂子、小D、华老栓、丁举人、赵太爷等。《鲁镇》可以说是融合了鲁迅小说中人物最多的戏剧改编作品之一，该剧通过设置咸亨酒店这样一个典型的场景，使鲁迅小说中的众多蒙昧人物同聚鲁镇，共同演绎着鲁镇的悲剧，堪笑堪怜。该剧刻画了一群病态人物，营造出愚昧、麻木、沉闷、残忍的社会氛围，意在强化祥林嫂不幸命运的社会根源。

该剧基本遵循了鲁迅小说中人物形象的性格特点，但也对原著中的个别人物进行了重新塑造，鲁定平就是编剧创造出来的角色。鲁定平在该剧中虽然小名也还是叫阿牛，但与原著中的阿牛完全不是同一个人。鲁迅小说《祝福》中鲁四老爷家的少爷阿牛是个一带而过的孩子，没有什么言语，只在帮忙烧火、抬桌子时出现两次而已。但是，在该剧中陈涌泉却对阿牛进行了重新创造，阿牛大名被命名为鲁定平且已成人，在府学上新式学堂，是一位受近代新思想影响而觉醒的人，意欲唤醒家乡民众，结果因参与谋划起义而被问斩。编剧将封闭保守的鲁四老爷的儿子阿牛重新塑造成具有新思想、勇于参加革命的青年鲁定平，显然更具有戏剧性，该剧的内涵也更加丰富。但该剧将原著中鲁四老爷的儿子阿牛与返乡住在鲁四老爷家具有新思想的"我"糅合在一起，创造出鲁定平这一人物，也有些牵强。

该剧将鲁定平和狂人这两个人物作为全剧的灵魂人物，他们可以起到揭示批判、拓深主题的作用。该剧通过这两个觉醒者批判吃人社会，揭示世间真相，暗示革命发展，展望美好世界，渗透着浓郁的人文气息和深厚的文化品位。鲁定平在剧中出现两次，一次是在第一场，因为府学放假回乡，通过他的视角和唱词，我们可以看到鲁镇依然，旧景象就像一个"铁屋子"，里面的一群人睡得正香，不知道中华民族正沦丧。紧接着，狂人喊着"我发现了"奔向鲁定平，并劝说其不要再看古书，因为书中到处都透露着"吃人"两字，书中透出的血腥味是哪里又摆上人肉宴了。紧接着，祥林嫂抗卖出逃，鲁定平和狂人两人合力一救一阻帮助祥林嫂脱险。狂人在阻止追赶祥林嫂的人时，将其比作青面獠牙的恶狼，显然具有暗示其吃人之意。可见，该剧在第一场就借鲁定平和狂人这两个觉醒的人物，给沉闷、昏睡的鲁镇吹进了一丝时代风气之先的气息。同时，他们的唱白也画龙点睛地揭示了鲁镇所代表的故步自封、黑暗压抑的旧中国吃人的本质，使该剧主题更为鲜明。

鲁定平再次出现是第八场被押送去刑场，大义凛然，表明自己愿效仿秋瑾，一腔热血献华夏，唤醒沉睡梦中人。他相信随着民权日盛、公理日昌的风潮，革命终将取得胜利。狂人则是一个贯穿全剧的人物，几乎每场都会出来，他就是剧中明白人中的疯子，疯子里的明白人。他的唱白看似疯言疯语，却是具有警醒世人、揭露真相的深刻之言。陈涌泉将狂人较为自然地融合进该剧中，狂人的出现和唱白在整个故事情节中衔接比较合理。祥林嫂被赶出鲁府，在长街上路遇狂人，问了狂人三个问题，最后一个问题是：阎王爷会不会派小鬼把我锯成两半？狂人回答：不要害怕鬼，鬼不是最可怕的，最可怕的是人。人凭一张嘴，就能把你碎尸万段，软刀子杀人血不沾。一旦你被摆上人肉宴，吃了你骨头都不剩一点点。最后狂人总结：人是最可怕的，人是会吃人的。这像是在启蒙祥林嫂，但更是在对观众点明、揭示那个社会的黑暗荒诞。狂人的人鬼论，具有对当时人鬼倒置的封建社会的深刻反思和批判。

　　该剧主要人物是祥林嫂，编剧基本上遵循原著故事情节丰满地塑造了这一人物。该剧很注重通过人物的动作、神情、唱白展示其内心世界。演员李晶花将祥林嫂从婆家出逃和在森林中寻找被狼叼走的阿毛的情景，以恰和音乐节奏的精彩动作和丰富的神情，生动形象地表现出祥林嫂恐惧、焦急、担忧、紧张的心理。在找到阿毛之后，李晶花细腻地演绎了祥林嫂痛心疾首的唱白，唱出了阿毛被狼吃的惨相及其悲痛欲绝的内心：夺了娘的魂，割了娘心肝，断了娘的路，摘了娘心尖。这长达八分钟的内心独白演唱，赢得了台下掌声阵阵。而祥林嫂最后的独白唱段——"21. 十八层"，是全剧的高潮唱段，长达13分钟，完美地演绎了祥林嫂悲苦的一生。该唱段无论是唱词、曲调、唱腔、节奏、表演等都极具感染力，祥林嫂悲怆、怨愤、绝望地控诉演唱，令无数观众为之动容、潸然泪下。这一唱段主要写祥林嫂被赶出鲁四老爷家后独自徘徊在天寒地冻、大雪纷飞的长街上，对自己苦难的一生进行了回顾，从幼失双亲被卖为童养媳到捐门槛罪难赎，其不堪回首的一生遵循了原著中祥林嫂的故事情节。唱词言简意赅，概括力极强，回顾了祥林嫂的悲惨一生之后，又从封建社会的伦理观念进行总结和强化：在家从父，父早死；出嫁从夫，接连空；夫死从子，入狼口；认命从神，行不通。到头来什么都靠不住，想死不能死，想活活不成。至此，祥林嫂因为孤苦无依，陷入人间、地狱两难境遇，不由得悲愤难抑、怨气冲天，绝望之下怒问天地：常言说天大罪孽犹可赎，为什么我的罪孽赎不清！为什么非把我打进地狱十八层啊！祥林嫂悲戚激越之声到此戛然而止。然而，伴唱清唱回应：问苍天，天无语；问大地，地无声。

该剧不仅将人物塑造得丰满、鲜明、情感饱满，而且在结构的设计上也别具匠心。伴唱清唱之后，该剧又回到开场的一幕，仍然唱道：曾经有个镇，住着一群人，或梦或醒多混沌，堪笑堪怜泪涔涔。这一设计使该剧首尾呼应，结构完整，主题鲜明。最后，狂人走了出来独白道：我要去一个不吃人的地方，一个空气清新、人人相亲相爱的地方，带我离开这个吃人的世界，我要去往一个新的世界。临到剧终，狂人的这一番独白是对理想世界的美好憧憬与热切呼唤。总体来看，该剧"堪笑堪怜泪涔涔"的基调没有跑，但是如果将狂人最后对新世界的憧憬去掉，使观众沉浸于首尾呼应的基调中，就更能呈现出鲁迅原著中的思想情感，加强悲剧的力量，鲁迅作品中所表现出来的往往是黎明前的黑暗，是无法挣脱的绝望。

该剧在舞美设计上有其独特之处，舞台上用来间隔空间的高入屋顶的屏风看起来就像巨幅书简，上面写着鲁迅《狂人日记》里面的文字，每一页书简被设置成活动的可以开关的门，人物可以走出来走进去。与近十年来戏剧越来越多地借用技术拓展舞台时空不同，该剧几乎没有依赖多媒体技术，只是在第三场中将巨幅书简作为屏幕，投射出祥林嫂被绑上船驶向远处的影片。

## 第二节　国外鲁迅小说的戏剧改编概况

鲁迅小说作为阐释不尽的经典，吸引了众多企望将其搬上舞台的人士。在国外，虽然鲁迅小说的戏剧改编数量不如国内多，但在改编的历史时长上几乎与国内同步。国外基于鲁迅作品在思想文化上的巨大现代价值，有不少国家将鲁迅作品或鲁迅的生平事迹改编为戏剧并搬上舞台，如美国、日本、加拿大、法国、荷兰、波兰、德国、印度、苏联等国家或独自改编或与中国合作创作。国外比较早地对鲁迅小说进行戏剧改编的国家是美国和日本，它们在 20 世纪 30 年代即将鲁迅的《阿 Q 正传》改编为戏剧。美国剧作家雪森库鲁改编的剧本《阿 Q 之趣史》于 1937 年公演，日本作家北川冬彦也于 1938 年将鲁迅的《阿 Q 正传》改编为同名戏剧。进入 21 世纪，随着中外文化交流的深入，以及鲁迅作品世界性的现代价值被进一步认识和发掘，凭借着国际戏剧展演舞台，一些改编者越来越注重研读鲁迅作品本身并将深入挖掘的文本精神以完整而新颖的戏剧形式展现于世人面前，他们采用新的戏剧观念、新的舞台技术手段、新的戏剧改编形式等，使鲁迅作品的戏剧改编呈现出别样的风格和色彩，从而带给中国的戏剧改编以多方面启发和借鉴。

在将鲁迅作品改编为戏剧的国家中，日本是改编较早和较多的国家，在传播鲁迅及其作品上可谓成就非凡。鲁迅的《阿 Q 正传》《故事新编》《藤野先生》均被日本剧作家改编成剧本，并在舞台上进行公演。日本将鲁迅的作品改编为戏剧或者以鲁迅作为主人公的原创戏剧作品还是比较多的。林敏洁在《鲁迅作品的戏剧形式在日传播及其影响》《日本对鲁迅作品戏剧形式的接受及传播——以日本剧作家改编作品为中心》这两篇论文中，集中研究了日本对鲁迅作品戏剧改编的接受和传播情况。在日本，以戏剧形式改编鲁迅可以分为三种情况：鲁迅作品的戏剧改编、鲁迅生平的戏剧改编和中国的鲁迅作品戏剧改编的日译版。

日本将鲁迅的作品戏剧化，多数会以此反思日本的历史文化。霜川远志改编的三幕话剧《阿 Q 正传》，于 1954 年 1 月在东京明治座上演，导演为村山知义，饰演阿 Q 的是岛田。该剧首演之后，即受到观众的广泛认可和欢迎，之后接连不断上演，传播面很广，影响很大。霜川远志从仙台的鲁迅一直写到上海的鲁迅，三十多年的时间跨度，一百多个出场人物。这部戏在 20 世纪 50 年代到 70 年代曾在日本全国各地的中学巡演，在民间的影响很大。作品最大的特征是彻底地把鲁迅常人化，在日常性之中理解鲁迅的本质，甚至虚构了鲁迅与秋瑾的恋情。1977年，霜川远志出版了鲁迅传记形式的戏剧集《戏剧·鲁迅传》五部曲。董炳月在《"日本鲁迅"的另一面相——霜川远志的〈戏剧·鲁迅传〉及其周边》一文中就该戏剧集的出版进行了深入评析。鲁青也曾在观赏戏剧后撰文《为写鲁迅而豁出生命——介绍日本剧作家霜川远志先生》一文中，高度赞赏霜川远志对鲁迅走向民间做出的巨大贡献。1969 年 9 月，宫本研改编的《阿 Q 外传》，在日本"新剧界中心之一"的文学座新宿·朝日生命礼堂里上映，导演为木村光一，饰演阿 Q 的是北村和夫，该剧上映之后引起热议。该剧属于组接式改编，在原著《阿 Q 正传》的故事框架中穿插了鲁迅其他的作品中的人物、情节，并加入了辛亥革命前后的鲁迅、秋瑾、范爱农等真实人物和事件，虚实碰撞，贴近近现代实际问题。该剧将阿 Q 塑造成被观众单纯地喜爱的形象。宫本研所作的《阿 Q 外传》后来上演持续时间也比较长，直到2013 年。日本第三位改编鲁迅作品有影响的戏剧家是中岛谅人，他将鲁迅的历史小说《铸剑》改编为同名话剧。该剧于 2007 年 12 月 28 日、29 日两日晚 7 点半在鸟取市鹿野町"鸟之剧场"首演。2008 年 5 月，"鸟之剧场"在鸟取市再次上演《铸剑》，上演大获好评。舞台充满紧张感，令人感觉时间过得很快，具有趣味性。可见，鲁迅之作于日本，从文字走向了戏剧，从戏剧根植于民间，又从民间影响到社会，深思可见其深邃之洞见，非但未止步，还依然促使现代人不断深思、反省。以上主要通过日本主流媒体的报道等，梳理了日本主要的剧作家对鲁迅作品的改编及其传播情况。日本剧作家将鲁迅作品改编成戏剧并将其搬上舞台所发挥的作用是不可忽视的。

2006 年 10 月，在鲁迅逝世 70 周年同时也是鲁迅赴仙台留学 100 周年之际，日本仙台小剧场 NPO 剧团的石垣政裕理事长将鲁迅的回忆散文《藤野先生》改编为多幕话剧《远火：鲁迅在仙台》并亲自导演。该剧共两幕十场，登场人物有 20 多人，但大多并非专业演员，身份来源比较复杂，剧中饰演鲁迅的演员大须贺淳即是一位热爱鲁迅的公务员。该剧再现了鲁迅于 1904 年至 1906 年间在仙台的岁月，序幕和尾声分别为 1936 年和 1945 年时藤野先生诊疗所的情景。该剧从日本人的视角讲述了鲁迅在仙台学医，及后来弃医从文和寻求救国之路前前后后的故事，主要通过演绎鲁迅在仙台与藤野先生相识、相知时期"经历了的事"和"或许经历了的事"对"仙台时代的鲁迅"和"鲁迅时代的仙台"进行戏剧化的呈现，生动再现了鲁迅与藤野先生异国师生之间的真挚友情，以及鲁迅对人类大爱和对邪恶大憎的精神世界。2006 年，该剧在仙台首演之后，受邀到北京鲁迅博物馆、上海鲁迅纪念馆访问演出。2016 年，时值鲁迅先生一百三十五周年诞辰，话剧《远火》又被邀请来到绍兴访问演出。与其他塑造鲁迅形象的戏剧作品不同，石垣政裕改编的《远火》是以日本学界鲁迅研究为基础进行创作的，展现了日本仙台在鲁迅研究上的最新成果。该剧将鲁迅作为一位普通市民来塑造，通过讲述鲁迅与先生、同学以及当地市民的交往生活来展示青年鲁迅的丰富情感和复杂心理。

为促进日中两国的友谊和戏剧界的交流，同时也为了通过"阿 Q 精神"引起青年的思考以达到教育青年一代的目的，日本导演岩田直二将陈白尘改编的《阿 Q 正传》搬上日本舞台，于 1982 年 9 月 2 日在大阪首演，饰演阿 Q 的是一个做搬运工的业余演员田口哲。该剧演出的剧场、舞台虽小，但能汲取日本戏剧演出的传统手法，设计"花道"，充分利用观众席，拓宽演出场地，并利用灯光、绘景软幕等手段，巧妙转换场景，顺利地完成了这一有十几个场景的大戏。该剧的演出深入人心，获得了很好的效果。江苏省话剧团饰演过阿 Q 的张辉亲自指导并观看了此次演出，曾欣喜而感动地说："直到戏演完，没有发现一个走动的观众（这就是说，连上厕所的都没有）。说实话，在我的记忆里，象这样吸引观众的演出还是不多的。这个戏的演出实践证明日本的观众是看懂了，并接受了的。"①

除了日本，其他国家也出现了一些将鲁迅小说改编为戏剧的优秀之作。1987年10月，法国戏剧导演埃马纽埃尔·勒鲁瓦将鲁迅小说《狂人日记》以形体剧的形式搬上舞台，在阿尔芒蒂耶市首演即获巨大成功。勒鲁瓦将改编之后的《狂人日记》更名为《某君昆仲》。该剧以某君的弟弟狂人为主要角色，声带和音乐为第二个角色，全剧也只有这两个角色交流、互动。勒鲁瓦如此精简地处理人物的方法，使该剧具有象征主义的风格。主人公狂人由法国北方时近中年的著名喜剧演员埃尔维·吕克饰演。②

有的国家将鲁迅作品改编为肢体剧。肢体剧，虽然也被称为形体剧，但其实并不是一个剧种，而是属于一个戏剧表演的流派，一种演剧风格。这种表演强调演员的表演才是舞台的本质，以大量的肢体语言代替声音语言来进行表达。肢体剧是从传统哑剧发展而来的动作戏剧，是通过基本的身体手段来叙事的表演形式，它将肢体运动与戏剧结合起来，用人类本能的肢体性来形象而原始地表达所思所想。2007年5月，加拿大史密斯·吉尔莫剧团与中国上海话剧艺术中心合作，根据鲁迅作品改编的首部肢体话剧《鲁迅往事》在该中心剧场举行首演，随后在中国其他城市和世界巡演。该剧全场采用中英双语对白，通过肢体演绎故事，以一种在鲁迅作品戏剧改编中突破语言障碍的颇为新颖的戏剧形式从形体表演和舞台画面来阐释一个个与以往不同的鲁迅故事，带给中国观众新奇而又热闹的体验。该剧截取了鲁迅的《孔乙己》《祝福》《一件小事》《知识即罪恶》等几部作品的片断穿插于剧中连成一体，表现作家的内心思想，反映中国近代思想文化和社会价值观的巨变。在

---

① 张辉：《在大阪看日本同行演出〈阿Q正传〉》，《上海戏剧》1982年第6期。
② 埃马纽埃尔·勒鲁瓦：《某君昆仲》，《中国文化报》1988年1月17日。

剧中，三位外国演员和三位中国演员均一人分饰多种角色，通过生动逼真的肢体表演，将鲁迅笔下的孔乙己和祥林嫂形象以令人耳目一新的感觉搬上舞台。全剧既无华丽的舞台，甚至没有任何布景，也无烦琐的叙事，仅用简单的形体动作来表达，胳膊一端便是一把椅子，小辫一甩就是写作的毛笔，两名演员一站一躺就成了影子。剧中阿长、孔乙己、鲁四老爷等人物用英语表达，这令人感到很新奇，当阿毛一边剥着豆子一边用英语跟祥林嫂说再见时，是鲁迅和观众所没想到的。在创作过程中，吉尔莫夫妇认为鲁迅想要传递的不是一些大道理，而是需要用真心去感受的生命和人生意蕴。该剧为中外戏剧合作提供了一些新的思路。吉尔莫很欣赏中国演员的基本功，戏中双人"影子"创造性地运用即是他们在文化碰撞中收获的灵感。

21 世纪是一个多元文化融合的时代，跨界与融合成为这个时代的主旋律，兼容并蓄是这个时代最吸引人之处。新的时代，我们需要用新的观念和视角来解读、改编文学经典，深入挖掘鲁迅作品和鲁迅所具有的时代意义和价值。21 世纪鲁迅作品的戏剧改编，鲜明地呈现出跨界和融合的特点，充分借用先进技术，带给观众新鲜、立体、多感官、多视角的丰富审美体验。2016 年，法国导演米歇尔·迪蒂姆（Michel Didym）应北京新蝉戏剧中心艺术总监易立明的邀请再度赴京，与中国演员和国际上的艺术家合作，根据鲁迅小说《阿 Q 正传》创作了中文戏剧《阿 Q》。剧组由中法艺术家共同组成，导演、音乐设计和舞美设计都是法国人承担，化妆、服装、视频设计、灯光设计则由中国人完成。该剧以鲁迅的《阿 Q 正传》为主，也汲取了鲁迅其他作品中的灵感。该剧于 2018 年 5 月在北京、上海、南京巡演。迪蒂姆导演的《阿 Q》很有特色，且具有创新性。

首先，他以保留原汁原味的鲁迅作品（直接将鲁迅作为编剧）为创作宗旨，为观众呈现了一部固守原著的叙述体戏剧改编之作。该剧具体采用旁白叙述和人物表演的故事呈现方式，事实上，将鲁迅的《阿 Q

正传》搬上舞台设置讲述者、采用旁白叙述的故事呈现方式并非迪蒂姆首创，但迪蒂姆史无前例地在剧中设置了七个讲述者，他们一个个接力将阿Q的故事讲述完。有趣的是，迪蒂姆有意识地模糊了讲述者和表演者的界限，它们之间可以互换角色，甚至是一人扮多种角色或一人具有多种功用，如阿Q在没有表演的时候可以到乐队中去暂时充当吉他手。

其次，蒂迪姆导演的《阿Q》在排演时采用了"编创"模式，即直接使用鲁迅原著，在排练中没有固定的剧本，而是由导演从整体上把握主题和艺术方向，与演员们共同创作。这一创作模式是之前以戏剧形式改编鲁迅《阿Q正传》历史上难以看到的，该模式是富于灵感、激情和创意的，观众所看到的似乎是一台边排边演的戏，舞台上呈现出来的阿Q能够自由穿越年代，唱戏的男演员还可以帮助其他角色现场整理扮相。

再次，迪蒂姆根据时代发展和观众审美需求，将传统和现代相结合，大胆实验，突破了观众既有的审美思维，营造了多样的场景和多维的空间，呈现了一部别样体验的《阿Q正传》。该剧融合了说书、小调、戏曲、手影、摇滚、舞蹈、投影、现场拍摄等多种艺术形式和表现手段。迪蒂姆在该剧中充分体现了现代感，他运用现代音乐、现代服装、现代多媒体技术来演绎远在辛亥革命前后的阿Q的故事。蒂迪姆充分利用现代多媒体技术，采用"现场拍摄"进行实时投影，如财主家遭抢的情景就运用了实时投影，这一舞台表现手段形成的效果可以与舞台上演员的现场表演相互补充，拓展舞台空间和表现内容。舞台上设置有屏风，即可用作实时投影，又可用作空间间隔。屏风有门可以作为前台和后台的通道，像假洋鬼子、地主老财、官员新贵等地位高的人物通常都出现在门的后台空间。迪蒂姆导演的《阿Q》之所以具有现代感和幽默感，是因为他在鲁迅的作品里面找到了现代感和鲁迅的黑色幽默感。

最后，蒂迪姆在《阿Q》中侧重表现了阿Q所代表的永恒的人性这一主题，他认为阿Q实际上是一个有着喜剧外壳的悲剧性人物。阿Q并不仅限于是中国的，也是全世界所拥有的典型人物。

21世纪20年代，波兰两位有影响力的导演均以话剧的形式改编了鲁迅小说。由波兰著名戏剧导演格热戈日·亚日那（Grzegorz Jarzyna）根据鲁迅小说《铸剑》改编的同名话剧是2017林兆华戏剧邀请展的闭幕大戏。该剧于2017年12月、2018年1月相继在上海、哈尔滨、北京巡演。该剧是一部中西合作的先锋戏剧，演员主要来自中国、波兰和美国，中国著名演员史可饰演"莫邪"，波兰功勋演员莱赫·洛托茨基饰演"王"。该剧是对鲁迅小说和神话传说的重新解读，在形式上完全颠覆了鲁迅的故事，是一场颇具颠覆性和先锋性的改编。与鲁迅的《铸剑》不同，格热戈日·亚日那将古代神话故事从过去移到了未来。观众对该剧的评价出现两极分化现象，一些观众认为该剧给他们带来了全新的感受，而另一些观众则很难接受这样非现实表现形式的改编。华丽而炫目的声光效果给人完全不同于原著的感受。

该剧的特点非常鲜明。首先，该剧在视觉效果上颠覆了传统戏剧的观感。格热戈日·亚日那大量使用了高科技手段，包括全息投影、视频影像等多媒体技术，令人耳目一新。该剧在服装、音乐、灯光等舞台视觉效果上采用未来主义的美学方式，为观众呈现了一场如梦如幻的演出。该剧整个舞台设计富于未来感，舞台声光效果、服装设计都相当炫酷。格热戈日·亚日那之所以将故事设定在未来，一是因为他关心的是未来，希望探讨更加宏大、更加全球化的主题，而并非中国的社会政治问题；二是因为他的改编更多是为年轻人而设计的。其次，眉间尺这一角色由四位青年男女演员接力扮演，其中还包括一名女性。格热戈日·亚日那选择四位不同的年轻人扮演眉间尺，主要考虑到所有的年轻人都会或多或少要面对和处理历史上遗留下来的问题，加入女性的用意在于使男女特质互渗，以期社会更加平衡。再次，该剧时间意识很突出。该剧表现出人类文明程度看似提高了但仍然在原地踏步，人类没有利用智慧去使用时间、解决问题，另外，人类的进步还需要一代代人的努力，需要时间去努力，需要在未来去解决问题。最后，格热戈日·亚日那在舞台表演上有很多自己的创意。如，将三头缠斗的情景投映在幕布上，借此处理和展示生与死的不同空间和感觉；将眉间尺父亲的灵魂附在儿子身上去复仇；将母亲既想让儿子复仇又清楚儿子必然会牺牲这两个价值观的冲突作为故事的重点。

由以上可见，格热戈日·亚日那改编该剧超越了鲁迅小说中故事的本身，重在考虑人类的普遍问题，但这些似乎并不能够为中国观众所理解。该剧的主题呈现更加开放、生动自然。注重舞台上的情感和情绪。格热戈日·亚日那认为，戏剧不是改编文学，而是对文学进行再阐释，每一种阐释方式都会打开一个更加广阔的空间和领域。对于鲁迅的解读，会让鲁迅的作品更加富有生命力、更加开放了，从中我们能够看到文学带给大众的无限可能性。

为纪念鲁迅140周年诞辰，被誉为欧陆剧场界的巨人，20世纪波兰剧坛最重要的三位导演之一——克里斯蒂安·陆帕（Krystian Lupa）改编并导演了原创话剧《狂人日记》。该剧由中国演员表演，于2021年3月14日在哈尔滨大剧院试演，与观众首次见面，随后在全国巡演，6月在以"彼岸和诱惑"为主题的首届阿那亚戏剧节进行完整版世界首演。该剧改编自鲁迅的同名现代白话文小说，陆帕在原著的基础上结合了鲁迅其他多部作品进行了扩展、创造和延伸，将小说中简略带过或处于故事背后的人物如嫂子、母亲、赵贵翁、大学生、医生、佃户推到台前，使其分别在与狂人的关系中进行较为充分地演绎，把狂人的形象塑造得丰满而立体。该剧公演引起广泛关注和较大的反响，观众抱着十分期待的心理观演，但因为时间长、气氛压抑而失望较多。不过该剧也因为确实实现了陆帕改编该剧想要打破之前中国人因为鲁迅作品而对鲁迅产生的印象的初衷，给国人展现出一个既是鲁迅的又不是鲁迅的《狂人日记》，可圈可点之处也比较多。关于鲁迅小说《狂人日记》的戏剧改编，陆帕的改编与之前改编有自己独特的风格和创意。他特意设置了一个讲述者，在第一幕的整个第二场都在自言自语地读着原著前三则日记，引导观众一起思考、发现日记中的种种疑问，从而自然开启后面探索狂人经历的秘密以及揭示其内心巨大痛苦的观演旅程。该剧重在深入狂人和作者的内心世界，进行精神上的探索，所营造的沉闷、压抑、诡秘的气氛也比较贴近原著。

为此，陆帕采用了独特的手段。一方面，陆帕对时间的处理很有特色，呈现出陆帕的慢节奏。他将时间作为剧场中的一个角色，使其在空间中可以延长、压缩、停顿，以突出封闭空间中人物的充分表演，使人容易看清细节。在包括人物说话都异常缓慢的节奏中，陆帕将观众带入对人物内心的关注和体验中，挖掘人物精神更深层的真实。事实上，这种慢节奏对演员的表演并非易事，而是提出了很大的挑战。但这样的节奏，也使该剧尤其是几场独角戏令人感到十分沉闷，造成观众情感倦怠很难融入剧中。另一方面，陆帕采用全息投影、视频影像等多媒体技术和现实相交融，营造出多维的戏剧时空，有助于多角度多层次地探索狂人经历的秘密。陆帕在鲁迅作品的戏剧改编史上首次使用了全息投影技术，可以说为鲁迅作品在舞台上更好地展示提供了技术上的创新。

该剧增加了不少情节和细节，如嫂子与狂人之间的故事，哥哥回忆小时候弟弟制作风筝的故事，哥哥和弟弟弄丢玉如意的故事，影像中出现的巨大的狗这一意象，等等，都是值得品味的内容，对于补充、映衬狂人的精神，丰富故事的内涵和层次，增强戏剧的可看性起到了重要作用。

2021 年 6 月，首届阿那亚戏剧节上，主席马寅引用了彼得·布鲁克"戏剧是一种人类根本性的需要"为阿那亚戏剧节未来的形态和愿景作出展望，他希望戏剧能作为一种生活方式，为人生和生活要面临的问题提供解答，让更多的人在其中感受精神之美，找到真实的自我，共赴更美的人生。

由此看来，戏剧改编可以使鲁迅小说绽放出新的生命力，具有更为强大的传播功能，从而使世界上更多的人能够从鲁迅这位世界文学巨匠及其作品中获得富于启发的深邃精神力量。但是，只有那些得其原型故事之精髓，深入挖掘小说中戏剧美学因素的戏剧的改编，才会具有更永恒的艺术生命力，也才能使观众更真切地领悟到鲁迅小说的真谛。而这正是溯源鲁迅小说的戏剧改编90余年带给我们的思考。

# 第二章

# 鲁迅小说的戏剧改编的
# 时代性与意识形态化

纵观鲁迅小说的戏剧改编 90 余年的历史，我们可以发现，改编不仅表现在载体与表现形式上的变化，而且具有鲜明的时代色彩和意识形态功能。从鲁迅小说的戏剧改编的四个历史时段来看，每个历史时段的改编载体和表现形式都有侧重点：民国时期以话剧改编为主，新中国成立后的 30 年则以一部越剧改编为代表，20 世纪八九十年代出现了话剧、歌剧、戏曲等改编的多元表现形式，21 世纪实验戏剧改编颇为繁荣。这些变化与时代的变化、戏剧自身发展变化密切相关，同时，这些变化也在演绎鲁迅小说的戏剧改编不同历史时段的意识形态性。从民国时期渗透启蒙与救亡意识的戏剧改编，到新中国成立后的 30 年凸显阶级斗争意识的改编，到 20 世纪八九十年代还原真实鲁迅的戏剧改编，再到 21 世纪具有后现代意识的改编，可以说戏剧改编的历史也是鲁迅小说被当下重叙的历史。

## 第一节　渗透启蒙与救亡意识的戏剧改编

民国时期，鲁迅小说的戏剧改编以话剧这一西方舶来的戏剧表现形式改编为主，这显然与五四时期以来倡导的新文艺思想相关。从晚清开始，随着中国文艺现代性的观念变革，戏剧、小说、白话文的地位得以提升,从一向难登大雅之堂的文艺末流提升到正宗地位。中国戏剧在新文化倡导者们对旧戏的讨伐与批判中开始现代性的转型,从内容到形式上均崭新的话剧成为现代中国戏剧的主流。20世纪20年代,中国现代话剧进入创作实践和全面建设时期。20世纪30年代,戏剧思想以写实主义和"为人生"为主,由共产党领导成立的中国左翼戏剧家联盟,起草并通过的《中国左翼戏剧家联盟最近行动纲领》强调革命戏剧深入工农群众,内容上强调暴露地主资产阶级与反动派的罪恶,在各种斗争中指出政治出路等,这一戏剧主张使新文学初期的社会问题剧演变为政治宣传剧。左翼戏剧运动带有明显的极"左"倾向,强调戏剧为政治斗争服务。话剧由于形式本身反映现实、阐发政治观念的特殊优势而成为备受重视的文化工具。1936年左联解散,提出国防戏剧口号,代替无产阶级戏剧口号,剧联领导的演剧活动,具有革命性、群众性和战斗性特色。剧作家具有左翼革命文艺思想。20世纪40年代,抗战戏剧为主。1937年7月中国剧作者协会成立拉开了抗战戏剧的大幕,成立救亡演剧队伍,投入抗敌宣传。

民国时期鲁迅小说的戏剧改编渗透着明显的救亡意识,人物或多或少地被赋予了觉醒意识。这一时期以许幸之和田汉改编的《阿Q正传》为代表的戏剧改编之作均创作于日本全面侵华战争爆发的1937年,当时中国正处于民族危急存亡的关头。在这样一个特殊而宏大的历史背景下,这两个改编本出现,一方面是为了纪念鲁迅,更重要的一方面是为了抗战的需要,为了唤醒广大民众抗日救亡的意识,呼吁民众参与到革命的行动中来,激发抗战的热情。中国20世纪30年代的社会环境相对于鲁迅作品中人物所处的社会环境已经发生了很大的变化,戏剧改编者在对民众的塑造和态度上也发生了变化。众所周知,鲁迅在小说中注重思想启蒙,旨在国民性的改造。在鲁迅小说中,我们可以看到,不管是阿Q、吴妈、王胡、小D以及未庄的闲人们,还是红鼻子老拱、蓝皮阿五、单四嫂子等民众均表现出彻头彻尾的愚昧与麻木,这些令人绝望的死寂灵魂，毫无觉醒的希望。因此，鲁迅才会对阿Q之类的民众怀有"哀其不幸，怒其不争"的态度。鲁迅基于对中国社会现实和国民文化心理的深入考察，从启蒙的视角展现了广大国民思想性格上根深蒂固的弱点，对国民劣根性开展不遗余力地揭露和批判，目的是引起疗救的注意，使广大国民能够去除痼疾而成为一个真正的人，表现了鲁迅鲜明的"立人"思想倾向。而20世纪30年代的时代环境已不再是五四时期的环境了，在特定的救亡时期，救亡与启蒙并存，既要在救亡中启蒙，也要在启蒙中救亡。

许幸之与田汉改编的话剧《阿Q正传》运用组合式改编法对原著进行了较大幅度的再创造，隐含着改编者当时的政治立场和意识形态倾向。许幸之在政治立场上一直为进步艺术家，在日本东京美校学习时参加过共产党领导的艺术活动，为"左联"发起人之一。田汉曾于1931年担任中国左翼戏剧家联盟主席，1932年加入中国共产党。1930年5月，田汉宣告"转向"，实现革命文学的转型，转向后的田汉注重表现工农群众所遭受的压迫剥削，从社会解放的角度表现社会的阶级矛盾和阶级斗争，20世纪30年代创作许多表现抗日救亡主题的戏剧，这些戏剧与他描写工人农民苦难和反抗的剧本，多为配合政治宣传的"急就章"。许幸之与田汉两人都接受了左翼革命文艺思想。

首先，关于人物形象的塑造方面，改编者进行了较大的改动。一是改变了原著中底层民众之间的冷漠关系，赋予底层民众之间以人情味和同情心。从人物称呼这一细节来看，鲁迅小说中的"华大妈""康大叔""夏四奶奶""王九妈""祥林嫂"等称呼，仅仅是区别一个人的符号而已，人物之间的相互称呼没有任何温度和情感，而在许幸之的改编本中的称呼却使人物之间有了一种带有温情的亲近和尊重，如单四嫂子称红鼻子老拱为"老拱伯伯"，吴妈称土谷祠的老头子为"老伯伯"，红鼻子老拱称孔乙己为"孔大哥"。从对阿Q的态度上看，原著中无任何人对阿Q怀有同情之心，而许幸之的改编本却刻意凸显了吴妈对阿Q

的同情之心。许幸之改编本中的吴妈虽然对阿 Q 的求困耿耿于怀，但仍前往刑场为阿 Q 送终。当旁人笑话阿 Q 没种，临死连一句大戏都不会唱时，吴妈气愤地骂道："妈的，别人家倒要死了，要你们这些乌龟仔瞎起哄？"① 当阿 Q 哀怜地表示想要喝水时，吴妈专门去取了水送到阿 Q 嘴边，并为之饮泣，这些都让人感到，阿 Q 的死并不那么凄凉。二是改变了原著中个体与群体的矛盾对立关系，构筑底层民众之间共同的阶级情感。在原著中，阿 Q 作为个体，他不仅被赵太爷、假洋鬼子等封建势力随意打骂，也被同一阶级的群体肆意取笑，我们看不到同为被压迫被剥削的底层民众之间共有的阶级情感，而许幸之的改编本却重构底层民众形象，赋予其共同的阶级情感。如阿 Q 和小 D 打架时，孔乙己上前拉劝道："都是自己人，何必自相残杀呢？"② 阿 Q 从城里发财回到未庄，遭到赵太爷和假洋鬼子的质疑，孔乙己抗议道："难道说，阿 Q 就命里注定的不该发财吗？"③ 许幸之借孔乙己之口表达了底层民众的共同愿望：钱财、好的生活并非是统治阶级的专利，穷人同样有拥有钱财和过上好生活的权利。吴妈受到赵太爷的欺侮，被其糟蹋后怀孕，然后赵太爷将自己做的孽嫁祸给阿 Q，不给吴妈工钱意欲将她撵出未庄。对于吴妈的遭遇，周围的底层民众并未表现出冷漠，他们对赵太爷的罪孽进行了声讨。

老拱："赵太爷这老家伙心好吗！阿 Q 到他家里去舂米，既不许他姓赵，又不给工钱，妈的，明明是他把小寡妇吴妈弄起肚子来，却完全推到阿 Q 身上去，天下有这样的道理吗？"

阿五："（惊愕地）什么？这老畜生又把吴妈的肚子弄大起来了？是真的吗？老拱！"

---

① 许幸之：《阿 Q 正传》，第 131 页。
② 许幸之：《阿 Q 正传》，第 46 页。
③ 许幸之：《阿 Q 正传》，第 61 页。

老拱："这有什么客气，你疑惑那老家伙做不出来吗？"

　　孔乙己："（歪过头）那么，吴妈既然带着肚子走，总要领点儿赏头喽。"

　　老拱："赏头？哼！大约是赏她两个嘴巴……要这老畜生给一个钱，比要他的命还要紧。在赵家帮佣过的女佣人，哪个没有给他糟蹋过？这老王八蛋，简直是未庄上的罪人！"

　　掌柜："（突然间用手掩住嘴）嘘……老拱，别啰嗦，别啰嗦吧，赵太爷同钱大少爷一块儿来啦！你瞧！"[1]

　　从上面对话可见，底层民众对赵太爷的真实面目有了清醒的认识，并对这一腐朽、狠毒的统治阶级人物给予极大的憎恶。当吴妈要去找赵太爷理论并拼命时，众人竭力劝阻，担心她和这种有钱有势的人闹会吃亏，这样的一群人已不再是鲁迅小说中影影绰绰的一群麻木的灵魂。三是塑造了一个具有较为强烈反抗精神的人物形象——吴妈。原著中的吴妈是一个思想传统守旧而又麻木无知的女仆，而许幸之对吴妈形象进行了大胆的重塑，将吴妈塑造成一个明辨是非，不甘欺辱，勇于反抗，有着倔强个性的悍烈妇人。剧中虽然也再现了阿Q向吴妈求困的情节，但吴妈面对荒淫无耻赵太爷的嫁祸却能明辨是非，在公堂上公开为阿Q正名，表明阿Q虽然跪在她面前但并未调戏她，怀孕是赵太爷做的孽，与阿Q无关。吴妈不仅为自己而且敢于为未庄遭赵太爷糟蹋的女人讨要公道。吴妈基本上从始到终都表现出具有清醒意识和较为强烈的反抗精神，吴妈有鲁迅小说《离婚》中爱姑的影子，但却与爱姑有着本质的不同，爱姑面对封建势力的威压最终妥协，而吴妈虽然在公堂上表现出一时的胆怯和退缩但最终却不惧权势，不畏恐吓，面对沆瀣一气的赵太爷、县官、地保大骂："你们这些强盗，狼心狗肺的东西！我死也不

---

　　① 许幸之：《阿Q正传》，第54—55页。

会饶你们！死也不会饶你们！"① 从剧中可见，吴妈是底层民众中最具反抗精神的人物形象，而且反抗对象非常明确，矛头直指黑暗的封建统治势力。许幸之所塑造的吴妈这一底层人物是具有意识形态功能的，许幸之就是要借吴妈激发广大底层民众不惧黑暗势力、不屈压迫、勇于抗争的精神。

其次，关于叙事情节内容方面，改编者也进行了较大的改动，虚构了不少表现改编者意图的情节内容，也删去了一些表现阿Q麻木思想的情节。原著中，在阿Q革命的蓝图里，被列在杀头名单上人的排序为："第一个该死的是小D和赵太爷，还有秀才，还有假洋鬼子。"然后是王胡。而在许幸之剧中，被阿Q列在杀头前列的则是赵太爷和假洋鬼子："第一个该死的是赵太爷，把吴妈的肚子弄大了，算在我的帐上。第二个该死的是假洋鬼子，同小尼姑通奸被我撞见了，他还用哭丧棒打我。"② 剧中还另外增加了该杀的其他一些统治阶级人物，"还有赵白眼，赵司晨，钱太爷，举人老爷，总之，未庄上有钱有势的人，一个个拿出去（扬扬手）嚓！嚓！嚓！"③ 虽然杀头名单上仍列有小D，但却被列在了后面，这看起来似乎只是一个小细节，却大有深意。可见，许幸之改编本更为突出的是阿Q与以赵太爷为代表的封建地主和以假洋鬼子为代表的官僚买办之间的矛盾冲突，这两大势力是让阿Q最为憎恨的。许幸之为突出这两大势力的罪恶虚构了两大情节：一是赵太爷奸淫了吴妈，发现其怀孕后就嫁祸给阿Q，借刀杀人，把这笔账算在有着性本能的阿Q身上；二是假洋鬼子用洋货勾引小尼姑，偷盗静修庵里的宝物宣德炉，他同样把自己的罪恶推到阿Q身上。许幸之增加这两大情节，显然有意强化辛亥革命典型环境中造成阿Q悲剧的这两大黑暗势力的原因。在辛亥革命的典型环境中，封建地主和官僚买办的共

① 许幸之：《阿Q正传》，第101页。
② 许幸之：《阿Q正传》，第85页。
③ 许幸之：《阿Q正传》，第85页。

同欺压和相互勾结造成了阿 Q 的悲剧。根据这样一个思想主题，许幸之除了增加情节，还删减一些情节，如在"恋爱的悲剧"中省去了阿 Q 调戏吴妈后若无其事地看热闹的情节，侧重表现赵家对阿 Q 的打骂和惩罚，这一情节的删减完全抹去了原著侧重凸显阿 Q 精神上麻木健忘的思想，而着重表现封建统治势力的凶恶。为更进一步突出有钱有势人的罪恶，许幸之还借用了鲁迅小说《药》中的情节，并做了实质性的改动，夏瑜的血不是被愚昧的民众吃掉了而是被城里有钱人萧百万家的小儿子吃掉了，阿 Q 的血也将被赵太爷患了痨病的儿子赵秀才吃掉。这一情节的改动，完全颠覆了鲁迅所要表达的启蒙者与被启蒙者之间隔阂的思想，将有钱有势的人对阿 Q 这样穷苦人的狠毒推向极致，这些社会的寄生虫不仅将阿 Q 冤枉致死，还要吃掉他的血来延续他们破败的生命。

最后，关于思想主题方面，改编者表现出与原著不同的侧重。相对于原著而言，许幸之改编本中人物塑造和叙事情节的变化也使思想主题发生了改变。鲁迅意在借阿 Q 画出沉默的国民的灵魂，重在批判国民性的痼疾。该剧虽然也表现出了主要人物阿 Q 性格上愚昧麻木的本质，但许幸之更侧重表现辛亥革命这一特殊时代环境中罪恶势力对以阿 Q 和吴妈为代表的底层民众的迫害，彰显社会的罪恶，激发广大被压迫、被剥削的底层民众对受迫害人民的同情以及对黑暗势力的憎恨和反抗。原著中阿 Q 被押赴刑场途中的心理描写对于小说思想主题的呈现十分重要，鲁迅借此不仅批判了阿 Q 的愚昧麻木，也批判了看客的冷漠，阿 Q 面对那些围观杀头的看客们比狼的眼睛还可怕正噬咬其灵魂的眼睛们似有觉醒，但"救命"没有说出口就被枪毙了，阿 Q 最终没有觉醒。而许幸之在"大团圆"一幕中则删去了阿 Q 被押赴刑场途中的心理描写，增加了围观者议论枪毙阿 Q 原因的情节，借众人议论表明阿 Q 是被冤枉的，从而展现围观者并非都是冷漠的一群人，尤其是吴妈，她对认为阿 Q 应该被枪毙的人进行了严厉反驳，许幸之还让阿 Q 在最后被枪毙时发出两次"革命"的呼声，这一切都弱化了原著的思想主题。阿Q最后发出的"革命"呼声，一方面我们可以理解为阿Q所理解的"革命"，以此警惕阿Q式革命党的出现；另一方面，从许幸之侧重表现的思想主题来看，此处的"革命"呼声喊出了中国当时千千万万被欺压的劳苦大众的心声，只有革命，只有反抗，才能真正摆脱悲剧的命运，他们有着心底最强烈的革命诉求，改编者意欲以此唤醒广大底层民众参与革命的热情，这一理解在20世纪三四十年代中国特定的时代环境下就有了特殊的意义。许幸之改编本在抗战时期屡次上演，起到了唤醒民众，激发反抗精神的作用。

## 第二节　凸显阶级斗争意识的戏剧改编

20世纪50—70年代，戏剧被纳入体制化之内，被渐趋严格地规范，"文化大革命"期间更甚，成为紧密配合时事政策的一种优越的艺术形式。1962年9月，毛泽东在八届十中全会发出"千万不要忘记阶级斗争"的号召，要求"阶级斗争必须年年讲，月月讲，天天讲"。在"左"的阶级斗争扩大化思想影响下，戏剧创作出现了一些配合政治运动的作品。后来，"四人帮"在文艺上蓄意鼓吹"主题先行""三突出"的概念化创作模式，几乎将所有问题都贴上"阶级斗争"的标签，使文艺丧失了现实主义传统。在这样一个政治意识形态被严格把控的时代，鲁迅小说的戏剧改编也不免呈现出阶级斗争政治话语化的特征，其中具有代表性的作品是根据鲁迅小说《祝福》改编的越剧《祥林嫂》。

越剧《祥林嫂》历经三十年的沧桑五次上演，在思想、艺术上不断得以改善，最终成为一部难得的经典之作。该剧最初在1946年由南薇编剧，雪声剧团演出，袁雪芬领衔主演，剧中增加祥林嫂捐了门槛仍不被允许赎罪后怒砍门槛的情节，表现出劳动人民的觉醒和强烈的反抗意识，鲜明地呈现出当时主流意识形态领域阶级斗争的主题，但也偏离了原著精神。新中国成立后，在周总理的支持和指示下，吴琛等人虽然始终抱着尊重原著的信念去改编和排演，但仍然可以看出该剧的时代烙印和阶级斗争政治话语化的特征。下面我们以 1962 年版本为例进行探讨。

越剧《祥林嫂》以祥林嫂为中心，主要构设了祥林嫂与婆婆、卫老二之间，祥林嫂与贺老六之间，以及祥林嫂与鲁四老爷、鲁四太太之间三个方面的矛盾冲突。从改编者处理这三方面的矛盾冲突和增加的一些细节来看，改编者有意识地表现了劳动人民在被剥削被摧残中的艰辛生活以及劳动人民共同的阶级命运和阶级同情心，突出表现了劳动人民与高利贷者、鲁四老爷等剥削阶级不可调和的矛盾冲突。

首先，该剧借增加婆婆欠债、卫老二催债的情节和卫老二这一人物，削弱了原著中对以祥林嫂婆婆为代表的族权的批判锋芒，将矛头指向新增人物卫老二这个封建阶级走狗身上，将婆婆塑造成一个辛苦劳作、怀有善心、被逼无奈的劳动者形象。众所周知，原著展现了族权的冷酷，可以说，在对祥林嫂实施迫害的政权、族权、神权、夫权四权中，族权是造成祥林嫂悲剧的起始原因。根据原著的叙写，是婆婆自己主张将祥林嫂嫁卖到深山野墺去的，"他的婆婆倒是精明强干的女人呵，很有打算，所以就将她嫁到里山去"。而该剧则侧重突出婆婆劳动人民的阶级身份，将其塑造成一个饱尝生活艰辛、深受催债之苦的穷苦人形象。该剧强调婆婆艰辛不易，夫死之后孤儿寡妇度日的艰难，"日间贴箔到黄昏后，晚间纺纱到五更天"[1]。祥林死后又欠下棺材钱，婆婆嫁卖祥林嫂属于被逼无奈，"祥林一死债满身，愁得老娘心事重"[2]，卫老二催债逼得紧，日子越来越难过，实在没办法，婆婆才同意卖掉祥林嫂。当听卫老二说要将祥林嫂卖给贺老六时，婆婆还关切地问："那

---

[1] 吴琛等：《祥林嫂》（越剧 1962 年版本），上海文艺出版社 1986 年版，第 2 页。
[2] 吴琛等：《祥林嫂》（越剧 1962 年版本），第 1 页。

么贺老六这个人好不好?"① 剧中这样的一个婆婆形象大大削弱了原著中对以婆婆为代表的族权的批判力度,引发观众对婆婆的同情、理解之心。

该剧在展现祥林嫂与婆婆之间的矛盾冲突时,增加了卫老二这个乡间保媒拉纤的中间人——封建地主的帮凶,将嫁卖祥林嫂的罪恶更多地指向了这一人物。将祥林嫂嫁卖到山里即是卫老二出的主意,因为这对于他有利可图:祥林娘还了债,自己保人的担子即可卸下,自己还可以赚到谢媒钱。另外,在该剧中,到鲁镇寻找祥林嫂的并非原著中的夫家堂伯,而是卫老二,当婆婆与鲁四老爷家讲好让祥林嫂做到月底时,卫老二不仅指责婆婆放过好机会,还扬言要将其抬到贺家墺顶替祥林嫂,然后自己带人强抢祥林嫂进船里。祥林嫂一抬到贺家,卫老二就索要另一半谢媒钱。在祥林嫂撞破头后,卫老二毫无同情之心,认为不要紧,催促尽快拜堂,祥林嫂体力不支晕倒,大家手忙脚乱,他却司空见惯地说,"不要紧,房门一关,明天就好"②,然后就吃酒去了。

其次,该剧虚构了祥林嫂与贺老六之间的矛盾冲突戏,着重表现了劳动人民之间的阶级同情心。原著中关于祥林嫂再嫁后的情形是通过卫老婆子的讲述简单带过的,而越剧《祥林嫂》却将原著中祥林嫂被绑到贺家墺拼死抗婚撞破头之后卧床不起,到后来起床和贺老六一起过日子的空白之处生发出一场祥林嫂与贺老六的矛盾冲突戏。该剧从两人同为劳动人民的阶级属性出发,将两人的矛盾冲突在同病相怜、利害一致中最终得以转化。祥林嫂一开始与贺老六冲突激烈,打翻贺老六为其倒的茶,骂其"强盗",闹着要回去,将迫其再嫁的阴谋算在贺老六头上。但贺老六的一番倾诉,使祥林嫂不免产生了阶级同情心。贺老六自小父母双亡靠兄嫂抚养长大,以打猎为生,辛苦攒下一些钱,为娶媳妇半是积蓄半是借,欠下一身高利贷,如今是"一场欢喜反成悲。十年

<hr>

① 吴琛等:《祥林嫂》(越剧1962年版本),第5页。
② 吴琛等:《祥林嫂》(越剧1962年版本),第28页。

心血化成灰，今生莫想再把妻房配。我是娶妻不成反欠债，还落了一个强盗胚"①。祥林嫂听了这番心酸话，"恨癞子，怨婆婆，我不应该反将老六来责怪"②。加之，贺老六表现善良、体贴、真诚、勤劳，双方的矛盾随即转化。

最后，该剧构设了劳动阶级与剥削阶级之间不可调和的矛盾冲突，突出剥削阶级的剥削和压迫是造成劳动阶级悲剧命运的根本原因。第八场戏先是展现贺老六和祥林嫂相亲相爱共同劳动，共挑重担，又生下儿子阿毛的幸福生活，后半场就转为悲剧画面。贺老六为尽快还债，带病上山打猎昏倒在山沟里，自知不久于人世的贺老六将祥林嫂母子托付给大哥之后，就在大家寻找阿毛的嘈杂声中死去。贺老六的死在原著中是因为吃了冷饭导致伤寒病复发，而在该剧中却因为债主逼债不得已带病打猎导致伤寒病复发。贺老六临死前的倾诉表明了对债务的不堪重负："穷人欠债如欠命，我情愿起早落夜受风霜。又谁知身染伤寒三月多，债主的本利我难还偿。要想无债一身轻，却落得伤寒复发命危亡。"③从该剧生发的这些情节以及侧重点来看，该剧表达了与原著不同的两个意图。一是重构了贺老六的死因，强调了贺老六的死是高利贷主逼债造成的，制造旧社会贫富阶级之间根本的利害冲突，突出贺老六死的社会悲剧性和劳动人民被剥削被欺压的思想主题。二是重构了祥林嫂无家可归，大伯收屋的细节，原著中是大伯霸占房屋赶走祥林嫂，该剧中是为抵债大伯收屋而使祥林嫂走投无路。鲁迅在其他小说中也写有宗族霸占房屋的罪恶，对中国封建宗法制度进行了批判。而该剧却表现出兄弟情深，贺老六临死前托孤给大哥，大哥唱道："阿毛是贺家骨肉贺家根，犹如我老大的亲儿郎。"④该剧将原著表现宗法制度的罪恶改为揭露高

① 吴琛等：《祥林嫂》（越剧 1962 年版本），第 31 页。
② 吴琛等：《祥林嫂》（越剧 1962 年版本），第 32 页。
③ 吴琛等：《祥林嫂》（越剧 1962 年版本），第 38 页。
④ 吴琛等：《祥林嫂》（越剧 1962 年版本），第 38 页。

利贷者的罪恶，高利贷者的逼债不仅造成了贺老六的死亡也使祥林嫂无家可归，鲜明地突出了剥削阶级对劳动人民残酷压榨的阶级斗争的主题。

该剧在劳动阶级与剥削阶级之间不可调和的矛盾冲突中，着重突出了祥林嫂与鲁四老爷之间的矛盾，强化了鲁四太太和鲁四老爷作为剥削阶级代表的冲突力量，最终造成祥林嫂精神崩溃和毁灭。原著中的鲁四老爷是一个封建乡绅，地主阶级的代表人物，顽固守旧的封建礼教维护者。原著表达比较含蓄，非知识分子很难看透鲁四老爷伪善的嘴脸，小说中并没有将鲁四老爷和祥林嫂之间的关系作为对立的两个阶级关系来处理，他对祥林嫂的压迫也限于厌憎和歧视。鲁四太太则未曾表露，没有立马撵走祥林嫂。

该剧则从语言、心理、行为、神情等方面呈现出以鲁四太太和鲁四老爷为代表的剥削阶级贪婪、凶狠、无情的嘴脸。第三场一开始，鲁四老爷家的女佣阿花就发泄内心对鲁四太太的不满，"太太又要马儿好，又要马儿不吃草"一句话活画出鲁四太太剥削压榨穷苦人的本真面目。随即鲁四太太上场，看见阿花和柳妈在聊天，"心里很不高兴"，骂阿花道："死丫头！你当我眼睛瞎的，一转背就偷懒。嚼七嚼八，抽掉你几根懒筋才会好呢。"[1] 家中仆人外出收账不理想，鲁四太太不满地感叹："唉，世道变了，人心也坏哉！"[2] 柳妈生病了，鲁四太太发脾气："这个死老太婆，老爷燕窝汤还没有吃过呢！"[3] 该剧还在舞台提示中表现了鲁四太太恶狠的神情、行为，如祥林嫂捐了门槛仍被喝止动祭祀用的东西，鲁四太太"咬牙切齿地把祥林嫂推倒在地"，"还想打"，气急败坏地叫道："今朝是啥日脚！今朝是啥个日脚啊！"鲁四老爷则说："赎罪？你还想赎罪？！你这不祥之物，伤风败俗，一生一世也赎不了

① 吴琛等：《祥林嫂》（越剧 1962 年版本），第 11 页。
② 吴琛等：《祥林嫂》（越剧 1962 年版本），第 12 页。
③ 吴琛等：《祥林嫂》（越剧 1962 年版本），第 17 页。

罪！""和她多讲些什么，叫她滚！老孔，把她的工钱算出来！""这样伤风败俗的贱胎留不得！"这些在原著中都是没有的，原著中，鲁四老爷骂祥林嫂只是一句"谬种"。该剧在原著的基础上撕下鲁四太太、鲁四老爷伪善的嘴脸，使剥削阶级的真实面目赤裸裸地展现在观众面前，引发观众对他们的憎恨。

该剧中祥林嫂也反复地讲阿毛的故事，但阻止她讲的是鲁四太太。每次祥林嫂讲时，阿花就阻止她，"啊呦，祥林嫂！不要讲了，太太已经在发脾气了"①，要么就是"祥林嫂，不要讲了，太太来了"，然后拉了她就走。听故事的一些人，并非原著中冷漠的一群人，而是带有同情心地安慰说："唉，总怪你命不好！祥林嫂想开点吧。"② 该剧删去了众人对祥林嫂鄙弃和嘲笑的态度、言行。原著中当人们听熟了阿毛的故事后，"便是最慈悲的念佛的老太太们，眼里也再不见有一点泪的痕迹。后来全镇的人们几乎都能背诵她的话，一听到就烦厌得头痛"，人们会在祥林嫂一开始就立即打断她的话，然后走开。后来，人们会当有孩子在的时候就似笑非笑地先问她："祥林嫂，你们的阿毛如果还在，不是也就有这么大了么？"人们开始以鉴赏、玩味她的痛苦为乐趣，她的悲哀被大家咀嚼成渣滓，令人烦厌和唾弃。他们的笑令祥林嫂感觉到冰冷刺骨，变得沉默。

1962 年版本的越剧《祥林嫂》，力避说教和反复宣讲去强调剧本的主题，而是让观众自己从艺术形象中去体会。修改之后，尽力保持了鲁迅含蓄的风格，但阶级斗争意识仍然存在。1946 年版本更是为了强化阶级斗争而创造出祥林嫂捐了门槛之后仍然不被允许赎罪气愤之下砍门槛的情节。

在最后一场戏中，祥林嫂以独唱倾诉了自己一生的悲苦命运，回忆总结了被剥削、被奴役的悲惨一生。然而最终仍是罪无可赎。她想控

① 吴琛等：《祥林嫂》（越剧 1962 年版本），第 46 页。
② 吴琛等：《祥林嫂》（越剧 1962 年版本），第 47 页。

诉，却无可控诉的地方，她问苍天，问人间，最后是"半信半疑难自解，似梦似醒离人间"①。该剧所设计的祥林嫂这一精彩的独唱，可谓全剧的高潮，这在原著中是没有的。在原著中，鲁迅对中国文化进行了深入的批判，思想意蕴丰富。祥林嫂的苦不是自己诉出来的，而是借她批判中国的文化。

## 第三节　还原真实鲁迅的戏剧改编

"文化大革命"结束之后，意识形态方面在很大程度上出现缓和或解冻，解放思想的真理标准问题大讨论在全国范围展开，实事求是的工作作风得以恢复，这一切都给文艺界创作带来了新的思想活力。1978年召开的党的十一届三中全会确立了解放思想、实事求是的思想路线，停止以阶级斗争为纲的思想倾向。1979年10月30日至11月16日，第四次全国文艺工作者大会在京召开，邓小平明确提出不再继续文艺从属于政治的口号，该会议的召开标志着文艺界从题材、艺术表现形式、风格面貌、文艺样式等的全面"解冻"，标志着意识形态的转型和思想解放时代的开始。在20世纪80年代解放思想的潮流中，文艺界以真实反映时代、深入反思人性的姿态，肃清了"文化大革命"文艺"假、大、空"的遗毒，使现实主义精神得以复归。当人们不得不面对现实、思考人生时，中国戏剧的思想启蒙和社会批判的价值迅速恢复。1981年前后，戏剧界借纪念鲁迅诞辰一百周年之际掀起了改编鲁迅作品的热潮。戏剧界呈现出以话剧、歌剧、戏曲、舞剧等多种戏剧表现形式改编鲁迅作品的盛况。20世纪80年代，陈白尘、梅阡分别改编的话剧《阿Q正传》和《咸亨酒店》，王泉、韩伟编剧，施光南作曲的歌剧《伤逝》，上海芭蕾舞团改编的三部独幕芭蕾舞剧——《魂》《阿Q》《伤

---

① 　吴琛等：《祥林嫂》（越剧1962年版本），第59页。

逝》，以及20世纪90年代曾力、郭文景编剧，郭文景作曲的独幕歌剧《狂人日记》，陈涌泉改编的曲剧《阿Q与孔乙己》等这些著名的鲁迅作品戏剧改编之作均忠实于原著精神，为观众尽力还原了一个真实的鲁迅。

诚然，在这些改编作品中，改编者同样避免不了要创造，以致会出现一些与原著内容不相符合的地方，但是他们基本上都遵循了现实主义的原则，还原了原著的精髓。改编者纷纷摆脱了"文化大革命"期间图解政治、思想肤浅、模式化、概念化、简单化的创作，遵循现代"人"的观念，注重思想性、艺术性，借鲁迅之作针对现实进行强有力的思想启蒙和社会批判。尤其是陈白尘改编的《阿Q正传》，可以说是体现了这一时期改编特点的代表作。陈白尘改编鲁迅的行为可以追溯到1960年，他始终怀着敬重鲁迅的态度，力求呈现鲁迅创作的目的。陈白尘采用了誊写式改编，他几乎将鲁迅的原著搬上了舞台。粉碎"四人帮"之后，陈白尘为纪念鲁迅，完成心中多年将鲁迅作品搬上荧屏和舞台的心愿，利用鲁迅的《阿Q正传》这部名著引起人们的反思，认清真实的自我形象。陈白尘对"文化大革命"之后国人的思想意识现状感到可悲，他认为："即使到一九七六年粉碎'四人帮'之后，阿Q的灵魂还钻进我们许多许多国人的躯壳里来（自然也包括我自己）。我们国人中间不是很有些以'先前阔'自负者么？不是也有些患有严重'健忘'症者，把一九七六年以前的事都忘得干干净净，反以被'四人帮'迫害者自居了么？有些人不又和阿Q一样把革命的幻想当作现实而自吹自擂么？"[1] 因此，陈白尘改编《阿Q正传》有意识地尊重原著，力图"以鲁迅的原著之力能重新唤起全国人民的羞恶之心"[2]。

但是，陈白尘也基于20世纪80年代初人们的思想状况，对鲁迅作品中表现国民冷漠、麻木的地方进行了少许删改。如陈白尘删去了鲁迅

① 董健编：《陈白尘论剧》，第313页。
② 董健编：《陈白尘论剧》，第314页。

对阿Q在被绑赴刑场途中看到周围看客眼睛的感受的描写，陈白尘认为："这是极其沉痛的文字。但我竟然在两个改编本子里妄自删去了。这不仅仅是因为舞台上无法表现（电影里倒是可以表现的），而是出于对今天观众的考虑。鲁迅在《〈呐喊〉自序》里说过：他在《药》里让'瑜儿的坟上平空添上一个花环'，是由于他'不愿将自以为苦的寂寞，再来传染给也如我那年青时候似的正做着好梦的青年'。那么对着八十年代正从一场噩梦中醒来的青年，鲁迅先生如在，他是否也'不愿将自以为苦的寂寞'，'再来传染'给他们呢？我的推测是肯定的，因此我把这段描写略去了，虽然在电影本的第一稿中曾经写上过。我在《自白》一文里说，每个改编者不得不受其改编的时代的限制和约束，这就是一例。"① 出于同样的考虑，陈白尘大胆地改写了土谷祠的老头子，他认为："八十年代的'主将'大概也是'不主张消极的'吧？鲁迅先生如在，是否就不听'将领'了呢？我看未必。"②

由以上，我们不难看出陈白尘改编《阿Q正传》的良苦用心，他意图在这个现实主义精神复归的时代以鲁迅之作促进国人的反思，同时也给予梦醒之后的青年以希望。

梅阡改编的《咸亨酒店》用意同样如此，一方面改编遵循现实主义精神用以激发观众正视当下，另一方面使作品显出若干"亮色"，不至于使人心生绝望。该剧虽然采取了组接式改编，将鲁迅的7篇小说组接在一起，对有些人物的塑造和情节的安排不免会有所再创造，甚至与原著大相径庭，但就总体而言，改编者还是以原著精神为主，以这些小说共有的"反封建"主题将众多人物联结在一起，并在强烈的戏剧冲突之中将"反封建"的主题凸显得更为鲜明。这一主题可谓是抓住鲁迅小说创作的最为核心的思想主题，王富仁即将鲁迅的《呐喊》《彷徨》小说集看作是反封建思想革命的一面镜子。福荣、育生在《浅谈

---

① 董健编：《陈白尘论剧》，第309页。
② 董健编：《陈白尘论剧》，第309页。

〈咸亨酒店〉的改编》一文中肯定了梅阡对"反封建"主题的准确把握，他们认为："鲁迅先生的作品是时代的一面镜子。梅阡同志正确地理解和归纳了鲁迅前期小说中反封建的'中心主题'，用以提挈全剧，忠实地反映了鲁迅前期小说的基本内容和主要思想倾向。"① 梅阡选择该主题提挈全剧是基于它的现实价值和意义，他指出："今天，封建意识的残余，虽然表现形式不同，未必不仍然埋藏于我们思想中阴暗的角落。肃清封建意识的残余，有待继续。旧'梦'重温，对今天的思想建树，未必无用，也正需'揭出病苦，以引起疗救的注意。'"② 可见，梅阡改编鲁迅作品是具有现实针对性的，他意欲借鲁迅作品中反封建的思想力量以引发国人对"文化大革命"之后现实中残余封建意识的反思、关注和疗救。

这一时期鲁迅作品的戏剧改编之作，不管采用什么样的表现形式，改编不仅从外在上基本遵循了鲁迅小说的叙事脉络和情节内容，而且从内在上注重准确解读鲁迅作品，表现鲁迅原著之意及其艺术个性。即便是像王泉、韩伟作词，施光南作曲的歌剧《伤逝》这一以抒情为主的改编之作，叙事脉络和情节内容也与鲁迅的《伤逝》大致一致。该剧的主要剧情如下：故事同样采用倒叙的手法，首先展现春至黄昏，涓生归来，凝望某会馆门楼，痛苦回忆往事……接下来，出身于封建家庭但却渴望自由的女主角子君（女高音）与寄身会馆的男主角——进步青年涓生（男高音）相知、相爱。子君最终勇敢地冲破了封建家庭的牢笼，与涓生自由结合，飞向新的生活，迎来了短暂的幸福时光。然而不久，因涓生失业，两人不得不踏上谋生的艰难之路。生活的压力、世人的嘲讽、社会的威压令涓生渐渐对生活、理想、爱情失去了信心，与子君的矛盾也越发突出，竟认为"爱情是个错误"并负心地道出"为了你生活，也是为了我，忘掉我吧……"最终，子君在绝望中离开……

---

① 福荣、育生：《浅谈〈咸亨酒店〉的改编》，载梅阡《咸亨酒店》，第94页。
② 梅阡：《咸亨酒店》，第86页。

面对紫藤枯槐，物是人非，涓生追悔莫及。该剧在终曲"古城默默盼春来"中结束。该剧将子君和涓生的爱情发展巧妙地按季节的变迁划分成四个阶段——幸福的春，热烈的夏，萧瑟的秋，冷寂的冬，最后再回到希望的春。该剧的音乐风格与小说风格非常一致，淡化剧情和戏剧冲突，抒情性浓厚，注重人物心理刻画，在演唱中融入对爱情、人生的思考，最大限度地发挥音乐表现的优势来抒发人物内心的情感，使鲁迅原著抒情、凝重、悲剧的精神和风格得以很好地体现。该剧刻画了涓生和子君两个在旧中国 20 世纪 20 年代敢于向封建礼教抗争的青年，也揭示了知识分子自身的弱点，但由于歌剧删削了一些情节，人物塑造比较单纯，在批判的力度和深度上不及鲁迅，尤其是对知识分子自身的批判上。

这一时期鲁迅作品的电影改编同样本着还原真实的鲁迅目的去改编，并注重利用电影艺术的优势去更好地表达。如 1980 年陈白尘改编的《阿 Q 正传》，1981 年张磊、张瑶均改编的《伤逝》，1979 年肖尹宪、吕绍连改编的《药》等也都围绕着准确诠释鲁迅作品、忠于原著精神而展开。肖尹宪、吕绍连改编的《药》几乎将原著"买药—吃药—谈药—坟场"的故事情节依次原封不动地搬了上去，并在此基础上进行了一定程度的合理的丰富和拓展。首先，该剧对原著中只是用极少文字以茶馆客人的视角展现了一个处于暗场的令人费解、胆大妄为、形象模糊的革命党夏瑜进行了正面的清晰的完整的形象塑造。在原著中，关于革命党夏瑜的信息只有寥寥数笔："这小东西也真不成东西！关在牢里，还要劝牢头造反。""你要晓得红眼睛阿义是去盘盘底细的，他却和他攀谈了。他说：这大清的天下是我们大家的。"然而，电影却演绎了夏瑜革命活动的全过程。该剧以夏瑜在与同志们密谋下刺杀巡抚的画面拉开"序幕"，夏瑜的形象十分清晰——"面容刚毅""目光炯炯""昂首挺立""目光仇视""猛虎一般"，一开始就展现了夏瑜英勇无畏、大义凛然、疾恶如仇的性格特点。电影还生动、具体地演绎了夏瑜狱中言行和慷慨就义的场景。在狱中，夏瑜所表现出来的忠于革命信仰、视死如归、英勇不屈的精神令人动容，他还向阿义宣扬革命、劝其造反而被阿义一顿暴打。刑场上夏瑜宁死不屈、慷慨赴死。该剧还在闪回的镜头中展现了夏瑜从外面回到家中与母亲聊天、吃饭时被捕的情形。电影剧本中，夏瑜在与母亲聊天中将中华五千年的历史归为"吃人"二字，母亲表现出无法理解的神情，但是这一对话细节在电影演出时则被删去了。虽然有关夏瑜革命活动的过程只是根据原著中的一点因由大大扩展和发挥起来的一个故事情节，但如此改编却是忠实于原著的，符合原著人物本身的气质和品性，序幕中夏瑜以刺杀巡抚的英雄形象出场也是符合历史生活的真实的，晚清最后一个十年，堪称"暗杀时代"，而革命党人则是行刺暗杀的主角。电影《药》的改编者的态度是严肃、认真并忠于原著的，电影剧本完成于"文化大革命"刚结束没多久的1979年上半年，却并未受到"文化大革命"文艺模式的影响，而是本着还原鲁迅作品真实面貌的目的去改编。电影虽然在原著基础上将夏瑜从暗场推到明场，以崇高的悲剧气氛塑造了一个充满浩然正气的革命党形象，突出了革命党为推翻清王朝所做出的牺牲和努力，但它的基调依然是群众对于革命和革命党人所表现出来的无知、愚昧、麻木、冷漠、不觉醒的精神状态。电影不仅主要表现了华、夏两家"吃"与"被吃"彼此隔膜的关系以及最终的共同悲剧命运，而且比原著更为具体生动地表现了身为慈母却也无法理解儿子的夏四奶奶的愚昧思想。这也正是原著主要悲剧性之所在。该剧还借鉴了鲁迅其他小说表现了另一个悲剧，即夏四奶奶被吃的命运。夏瑜死后，夏四奶奶被周围的人极其冷漠地对待，以致神情完全呆滞。康大叔大笑，二叔催债，拉孩子走的女人回头指点着她，夏三爷斥其败坏门风，周围人见其来了或躲避或关门等，这一切都在吞噬着夏四奶奶的躯体和精神。

　　不过，电影也有改动较大的两处地方。一是小栓吃下人血馒头不仅未见病情好转，反而一命呜呼，华老栓对传说中的偏方——人血馒头发出了悲怆的质疑，这是原著中所没有的。

> 华老栓那木刻般的脸上，终于淌下了两行老泪。他自言自语似
> 地喃喃道："人血馒头，不是单方吗……"
>
> 门口的人你看看我，我看看你。
>
> 华老栓提高了声音，象是在质问了："人血馒头，不是能治病
> 么？……"
>
> 康大叔悄悄隐没在门框后边，溜了。
>
> 华老栓双手捂头，仰天呐喊："人血馒头，不是好药
> 么！……"①

原著中并未提及小栓死时的状态以及华老栓夫妇的表现，从更深的
层次上表现了华家的麻木、愚昧和残酷。然而，电影如此改动，似乎要
以华老栓的质疑赋予其觉醒的意识，拔高人物。

电影第二处改动较大的地方是"坟场"。1979 年的电影剧本删去了
原著中夏四奶奶面对儿子坟顶上的花环关于"显灵"的预言。但是，
电影演出时又增加进来，与原著相符。原著中夏四奶奶疑问这花环是瑜
儿受了冤枉伤心不过才特意显灵，并迷信地预言如果儿子显灵就让乌鸦
飞上坟顶，然而，夏四奶奶这一善良的愿望并未实现，这就是鲁迅式的
沉默、阴冷和绝望，它震撼着读者的心灵，引发读者深入的思考。

电影借助其艺术上的表现优势，利用各种蒙太奇手法和音乐的渲
染，更具有表现力和感染力，可以将情感演绎得更为震撼感人。比如电
影《药》中穿插组接的一些回忆、幻想、幻觉等主观镜头，在整个叙
事中总是给人以温馨、幸福、美好的感受，然而现实中的情景往往又带
给人以无法承受的悲剧。但电影有时又有不足之处，电影诉诸视觉，讲

---

① 肖尹宪、吕绍连编剧：《药》（电影剧本），中国电影出版社 1979 年版，第 38 页。

究具体，鲁迅小说中模糊麻木的看客群像一旦具体化，也就失去了应有的艺术效果。鲁迅研究专家王得后在影评《因〈药〉的改编而想到的》中指出："电影《药》中茶馆的戏，为了要象电影，不得不为这些人物设计一些不无夸张的动作，结果人物'具体'了，也变得漫画化、表面化了，因而失去了普遍的代表性。这几个特殊茶客的影子，遮蔽了本应由他们代表的'多数'，而他们的言动又使他们更象一群市井无赖，丑角，或者说'闲人'的气质因太实而过火而浅薄了，于是他们的蒙昧、麻木反而失去了分量。人们会想，这样一些人对革命不'理解'，又于革命何伤呢?"①　而且，电影中茶馆的茶客和刽子手康大叔给人的感觉更多的是在合谋坑骗华老栓的银子，吃一个"人血馒头"不行，还撺掇华老栓继续买下去，要"一个接一个地吃下去"。如此，鲁迅小说中茶客所赋予的意义就没有准确地传递出来。因此，如何运用电影语言准确传递文学语言，如何运用电影的手法很好地表现鲁迅小说中的深刻思想和艺术特点，是值得思考的问题。否则，原著的优点就有可能在电影中变成缺点，很难表现出来，使深刻化为肤浅，丰富化为简单。

这一时期，无论是改编还是评论也基本上都以"真实"为标准。20世纪80年代初期的改编一方面力避文艺从属于政治，图解政治概念，公式化、表象化、模式化的创作；另一方面，注重艺术性，同时重视其思想启蒙和社会批判功能，回归文艺的创作作为"人学"本质的真实。在新时期强大的人学思潮影响下，文艺作品本着现实主义的美学原则呈现"文化大革命"中极"左"路线下人性遭摧残、人权被剥夺的悲剧，改编鲁迅的作品正适合该时期的时代要求，鲁迅作品中的强烈"反封建"主题，思想启蒙和社会批判精神都恰恰是这个时代所需要的。

改编本身就是创造，它体现了改编者独具的个性。在改编中，改编

① 王得后：《因〈药〉的改编而想到的》，《电影艺术》1981年第12期。

者有对原著的自身理解，对生活和艺术的独特思考，以及对艺术创造的热情。正因为如此，改编之作具有相对的独创性、独立的品格、独立的价值。改编终归是基于原著才能存在的，因此就会存在是否忠实于原著的问题。然而，对"忠实"这把尺子的内涵和外延的理解，往往不一致。加上对于原作的理解可能不一致，即使理解一致，改编也可以有不同的角度，不同的侧重点。所以，"忠实"是一个很复杂，内容十分丰富，很值得研究的一个问题。

"忠实"从表面来看，也就是最容易观察、比较、衡量的一层，"故事情节和人物的数量和质量（这里指人物形象的气质、品性和心理的内容及其表现）是不是忠实于原作"①。改编不可能把原著原封不动地搬上舞台或银幕，必定会有所增加、删削、修改。可见，对于原著的故事情节和人物是允许改动的，但关键是改动要合理，如果合理就是忠实的，如果不合理就不能称得上忠实。那么"合理"的标准是什么？既忠实于生活（历史），又忠实于原作者的思想才是最好的。忠实最深入的一层，也就是最基本的一点，就是忠实于原作的思想特色和艺术个性，这是从作品的全局和本质所作的考察。

是否忠实于原著虽然是改编的一个重要问题，但这并不能成为判定改编成功与否的标准。改编成功的标准在于用其他艺术形式生动有力而又深刻地表现原作，将文学形象转换为戏剧、电影等其他艺术形象。而改编鲁迅小说对艺术家们来说是一个挑战，尤其需要艺术家们费尽心力进行艺术创造，把鲁迅小说的思想和艺术气质、特色戏剧化、电影化。鲁迅小说最吸引人的魅力是作为大思想家鲁迅的深刻而厚重的思想，这些思想总能发人深省。

---

① 王得后：《因〈药〉的改编而想到的》，《电影艺术》1981 年第 12 期。

# 第四节 具有后现代意识的戏剧改编

2001 年，时逢鲁迅一百二十周年诞辰，在此前后，戏剧、影视界又掀起了改编鲁迅作品的热潮。如张广天改编的民谣清唱史诗剧《鲁迅先生》，古榕改编的大型现代历史话剧《孔乙己正传》，深圳大学艺术学院改编的《故事新编》系列剧作，郑天玮改编的《无常·女吊》等。这一时期的改编一反 20 世纪 80 年代力求忠实于原著的风格，热衷于实验戏剧的改编，注入了许多后现代的元素，对鲁迅作品的人物关系、情节构造、思想意义等方面进行了大胆的创作，对舞台的布置、表演的形式等方面也进行了前所未有的革新。改编消解了鲁迅作品精神的实质与批判的锋芒，侧重对经典的戏说与调侃，对鲁迅作品严肃性的主题进行解构，具有强烈的后现代色彩。改编鲁迅作品本身就具有很大的挑战性，且鲁迅对国人来说太"熟悉"、太神圣、太崇高，以鲁迅作品为实验戏剧改编的对象，在饱受争议的同时也为观众呈现了解读鲁迅作品的另一种视角。

2001 年 4 月 12 日，中国实验话剧院隆重推出的民谣清唱史诗剧《鲁迅先生》在北京儿童剧院上演，并接连演出 25 场，为观众呈现了一个作为"行者"的鲁迅。（后面思想发生转变，与革命密切相关）该剧由音乐人张广天进行编剧、导演和作曲，由张广天、刘兰、孔宏伟、陈雪飞担任主唱，演唱者均为青年。该剧实验性很强，与以往的舞台剧不同。

第一，该剧采用了民谣清唱的艺术形式进行舞台展现，在鲁迅作品的戏剧改编中可谓独树一帜，用这种通俗的手段塑造了一个"高大全"的鲁迅形象。该剧摒弃了传统戏剧注重表演的常规，以唱为主，剧情基本上依靠一个演员的朗诵以旁白的方式推进，戏剧表演被降到最低限度。合唱作为一种情绪的铺垫和宣泄，独唱代表有着比较明确的角色分工，朗诵相当于一个叙事者，推动故事情节的进展。这部清唱史诗剧最突出的特点就是以交响、合唱、摇滚、说唱等音乐元素塑造了一个通俗化的鲁迅。

第二，与传统的话剧舞台布置不同，舞台呈现样式具有实验性。舞台上摆放有许多乐器并在舞台后方中间设置有播放投影的屏幕。舞台后区是合唱队和管弦乐队，舞台前区是四个民谣歌手甲乙丙丁代表鲁迅、许广平、刘和珍、冯雪峰、柔石、内山完造等不同的人物来演唱。而四个反面文人"魑魅魍魉"则在需要时上场，他们的演唱则采用戏曲唱腔。整个舞台剧好像一场音乐会，用管弦乐、电声乐和民乐三合一的大型乐队进行现场伴奏。在舞台后面有大银幕作视觉上的背景效果。演唱中适时播放投影以直观的影像从宏观的视角呈现历史事件和时代背景。

第三，从改编的方法来说，《鲁迅先生》采取的是组接、杂糅、拼贴式的改编，具有后现代的特点。后现代主义主张多元和平面，重片段，轻整体，刻意打破对整体进行描述的一切惯例，追求时空平面化。就该剧而言，它没有一个完整的故事情节和集中的矛盾冲突，缺乏戏剧性，主要唱的是鲁迅的三篇文章和两件事，即《狂人日记》、《记念刘和珍君》、《为了忘却的记念》、北平五讲、鲁迅逝世，这些文章和事件依次组接、拼贴在一起，其中还夹杂着鲁迅其他作品中的内容，唱词基本上为原文。张广天以此大致呈现了鲁迅一生的五个阶段，但每个阶段的剧情基本没有必然的联系，即便是每个阶段也没有完整的故事情节，而是碎片化的拼接。如"序幕：《狂人日记》"中《狂人日记》一文被分割成若干个片段，其中穿插着郭巨埋儿、鲁迅父亲病逝、日本仙台医专的人肉筵席、吃人血馒头、历史背景，以及阿Q、祥林嫂的悲剧等投影。

第四，《鲁迅先生》亦庄亦谐，表现出后现代审美中对传统的、经典的戏仿、解构和颠覆的特点。该剧在严肃地塑造鲁迅形象的语境中穿插着反面文人"魑魅魍魉"戏谑、颠覆性的唱念。"魑魅魍魉"都是以一种杂剧演员的形式出现的，总唱反调。如"第四幕第一场——最后的日子"，战斗一生的鲁迅即将病逝，他躺在病床上因太过疲倦睡着了，这时文人魑魅魍魉又出现了，在喧天的锣鼓声中连唱带念，表达了与鲁迅截然不同的人生观、价值观，极尽嘲讽、戏谑和辱骂。如：

> 骂你爹，骂我娘，全部都在骂爹又骂娘。
>
> 老东西，你还不死，八辈子祖宗叔伯姑嫂婆媳妯娌堂的表的全部都给你骂个精光。
>
> 骂精光，有什么好？
>
> 到头来剩下你孤家寡人多无聊。
>
> 因此上，我们好商量，给你磕头作揖按摩搓背怎么舒服怎么搞。

由以上可以看出，反面文人"魑魅魍魉"的唱念显然是对鲁迅形象的解构，具有后现代的色彩。

另外，张广天改编的实验与反叛还鲜明地体现在他将鲁迅视为革命的精神领袖，将鲁迅与革命过多地牵扯在一起，对鲁迅人为地拔高，因而鲁迅显得不真实了。在"第三幕第二场：中国的脊梁"中，1932 年鲁迅的思想发生了根本的转变。在"第四幕第二场：遗嘱"中，朗诵者朗诵道："冯雪峰是党和鲁迅之间的联络人，鲁迅最后的日子经常和他在一起。他为鲁迅带来了红军胜利的消息，这成了先生在最后的时刻心中最亮的光明。"之后，鲁迅在遗言中一直对大家称呼为"同志们"。冯雪峰则对鲁迅唱道："应该好好休息养身体，为革命多做工作多出力。同志们非常想念你，托我来告诉你胜利的消息：红军爬雪山过草地，已经顺利到达了陕北根据地。"紧接着屏幕显现出如下投影：崇山峻岭中革命的红旗，红军长征的故事，以及陕北延安的宝塔山，展现的同时伴以《三大纪律八项注意》的音乐。鲁迅逝世之后，该剧最后演员、观众齐唱——《国际歌》，一直延续到结束。迄今为止，在鲁迅作品的戏剧改编中，能如此塑造鲁迅的也就只有张广天了。孙郁先生在《鲁迅的声音——评民谣清唱史诗剧〈鲁迅先生〉》一文中并不赞同该剧将鲁迅与革命牵强在一起，他认为："张广天致命的地方，是把'革命情结'在鲁迅那里放大了，他甚至把鲁迅与毛泽东联在了一起。我一直觉得，鲁迅其实是国民的'公敌'，他不仅看透了政客、名流、正人君子的嘴脸，也看透了民众之中劣根的东西。他对'革命'的理解和那些后来者很是不同，'革命'是为了让人活，而不是让人死，这是他的名言。可惜早不被中国的革命青年们所注意了。鲁迅一旦被固定在单一的阶级话语里，他的生命便被凌迟了。"而张广天所要呈现出来就是一个与鲁迅学界专家学者看法不一样的鲁迅，他在《张广天：〈鲁迅先生〉是演给王朔钱理群看的》一文中明确表明了自己的意图："王朔、钱理群这些人希望营造一种时尚，对于这种现象我什么话也不说，就是，您要这样，我偏那样，您看不惯，我更让您看不惯，这本身就是一种反动，王朔和钱理群要是知道鲁迅的内心是唱国际歌的，他们是坐不住的，晚上是要想办法找绳子上吊的。"①

张广天既不赞成著名作家王朔怀疑鲁迅的看法，也不赞同权威学者钱理群眼中的复杂鲁迅和"另一种"的鲁迅形象，他以挑战性的反动姿态塑造了一个他心目中的鲁迅，他认为，"鲁迅的伟大不在于他和别人不一样，而是在于他选择的是一条和大家一样的路，这样一台戏，想要传达给大家的是由我们共同来塑造的鲁迅先生。今天到场的绝不是鲁迅，而是每一个人内心正义的一面，这就是《鲁迅先生》的内核"②。尽管张广天改编鲁迅作品的时代是一个以怀疑鲁迅、戏说鲁迅作为一种

---

① 安替：《张广天：〈鲁迅先生〉是演给王朔钱理群看的》，《北京晚报》2001 年 5 月 5 日。

② 安替：《张广天：〈鲁迅先生〉是演给王朔钱理群看的》，《北京晚报》2001 年 5 月 5 日。

时尚的时代，但是张广天却以反怀疑、反戏说的改编态度意图实现对鲁迅精神的继承，以述而不作的改编方式进行他的战斗。张广天在塑造鲁迅上专门剔除一些血肉的东西，进行主观叙述，采用单线条的"高大全"的创作模式，抓住了鲁迅的精神，呈现出鲁迅的孤苦、绝望和阴冷。

　　然而，该剧自演出后争议颇多，在媒体和网络上引发了一番激烈的讨论。孙郁认为该剧表达鲁迅的声音基本上为金刚怒目式的，而表达其人性的东西不多。他指出，鲁迅"一旦被广告化，泛道德化，其形象便不属于闹市中的人们。接近先生用不着引导，只有心静的时候才能听到他的诉说。"① 也有人认为，该剧虽说是清唱史诗剧，可最弱的地方恰恰在音乐，不够丰富也欠缺完整，对音乐不专业批判较多。总之，张广天改编的《鲁迅先生》是一部实验性很强的剧作。

　　2001 年，著名电影导演古榕也参与到消解与戏说鲁迅的戏剧改编潮流中，他编导的大型现代历史话剧《孔乙己正传》于鲁迅诞辰 120 周年之际，在北京首都剧场首演获得巨大反响。该剧由文化部艺术司主办，中央戏剧学院、北京千千禧文化艺术有限公司、北京古榕文化艺术发展中心联合出品，民间投资运作，是官方、精英、民间三者互为迁就的产物。《孔乙己正传》共 5 幕 27 场，情节丰富曲折，冲突激烈，戏剧性强，演员演技高超，动作、表情、情绪把握都十分到位，深受观众喜爱。该剧不再侧重展现鲁迅笔下的老年孔乙己形象，而是重在戏说孔乙己的前生青年孔乙己——孔少成极富传奇的一生，集中呈现了中国传统所形成的经典人生，很容易引发观众的审美共鸣。抛却符合原著一说，《孔乙己正传》在艺术效果和票房收入上都获得相当大的成功，"在 8 月 17 日至 28 日首轮 10 场演出中，剧场里笑声、掌声和抽泣声此起彼伏，每场谢幕掌声时间长达 15 分钟之久，票房收入近 30 万元。"②

---

① 孙郁：《鲁迅的声音》，《南方周末》2001 年 5 月 11 日。

② 《纪念鲁迅先生诞辰〈孔乙己正传〉再度公演》，《北京晚报》2001 年 9 月 23 日。

该剧受到广大观众的充分肯定，并赢得舆论界的广泛好评。大家似乎不再关注该剧是否体现了原著精神，而是全身心地投入到这部将鲁迅仅用2600字创造出来的经典名著《孔乙己》改编成长达两小时四十分钟的大型话剧中，尽情感受着剧中人物在科举制度、家族恩怨、爱情人生、水乡风情交织成的人生历史中历经的悲欢离合，享受着大众参与的集体狂欢。《孔乙己正传》呈现出来的已不再是精英知识分子眼中的孔乙己及其悲剧所蕴含的深刻意蕴，而是大众眼中世俗的孔乙己及传统审美中的主题思想，它令观众沉浸在一个冲突激烈、凄婉动人的故事中，彻底消解了"鲁迅作品孤独寂寞绝望以及于绝望中抗争的精英处境与话语本质"[1]，具有后现代的味道。后现代倚重大众，注重通俗和喜闻乐见，推崇大众文化，趋向于创作的游戏性，反对庄严凝重的作品和塑造深刻蕴含的精神世界。事实上，从《孔乙己正传》的英文剧名——《悲喜人生》来看，该剧就已经削弱了孔乙己悲剧的意义，削弱了鲁迅的精神价值，改编已经将鲁迅凡俗化。

1998年、2000年、2001年，深圳大学艺术学院根据鲁迅小说《故事新编》相继改编的系列剧作"铸剑篇""出关篇""奔月篇"是20世纪80年代中期到21世纪初深圳原创实验戏剧的扛鼎之作，具有不可忽视的影响力。这三部实验戏剧均由时任深圳大学艺术系系主任的熊源伟进行艺术指导和创意策划，吴熙改编，吴熙、宋洁等导演，三部戏剧均参加了国内举办的国际小剧场戏剧节的演出，并应邀赴港澳台演出，以其实验的手法，大胆而富有创意的形式赢得当地媒体和戏剧界人士的关注。吴熙担任导演创编排演这三部作品后，形成了一整套实验戏剧的创作方法和创作流程。与传统戏剧文本在前、排练在后的程序不同，《故事新编》开始实践工作坊性质的创编方法，港台借用海外的概念译之为"编作剧场"。这种创作方法事先没有文本，由导演和演员一起，

---

① 张吕：《被意识形态话语"改编"的鲁迅》，《鲁迅研究月刊》2010年第11期。

围绕一个母题，相互讨论、拓展思路，再从即兴练习、即兴小品入手，创造和筛选出和母题有关联的人物、场面和段落，经过梳理组接，构建出一个完整的框架。在这个框架里，大家再不断以即兴表演的创造活力丰富它、完善它，直到见观众，直到最后一场演出，即兴创作的火花永不熄灭，演出永远呈现为一种运动状态。

《故事新编》系列的排练和演出，标志着深圳实验戏剧走向成熟。熊源伟认为，鲁迅的《故事新编》是可改编为实验戏剧的上乘素材。《故事新编》因其对中国古代神话传说、历史史实进行解构，引入现代人的语言，重新解读，在当时极具前卫性，具有实验性，为如今改编实验戏剧提供了良好的改编素材。"除了《故事新编》的实验性，还因为这部小说的本土性。我国的实验戏剧在初始阶段往往更多借助、模仿国外的东西，缺乏本民族的实验特色。而鲁迅先生的《故事新编》为创作中国气派的实验戏剧提供了契机。铸剑、出关、奔月，这一个个故事，无不带有传统民族文化的印记。若将这样人尽皆知的传统民族文化在鲁迅先生解构、诠释的基础之上再加以解构、诠释，解构之解构，诠释再诠释，我们站在了巨人的肩膀上，我们的实验戏剧无论是形式还是内容都有了自己的定位。"① "铸剑篇"是《故事新编》系列中首先被搬上舞台的实验戏剧。鲁迅的小说《铸剑》取材于魏晋时代的志怪小说干将莫邪之子眉间尺为父报仇的传奇故事，鲁迅用"油滑"的表现手法对这一故事进行了独特的演义，传说故事中复仇的庄严神圣被解构，最后只剩下滑稽无聊。戏剧改编则在鲁迅解构、诠释的基础上，讨论"仇恨"的无意义，辨析"使命"的无法承受之"重"，以及由此带来的戏谑与荒谬，将整个复仇的过程变得更加荒谬和无意义。该剧以三个时空结构全剧：眉间尺复仇故事的远古时空，鲁迅构思与写作的过去时空，"导演"与"演员"排戏的当下时空，三个时空交替呈现，平

---

① 张仲年主编：《中国实验戏剧》，上海人民出版社 2009 年版，第 141 页。

行叙事，从而使表达的意义更为丰富。在过去时空，鲁迅被还原为一个凡俗夫子，每天在日常琐事不胜其烦的干扰中写作，更有其打老鼠、吟诵拼贴诗句的滑稽可笑的言行，以及在当下时空中，表演排练时的争论、戏谑、调侃，搬弄流行的校园语录等搞笑的做法，都充满了"后现代"的色彩，这两个时空的存在，彻底解构了远古时空中所表现的复仇的意义。

2001年8月，由郑天玮编剧、王延松导演的荒诞喜剧《无常·女吊》在北京人艺小剧场正式公演，受到观众的欢迎与好评。该剧运用阴阳两界时空相连的表现手法，将鲁迅的《伤逝》《孤独者》《在酒楼上》《头发的故事》《无常》《女吊》六部作品的相关人物进行了嫁接大重组，将青年知识分子的命运糅合在一起，以今人的思考和感悟，再行演绎、重塑他们。该剧将这些小人物的命运都集中在涓生身上，呈现了涓生的堕落史，无常和女吊在其中穿插游荡。编剧还富有创意地编写了涓生和子君在阴间含情脉脉地重逢，无常和女吊到人间某大户人家去投龙凤胎未遂等情节内容。编剧用看似荒诞离奇的手法，把这些形象串在一起，重塑新的形象，其中多有对现实的讽喻，借鲁迅先生如炬的目光，透视纷繁多彩的世界。该剧延续了鲁迅独特的荒谬、阴冷的氛围，但是它又是以喜剧形式阐释作品的。剧中的无常、女吊已不是鲁迅笔下申冤、复仇和正义的象征，他们的角色活跃而滑稽，有时摇身一变就成了房东大妈、酒保或跟班。作为"荒诞喜剧"，剧中确实有些夸张的地方能让人笑一阵，比如，女吊说她的前生是祥林嫂，无常说他的前生是阿Q。但是，该剧的荒诞不是鲁迅式的荒诞，该剧的笑料也不能等同于鲁迅式的幽默。另外，《无常·女吊》在舞台设计上打破了传统舞台与观众席的距离感，将表演区一直延伸到观众席中，观众需要穿越舞台才能走到座位上。小剧场的门被设计成"鬼道门"，力图使门内的亦真亦幻的故事与门外的现实世界形成强烈对比以达到整体的戏剧效应。这些都体现了实验戏剧的特点。《无常·女吊》虽然取材于鲁迅作品，但它已成为独立表达创作者的一个戏剧作品，呈现出丰富的现实意义。在讨论这一剧作时，我们只有不拘泥于鲁迅的层面，跳出来独立地看待这个戏，才能发现更多值得玩味的地方。

综上可见，20 世纪末 21 世纪初，关于鲁迅作品改编的戏剧不少，然而这一时期改编鲁迅作品的编导们都很大胆，大胆实验，玩新鲜，或进行剧场实验，或采取新的表演形式，或讲述新编故事，改编从形式到内容都令观众和业内人士感到有奇可猎。编导们没有亦步亦趋地跟着鲁迅，而是很自信地展示了自己对剧场艺术的追求，以及对现实生活的理解。在这些剧作中，鲁迅及其作品只是为他们的改编提供了"外壳、卖点，而不是灵魂"①。总的来看，鲁迅作品的戏剧改编基本上为后现代主义思潮下的小剧场实验戏剧，具有实验性，呈现出后现代的特点。

这一改编特点与后现代主义文化思潮和中国戏剧的发展变化密切相关。后现代主义文化思潮在西方兴起于 20 世纪五六十年代，以其对传统的强烈反叛性而对西方建筑、文化、哲学、文学、艺术等诸多领域形成强大的冲击，也对非西方国家和地区产生了巨大的文化震荡。后现代主义作为一种文化思潮内涵十分丰富，具有多元性、边缘性、随机性、平面性、差异性、模糊性、世俗性。后现代主义思潮于 20 世纪 80 年代中后期传入中国，接着迅速而广泛地传播，逐渐渗透到社会文化和生活领域，成为一种时髦的文化现象，对中国人的思想和生活产生了巨大的影响。就戏剧而言，中国借鉴西方后现代主义的创作理念和表现方法，发挥艺术创造者的主体作用，出现了一些富有求新精神和新锐特点的实验戏剧，打破了日益僵化的戏剧旧有模式，从而使戏剧在内容和形式上，展现出不同以往的艺术特点。20 世纪 80 年代中期较为宽松的政治环境和文化生态，使得当时文艺繁荣、思想活跃，为实验戏剧的发展提供了一个相对自由的空间，艺术家们可以在大剧场继续进行戏剧实验。

① 文/本报记者尚晓岚，摄/范继文：《〈无常女吊〉昨晚上演》，《北京青年报》2001 年 8 月 29 日。

于是，涌现出一批利用话剧为载体，发表对生活、对社会的看法，从创作方法到舞台表现到演员表演都叛逆传统的实验话剧。中国实验戏剧在20世纪后20年间走过了萌芽、发展、高潮和衰落时期。一般来说，实验戏剧中都具有实验性质的探索。但是，"能被真正定义为'实验戏剧'的作品，必然是因为其自身的探索性与创新性已经超出了一般意义上的'实验'，作品无论是从编剧、导演、表演还是对于空间的运用都有很大的突破性，由一般戏剧作品中实验元素的'量变'累积转化为特殊戏剧作品中的'质变'"①。实验戏剧对主流社会具有强烈的反叛意识，表现在意识形态层面或文化层面。实验戏剧的舞台演出是非常规的、非大众化的，对观众、对戏剧本身进行挑战，往往被看成是"另类"。实验戏剧从戏剧文学、剧场形式和思想内容上突破了传统中国式现实主义戏剧，富有创意地运用了非语言媒介在内的多种舞台手段，形成了多声部的"复调"话剧，使人们相信话剧可以不单纯依靠说话演戏了。

实验戏剧一般在小剧场演出，进行小范围的实验。小剧场戏剧产生于19世纪末的欧洲，相对于传统的拥有镜框式舞台的大剧场而言，它强调观众席与表演区的贴近，观、演关系的灵活多变。原初的小剧场戏剧强调先锋性和实验性，与大剧场既相互区别又彼此补充。21世纪以来，随着戏剧的发展壮大以及文化环境的变化，小剧场戏剧的流行化、商业化、娱乐化趋势逐渐明显。往往借助主流文化热点，对历史与现实进行艺术的折射式反映，采用戏仿、戏谑等喜剧手段，或肢体语言与新的叙事手段，反映年轻人对社会人生的反思，顺应青年观众的欣赏习惯，在演出市场上赢得了自己的一席之地。20世纪80年代实验戏剧、小剧场的潮流，正式开启中国戏剧进入现代主义、后现代主义阶段的大门。实验戏剧中的舞台呈现，也常能见到国外现代戏剧、后现代戏剧中

---

① 张仲年主编：《中国实验戏剧》，上海人民出版社2009年版，第15页。

一些惯用的手法。然而，中国实验戏剧未能抵挡住世俗的魅力，功利目的很明显，希望成功，希望被承认而成为经典，尤其 2000 年之后呈现出"后现代"和"商化"结合的趋势。

因此，在后现代主义思潮影响下，戏剧界在改编鲁迅作品时或隐或显地存在着一种倾向——将鲁迅世俗化，消解或削弱鲁迅的精神价值和意义。在现代主义思潮下萌生的实验戏剧，对传统的观念与形式予以消解与解构，后日渐为后现代主义所取代，后现代也讲消解与解构，但它同时又注重多元并蓄与建构。

为纪念鲁迅一百二十周年诞辰，戏剧界纷纷在此时对鲁迅进行重新诠释和解读，到底是一种巧合，还是另有深层原因。不知鲁迅先生泉下有知，会以什么样的态度笑看这股"鲁迅热"。熊源伟指出："我们这一代是极不'讨好'的一代，夹在两代人中间，一边觉得我们走得太远，一边又觉得我们步子太小。而面对着数十年形成的文化模式和审美心理定势，要做出新的抉择更是何其艰难。"但是，"走向开放，走向现代，走向多元，这就是我们这一代导演所必须选择的文化价值取向"。①

---

① 熊源伟：《我们一代的选择》，《戏剧》1988 年冬季号。

# 第三章

# 鲁迅小说的戏剧改编方法

改编是戏剧创作的主要方法之一。改编是一种媒介向另一种媒介转换中的重新解读，改编都不可能是对原著的照抄照搬，不可能与原著完全相同。综观鲁迅小说的戏剧改编，也并不存在完全忠实于原著的改编。就改编方法，分类标准不一，看法不一，多种多样，我们大致可以从结构形式、忠实度、技巧上来划分。根据对原著改编的结构，主要分为节选式改编、单篇式改编和组接式改编。就与原著的关系（或者说对原著的忠实度）而言，分为誊写式改编、框架式改编和取材式改编。就改编技巧而言，分为添加、删减、改写法，集中策略，交织策略等。在鲁迅小说的戏剧改编中，总的来看，誊写式改编、组接式改编和取材式改编这三种改编方法颇具代表性。对改编方法进行研究，有助于我们看清鲁迅小说进行戏剧改编的整体面貌，呈现鲁迅小说与改编戏剧之间的关系，呈现戏剧改编者演绎鲁迅小说的不同方式，以深入思考如何改编经典才能更好地传承经典的相关问题。

## 第一节　从结构形式上划分

如果从结构形式上来划分的话，鲁迅小说的戏剧改编方法可以分为节选式改编、以单篇为主的改编和组接式改编三种。节选式改编是指选取鲁迅小说一篇中的某些部分，甚至是某一点进行演绎的改编，如朱国良、钱世锦改编的芭蕾舞剧《魂》，就选择了《祝福》中的祥林嫂被赶出鲁家大门后的一瞬间心理活动这个点来演绎的。蔡衍棻、红线女改编的粤剧折子戏《祥林嫂》和张火丁改编的京剧《绝路问苍天》也都属于节选式改编。单篇式改编是指以鲁迅小说其中一篇作品叙事元素为主的改编，如吴琛等改编的越剧《祥林嫂》，曾力、郭文景改编的歌剧《狂人日记》，陈梦韶改编的话剧《阿Q剧本》。组接式改编则是将鲁迅小说中两篇及以上作品中的人物、情节、主题等叙事元素组合、嫁接在一起进行的改编，如田汉改编的话剧《阿Q正传》，梅阡改编的话剧《咸亨酒店》，陈涌泉改编的曲剧《阿Q与孔乙己》。

## 一 节选式改编

节选式改编是指并非完整的改编，但其改编的难度也不比改编一部完整的作品小，因为改编者必须要寻找一个最为引人注目的切入点，并使改编的戏剧性情节能够在短时间内打动观众，而这往往是不容易的。这种改编方法一般用于在时空表现上有限的戏剧形式，适合演独角戏，在鲁迅小说的戏剧改编中相对较少。

根据鲁迅小说《祝福》而改编的独幕芭蕾舞剧《魂》所采用的改编方法即为节选式改编。该剧于1980年5月在"上海之春"芭蕾舞专场首演。编剧为朱国良、钱世锦，编导为蔡国英、林培兴、杨晓敏，舞美为陆伟良，作曲为奚其明。参与演出的主要演员有：余庆云、石钟琴（饰祥林嫂A、B），欧阳云鹏（饰贺老六），孙加民（饰祥林），董锡麟（饰鲁四老爷与阎王）。改编者以受尽封建礼教摧残的祥林嫂在祝福之夜被赶出了鲁家大门作为切入点，充分演绎了祥林嫂此时丰富的内心动作。痛苦、悲愤和绝望使祥林嫂眼前出现了幻觉，她仿佛看到死去的儿子阿毛来到了自己的身边，然后她又进入地狱和贺老六见面，可这时阎王偏又差鬼卒拖出了她之前的丈夫祥林……地狱和人间一样吞噬着祥林嫂破碎的心灵。随着幻觉的消失，祥林嫂又置身于茫茫大雪、漫漫长夜之中，到底何处才是她的归宿呢？

该剧的演出之所以能深深地打动观众，主要在于编导及演员紧紧抓住了鲁迅小说中祥林嫂惊心动魄的三问："一个人死了之后，究竟有没有灵魂的？""那么，也就有地狱了？""那么，死掉的一家的人，都能见面的？"并以此作为表现外部动作的心理依据。《魂》中祥林嫂的扮演者之一余庆云在《努力塑造具有民族特点的祥林嫂》一文中指出："芭蕾舞剧《魂》改变了那种再现祥林嫂一生的结构形式，而是选择了她被赶出鲁家大门以后的一瞬间心理活动作为独幕舞剧的贯串动作。"①《魂》实际上给鲁迅小说的戏剧改编提供了另一种结构形式，选取一个点进行演绎，重点将原著中柳妈提到的地狱世界进行了大胆的演绎。

舞剧幕启即是喜庆而又凄冷的祝福之夜，饱受精神摧残的祥林嫂被鲁四老爷赶出了家门。悲愤之中，她的眼前出现了幻觉。她仿佛见到了死去的儿子阿毛，也见到了自己曾经嫁过的两个男人——祥林和贺老六，地狱其实与人间一样都让祥林嫂的心灵备受折磨，不知所处。该剧对情节的提炼十分精简，集中表现了祥林嫂在封建制度及封建道德统治下的悲惨命运。舞剧的冲突紧紧围绕着美好幻觉与残酷现实的纠葛展开。编导和演员为准确、深刻地传达祥林嫂当时复杂的内心，在外形动作和舞姿造型的设计上赋予了民族化的情感表现方式。余庆云深有感触地说："祥林嫂被赶出鲁家大门后，她到处向人诉说乞求，渴望得到同情的一段情节，如果采用古典芭蕾的常规外形动作，虽然动作很优美，却不能表现出祥林嫂在遭受了封建势力迫害后的哀怨、悲愤和孤苦无告的复杂心理。因此，我采用了两腿关闭半蹲，双手在胸前弯曲摊掌、配以相应的神志和头部造型。"②

奚其明为《魂》创作的乐曲与节选点舞剧内容的表现可谓相得益彰。马文彪等七十位主要撰稿者编写的《〈音乐欣赏手册〉续集》对奚

---

① 余庆云：《努力塑造具有民族特点的祥林嫂》，《上海戏剧》1981 年第 6 期。
② 余庆云：《努力塑造具有民族特点的祥林嫂》，《上海戏剧》1981 年第 6 期。

其明《魂》的乐曲做了专门的评介："音乐采用浙江绍兴的民歌和戏曲音调，在设计出悲戚呼喊的祥林嫂和威严恐怖的阎王等主题的同时，大胆借鉴了外国近现代作曲技法，使音乐和舞剧的内容紧密结合。如幕一拉开，音乐就用了绍剧曲牌《水龙吟》《拜年歌》，并配以戏曲音乐常用的伴奏音型，加上零零落落的锣鼓声，形成一幅讽刺画：除夕的欢乐不属于祥林嫂。地狱中的祥林嫂、贺老六和祥林的三人舞音乐紧张而内蕴爆发，接着，当群鬼围着他们狞笑喊叫时，刻画封建势力、鲁四老爷和阎王的主题相互叠置在一起，具有咄咄逼人的气势。最后，空中飘起了雪花，在一个不断反复的固定音型伴随下，祥林嫂迈着蹒跚的步履向前走去，音乐虚幻而飘渺。突然，铜管在音色最明亮的音区以极强烈的音响奏出八个和弦，让人们将封建制度的罪恶永远铭刻在心。"① 奚其明为《魂》创作的乐曲因其风格的特别而广受赞誉，对当时音乐界冲击很大。

由以上可见，芭蕾舞剧《魂》将原著《祝福》的结局作为舞剧的起点，极富想象力地演绎了祥林嫂被赶出鲁家大门之后眼前出现的一系列幻觉。美好的幻觉与残酷的现实所形成的强烈冲突使该独幕剧在短时间内成功地为观众塑造了一个具有高度概括性的悲剧灵魂。从该剧，我们能够看到节选式改编在改编构思上需要更加精巧，要能找准最能体现人物性格特点和作品核心思想的切入点。因此，节选式改编虽是不完整的改编，但却更集中地体现了原作的精神面貌。

除了芭蕾舞剧《魂》之外，陈涌泉改编的曲剧《阿Q梦》也是节选式改编代表性的剧目。1993年，陈涌泉应石光武导演之邀，大胆采取节选式改编，截取《阿Q正传》中阿Q对革命"神往"的一段，将其改编为独角小戏《阿Q梦》，由青年曲剧演员杨帅学出演。陈涌泉的改编是经过深入思考、郑重对待的，他后来回忆道："开始我没敢轻易

———————
① 上海音乐出版社编：《〈音乐欣赏手册〉续集》，第786页。

答应，因为对鲁迅先生这部享誉世界的名著，我一直抱有敬畏之情。认为其思想之厚重，内涵之丰富是戏曲——特别是河南地方戏曲难以承受的；阿Q这个无处不在的魂灵，其所承载的几千年国民性的积淀、人类普遍存在的哲理性精神病态，又是一般戏曲演员难以理解、把握的。加之自身初出茅庐，深恐不但宣传、普及不了名著，反而辱没、亵渎了大师，附骥彰名的念头则丝毫也不敢有。"① 正因为对名著的敬畏之心，陈涌泉在改编时精心选取了在短时间内最能深入而集中表现阿Q灵魂和原作思想主题的一段情节，并加以戏剧性的巧妙设计。

这部小戏的演出时长虽然只有十五分钟左右，却将阿Q自欺欺人、欺软怕硬、愚昧无知的精神胜利法性格特点表现得活灵活现，十分具有感染力。该戏以回忆的结构方式"着重表现了阿Q式的'我要什么就是什么，我喜欢谁就是谁'的革命理想，以及对赵太爷之流的反抗意识"②。该戏精心选取阿Q要进城去投降革命党作为切入点，这一切入点最能彰显出阿Q式国民的劣根性和辛亥革命脱离民众的悲剧。戏一开始，阿Q就唱着"我手执钢鞭将你打"出场，想要进城去投革命党，搬回天兵和天将，然后杀个回马枪，先杀掉赵太爷。为什么要先杀赵太爷？阿Q自问自答，剧情随即进入回忆模式，阿Q主要回忆了赵太爷两次打他，一是不允许他姓赵，赵太爷狠狠打了他耳光，二是因他调戏吴妈，赵太爷不仅用大棒追着打他还搜刮他的衣物。凭借这两个回忆性的故事情节，该戏在短短的时间内即营造了阿Q与赵太爷之间水火不容的矛盾冲突，这一激烈的矛盾冲突直接促进了阿Q想要革命的强烈愿望。因此，在该戏的后半部分，阿Q听到从城里传来的革命风声后就十分坚定地要造反捣蛋，要到革命党里去大干一番，先杀赵太爷这个"白眼狼"！随即阿Q勾画了革命的美好蓝图：先没收赵府钱财，再封吴妈正宫院，坐大轿吃大宴，享受着未庄人的吹捧、巴结与担心、害

---

① 陈涌泉：《〈阿Q与孔乙己〉的成因》，《剧本》2002 年第 9 期。
② 陈涌泉：《〈阿Q与孔乙己〉的成因》，《剧本》2002 年第 9 期。

怕。正当阿 Q 极尽得意之时，一个跟头将他摔醒，阿 Q 又回到现实这才感到肚子饥饿，分文没有，只好去偷尼姑庵的萝卜。

该戏虽然短小，却将阿 Q "神往"革命的剧情演得一波三折，集中紧凑，引人入胜。《阿 Q 梦》前半部分着重表现阿 Q 深受赵太爷的欺负，后半部分则重在表现阿 Q 在革命的幻想中扬眉吐气、得意非凡的姿态，充分表现出阿 Q 对赵太爷的反抗也只能在精神上取得胜利，以此来表达辛亥革命未能启蒙民众的悲哀。在时间结构上，该戏先由阿 Q 要革命的"现在"进入回忆赵太爷欺压的"过去"，然后又回到阿 Q 要革命的"现在"，接着进入幻想革命的"未来"，最后回到一无所有的"现在"。短短的十几分钟剧情，时间交错，出入自由。凄惨的现实与得意的幻想交织在一起，构成该戏的冲突与主体。

总之，以上两部节选式改编作品是颇具代表性的，一部是选取原作一个点进行改编，另一部是节选原作一段情节进行改编，但也都巧妙地融入了原作的其他情节。两部改编之作虽然表演时间不长，但演出效果都很好，获得了观众的高度认可。独幕剧《魂》以芭蕾舞这一外来的别具一格的艺术表现形式深深打动了观众，独角小戏《阿 Q 梦》则以雅俗共赏的曲剧艺术表现形式的精彩演出，获得了河南省首届曲剧演员荧屏大赛表演金奖，一时好评如潮，随后连连获奖。由此可见，节选式改编只要选取好改编的切入点，再加上精巧的构思，虽不能反映原作全貌，但同样能传递原作的精髓，可以说，节选式改编是大有可为的。节选式改编要想取得成功，更需要吃透原作，深入了解人物典型的性格特点和原作的核心思想，然后要从原作中选取最能集中体现这两个方面的一点或一段进行改编，而且要在短时间内营造矛盾冲突。值得提出的是，切入点很重要，它是改编获得成功的关键所在。

## 二　单篇式改编

单篇式改编即"以单篇为主的改编"，指以鲁迅小说其中一篇作品叙事元素为主的改编。这种结构形式的改编在鲁迅小说的戏剧改编中是比较多的，它更能展现原著的面貌。单篇式改编往往选择其中一篇小说进行改编，改编的结构基本上遵循原著的结构，即使有人物、情节的添加，也并非主要人物和主要情节，而且数量很少。如吴琛等改编的越剧《祥林嫂》，曾力、郭文景改编的歌剧《狂人日记》，陈梦韶改编的话剧《阿Q剧本》，蒋祖慧等改编的芭蕾舞剧《祝福》，陈白尘改编的话剧《阿Q正传》，王泉、韩伟改编的歌剧《伤逝》、陈家和改编的河北梆子《阿Q正传》，孟华改编的豫剧《伤逝》等都属于单篇式改编。

1981年6月27日，为纪念鲁迅诞辰100周年，由蒋祖慧等改编和蒋祖慧编导的四幕芭蕾舞剧《祝福》由中央芭蕾舞团在北京首演。该剧以是鲁迅同名小说《祝福》为蓝本改编的，是中国芭蕾舞创作的一大成果，主演郁蕾娣、武兆宁，作曲刘廷禹。序幕地点在荒野陵园，新寡祥林嫂在听到婆婆要将她出卖再嫁的消息后凄惶出逃，适逢鲁四老爷率全家迎请祖宗回府祝福，看其手脚麻利，将其收为女佣。第一幕地点在鲁镇河畔，获得劳动生计的祥林嫂与鲁镇妇女们一起欢快地劳动。然而不久，祥林嫂就被她婆婆和卫老二强行掠走，女伴们怀着恐惧与忧虑关心祥林嫂的命运。第二幕地点在贺老六家，祥林嫂被卖进深山与贺老六成亲，她为反抗再嫁怒撞案头，形成了一场不寻常的婚礼。洞房之夜，贺老六的百般劝阻、细心照料终于获得了祥林嫂的感激与信赖。第三幕地点在贺老六家，婚后，祥林嫂与贺老六和睦、幸福，这给祥林嫂带来了新的希望和无比满足。然而，冷酷的社会夺走了她的一切，失子丧夫使祥林嫂陷入无比悲惨和痛苦之中。第四幕地点在观音庙堂，祥林嫂重回鲁府，由于两次丧夫，受尽人们的鄙夷、嘲弄和奚落。为了解脱精神的重负，她倾其所有，求神赎罪。本以为获得神灵宽恕与抚慰的祥林嫂，抱着赎罪后轻快心情加入祝福行列，却被鲁四老爷逐出门外。在祝福仪式中，孤苦无依的祥林嫂却是福音渺茫，带着空虚与绝望，悄无声息地走向人生的尽头。

有一个经典的说法，叫作"三揭盖头"，用三次揭盖头，把高兴的热潮和美的热潮，人们对于婚姻的期待，充分地表现出来：贺老六不好意思，一次想揭又回去了，第二次想揭又回去了，第三次来一大的调度，这回可要看到新娘子了，终于揭开了，一看一下子惊呆了，口里塞着破布，胳膊绑在背后，头上还插着戴孝的白花，三个道具的使用，让所有的中国观众和外国观众都目瞪口呆，印象深刻。然后祥林嫂想要逃跑，这时大家拦住她，她一看案子就冲了过去。这时周围灯光暗了下来，突出贺老六抱着她，往前一步步走过来，蹲下去看看她。此后，中国芭蕾舞剧，尽管选材、风格、体式、手法有异，但注重心理的表现，借鉴民间舞蹈的趋向，成了一个共识。

单篇式改编能将原著单篇的意蕴挖掘得更充分，当然，古榕《孔乙己》虽然是单篇式改编，但却没有遵从原著。

### 三　组接式改编

组接式改编是指将两篇或两篇以上作品中叙事元素按照一定的构思和逻辑组合、嫁接在一起进行的改编，常以一部或几部作品为主，旁及其他作品，有主次之分。这种改编方法曾受到鲁迅的肯定。1934 年，鲁迅对袁梅改编的《阿 Q 正传》剧本发表了这样的意见："现在回忆起来，只记得那编排，将《呐喊》中的另外的人物也插进去，以显示未庄或鲁镇的全貌的方法，是很好的。"[①]　由于这种方法为鲁迅所赞赏，加之鲁迅小说基本上以短篇为主，一部作品不足以改编为一部剧作，所以，在鲁迅小说的戏剧改编中，组合式改编方法运用得是比较普遍的。如田汉改编的话剧《阿 Q 正传》，许幸之改编的话剧《阿 Q 正传》，梅阡改编的话剧《咸亨酒店》，陈涌泉改编的曲剧《阿 Q 与孔乙己》，郑天玮改编的实验话剧《无常·女吊》等。

---

① 《鲁迅全集》第6卷，第148页。

　　田汉改编的《阿Q正传》，是根据鲁迅的《阿Q正传》《明天》《孔乙己》《狂人日记》《风波》《故乡》等多篇小说综合改编的五幕话剧，但又以《阿Q正传》这一中篇为主。田汉改编本将底层苦难人物的数量充分扩大了，在原著基础上广泛撷取了鲁迅其他小说中的同类人物。《明天》中单四嫂、老拱、阿五，《孔乙己》中孔乙己，《故乡》中闰土、杨二嫂，《风波》中七斤、七斤嫂、九斤老太、八一嫂等下层人物都被田汉改编进话剧中。至于封建统治势力，田汉主要增加了处于暗场的封建最高统治者——皇上，还有县太爷、张委员，以及处于明场的《风波》中赵七爷这个封建老朽。田汉将鲁迅的《阿Q正传》与其他多篇侧重书写底层人物悲剧命运的小说组合穿插在一起，意在强化戏剧的矛盾冲突。原著虽然存在着矛盾冲突，但由于主题侧重和人物数量等原因，并不突出。田汉在改编中将鲁迅多篇小说中人物、情节组接起来，有力地凸显了矛盾冲突的双方，一方是深陷苦难、遭受迫害的民众以及看透吃人社会的狂人和革命者；另一方是封建统治势力和投机革命成为新贵把持政权的伪革命党。矛盾冲突不仅集中，范围广，而且冲突激烈，使思想主题十分明朗，并另有侧重，由原著重在揭批以阿Q为代表的中国国民的痼疾，转为凸显千千万万阿Q式悲苦无助的贫民所遭受的苦难，并呼吁争取中国苦难人民的真正胜利。

　　许幸之改编《阿Q正传》将鲁迅的《阿Q正传》《孔乙己》《明天》《药》《风波》等小说中人物和情节组合、交融在一起，从而使阿Q、孔乙己、单四嫂子、夏四奶奶等人物能够在同一个时空里进行对话，使故事情节更加丰富多彩。出于分析典型环境中典型人物的需要，许幸之重新组构了五类人物：以赵太爷为中心的封建地主豪绅及其走狗；以假洋鬼子为中心的县长、地保等半封建贪官污吏及买办阶级；以老拱为中心的蓝皮阿五、单四嫂子、王九妈、老尼姑、小尼姑等小资产阶级的中立主义者；以阿Q为中心的吴妈、孔乙己等深受前两种势力迫害的一群；以夏瑜为代表的处于舞台暗场的为人类谋幸福的真正革命党。许幸之借鉴鲁迅其他小说中的人物主要归置在后三类，以强化辛亥革命前后环境中这几类典型人物。许幸之改编本的情节进行重新组合之后，仍以鲁迅的《阿Q正传》为主，其他小说为辅。

1981年，梅阡进行了大胆尝试，将鲁迅七篇小说中的人物和情节组接改编成四幕话剧《咸亨酒店》。该剧以《长明灯》《狂人日记》《药》为主，旁及《明天》《孔乙己》《祝福》《阿Q正传》等，几乎涉及鲁迅乡村题材小说中的所有主要人物，不仅将鲁迅笔下二三十个人物形象再现于同一个舞台之上，而且将主要人物《狂人日记》中的"狂人"与《长明灯》中的"疯子"合而为一。该剧以借鉴鲁迅前三篇小说为主，通过觉醒者的悲惨命运，展示了封建势力依然强大，辛亥革命丝毫未改变社会现实的悲剧，重在揭露、控诉这个吃人的黑暗社会。对于后四篇中人物的借鉴，主要凸显在封建势力的压迫、迫害下底层民众的悲苦命运，这些人物与觉醒者没有交集，他们之间存在着令人悲哀的隔膜。梅阡将狂人与疯子合二为一，是因为这两个人物身上所体现出的作者思想不仅随着时代的发展而有了"极大的发展与变化，且其思想脉络是一贯相通的"①，这样就使狂人这一形象更为充实而丰满。梅阡将鲁迅多篇小说中人物、情节组合改编为一部话剧，往往并非简单地、生硬地拼接，而是基于原著建立人物之间合乎逻辑的关系，并对人物形象和故事情节进行相应的发展和补充。在《咸亨酒店》中，梅阡将狂人与夏瑜关联起来，将狂人的反封建思想与行为归于革命者夏瑜的影响，不仅让两人同在学堂教书，而且设计了在夏瑜被绑赴刑场游街时两人最后相见、告别的场景，将两者之间的关系表现为同事、挚友、战友。梅阡将狂人与夏瑜联系起来，既解释了原著中没有交代的狂人思想的来源，又使戏剧结构上比较紧密。该剧中狂人的下场，既未在病愈后去候补，也未被关锁进庙中，而是因去庙里放火而被封建势力害死。在

---

　　①　梅阡：《疯子与狂人的合而为一——〈咸亨酒店〉改编琐记之一》，载梅阡《咸亨酒店》，中国戏剧出版社1982年版，第89页。

潘阔亭"杀人放火，打死勿论"的命令下，狂人被封建势力帮凶老拱和阿五等众人毒打并最终被逼跳河，在得到潘阔亭"不许救，淹死他"的指令后，阿五搬起一块巨石向河里砸去。这一结局可谓比原著更具悲剧性，更尖锐地揭示了封建势力的狠辣与残忍。梅阡将众多人物、情节穿插、整合在一起，集中凸显了反封建的主题。

郑天玮改编的话剧《无常·女吊》将鲁迅的四篇小说——《伤逝》《孤独者》《头发的故事》《在酒楼上》和两篇散文——《无常》《女吊》进行了整合创作。郑天玮对鲁迅这六部作品中的叙事元素重新组合，以《伤逝》为主，将其他作品的人物、情节、主题穿插进去。该剧以《伤逝》中主人公涓生作为叙述主体，将其他小说中主要人物吕纬甫（《在酒楼上》）、N 先生（《头发的故事》）、孔乙己（《孔乙己》）、魏连殳（《孤独者》）与涓生组接、糅合在一起，重新塑造了一个复合体的人物形象，将鲁迅小说中知识分子的形象和命运通过涓生集中地展现出来。该剧在《伤逝》故事情节基础上综合了其他小说中的故事情节，如为小兄弟迁坟，买剪绒花赠送顺姑，争论头发的意义，研究"回"字的四样写法，做杜师长的顾问等，将鲁迅几部小说中故事情节进行提炼，按照一定的逻辑组合，鲜明地呈现了涓生命运发展的四个阶段：积极追求个性解放—苦闷失意—陷入平庸—复仇社会。

除以上所论述到的剧作之外，运用组接式改编的作品还有：沈正钧改编的越剧《孔乙己》"将《孔乙己》与《药》两篇小说的人物相聚在咸亨酒店，想来在时间上、空间上是可以有机重合的"①。陈涌泉改编的曲剧《阿 Q 与孔乙己》，则将鲁迅的《阿 Q 正传》和《孔乙己》这两部名著首次组接在一起，以阿 Q 和孔乙己同时作为该剧中主要人物，展现了两个不同身份、性格的下层人物同样难以抗拒的悲惨命运。

综观鲁迅小说的戏剧改编，在结构形式上运用组接式改编的作品可

---

① 沈正钧：《剧本〈孔乙己〉后记》，《剧本》1999 年第 6 期。

以说是最多的。这种改编方法的好处固然如鲁迅所说"显示未庄或鲁镇的全貌的方法，是很好的"，也在凸显某一主题上起到"集束炸弹"式的效果，但是，把鲁迅多篇小说的人物、情节组接在一起，原著的意味和思想深度也会打折扣。虽然鲁迅小说的思想主题总体来说是以反封建为中心的，但是每篇小说的思想侧重点不同，每篇小说的背景、题材、风格、基调、氛围等都不一样，组接在一起，势必要削足适履，改变原著中的叙事元素，以致有一种不伦不类的戏谑之感，消解了原著中严肃而深沉的主题。比如梅阡改编的话剧《咸亨酒店》将处于19世纪末迂腐懒惰、自恃清高的旧式读书人孔乙己与20世纪初洞彻中国几千年历史本质、堪称精神界战士的狂人置于同一时空之中，并使两人开展关于"吃人"的对话，最后孔乙己也如同狂人一样从字里行间看出了"吃人"两个字！这显然是不可能的，完全背离了鲁迅原著的精神。另外，将鲁迅多篇小说中人物、情节组接在一起，对于不熟悉鲁迅作品的人，必定会在不同人物的转换中应接不暇，也会因为情节的不完整而对主要人物和思想意蕴认识不够全面和深刻，更会因为所设置的原著中根本不存在的人物关系而对鲁迅及其作品产生误解。

## 第二节　从与原著关系上划分

### 一　誊写式改编

誊写式改编源于陈白尘对自己改编的话剧《阿Q正传》的看法，它类似于关于改编研究学人的一些提法，诸如移植式改编、图解式改编、翻译式改编等，通常被认为是最忠实于原著的改编，保留原著中绝大部分故事元素，只删除或增加很少量的元素，改动幅度很小。这种改编旨在将叙事元素转换成尽可能接近原著的另一种艺术形式，着力保持原著的人物性格、故事情节、思想主题和艺术风格等。誊写式改编通常在结构形式上为单篇式改编，以一篇小说为改编对象。在鲁迅小说的戏剧改编中，誊写式改编往往最受认可。

陈白尘改编的话剧《阿 Q 正传》（1981 年）堪称这一改编方法中的代表作品。陈白尘将自己的改编称为"加工的誊写"①。陈白尘在《〈阿 Q 正传〉改编者的自白》一文中坦言道："这种改编，根本说不上是再创造。如果把《阿 Q 正传》这一不朽名著比做一朵娇艳的鲜花，则我不过是个卑微的匠人，仿造鲜花扎出两朵纸做得象生花来罢了。"②显然，陈白尘意在表明自己的改编只是鲁迅小说的复制品而已，他所做的只是将鲁迅小说转换成了戏剧另一媒介的语言。由此可见，陈白尘的改编与原著的关系十分紧密。下面我们对陈白尘在改编中保留、删减、添加的叙事元素进行讨论和分析。

从宏观应用上来看，陈白尘的改编保留了原著中写作风格、人物、情节、背景、视角、思想主题等大部分叙事元素。众所周知，戏剧中缺乏叙述者，叙述者一向是沉默的。陈白尘为保持原著风格，专门在剧中设置了一个贯穿始终的解说人角色充当小说中的叙述者。陈白尘认为原著中独具特色的叙述者的叙述或评论对于深刻揭示阿 Q 的灵魂和思想主题十分重要，在剧中将其作为鲁迅的解说词穿插在阿 Q 故事的展示中。陈白尘指出："《阿 Q 正传》不同于鲁迅其它小说之处，在于它从《序》起全篇贯串着作者对阿 Q 亦即对'一个现代的我们国人的灵魂'的充满悲愤而幽默的插话，这种插话是阿 Q 的灵魂，也是这篇小说的灵魂，更是这篇作品的独特风格所在。"③ 因此，陈白尘"把这些插话作为鲁迅的解说词依然夹写在阿 Q 的故事之中，也许不失为保持原著风格的一种方法，虽然不一定是最好的方法"④。剧中阿 Q 一出场，解说人向观众交代了鲁迅为阿 Q 做传的困难之处，阿 Q 的姓名、籍贯等

---

① 董健编：《陈白尘论剧》，第 304 页。
② 董健编：《陈白尘论剧》，第 306 页。
③ 董健编：《陈白尘论剧》，第 304 页。
④ 董健编：《陈白尘论剧》，第 304 页。

一概都不清楚。设计这样一个解说人，显然会使剧情的表现更为清晰，小说中叙述人的语言不方便用场景展示的统统可以由解说人讲述出来，弥补了话剧依靠人物动作直观展示的不足之处，确实解决了其他改编者难以尽传鲁迅之意的苦恼和遗憾。另外，解说人也在剧中起到了间离的效果，引导观众正确理解鲁迅的深刻思想。但解说人不断出现在舞台上，也破坏了剧情的连贯性，以及话剧的跳跃之美，引人联想的空白之美。这种方法可以说是陈白尘改编本的独特之处，但也存在不足之处。

陈白尘为尽可能忠于原著，坚持以原著中人物为主。陈白尘谈道："把孔乙己、单四嫂子、狂人、九斤老太等等请来，我驾驭不了，会形成喧宾夺主，把我们阿 Q 冷落在一边不好办。所以我只把鲁镇上的'咸亨酒店'的招牌搬来未庄，并让它的掌柜和顾客红鼻子老拱、蓝皮阿五一起过来帮忙。航船七斤呢，《阿 Q 正传》里提及过一句，未予重用，现在请来，是因为他有别于其他闲汉，可以沟通城乡消息。至于红眼睛阿义，是既有监狱，便不得不出场的人物。而《阿 Q 正传》中原有人物已达二十余人，我不想'超编'了。"① 陈白尘几乎保留了原著的所有人物，剧中增加的人物很少，而且并非是主要人物，但都承担着一定的功能，有助于更清楚地叙事。在情节上，陈白尘保留了原著故事的完整性，使剧中情节的发展与原著同步，只做了一些小的调整、删减、添加。陈白尘在通过熟读原著后，意外发现小说《阿 Q 正传》其实是具有完整故事的，所以不需要改编。陈白尘认为："鲁迅说'《阿 Q 正传》实无改编剧本及电影的要素'，如果不是过分自谦，就是有意骗人。因为它的本身就存在着一切戏剧电影的要素，根本不需要改编！所以，从故事发展编排来说，按照原著稍加剪裁就行了。自然，这仅仅就故事轮廓而言。"② 另外，陈白尘改编本的故事背景仍以原著中的未庄为主，但也添加和改动了一些元素。原著中虽然有酒店和法场，但都

① 董健编：《陈白尘论剧》，第 312 页。
② 董健编：《陈白尘论剧》，第 304 页。

没有具体名称，陈白尘将鲁迅其他小说中鲁镇的"咸亨酒店"和城里枪毙人的丁字街"古轩亭口"的牌匾搬了过来。在思想主题上，陈白尘不仅集中体现了原著揭露"国民性"痼疾的思想主题，而且针对现实进行了强化。

由以上论述可见，虽然陈白尘把原著的风格、人物、情节、背景、思想主题等因素几乎原封不动地转现在舞台上，保持了原著的完整性，但是他在"加工誊写"中也有一些剪裁与斟酌之处，删减、改写、添加了一些叙事元素，只不过改动幅度比较小，而且有根有据，没有离鲁迅的意思太远。陈白尘之所以选择忠实于原著，主要来源两个方面的思想。一是陈白尘认为改编文学名著是伟大的再创造，自己难以用另一种艺术形式再创造出阿Q这一国人的灵魂来。陈白尘曾自谦地说："怎么能够忠实于原著就可以了，至于再创造云云，不是我力所能及的事了。"① 二是为了纪念鲁迅，启蒙民众。陈白尘在《〈阿Q正传〉改编杂记》一文中说："但愿以鲁迅的原著之力能重新唤起全国人民的羞恶之心！那我这一改编能起到通俗化的作用，并引起观众去重读鲁迅先生原著的兴趣，就于愿足矣！"②

除了陈白尘改编的话剧《阿Q正传》之外，吴琛等改编的越剧《祥林嫂》，王泉、韩伟改编的歌剧《伤逝》，陈梦韶改编的话剧《阿Q剧本》等也都属于誊写式改编。

陈梦韶是最早对鲁迅小说进行戏剧改编并将其搬演上舞台的编剧，当年他是出于敬慕与感激的心理改编鲁迅作品的。陈梦韶的改编本分为六幕：第一幕，自己的优胜；第二幕，恋爱的悲剧；第三幕，生活的问题；第四幕，静修庵脱险；第五幕，衣锦还故乡；第六幕，人生大团圆。陈梦韶改编的目的就是"要给一般同情于'阿Q'的人们愈加明了这《阿Q剧本》的结构和内容，使得他们能够把这内容切实地表现

---

① 董健编：《陈白尘论剧》，第304页。
② 董健编：《陈白尘论剧》，第314页。

传演出去"①。陈梦韶的改编应该是遵循原著改编本中相对精简的一个，所选景点集中，剧中每幕的人物都比较精简。陈梦韶在原著阿Q一生生活片段发生的十余个景地基础上，选取了五个最为重要的景地，六幕的景地依次为：未庄的一家酒店，赵太爷家，未庄的土谷祠，静修庵的菜园墙外，未庄的一家酒店，审判厅公堂。陈梦韶最终选择这五个景地主要基于以下三种条件："一，最能够概括阿Q一生生活的事实的；二，能够使这些事实得着最适切明白的表现的；三，在这些生活事实中最富有表演的情感和趣味的。"② 陈梦韶认为："景地不足以概括生活的事实，则事多挂漏，必失了阿Q一生生活的精采。或景地可以概括生活的事实，而表现不能适切明白，则剧情散漫模糊，首尾不贯；情感不能丰富，则演者乏味，观者索然。"③ 另外，该剧人物也较为精简，基本上是原著中的主要人物和次要人物，每幕人物4—9人，为集中叙事，陈梦韶往往将原著中本为两人及以上的动作集中在一人身上完成。剧中增加的人物，即在原著中根本没有提到的人物，只有一人——男汉，即阿Q从静修庵偷萝卜脱险之后，在墙外所遇到的一个衣衫褴褛的人。至于为何要增加这个与阿Q同病相怜的男汉，陈梦韶说："请一位男汉出来：一则使阿Q得以稍吐他的胸中的不平之气，一则他们既说明要上城到白举人家里去讨生活，同时使下幕'衣锦还故乡'也就来的不唐突。"④

不过，陈梦韶的改编本也进行了删减，如删减了原著中关于阿Q的一些情节：土谷祠之梦，不准革命，游街示众和枪毙。陈梦韶认为："演剧虽注重在表现，但也须贵有含蓄。观众所能推想得出的事，正无妨让给他们自己去想象和推测。"⑤ 显然，陈梦韶是出于集中、含蓄表

---

① 陈梦韶：《写在本剧之前》，载陈梦韶《阿Q剧本》，华通书局1931年版，第3—4页。
② 陈梦韶：《写在本剧之前》，载陈梦韶《阿Q剧本》，第5页。
③ 陈梦韶：《写在本剧之前》，载陈梦韶《阿Q剧本》，第5页。
④ 陈梦韶：《写在本剧之前》，载陈梦韶《阿Q剧本》，第7页。
⑤ 陈梦韶：《写在本剧之前》，载陈梦韶《阿Q剧本》，第8页。

演的考虑删减这些情节叙述元素的。

总之，陈梦韶改编本基本上按照原著的面貌改编，他曾说："剧中许多对话动作仍从《阿Q正传》原文，编者既省许多麻烦，而实际上有些地方也并无重新铸辞的必要。"①

对于经典的改编，誊写式改编往往是最受欢迎的，尤其是鲁迅小说。遵从原著精神是对经典的尊重，也真正能够实现借用戏剧媒介传播经典、传承经典的良苦用心。在鲁迅小说的戏剧改编中，凡是呈现原著面貌的，总能给观众以心灵的震撼，这使它们成为剧作中的经典，经久不衰。

## 二 框架式改编

框架式改编也称为小改式改编，对原著的改动一般不会不超过一半。这类改编强调在整体结构、风格、主旨上与原著保持一致，细节上可以放开改编，对原著的改动幅度不是很大，能够传递出原著的精神。框架式改编不完全符合原著，但要保留原著的核心结构。在鲁迅小说的戏剧改编中，运用这种改编方法改编的作品比较多且能受到广泛认可，其优点是，既能够忠于原著，又能够给予改编者创造的空间。事实上，对于经典文学作品的改编，戏剧影视改编者和观众更多地倾向于框架式改编。

戏剧家梅阡即主张此种改编方法，他认为："把小说改编为戏剧搬上舞台，从某种意义上说，也应是一次再度的艺术创造。因为这是两种不同的艺术形式。在忠于原作的基础上，其间容许有增删、取舍、发展、变化。小说中的人物、情节、矛盾、事件只能作为再度创造的素材，为我所用。不能把自己的手脚捆得太紧。……但所谓作为素材为我所用，改编者却要在这用字上下大功夫，花大力气。要用得

---

① 陈梦韶：《写在本剧之前》，载陈梦韶《阿Q剧本》，第16页。

适当，用得精确，用得不失原作者的本意。既要处之以极端的谨慎，又要有一定的胆识。否则差之毫厘，谬以千里。问题的关键是是否忠实于原作者的精神。这是值得反复思考的。"① 由此可见，就小说的戏剧改编来说，梅阡主张在忠实于原作者的精神基础上改编者可以进行再创造。他将自己改编的话剧《咸亨酒店》作为"学习鲁迅精神的过程而作的一些大胆的尝试"②。可能对于文学批评者和鲁迅研究者来说，遵从原著的誊写式改编最好，但对于戏剧改编者而言，能让他们有所发挥有所创造而又不违背原著精神的框架式改编更好。而且，鲁迅小说基本上为短篇小说，如果不对其进行丰富、拓展，很难达到一部戏剧的容量。

综观从 1946 年到 2021 年鲁迅小说《祝福》的戏剧改编之作，基本上属于框架式改编。在这 76 年中，鲁迅小说《祝福》被比较完整地改编为戏剧且被搬上舞台产生较大影响的大概有 12 部，涉及改编的戏剧种类也比较丰富，如越剧、评剧、秦腔、吕剧、淮剧、京剧、黄梅戏、话剧、歌剧等，都曾演绎过祥林嫂的故事。

1946 年，越剧编导南薇最早将鲁迅小说《祝福》改编为越剧《祥林嫂》，这也是鲁迅这部故事性较强的名著首次被改编为戏剧。此后，该越剧改编本又在吴琛等人的不断改善和重排下更好地呈现出原著精神，最终发展为越剧经典之作。1952 年，王雁、李凤阳根据南薇编导的越剧《祥林嫂》改编了评剧《祥林嫂》，该剧于 1955 年由中国评剧院首演，新凤霞饰演祥林嫂。1977 年，中国评剧院重排了这部评剧，由李忆兰饰演祥林嫂。1959 年，南昌市京剧团艺术室集体改编了京剧《祝福》。1977 年，陕西省戏曲研究院秦腔团改编了秦腔《祝福》，李

---

① 梅阡：《疯子与狂人的合而为———〈咸亨酒店〉改编琐记之一》，载梅阡《咸亨酒店》，中国戏剧出版社 1982 年版，第 87—88 页。

② 梅阡：《疯子与狂人的合而为———〈咸亨酒店〉改编琐记之一》，载梅阡《咸亨酒店》，中国戏剧出版社 1982 年版，第 90 页。

继祖由上海越剧本和北京评剧本移植为秦腔，代表秦腔现代戏的最高艺术成就，是现代秦腔艺术的丰碑。2019 年，秦腔《祝福》复排登台演出，戏剧名角齐聚，此次复排在保留原剧唱腔音乐的基础上，在演出上压缩了 30 分钟，从而使情节更加紧凑。秦腔《祝福》的复排，既是艺术的传承，更是思想的传承。1979 年，哈尔滨市吕剧团根据上海越剧院演出本自编自演自导了吕剧《祥林嫂》，由本团胡桂柱作曲，是关东吕剧的代表作。1981 年，蒋祖慧编导的四幕芭蕾舞剧《祝福》由中央芭蕾舞团首演，1995 年获"中华民族二十世纪舞蹈经典"作品提名奖，2005 年又在北京天桥剧场重现舞台。该剧是 20 世纪 80 年代最先在国内上演的一部注重心理描写的舞剧。尤其是第二幕的重点舞段——祥林嫂与贺老六的双人舞及各自独舞，作为全剧的代表经常上演，该舞段以中国式的情感表现，颇为精细地演绎了祥林嫂和贺老六的性格、心理、情感等矛盾、冲突、融合的过程。1991 年，苏位东将鲁迅的《祝福》改为现代京剧《祥林嫂》，与其他戏剧改编不同的是，该剧增加了一个特别的人物：祥林的鬼魂。2002 年，泰州淮剧团又将鲁迅的《祝福》改编为淮剧《祥林嫂》。2003 年，黑龙江省京剧院杨宝林改编了京剧《祥林嫂》，2004 年该剧获黑龙江省文联剧本一等奖，唱词比较精美。2011 年，为了纪念鲁迅诞辰一百三十周年，中共绍兴县委宣传部和浙江金永玲歌剧院推出了著名军旅编剧王晓岭改编的歌剧《祝福》，是浙江省首部原创歌剧。该歌剧时长为 100 分钟，分为序幕和九场，借鉴了越剧《祥林嫂》的剧本，祥林嫂由金永玲饰演。2021 年，袁连成将淮剧《祥林嫂》改编为大型新编黄梅戏《祝福》。同年，陈涌泉以鲁迅的《祝福》作为主要篇目融合鲁迅多部作品改编了大型现代原创曲剧《鲁镇》。

以上戏剧改编均属于框架式改编，均保留了鲁迅小说《祝福》的主要结构、基本情节和风格特征，展现了作为旧社会劳动妇女的祥林嫂在封建思想封建礼教的摧残和迫害下，两嫁两寡，终难赎罪，以致凄惨死去的悲苦命运。但这些戏剧改编也存在基于戏剧种类不同唱腔、音乐等艺术表现上的不同之外，还存在人物、情节、细节、思想等方面的个性化改编和处理。

就秦腔《祝福》而言，该剧呈现了原著中主要人物、基本情节和思想精神，展现了祥林嫂一生主要苦难的经历，塑造了在封建社会受尽摧残迫害的劳动妇女——祥林嫂这一无人怜悯的孤魂形象，揭露了封建社会和封建意识对祥林嫂从肉体到灵魂上残酷无情地压迫和损害。该剧采用了倒叙手法，在序幕中，开场曲唱过之后就出现了失魂落魄的祥林嫂，她凄惨而心碎地呼唤着阿毛，向苍天质疑灵魂的有无。正式进入剧情之后，该剧与其他改编鲁迅《祝福》的戏剧一样，保留了原著中关于祥林嫂的基本情节：从婆家逃到鲁镇——在鲁镇被劫并被卖到贺家墺——与贺老六同病相怜共同度过一段幸福的生活——贺老六与阿毛死去之后再回到鲁镇——捐门槛仍不能赎罪被赶出鲁府。虽然该剧呈现了原著的主要框架，但仍然存在一些较大的改动之处。

较原著而言，秦腔《祝福》明显的改动有四处。首先，在人物设置上，增加了祥林和卫癞子这两个人物形象。一是将祥林这个在原著中已经逝去始终处于台后的人物直接再现在舞台上，除了该剧移植而来的评剧《祥林嫂》之外，这在其他戏剧改编中是没有的。在该剧的第一场中，病重的祥林听到卫癞子逼债并设计让其母卖掉祥林嫂还债的话后，劝祥林嫂逃走，然而祥林嫂顾念夫妻情深不肯私逃，祥林在急气交加之下死去。虽然祥林家被卫癞子逼债紧，但祥林一家人都不愿意逼卖祥林嫂，可以说，祥林嫂也是在小叔子祥根和婆婆的知情和支持下出逃的。该剧第一场就定下了全剧冲突的基调：穷与富之间的矛盾冲突。该剧增加祥林这一人物，虽然只出现在第一场，但却使原著的思想有了改变。原著中祥林没有出现，表现出的是夫权对祥林嫂思想的桎梏和族权对祥林嫂的冷酷。而该剧则使祥林走上舞台，淋漓尽致地演绎了祥林与祥林嫂这对穷苦夫妻之间相依相怜的深情和被迫分离的苦命，也凸显出祥林一家穷苦人的阶级情感。

二是创造了卫癞子这个称霸乡里、心狠手辣的地痞式高利贷者，也是依附封建地主权势的帮凶。尽管原著中没有这个人物，但戏剧改编通常都会增加这个人物以构设明显的矛盾冲突，只不过有的戏剧改编作品中称呼不同，如越剧《祥林嫂》中该人物被称为"卫老二"。该剧创造卫癞子这个人物形象，将本为族权产生的矛盾冲突转为穷人负债与卫癞子逼债之间强烈的矛盾冲突。卫癞子不仅在祥林病重时上门逼债，教唆婆婆卖掉祥林嫂还债，而且到鲁镇劫走祥林嫂将其卖给贺老六，并在贺老六病重之时上门逼债，毫不留情，以致祥林嫂家破人亡以房抵债，只得再回鲁府帮工求生存。该剧将卫癞子塑造成一个心地歹毒、作恶多端、凶狠无情的直接造成祥林嫂悲剧的恶徒，将批判的矛头直指卫癞子，从而替代了原著中以婆婆、小叔子、堂伯、大伯为代表的族权对祥林嫂所造成的迫害。

从越剧《祥林嫂》到评剧《祥林嫂》再秦腔《祝福》，这三部戏曲改编可谓一脉相承，都过于突出卫癞子的罪恶，以便营造戏剧冲突，当然各版本的改编还是有些不同。评剧《祥林嫂》即作了一些调整，并未将卖嫁祥林嫂完全归罪于卫癞子，而是得到婆婆和小叔子祥根因被逼债和无钱娶媳妇无奈的同意和接受。这三部戏剧改编凸显穷与富的阶级对立和命运不同，是与时代的意识形态密切相关的，尤其是 20 世纪四五十年代鲁迅小说《祝福》的戏剧改编均会留有不同程度的阶级斗争烙印。

其次，在情节内容上，有两处比较大的改动。一是该剧改动和拓展了原著中祥林嫂与贺老六能够生活在一起的情节内容。原著中两人能最终生活在一起，是因为贺老六力气大，迫使祥林嫂同意。但是，戏剧改编鲁迅小说《祝福》的时候均删去原著这凭借祥林嫂之口一带而过的交代，而浓墨重彩地演绎了祥林嫂撞破额头之后两人同命相怜的真心倾诉，增加了贺老六与祥林嫂新婚当天的内心戏和情感交流的情节。在秦腔《祝福》中，贺老六坦诚表达宁愿负债也愿意送祥林嫂下山的心理。该剧还拓展演绎了祥林嫂生下阿毛之后一家三口幸福的生活，这可以说是祥林嫂一生中最开心也是最短暂的时光。一般来说，戏剧改编都会精心呈现祥林嫂这一幸福的生活情景，目的是与此后祥林嫂遭受一系列人生悲剧的打击形成强烈对比，为后面祥林嫂日益失魂落魄，最后悲惨死去作了很好的铺垫。

二是新增了祥林嫂砍门槛的情节。1946 年南薇改编的越剧《祥林嫂》和 1952 年王雁、李凤阳改编的评剧《祥林嫂》均增加了祥林嫂砍门槛的情节，彰显了祥林嫂惊世骇俗的反抗精神。这是戏剧改编改动原著最受争议之处，通常被认为是偏离了原著精神。秦腔《祝福》中祥林嫂在其主唱的《四十年血和泪哪里吐冤》唱段中即唱出了执意要砍门槛的悲愤：

> 执利斧咬牙关急往前赶，
>
> （白）：我要砍门槛！
>
> 不怕天！不怕地！
>
> 不怕天地和神仙！
>
> 我苦熬半世谁怜念？
>
> （合）谁怜念！
>
> 四十年血和泪我哪里吐冤？
>
> 人与鬼不允我赎罪还愿，
>
> 看起来这阳世阴间都一般。
>
> ……
>
> （白）我捐门槛有何用，
>
> 辛苦赎罪为哪般？
>
> 世人不把我怜念，
>
> 神仙岂能将我怜。

执利斧我将门槛砍，

哪怕是到阴间刀劈斧剁也心甘。①

该剧中祥林嫂满怀不惧天地和神仙的愤懑，决然要去砍掉那个不能为其赎罪的没用的门槛，最后在祝福的风雪之夜，倒在了鲁四老爷家的门前。

最后，在思想主题上，该剧将原著中包括族权、夫权在内的四大权力对祥林嫂的迫害集中体现在政权和神权上，尤其是将直接造成祥林嫂悲剧命运的族权完全消解。综观鲁迅小说《祝福》的戏剧改编之作，族权对祥林嫂的迫害均不同程度地被削弱。原著中的婆婆是个精明强干的女人，很会打算，为了获得更多的财礼早将祥林嫂许给深山野墺的贺老六。当祥林嫂逃到鲁镇帮工，是夫家堂伯到此寻她，没多久婆婆即带人到鲁镇将其劫走。把祥林嫂押送到贺家墺并使劲擒住她拜堂的是她的小叔子，也就是祥林的弟弟。而当贺老六、阿毛先后死去之后，贺家大伯就来又收屋又赶祥林嫂以致其走投无路重回鲁府。在秦腔《祝福》中，族权对祥林嫂的迫害已无从体现，它已被卫癫子这个恶人所代替。从一开始卫癫子谋划卖嫁祥林嫂抵债，到四处寻找祥林嫂并从鲁镇将其劫走押送到贺家墺逼其拜堂，再到贺老六重病时上门逼债并在其死后收屋抵债致使祥林嫂无家可归，所有的罪恶都集中体现在卫癫子身上。而婆婆和小叔子不仅没有参与迫害祥林嫂的行动中，还坚决不同意卫癫子卖嫁祥林嫂并支持其逃走。至于原著中的夫家堂伯和贺家大伯，一个被删去了，一个被重新塑造为恩重如山值得临终托孤的好大哥。由此可见，秦腔《祝福》将原著中对祥林嫂进行迫害的族权势力，改写为与祥林嫂处于同一阶级具有阶级情感和同情心的亲人，从而使该剧在思想主题上更侧重表现穷与富之间的矛盾冲突及其不同的命运。

① 李继祖：《秦腔现代剧〈祝福〉主要唱腔选段》，陕西人民出版社1981年版，第54—68页。

　　总之，框架式改编通常在保留原著精神、整体风格、核心结构、主要人物的基础上，结合时代的意识形态和审美需求，对原著的细节和局部进行比誊写式改编更多的再创造，基本上能够保持原著的深刻性、经典性，并具有明显的时代性。秦腔《祝福》是由上海越剧本和北京评剧本移植而来的，因此，南薇改编的越剧《祥林嫂》，王雁、李凤阳改编的评剧《祥林嫂》和秦腔《祝福》这三部一脉相承的戏曲，均呈现出鲜明的时代色彩和阶级斗争的意识形态特征。虽然王雁、李凤阳改编评剧《祥林嫂》的时候，已经针对当时认为偏离原著精神的地方，如将祥林嫂思想现代化、过分突出卫癞子的罪恶等做了修正，但还是保留了祥林嫂愤慨而又决然要砍门槛的情节。然而后来，秦腔《祝福》将评剧《祥林嫂》的这一修正其实又改编回到了原来的面貌，并进一步进行了加强。秦腔《祝福》更为明显而集中凸显了作为富人一方的压迫阶级代表鲁四老爷和太太及其帮凶卫癞子的凶狠、冷酷面目，他们逼迫、压榨、剥削、打骂作为穷人一方的被压迫阶级代表祥林嫂，编剧如此设置对立的双方意在加剧矛盾冲突，也意在激起祥林嫂最后急欲砍门槛难以抑制的冲天怨怒和不畏鬼神的决心。该剧在评剧《祥林嫂》基础上，直接将祥林嫂砍门槛的情节拓展为一个专门的唱段《四十年血和泪哪里吐冤》。该剧作为"文化大革命"刚刚结束排演的戏曲，在音乐创作上会受到"文化大革命"创作特点的影响，"样板戏集体创作的模式还在延续，但少了'文革'时期的清规戒律"①，在思想主题的呈现上也不免留有阶级斗争的烙印，凸显封建社会、封建意识和压迫阶级的罪恶，并借劳动妇女祥林嫂的悲惨身世和演唱对其进行淋漓尽致的控诉。

## 三　取材式改编

　　取材式改编只是将原著作为素材，从人物、情节、思想等方面选取

---

　　① 辛雪峰：《秦腔现代戏的典范之作——评大型秦腔现代戏〈祝福〉》，《交响（西安音乐学院学报）》2019 年第 1 期。

某些素材进行重新加工创作，再创造的元素居多。取材式改编属于创造性改编，与原著面貌相差很大，是最不忠于原著的改编。此种改编方法通常被用于鲁迅小说的实验戏剧改编，虽然这类改编剧作在演出中亦会反响强烈、深受欢迎，但在鲁迅小说的戏剧改编中却往往备受争议。

沈正钧改编的越剧《孔乙己》所采用的即是取材式改编，他在剧本的开端写道："剧本取材于鲁迅的小说。"① 沈正钧主要取材于鲁迅的《孔乙己》和《药》这两部小说，削减掉小说中大部分叙事元素，只保留了标题、部分人物名称、情节的前提和一些情节元素。在人物上，从《孔乙己》中借用了孔乙己、酒店掌柜、丁举人、"短衣帮"酒客几人，从《药》中借用了夏瑜、华老栓、华小栓、华大妈、花白胡子、红眼睛阿义、康大叔，从《明天》中借用了蓝皮阿五。除了以上取材于原著的人物，剧中其他二十余人均为虚构。该剧虽然取材于原著的人物不少，但是基本上只是名字与原著相同，而在形象、性格、言行等方面却有很大差异，创造性元素居多。如孔乙己一改小说中苍老憔悴、邋遢凄惨、迂腐不堪的形象，而变身为俊美倜傥、气宇不凡、才华出众、机智重义的小生。他智救被老鸨追赶的小寡妇，冒死给即将被官府捉拿的夏瑜通风报信等。革命党夏瑜不再是原著中处于暗场中的人物，而是处于明场上英姿飒爽的巾帼英雄。花白胡子在原著中本是一愚昧无知的下层人民，而在该剧中却是德高望重，堪称文章泰斗的上层雅士，被人尊为"叔公"。在情节上，沈正钧舍弃了原著的大部分情节，从《孔乙己》中保留了孔乙己旧式读书人身份这一作为该剧情节的前提，保留了孔乙己抄书为生，偷书被打，教小伙计回字四样写法等情节元素；从《药》中保留了华老栓买人血馒头，华小栓吃人血馒头治痨病等情节元素。沈正钧以这些叙事元素为出发点，虚构了大量的情节，并将这些原著中的叙事元素融入其中，进行重新排列和构建，从而将其演绎成为一个崭新

---

① 沈正钧：《孔乙己》，《剧本》1999年第6期。

的故事。该剧主要围绕孔乙己与三个女人之间的纠葛开展情节，乞丐、革命者、戏子这三个女性形象均是原著中没有的。

在思想主题上，沈正钧亦另有所侧重，他从《孔乙己》和《药》中分别提炼出"酒"和"血"两个最为鲜明的意象，赋予其深刻的意味，并基于20世纪90年代文化背景，渗入对中国传统文化的思考。"酒"可以激发诗情，也可以让人沉醉、昏睡。中国的传统文化以及被这一文化所化的人，到了清朝末年，尤其是20世纪初，都不免"愁煞人"，以致"百丈龙湫千年愁，泻入鉴湖酿成酒"。对此，沈正钧指出："把惊醒后的绝望与绝望后的麻木一起浸泡在中国几千年的酒文化大坛里，大概是可以增强一点酒劲的。"[1] 夏瑜之所以在被捕前接到信息也不离开，就是要"血为共和染旗红""一死抗争唤民魂"。"血"是该剧试图唤醒麻木灵魂的一个意象。该剧运用了魔幻现实主义手法，小栓吃了人血馒头之后吐了一盆血，随即，碗里的酒变成了血，墙上也在流血，"那似血的酒、似酒的血，从楼梯、栏杆、对联……漫流下来。众酒客也都昏迷伏案。只剩下孔乙己茫然四顾这血迹斑斑、红渗半室的店堂"。幕后随即响起伴唱："血非酒，酒变血。是幻觉，是洞彻。"伴唱实际上揭示了中国当时令人悲恸的现状，当目之所及，一切都变成了血，人心底的恐惧和沁入骨髓的麻木被猛然唤醒，对无药可救的中国社会现实有了洞彻。第四幕结尾，半疯子亦嚷道："下大雪了！红的雪，白的血……都是血！"接着幕后响起了点明全剧主题思想的伴唱："酒醉了的中国，炮打国门也唤不醒。诗化成之历史，血洒长街都研成墨。"

沈正钧的剧本实际上还有一个尾声：咸亨酒店又恢复了以往的喧闹，好像任何变故都不曾发生过，但这是一个只听到各种物的声音而没有说唱的哑剧场面。接着酒客们逐一离座，空空的店堂只有掌柜在叹息

---

[1]　沈正钧：《剧本〈孔乙己〉后记》，《剧本》1999年第6期。

"孔乙己欠酒钱十九文"。谢幕之后,音乐骤起,舞台深处出现了这样一幅场景:几个学童边嚷便簇拥着孔乙己上。孔乙己走到台前问:"回字有四种写法,都记住了吗?"学童们最后合唱:"上大人,孔乙己,化三千,七十士,尔小生,八九子,佳作仁,可知礼也!"舞台演出的时候删去了这一尾声,以序歌结束,呼应开头的序曲:"九洲洪波禹溪收,越王投醪酬貔貅。醉后闲题桥头扇,梦醒莫望沈园柳。梅子黄时雨,春草池上楼;浣沙石枕流,青藤墨迹幽。百丈龙湫千年愁,泻入鉴湖酿成酒。"① 这一改动,显然意在强化该剧对中国传统文化进行反思这一主题。

在背景设置上,以原著《孔乙己》中浙江鲁镇的咸亨酒店作为故事发生的主要场所,在时间上尽管都处于清末,但小说中的孔乙己处于19世纪90年代,未能进学,而该剧则专门将孔乙己置于1905年科举制度废除的这一年,集中展现了寒窗十载、才学过人的孔乙己因朝纲剧变而壮志难酬的落寞与悲剧人生,着力突出了孔乙己内心的矛盾冲突,强化了戏剧性。

由以上可见,在取材式改编中,越剧《孔乙己》还是借用了原著中一些叙事元素,与原著有一定的契合度。然而,有的取材式改编则更为自由、大胆,取材于原著的叙事元素相当少,甚至只保留题目和主要人名而已,完全演绎成了与原著无关的另一个故事。

古榕改编的大型历史话剧《孔乙己正传》,取材于鲁迅小说《孔乙己》,该剧借用了原著科举制度的社会背景、鲁镇的地点、清朝末年的时间和主人公作为读书人身份这一情节开展的前提。该剧虽然在开始和结束是以原著中人物、情节为主,但古榕仅仅是将其作为创造的出发点而已,以原著开始,以原著结束,而在此之间则尽情地发挥其想象力演绎出了一个极具戏剧性的原著之外的故事。古榕在其剧本中指出:"小

---

① 沈正钧:《孔乙己》,《剧本》1999年第6期。

说《孔乙己》只有2600字,要把它拍成一部电影故事片非常困难,我们根据小说中老年孔乙己形象创造出一个青年孔乙己形象,为他编织了一段历史性、命运化、小说外的人生传奇。"①

在人物的设置上,该剧只有两个人物与原著小说有关,而并非小说中人物。剧中的主人公孔少成尽管源于小说中的孔乙己,但显然又不是孔乙己,只能说是小说中孔乙己的前身,且以鲁迅父亲为原型;小说中的丁举人虽然被保留下来,但其形象在剧中被具体化,进行了重新塑造,他不再是小说中仅仅打断孔乙己腿的丁举人,而是让孔家功名被夺、家破人亡、断子绝孙的更为狠毒的丁举人。除此之外,该剧其他人物均为重新创造。该剧在舞美设计上,展现了鲁镇水乡、杭州贡院、北京皇宫三大场景,其中又以鲁镇颇具江南水乡特色的自然背景为主,这些在原著小说中都是没有的。在故事情节上,该剧完全抛开了原著小说的情节内容,围绕鲁镇孔、丁两大读书世家之间的恩怨展开矛盾冲突,着重表现了孔少成一生大喜大悲的坎坷命运,凸显了戏剧性、故事性。孔少成经历了人生的四大喜事——洞房花烛夜、金榜题名时、他乡遇故知、久旱逢甘霖;也经历了三大悲事——丧父、丧妻、丧子。该剧通过丁家父子对孔家极尽迫害的故事,主要表现了清朝末期科举制度的腐朽与残酷及其对人性的扭曲,可谓"科场一生磨成鬼,功名两字误煞人"。总之,该剧为孔少成编写了一个富于传奇性的人生,将科举制度、家族恩怨、爱情故事交织在江南水乡风情之中,展示出一幅体现中国传统文化色彩的人生悲欢离合的宏大历史画卷。该剧与原著小说之间的关系,可以说是完成了青年孔少成与老年孔乙己的对接,该剧可以看作原著小说《孔乙己》的前传,对小说的改编保留的元素很少,以戏说为主,因此古榕改编的电影《孔乙己》后来改称为《鲁镇传说》。

孟京辉编写的《先锋戏剧档案》中收集了两个《阿Q同志》,分别

---

① 古榕:《孔乙己》,《电影新作》1999年第4期。

是由黄金罡创作和刁亦男编剧的。孟京辉指出："《阿Q同志》有两个，一个是舞台脚本，一个是剧本提纲，是创作过程的两个不同呈现，我故意把两样作品放在一起，其实二者没什么必然联系，但看上去颇有意思。"① 显然，这两个《阿Q同志》都并非真正的剧本，而且取材于原著的元素非常少，仅仅借用了鲁迅小说《阿Q正传》中阿Q、吴妈这两个人物和一些故事情节的名称而已，是以原著为出发点的实验创新之作。这两个《阿Q同志》均未有机会在舞台上演出。

综上所述，改编绝不可能全盘照搬，都会在原著的基础上有所思考、创新和发展。我们在这里讨论的鲁迅小说改编为戏剧的三种主要方法中，取材式改编是最受争议的一种。取材式改编是20世纪90年代以来小剧场实验戏剧呈现鲁迅经典通常采用的方法，它们在改编上以颠覆经典，解构创新为时尚。虽然忠实度不应该成为改编优劣的单一评价标准，"关于忠实度，关键是要记住这不是一则评价术语，而是一个很有用的描述性术语"②，但对于鲁迅小说的戏剧改编而言，是否忠实于原著仍然是衡量改编成败最重要的评价标准。鲁迅研究者和评论者普遍认为，不忠实于原著的改编会对观众理解鲁迅作品产生误导，很难让观众真正认识鲁迅，真实而深入地了解鲁迅作品，以达到普及鲁迅的目的。经典固然不应该被束之高阁，而应该在不同时代的传播中获得永恒的价值，但是，前提是要理解和尊重经典，对经典有敬重之心。

---

① 孟京辉编：《先锋戏剧档案》，作家出版社2000年版，第382页。
② ［美］约翰·M.德斯蒙德、彼得·霍克斯：《改编的艺术：从文学到电影》，李升升译，世界图书出版公司北京公司2015年版，第4页。

# 第四章

# 鲁迅小说的戏剧改编的本体透视

　　小说与戏剧虽然同源相通、一脉相承，艺术样式之间的界限并不那么绝对，含混与交叉在所难免，但它们毕竟分属于两种独立的艺术系统，因此小说与戏剧的区别也是显而易见的，它们都有其自身的艺术个性和特定的形式规范。小说的戏剧改编意味着从一种媒介改变成另一种媒介，因为媒介的改变，"任何改编都必然是一种新的阐释，正是这种新的阐释改变或'偏离'了原作者的'本意'"①。这就是说，改编之后的作品因为媒介的转换已不再是原作，它是用另一种艺术形式进行重新阐释和再创造的作品，改编基于原作但不可能将原作搬上舞台，忠实原作也只能是相对的。鲁迅小说的戏剧改编，如果与原作相比较，多多少少都存有因改动而与原作之意不符之处，从而引发批评和争议。然而，就本体而言，鲁迅小说的戏剧改编因以戏剧形式所呈现出来的再创作而具有独特的存在价值与意义，不少改编因其所具有的戏剧艺术强烈的感染力和直接的审美效果而引起广大观众的好评，一些戏剧界艺术家因在舞台上所扮演的角色而获得重要荣誉。

　　鲁迅小说的戏剧改编作品所引起的强烈反响说明了观众对名著改编的内在需求。就戏剧改编的本体而言，观众的喜爱、欢迎和认可是衡量改编成功的重要因素。艺术媒介的不同使小说与戏剧具有相异的艺术特

---

　　① 陈犀禾：《论改编》，载陈犀禾《电影改编理论问题》，中国电影出版社 1988 年版，第 11 页。

性。要想客观公正地评价改编，还应该从被改编成的艺术样式的审美特点去衡量一部改编作品的价值和意义。鲁迅小说的戏剧改编之所以能为广大观众所接受，归根结底在于改编者将鲁迅小说舞台化过程中以观众接受为核心的制约因素所形成的改编机制。

## 第一节　小说和戏剧两种艺术基于媒介的本体特征

总的来看，小说与戏剧这两种艺术互有差异的根源在于它们进行艺术创作的媒介不同。小说是用文字语言塑造形象的艺术形式，艺术媒介（材料）是叙述性文字语言，而戏剧是由演员扮演角色并当众表演的艺术形式，以演员的表演作为主要表现媒介，演员的创造性表演是戏剧的核心媒介。小说所依赖的媒介是"物"，戏剧所依赖的媒介是"人"。核心媒介如果改变，那么艺术的特性也就不存在了。众所周知，不同媒介作用于人的方式不同，引起的心理和行为反应也各具特点。加拿大著名传播学者马歇尔·麦克卢汉依据媒介提供信息的清晰度或明确度和信息接受者想象力的发挥程度及信息接收活动中的参与程度，将媒介划分为冷媒介与热媒介。热媒介意味着"高清晰度"，所提供的信息明确度高，能高清晰度地延伸人体的某一感觉器官，其传播对象在信息的接受过程中参与程度低，想象力发挥程度低。冷媒介意味着"低清晰度"，所提供的信息明确度低，其传播对象在信息的接受过程中需要发挥丰富的想象，参与程度高。根据麦克卢汉的媒介理论可知，戏剧属于热媒介艺术，而小说则为冷媒介艺术。因此，戏剧更有利于大众传播。

基于媒介的不同，小说与戏剧在篇幅长短的支配上不同。小说篇幅比较自由，表现也比较自由，而戏剧却在实践上要受到剧场条件的种种制约。在此基础上，两种艺术具体在创作与接受、时空的品格与设置、艺术技巧、艺术效果等诸方面存在着明显的区别。

1. 从创作与接受上来说，小说是个人艺术，而戏剧是群体艺术。

小说家通过个人进行创作，戏剧家则通过集体进行创作。当小说家写完他的书时，他的工作就结束了。而剧作家完成他的剧本手稿时，只是戏剧创作过程中的一个开端而已，要使其获得真正的评价，还需要编剧、导演、演员、观众等的共同参与创作。因此小说家创作时几乎不受时间和空间的限制，在处理题材上享有充分的权利，对此，左拉曾形象地指出："情节可以写得枝蔓旁逸，只要他高兴，分析一个人物可以花上一百页篇幅；环境描写爱铺陈就铺陈，叙事要压缩就压缩，写过的可以旧事重提，地点也可以变换二十处。"[1] 而剧作家则要受到种种法则的严格约束和戏剧舞台上的重重阻碍。这主要是因为存在着单个的读者和成群的观众这样一个问题。小说家可以不考虑单个的读者，而尽情表现自己的创作个性。但是戏剧必须要考虑成群的观众，考虑他们的艺术趣味、审美倾向和期待视野，否则就会造成演出失败的结果。正因为如此，"戏剧成为墨守成规的最后堡垒"[2]。小说家的声望大部分是靠他的有着独立审美意识的读者的评价。而戏剧家必须感动至少是大多数观众，而不是相当数量的观众。剧场群众的心理并不就等于每一个观众对某一特定戏剧事件的情感反应的总和。戏剧家必须用他们生来所共有的情感，或者是用他的艺术使其成为他们共有的情感去感动观众。剧作者要深刻研究过群众的心理，善于表现他所选定的主题，以得到剧场观众集体的情感反应。

从艺术作品的接受方面来看，欣赏小说的时空十分自由，而观看戏剧却有着剧场中观演双方的约定。阅读小说可以说是极其个人化的，几乎不受任何时间、地点的限制，"一本小说，可以自个儿在家里，腿搁在壁炉架上，消消停停地看，不同于要在两千名观众前演出的剧本"[3]。

① 大连市艺术研究所剧作理论研究组编：《剧作艺术论》，文化艺术出版社1990年版，第46页。
② 大连市艺术研究所剧作理论研究组编：《剧作艺术论》，第46页。
③ 大连市艺术研究所剧作理论研究组编：《剧作艺术论》，第45—46页。

读者有相当大的阅读自由，他可以一下子看完，也可以分若干次看完，也可以读一段放下书来思考，同样也可以往复重读，他可以一个人自己阅读或者对着旁的一些人朗读，他当然也可以很自由地选择阅读的地点和环境。而在剧场里，接受者是一个群体，一出场就必须看到底，一次看完。看戏不能倒转去重看，也不能停下来考虑，因为每一幕都不停地往后演，直到剧终。更重要的是，小说与戏剧这两种艺术接受的方式不同。小说是语言艺术，诉诸人的视觉，而戏剧属于表演艺术，同时诉诸人的视觉和听觉。它们虽然都是让人看的，但是看的方式不同：小说是以想象的图景作用于读者的，它通过人的头脑的想象来看，而戏剧是以直观的场景作用于观众的，它通过人的肉眼的视觉来看。也就是说，前者在思维中看，后者是直接地看。而思想形象所造成的概念和视觉形象所造成的视象，两者之间是有差异的：一是多样的，一是强制性的。

2. 小说与戏剧的时空的品格与设置。小说家在时间和空间的设置上比戏剧家优裕得多。小说可以把不同时间串连起来，戏剧由于受到时间的局限很难做到这一点。在地点上，小说可以将海角天涯连在一起，戏剧却不能同时表现出几个相距很远的地方。小说从创作到接受，在时间和空间上都拥有极大的自由，而戏剧却要受到舞台时空的必然制约，即使是在时空表现上有着充分自由的中国戏曲也不可能在舞台上一直表演下去，这当然是因为戏剧要受制于观众所能集中接受的时间，所以说，剧作家的历史自古以来就是同物理制约搏斗的历史。

就时态而言，小说是现在讲过去的事，而舞台上演戏却永远是现在。戏剧的具体性是发生在永恒的现在时态中，不是彼时彼地，而是此时此地。正像美国剧作家怀尔德指出的那样："一个戏显而易见地描绘纯粹的存在。一部小说却是一个自称无所不知的人宣称曾经存在的事情。"①

---

① 大连市艺术研究所剧作理论研究组编：《剧作艺术论》，第52页。

3. 小说与戏剧的艺术技巧。小说家和戏剧家所凭借的艺术材料的不同，决定了二者所能得到的篇幅不同以及对时空主宰的程度有别，以至于他们所使用的技巧各异，处理素材的方法也不同。小说与戏剧在表现生活时都各有优长，也各有局限，但局限也就是它们的特点。我国著名戏剧理论家张庚说得好："各种不同的艺术正是在它们特点的基础上来形成它们的形式的，也就是说，各种艺术的特殊形式就是把基础建立在它的局限性之上，没有局限性也就不存在艺术。所以艺术的特点和它所要表现的对象之间经常是存在着矛盾的。"总的来说，小说与戏剧的艺术技巧区别如下。

在叙事模式上，小说比戏剧更加自由灵活，小说可以在全聚焦、内聚焦、外聚焦三大结构模式中任选一种来叙事，也可以将它们组合混用，而戏剧则通常只能采取外聚焦的模式，虽然出现了布莱希特的"叙述体戏剧"，但在本质上仍然是外聚焦的叙事结构模式，并且这一现代戏剧革新的尝试也只是在某一历史时段。因此在艺术手段上，小说通常有讲述、描述、抒情、议论，主要是讲述与描述，而戏剧所使用的就是展示。洪深在这一点上曾具体指出："作小说至少有一样便利，就是作者客观叙述之外，可用种种方法，坦直的或取巧的，将那单特当时人的言语行为所不能完全表现明白的人事心理，加以说明议论的补充。而戏剧除了客观的搬演事实外别无他法。凡是那有了模仿，而没有说明，便不能完备、不能成立、不能适当表现人生的一切事实，也许是小说的好资料，但都不是戏剧的容易材料了。"[1] 在小说里，作者可以讲解、叙述、分析，并对环境和人物加以个人的评论。而戏剧家在作品中就不能表现自己，只有比较拙劣的戏剧家才用人物做传声筒来表现他们自己的个性。小说可能是，并且往往是高度个人的；最好的戏剧是非个人的。贝克对此曾以类比的手法生动地指出："在多数小说里，读者好

---

[1] 大连市艺术研究所剧作理论研究组编：《剧作艺术论》，第57页。

比说是被人带领而行，作者就是我们的向导。戏剧里，就剧作者而论，我们必须独自旅行。"① 的确如此，在剧院里，观众感觉不到戏中讲故事的作者，台词由剧中人物讲出，这显然是一种纯自发的、极其自然的展示行为。② 根据艺术媒介的不同，小说只能用语言来代替事物，对于说话也是用转述来代替直达，戏剧则可以用事物和语言来代替原来的事物和语言。

在情节结构上，小说的形式更为灵活自由，极具开放性和包容性。戏剧则要求更为谨严有机的整体性。小说的情节一般来说比较复杂，且发展比较缓慢。而戏剧的情节则基本上是简洁明快、直线发展的、没有过多的系结与错综纠纷，但它必须表现斗争，彰显冲突。戏剧情节结构的基本原则就是集中统一，富于冲突，主要通过对话或唱词构成的集中场面，遵照起、承、转、合这一因果相承的逻辑，步步向前推进。

在叙事节奏上，戏剧既然比小说走得快得多，就必须在任何特定时刻都让它比小说清楚得多。戏剧家选取来表演的素材，必须比小说家所选的更容易产生直接的效果，它的每一个动作都足以代替小说中的许多笔墨。因此在表现手法上，小说讲究细致，戏剧注重精炼；小说倾向于静态的叙述，戏剧侧重于动态的展示；小说在讲述中叙事，戏剧在对话中叙事。正像左拉说的那样："小说分析人情世态时不厌其长，细节描写惟恐不周，可以做到巨细无遗；戏剧固然也可以分析，但得通过动作和语言，并且以简约为贵。"③ 小说可以把人物姿势动作的一切细微末节都描写出来，而戏剧因为同时诉诸视觉和听觉，使得在小说中许多绝对必要的描绘成为不必要。比如，人的声调能够促进想象，这是纸上文字所往往做不到的。所以小说中的对话和剧本中的对话必定是大不相同

---

① 大连市艺术研究所剧作理论研究组编：《剧作艺术论》，第48页。
② 大连市艺术研究所剧作理论研究组编：《剧作艺术论》，第52页。
③ 大连市艺术研究所剧作理论研究组编：《剧作艺术论》，第46—47页。

的，因为演员的手势、面部表情、声调抑扬以及他的一般动作，都在很大程度上可以代替小说中的描写、叙述，甚至一部分原有的对话。在小说中，更多的要求是详尽，因为作者不敢相信读者能够抓住应有的语气或者感觉到配合词句的动作。而戏剧中的对话是剧作者的一种速写，是让演员去作补充的东西，需要通过想象训练的人才能够迅速感觉到剧本的充分含义。

4. 小说与戏剧的艺术效果。小说所产生的审美效果是间接的，戏剧产生的审美效果则是直接的。戏剧因为缺少小说中的讲述者而受到诸多方面的限制，但是这一事实却从反面增进了剧作家的才能，而且也给戏剧这一形式增添了额外的活力。戏剧的魅力首先在于它对观众的直接、直观效果。戏剧是由演员与观众的直接交流来产生审美效果的，它以演员的现在动作为媒介，用直接可闻可见的逼真形态诉诸观众的视听，这从根本上区别于用叙述性文字作为媒介的小说所产生的间接审美效果。因此，戏剧可以说是一切艺术形式中最容易给观众以直接感性的，并颇具真实感的一种艺术形式。其次，戏剧能够更牢固地、持续地吸引群体观众的注意力，并能产生更大的情绪效果，足以撼动整个剧场，具有鼓动性，乃至被戏剧家们公认为最好的宣传工具。由于演出时空的限制，观众在剧场中的审美期待就并非是那些在小说、诗歌、散文中能够比较平静接受的东西，冲突于是成为戏剧的核心，是一切戏剧的主要力量，现代戏剧的变革也只不过是将人的"外在冲突"转为"内在冲突"。矛盾冲突能够造成观众紧张的心理，能够激起观众强烈而热情的反映。另外，戏剧艺术的本质是诗性的人类学，它与大众狂欢、集体经验分不开，并且与特定的民族精神密切相关，因而真正的戏剧也就更容易引起群体情感的强烈共鸣。小说由于高度个人的特点，即使拥有激烈尖锐的冲突、跌宕曲折的情节等，要达到戏剧这样的效果也是十分困难的。再次，戏剧具有强大的爆发力，在反映生活、表达思想情感上更鲜明、更突出、更迅速。小说对许多事物，甚至和情感有关的事物，讲述起来，比戏剧表现得更透彻、更充分。戏剧如果要得到与小说相同的效果，就必须做到更加集中凝练。所以戏剧就要善于选取素材，以便用最迅速的可能的方法，获得他所要求的效果。自古以来，戏剧虽屡经革新，但终未能从根本上突破的"三一律"的制约，要求戏剧必须凝练、集中地反映现实人生，正是这一制约产生了强烈的戏剧效果，也给剧作家提供了尽可能集中地燃烧人的智力和体力的熔炉。正如日本著名戏剧学者河竹登志夫所指出的那样："戏剧由于有着这种制约，剧作家不得不加以提炼，把含量极大的'戏剧因素'浓缩在那个狭小的时空中，使其朝着在高温中熊熊燃烧的方向前进。倘能如此，也只有如此，戏剧才具有强大的爆发力和强烈的感染力。"① 最后，戏剧的现在时态给予了剧情强大的生命力，使展现在观众眼前的一切都鲜活如初，更加生动形象，具有现场效果。"戏剧艺术属于剧场艺术，剧场艺术的创造、生存与传播的'在场性''感染性''互动性'所追求的实际上是追求包含了观众合作在内的即时生成'场效应'的艺术。"② 而小说固然也能凭靠语言文字的描述达到生动感人的效果，但所创造的"虚幻的过去"往往让这一效果打折。

综上所述，通过本体透视，艺术媒介的不同使小说与戏剧在诸多方面存在着差别，具有相异的艺术特性。因此，小说的戏剧改编也会因为媒介的转换而呈现出与小说原作不同的戏剧艺术审美特点，由此带来人物塑造、故事情节、思想内涵、风格形式、艺术效果等方面的不同。显然，要想客观公正地评价改编就不能仅仅从是否忠实于原著的标准上去评价，还应该从被改编成的艺术形式的审美特点去衡量一部改编作品的价值和意义。

---

① 大连市艺术研究所剧作理论研究组编：《剧作艺术论》，第55页。
② 吴戈：《戏剧·媒介·新媒体》，《中国戏剧》2014年第3期。

## 第二节　小说的戏剧因素：鲁迅小说的戏剧改编优势

小说自诞生以来就与戏剧有着美学上的血缘关系，在发展过程中不断相互渗透影响并相得益彰。小说以其自身形式的极大包容开放性，广泛借鉴吸纳其他艺术的营养成分不断丰富自身的表现力，追求更好的艺术效果。小说对戏剧艺术的长期融合与借鉴，正是取人之长补己之短。因此，区别两者本来的艺术个性，可以更清楚地看到小说在其发展历程中所渗入的戏剧质素以及所表现出来的具有戏剧审美情趣的艺术效果。鲁迅小说不仅渗入许多戏剧质素，也呈现出戏剧艺术的审美效果。鲁迅小说所具有的戏剧特征使其更适合戏剧改编，近百年来，鲁迅小说不断被改编为戏剧，研究其戏剧改编对于深入认识鲁迅小说以及思考如何更好地传播有着重要意义。

小说戏剧化就是指小说对戏剧所表现出来的精神层面的吸收，小说家对戏剧特殊表现手段、艺术技巧及其效果的借鉴，使小说呈现出戏剧艺术的审美特点和艺术魅力。小说的戏剧化是古今中外文学史上具有共同性的文学现象。它包括传统形态和现代形态。在传统形态中，小说注重人物和故事的传奇性，重视外部矛盾冲突，依靠动作性来揭示人物的内心，追求扣人心弦的艺术效果；而在现代形态中，小说中的外部矛盾向内部矛盾演进，开始探索人物的内心情感，注重表现人性内在的丰富性和多样性，并将小说中的传奇性和真实性并重，以表现生活的本质真实，用客观性的场景展现错综复杂的矛盾。因此，小说文体也由于戏剧因素的介入而达到高度的成熟。美国文艺理论批评家道森就小说对戏剧的兼容程度及其价值曾十分果断地指出："戏剧和戏剧特质并不限于以剧本的形式为剧院而写的作品。但是，一直到19世纪，能够在深度和生命活力上超越剧院中的戏剧的某种戏剧性形式才成为可能。我想，没有人会对这一点置疑，即在最近的一百年里，小说已经成为主要的文学形式；虽然有人会对小说已经成为主要的戏剧性形式这一点提出抗议，不过这一结论仍是难以避免的。"①

　　为什么作家要在小说中渗进戏剧因素，尤其是 19 世纪以来的西方小说家们对戏剧艺术的借重越来越明显，小说的戏剧化形态到底是偶然的还是艺术发展的必然趋势呢？苏联著名美学家莫·卡冈对人类艺术形态结构的发展给予了辩证的分析，卡冈认为艺术形态结构的变化并不局限于创作的原始混合方式分解的过程，与此同时还存在着其他的发展过程，即取得独立存在的艺术之间由于相互作用又开始形成了新的复杂艺术结构，但这与原始混合艺术有着本质的区别。② 由此可见，小说与戏剧作为原本独立存在的两种艺术，在后来的发展演变过程中相互影响、交叉、渗融，以致形成戏剧化的小说甚至剧本小说这一新的艺术形态结构是很自然的规律现象。卡冈还进一步指出了世界艺术形态结构如此动态发展的价值与意义，并充分肯定了新的艺术结构存在的必要性。他认为：古代混合艺术的消亡，从辩证的眼光来看，既具有积极的审美后果也产生了消极的审美后果。积极的后果是，艺术在专业化基础上进一步发展和完善。消极的后果是，混合创作多侧面艺术反映生活的优越性丧失。"无怪，在从十八世纪末起始的近代艺术文化史上，我们愈益经常遇到一种特殊的怀旧病，怀念失去的艺术的统一，并程度不同地顽强地尝试恢复它们以前的相互联系。"③ 卡冈对 18 世纪末以来，艺术之间相互联系和相互作用普遍存在这一现象的发现，无疑为上文道森的论断提供了佐证。

　　根据卡冈的言论，小说戏剧化其实就是指小说借鉴并结合戏剧艺术掌握世界的独特方法，以更好地表现内容、塑造形象，避免只是采用小

---

① ［美］S. W. 道森：《论戏剧与戏剧性》，艾晓明译，昆仑出版社 1992 年版，第113 页。
② ［苏］莫·卡冈：《艺术形态学》，凌继尧、金亚娜译，生活·读书·新知三联书店1986 年版，第 246 页。
③ ［苏］莫·卡冈：《艺术形态学》，凌继尧、金亚娜译，第250—251 页。

说自身方法塑造形象的单一性、平面性。因此，这里就需要特别指出的是，本文中所说的"小说戏剧化"并非是想将其作为一种新的艺术形态来观照，"小说戏剧化"不能狭隘地理解为"剧本小说"这一艺术新样式。当然"剧本小说"其实也是小说戏剧化的结果。艺术之间之所以相互借重，以致形成新的艺术形态，其根本原因在于为了更充分地表达人的思想情感。小说戏剧化也同样如此。

实践证明，向戏剧艺术借鉴，确实可以将小说写得更深刻一些、更好一些。然而，我们必须承认，小说与戏剧这两种艺术毕竟都有各自的审美规范的制约，它们之间的渗透与融合也是有限的。况且，对于"小说戏剧化"的研究，在很大程度上也仅为一种类比，读者并非真的能够像观众那样，身临其境地感受到剧场里舞台表演的强烈性和直观性。在小说戏剧化的实现途径上，我们可以发现这样的现象：有些情节、场面戏剧性很强，在舞台上表演就显得生动、逼真，可以获得演出的极大成功；但在小说里却明显造作、失实，经不起推敲。这正是因为小说家忽视这两种艺术特有的形式规范以及"戏剧性"内涵发展变化所带来的恶果。小说戏剧化的负面价值使我们意识到，我们必须正视小说自身的优长和独特的审美规范。毋庸置疑，小说的审美容量远远大于戏剧，表现手段和技巧也多于戏剧，除了戏剧之外，小说还可以从散文、诗歌、戏剧、美术、音乐、电影等其他艺术中吸纳多种养分。狄德罗曾经发人深省地说过：一部小说如果不能编成一出好戏，我们并不能因此就认为它不是好小说；然而，如果是一出好戏的话，这出好戏就一定能够改写成一部优秀的小说。① 小说具有只依靠语言便可单独完成艺术造型的自足性，在形式上较为自由，结构上相对松散，所能表现的内容十分广泛。在多数场合下，小说家完全不必像戏剧家那样拘谨。在戏剧化过程中，小说家如果放弃自己的这些优越性和特权，那么就会得不

---

① ［法］狄德罗：《论戏剧诗》，载《狄德罗美学论文选》，张冠尧、桂裕芳等译，人民文学出版社 2008 年版，第 144 页。

偿失。所以，小说戏剧化就应该特别注意以下几点：首先，戏剧化要以能为小说增加独特的美学特质，锦上添花为目标；其次，戏剧化要恰当、适量，否则过犹不及；再次，戏剧化要以"戏剧性"的时代内涵为参照。

根据以上对小说戏剧化的总体论述，鲁迅小说中呈现出戏剧艺术的审美特征和类似戏剧艺术的魅力效应。另外，由于"戏剧性"内涵的发展变化，鲁迅小说具有戏剧性的内容所指也不一样。如果要从故事情节的悬念性、传奇性、曲折性上来理解戏剧性的话，那么鲁迅小说其实是对故事性的消解与戏剧性的隐没，因此，我们在本研究中将摒弃这一传统研究小说具有戏剧质素的最常见切入点。

"戏剧性"是美学范畴之一。如今，"戏剧性"一词已经远远超出戏剧创作的领域，渗入其他的艺术样式及生活的各个角落，在使用方面比较随意混乱。正像道森所认识的那样，"戏剧"和"戏剧性""在普遍被接受的传统内，它们从几乎完全是中性的描述语（戏剧＝剧本，戏剧性＝剧本的特征）发生变化，其含义或者带有强烈的赞可、或者表示尖锐的责难。阅读现代批评给人特别强烈的印象是，'戏剧性'这个形容词常常是用于批评文学作品而不是用于批评戏剧作品，如人们谈到乔叟的戏剧性反讽，'作为戏剧诗的小说'，邓恩诗中的戏剧性语言等等。在现代批评用语中，我们发现这个术语和其它与之有着密切联系的术语其用法如此宽泛"①。既然本书是研究戏剧改编问题的，那么我们首先就必须弄清楚戏剧艺术的核心概念——"戏剧性"。下面我们主要根据施旭升的《戏剧艺术原理》，对"戏剧性"作一个概要的认识。戏剧性，涉及的是戏剧的本体与属性，是对戏剧艺术本质的追问，以及对于戏剧现象存在的根性的思考。由于对戏剧本质特性的审视角度不同，关于"戏剧性"问题的回答也就难免众说纷纭，戏剧学界一直未

---

① ［美］S. W. 道森：《论戏剧与戏剧性》，艾晓明译，第2页。

能取得共识，"戏剧性"至今也还没有得到严格的界定。

"戏剧性"不仅体现在中外戏剧的历史发展进程之中，而且也体现在诸多艺术因素的限制里，因此，对于"戏剧性"的概念与意义界定，我们就要用一种历史的和美学的眼光去看。"戏剧性"概念有日常用法和专门意义之分。作为日常用法，"戏剧性"除了指舞台上演出的故事，也指那些具有偶然性的生活事件；但是作为戏剧范畴的"戏剧性"，它所体现的不是戏剧与其他艺术的共性，而是戏剧所特有的艺术个性。因此本论文中所用到"戏剧性"概念不包括日常的用法，而是专指作为元戏剧的一般特性。"戏剧性"乃是指戏剧所特有的本质与属性，是区别戏剧与非戏剧的一个尺度。从历史上来看，关于"戏剧性"着眼于戏剧创作的且比较有影响的学说有以下四种：一是"动作说"，二是"冲突说"，三是"激变说"，又称"危机说"，四是"情境说"。但是，随着剧场学的兴盛和接受美学的发展，人们对"戏剧性"又有了一些新的解说，诸如"仪式说""观众说""结构说""话语模式说"等，问题关注的重心明显地发生了位移。这些学说对"戏剧性"的认识都具有一定的合理性，但也都存在着片面性，可能只适合于某一时代或某一类型的戏剧。戏剧既是一种现实的群体性的艺术，更属于活生生的人的艺术。所谓"戏剧性"起码应该包括以下两个方面的内容：

第一，"戏剧性"是人学品格与对话精神。"人学品格"也就是说"戏剧性"体现的是剧作对于人类精神的表现和人的命运模式的构建。戏剧本质上就是一种诗性的人类学，是对人性价值和人生情态的诗性展示。人生命运的展示、人物性格的塑造乃至人格境界的表现自始至终都是戏剧艺术的核心所在。尽管所有艺术无不是将人作为自己的表现对象，但是戏剧却可以更直观地来展示各种现实的人生情态。"对话精神"是指"戏剧性"的表现终究离不开人类精神的对话。在本质上，戏剧所体现出的是一种平等的对话精神。戏剧的意义在于营造人们思想与精神对话和交流的空间。"对话"构成了戏剧角色之间乃至观演当中的主体间性存在的一个必要的前提。戏剧中的对话不只是浅层次上的言语或动作的交锋，而且更有着深层次的精神诉求。或者说，在基本的情节结构之下，总是还有着某种内在的情愫，有着某种原型的意味。真正的戏剧精神就是表现为文化精神上的多元性、对应性、互动性与复调性。

第二，"戏剧性"还指戏剧所特有的手法体现出来的戏剧艺术特性，例如，剧作要讲究悬念的设计、情节的曲折跌宕、矛盾的尖锐、冲突的强烈、情境的独特、场面的集中等，以及这些具有戏剧艺术特性的创作技巧与方法所产生出来的具有特定审美情趣的艺术效果。戏剧往往注重的是既合乎客观生活的发展规律，又能带给人"柳暗花明"的艺术效果。这种艺术效果的获得除了归功于表现技巧之外，也与戏剧观念的认知、戏剧形态的体现尤其是与"观—演"的设置密切相关。

然而古今中外，"戏剧性"的内涵都是随着戏剧的历史发展不断变化的。自 19 世纪以来，戏剧不仅经历了多次的变革，同时也促进了"戏剧性"内涵和外延的变化。19 世纪七八十年代，欧洲对于"新戏剧"的探索，以契诃夫为代表，在很大程度上拓展并深化了人们对"戏剧性"的认识。"戏剧性"的内涵已不再是传统所指涉的那些东西，注重剧情跌宕起伏、冲突尖锐而直观、悬念扣人心弦等，而是淡化叙事性，强调抒情性，充分关注人物丰富而复杂的内心世界，呈现出一种内在性的特质，并运用各种戏剧性的手法将人物的内心细致、准确地展现在舞台上。更加提醒自己，戏曲歌唱表达内心，这就使人们认识到，并不是在那些富于神秘色彩、充满巧合的传奇故事和翻天覆地、鲜为人知的历史故事中，才具有"戏剧性"，在平淡无奇的日常生活中同样也存在着"戏剧性"。20 世纪初期，布莱希特提倡具有间离效果的"叙述体戏剧"，以此来反叛传统的"戏剧性"，促使观众理性思考。20 世纪 50 年代兴起的荒诞派戏剧主张"纯粹戏剧性"，以直喻的超验的方法在舞台上表现本质的东西，对传统的"戏剧性"进行颠覆和质疑。显然，现代戏剧在革新上工作的中心就是对"戏剧性"的不同追求，但是对于"戏剧性"的现代追问，又是在传统的基础上不断去丰富的。

因此，不管"戏剧性"的内涵如何变化，对自我、对人性、对人类命运的观照不会变，寻求与自身、与大众、与社会的心灵对话不会变，戏剧本身所具有的基本艺术特性——"直观性""动作性""冲突性""客观性""表演性""群体性"等不会变。遵循这些戏剧艺术特性原则所采用的种种特定戏剧手法所产生的最为重要的艺术效果——强烈的感染力，将是贯穿整个戏剧发展史的不朽生命力。关于戏剧手法，谢成功、梁志勇在其专著《戏剧手法例话》一书里谈到了"戏剧创作中一些基本的艺术手法，诸如对比与对照、悬念与吃惊、突转与发现、误会与巧合、夸张与讽刺、重复与突出、烘托与渲染、铺垫与呼应，还有以喜写悲、以悲写喜、先抑后扬、先扬后抑"[①]。这部书还在此基础上总结出76条具体的戏剧手法。戏剧手法虽然众多，但如果仔细分析，它们几乎都是为了同一个目的：尽可能对观众产生更大的情绪效果，引发观众内心强烈的共鸣感。在本书中所提到的"戏剧因素"即指从内容到形式以至效果上体现"戏剧性"的质素。

## 第三节　鲁迅小说的戏剧改编的观众接受效果

鲁迅作品一经戏剧改编几乎都陷入一个悖论之中，针对改编总是褒贬激烈，争议不断。但是，改编所受到观众的欢迎和喜爱也是毋庸置疑的，而这足以说明鲁迅作品的戏剧改编从本体上来看是比较成功的，从戏剧审美来看是受到认可的。对于戏剧而言，"一出戏演出的成败与否的唯一检验标准是观众的反应"[②]。如果戏剧编剧"不想使观众感兴趣，

---

①　谢成功、梁志勇：《戏剧手法例话》，上海文艺出版社1987年版，第5页。
②　［美］杰·威廉斯：《小说创作与编剧》，载罗晓风选编《编剧艺术》，文化艺术出版社1986年版，第82页。

不想打动和抓住他们，那他就没有写剧本的权利。他的第一个职责就是要弄清楚他那个时代和他自己国家的观众究竟喜欢什么，因为他得在剧本里写他们所喜爱的东西，即使他能够给他们写出更多的东西来"①。可以说，鲁迅小说的戏剧改编几乎在每一个改编时代都受到观众的热烈欢迎。

1937年，田汉、许幸之于先后改编了话剧《阿Q正传》，根据当时及后来报刊上的评论文章来看，其所受到的认可度并不高，但在实际演出时却很受观众欢迎。正如邵伯周指出的那样："两个改编本都受到尖锐的批评，有的评论者更断言，如果演出，肯定要失败。但实际演出时，却很受观众欢迎。这除了改编者加入了一些人物和情节，加强了戏剧性外，更重要的是戏的现实意义。同时也表明：鲁迅精神和广大人民群众是呼吸相通的。"② 邓海燕也指出，对于这两个改编本"即使这些评论的声音褒贬不一，但《阿Q正传》的的确确在抗战时期，以不同的艺术形式走遍中国各大文化重镇，从北京到上海、到武汉、到成都、到昆明，由北到南，《阿Q正传》的文学魅力通过表演艺术以鲁迅想不到的传播速度走遍大江南北，贴近普通民众"③。

1978年，吴琛等改编的越剧《祥林嫂》同样受到观众的高度认可："演员及其他工作人员以极大的热情和严肃认真的态度来对待这次演出。演出后得到领导和广大观众热烈的支持。文艺界的战友们亦对我们倍加鼓励，说是'耳目一新'。其反响之热烈，超过了这戏以往任何一次演出。"④ 1980年、1981年陈白尘先后改编了电影和话剧的《阿Q正

---

① ［美］布·马修斯：《怎样写剧本》，载罗晓风选编《编剧艺术》，文化艺术出版社1986年版，第71页。
② 邵伯周：《从小说到剧本，再到舞台和银幕——〈阿Q正传〉改编述评》，《上海师范大学学报》1987年第3期。
③ 邓海燕：《从新文学经典到大众化的艺术形式——〈阿Q正传〉从〈晨报副刊〉到〈麒麟的改编〉》，《沈阳师范大学学报》2013年第3期。
④ 吴琛：《后记》，载吴琛、庄志、袁雪芬、张桂凤改编《祥林嫂》，上海文艺出版社1978年版，第121页。

传》，如果与原著相比较，我们会发现真正像陈白尘这样誊写式改编的作品并不多，都多多少少会有一些来自改编者的创造。但是从改编的本体来看，观众的喜爱令我们不得不看到电影与舞台剧的魅力。福荣、育生也对梅阡于1981年改编的《咸亨酒店》的价值和影响给予了中肯的评价："梅阡同志完成了如此浩大、艰巨的艺术工程，并在剧本里显示了自己的思想和艺术特色，实在是件很不寻常的事情。因此，它理所当然地受到了戏剧界和鲁迅研究工作者的重视，博得了许多观众的好评。"①

另外，陈涌泉曾两度将鲁迅小说改编为曲剧，剧作被搬上舞台后均获得很好的演出效果。1993年，陈涌泉应石光武导演之邀，大胆采取节选式改编，截取《阿Q正传》中阿Q对革命"神往"的一段，将其改编为独角小戏《阿Q梦》。该戏以回忆的结构方式"着重表现了阿Q式的'我要什么就是什么，我喜欢谁就是谁'的革命理想，以及对赵太爷之流的反抗意识"②。这部小戏由青年曲剧演员杨帅学出演，他运用谐剧的艺术样式，以及唱、说、模拟、内心独白等手法在短暂的十几分钟之内生动形象、活灵活现地塑造了阿Q、赵太爷、吴妈等不同人物的性格特点，把阿Q的愚昧无知、盲目自大的形象刻画得淋漓尽致。在河南省首届曲剧演员电视大赛中获表演一等奖，受到观众和评委的好评。此后，该剧不仅连连获奖，而且因其较高的文学品位和演员精湛的表演受到广大观众的喜爱。2010年12月，该戏在北京东城国际独角戏戏剧节上上演，其演出效果可谓是"一场曲剧惊北京"。

小戏《阿Q梦》刚一崭露头角即受到有关专家的关注，陈涌泉在专家的建议下决定把《阿Q正传》和《孔乙己》结合起来改编成一部大戏——曲剧《阿Q与孔乙己》。该剧自1996年被搬上舞台以来，引

---

① 福荣、育生：《浅谈〈咸亨酒店〉的改编》，载梅阡《咸亨酒店》，中国戏剧出版社1982年版，第94页。

② 陈涌泉：《〈阿Q与孔乙己〉的成因》，《剧本》2002年第9期。

起强烈反响，被评论界誉为"众多鲁迅小说题材戏剧中最好的一台"，多次在各级大赛中获得殊荣。《人民日报》《光明日报》《河南日报》《大河报》以及河南电视台等多家新闻媒体予以报道。2003 年，该剧被中央电视台录制并多次向全国播出。2010 年 5 月，该剧随河南戏曲访问团到台湾演出，受到台湾各界好评。文化部、中国戏剧家协会分别召开了专家座谈会。专家、学者普遍认为该剧是一台融思想性、艺术性、观赏性于一体，在美学品格和艺术品位上都达到较高层次的好戏，具有深厚的文化底蕴，在经典名著与通俗戏曲、传统艺术与现代观念之间开辟了一条新路。该剧还作为河南唯一一部入选 2017 年第十九届上海国际艺术节的原创近代曲剧，并在 1999 年、2010 年、2011 年受省文化厅、省财政厅、省教育厅委托，到高校参加"高雅艺术进校园"活动，演出效果火爆，所到之处受到广大师生热烈欢迎和喜爱。"据曲剧团团长马新生介绍，《阿 Q 与孔乙己》剧演出所到之处，特别是在城市、高校引起了观众强烈共鸣，在开拓城市演出市场、争取青年观众方面取得了一定的成绩。此次进京演出，在纪念鲁迅先生诞辰的同时，也想让更多的首都观众了解曲剧独特的艺术魅力。"①

古榕改编的《孔乙己正传》于 2001 年 8 月 17 日搬上舞台，该剧在首都剧场首轮演出即连演十场，场场爆满，"剧场里笑声、掌声和抽泣声此起彼伏，每场谢幕掌声时间长达 15 分钟之久"②，该剧以其曲折动人的情节和戏剧名家的精彩演绎得到了观众和舆论界的充分肯定。而这部话剧却与原著相去甚远，只是对原著的演绎。古榕在鲁迅小说《孔乙己》的基础上，为孔少成（即小说中的孔乙己）编织了一个小说之外的故事情节，演绎了孔少成在科场和婚姻中大起大落的人生传奇，具有极强的戏剧性和故事性。该剧虽未忠于原著，但演出却获得巨大成

---

① 《新编曲剧〈阿 Q 与孔乙己〉登上首都舞台》，《鲁迅研究月刊》2001 年第 10 期。
② 《纪念鲁迅先生诞辰〈孔乙己正传〉再度公演》，《北京晚报》2001 年 9 月 23 日第 1 版。

功，深受观众欢迎。

另外，由法国著名导演米歇尔·蒂迪姆与中国演员合作创作的话剧《阿Q》于2018年5月在上海"艺海剧院"作为"中法文化之春"交流项目演出，一千人的座位座无虚席，演出完毕，观众掌声十分热烈，持续良久。

鲁迅作品的戏剧改编之作能够赢得观众的喜爱和认可，在很大程度上说明了戏剧改编的成功及存在的价值。美国编剧杰·威廉斯在其《小说创作与编剧》一文中指出："一出戏演出的成败与否的唯一检验标准是观众的反应。"① 可见，杰·威廉斯十分看重观众对于戏剧的重要性，强调观众的反应决定戏剧演出的成败。杰·威廉斯还强调，演员必须注重与观众的情感交流，他认为："你们与我所组成的观众就是神秘的所在。没有人能确切懂得观众是什么，但是一出戏的诞生却非得有演员和观众之间在心理上的，也许还是精神上的情感交流才行。"② 关于观众在戏剧中的重要性，美国戏剧理论家兰·米切尔在《戏剧的本质与艺术》一文中也进行了深入细致的论述："我对观众考虑了很久，我认为，没有什么伟大的剧本不是为伟大的观众而创作的，因为只有很少人，甚至在博学的人之中也很少，能够理解剧作家和观众之间的那种亲切而必需的关系，然而这种关系却是世界上最亲切的关系。在整个两个半小时的每一刻中，观众一直是一个协作性的创作者；若然不是，这就不是好观众了。演员对剧本的阐释的重要性是人所共知的，但随着戏剧的发展而对之作出反应的人却是头等重要的，这后一方面人们却知之甚少。"③ 兰·米切尔强调观众的反应对于戏剧的重要性，但也指出能

---

① ［美］杰·威廉斯：《小说创作与编剧》，吴文译，载罗晓风选编《编剧艺术》，第82页。

② ［美］杰·威廉斯：《小说创作与编剧》，吴文译，载罗晓风选编《编剧艺术》，第88页。

③ ［美］兰·米切尔：《戏剧的本质与艺术》，刘高仁译，载罗晓风选编《编剧艺术》，文化艺术出版社1986年版，第53页。

够认识到这一点的人却很少。

兰·米切尔为了阐明观众对于戏剧的重要性，他将戏剧与电影、文学三种艺术及其受众进行了比较。他认为："在剧院里，观众的反应就是一切。说到这个问题，电影院的观众却是不作任何反应的，不论这种反应是多么短暂，在这里鼓掌是没有任何意义的，因为得到观众鼓掌的艺术家什么也不会听见。"① 而"天生的戏剧家得依赖观众。他是为演员和观众而创作的。他期望、计划、安排和同意他的作品上演并获得观众的反应。如果在这一切里，我把许多观众的能力和重要性说得夸张一点的话，那我就只能说，这一切并非言过其实"②。兰·米切尔还将戏剧与文学阅读进行比较，以突出观众现场观看的特殊性，以表明戏剧必须关注观众的反应，他指出："戏剧可以是诗意的、崇高的、浪漫的和富于理智的，这一切都可以是最高度的，但这还不够，它还必须能够吸引住观众。而要达到这一点，它还必须是娱乐人的、使人开心的、使人感兴趣的、使人感到畅快的、使人激动的、使人高兴的和迷人的。默默无言而又孤零零的读者，独处一室，点亮起金黄色的灯，可以一连看书几个小时，可以跳过冗长的第二章或枯燥无味的第三幕不读，但是观众却是无法跳着看戏的。"③ 在兰·米切尔看来，戏剧演出必须顾及观众的感受，能否吸引住观众决定戏剧的成败。

由以上可见，如果从观众的反应来看鲁迅小说的戏剧改编的话，尽管改编基本上都会因为与原著不符而存在争议，但就戏剧改编的本体而言无疑是成功的、有价值的。古榕改编的话剧《孔乙己正传》尽管只是对原著的演绎，在鲁迅小说《孔乙己》的基础上，为孔少成（即小

---

① ［美］兰·米切尔：《戏剧的本质与艺术》，刘高仁译，载罗晓风选编《编剧艺术》，第 53 页。

② ［美］兰·米切尔：《戏剧的本质与艺术》，刘高仁译，载罗晓风选编《编剧艺术》，第 54 页。

③ ［美］兰·米切尔：《戏剧的本质与艺术》，刘高仁译，载罗晓风选编《编剧艺术》，第 54 页。

说中的孔乙己）编织了一个小说之外的故事情节，演绎了孔少成在科
场和婚姻中大起大落的人生传奇，具有极强的戏剧性和故事性。该剧虽
然与原著相去甚远，但演出却获得巨大成功，场场爆满，深受观众欢
迎，这就是戏剧改编本体所呈现出来的戏剧艺术效果。陈涌泉改编的两
部曲剧之作即便深受观众认可和欢迎，然而来自各方尤其是专家、学者
的评论同样存在两种批评的声音，主要是围绕如何处理原著与改编的关
系这一焦点问题展开争论。一种声音认为，曲剧《阿Q与孔乙己》在
角色塑造、情节设置和人物思想性格上与原著有较多出入，没有尊重原
著。而另一种声音则认为，改编属于二次创作，不免会融入改编者个人
的艺术思考和追求，再加上不同的艺术有自身的创作规律，需要根据艺
术的审美特征对原著进行加工取舍，如果过于强调忠于原著，则会束缚
改编的创新。这一意见可以说是改编鲁迅作品的戏剧家们相当普遍的看
法。陈涌泉作为戏曲界的实力派作家，国家一级编剧，他同样以戏剧艺
术的审美标准来看待对鲁迅小说的戏剧改编，他认为："如果把只有对
原著亦步亦趋的改编才叫忠实于原著，而不知'忠实原著'的实质何
在；甚而在名著面前，失却了评判的勇气，把鲁迅先生自己都认为
'不必有的滑稽'也视为'原著精神'；这样的忠于原著，我不敢苟同。
如果把根据从文学到戏曲体裁转换所需要作的人物关系调整、人物塑造
方法调整视为悖离原著；或是对原著人物的理解本身有偏差，或是对两
部作品结合在一起的戏曲所作的诠释不甚了了，而认为是悖离原著我也
保持自己的看法。"① 可见，陈涌泉进行戏剧改编对"忠实于原著"有
自己的看法，他注重的是精神上的忠实。陈涌泉说："在改编原则上，
我所遵循的是忠实于原著的路子，即在精神实质上的高度忠实，而非亦
步亦趋、机械地'复印'原著的忠实。"② 梅阡也这样认为。

这所涉及的一个问题就是，戏剧家如何看待改编、如何去改编？在

---

① 陈涌泉：《〈阿Q与孔乙己〉的成因》，《剧本》2002年第9期。
② 陈涌泉：《〈阿Q与孔乙己〉的成因》，《剧本》2002年第9期。

他们看来，必须尊重戏剧不同于小说的艺术创作规律，必须要考虑成群的观众，使舞台演出能够得到剧场观众集体的情感反应，否则就会造成演出的失败。因此，就戏剧改编的本体而言，观众的喜爱、欢迎和认可就意味着改编的成功。戏剧属于群体艺术，观众实际上参与戏剧的创作，剧作者要得到剧场观众集体的情感反应，必须考虑他们的艺术趣味、审美倾向和期待视野，否则就会造成演出失败的结果。

## 第四节　鲁迅小说的戏剧改编的观众接受原因

由鲁迅小说改编的戏剧每正式公演一部均受到广泛关注和观众的热烈欢迎，究其原因可以有以下几点。

首先，戏剧改编有助于生动直观、通俗易懂地呈现鲁迅作品，更具感染力。自20世纪20年代以来，不断有人将鲁迅作品改编为话剧、舞剧、歌剧和群众喜闻乐见的戏曲等戏剧形式搬上舞台，改编者意在将鲁迅作品从知识分子的新文学书斋搬上普通大众的文艺场，让更多的人认识并了解鲁迅作品及其寓意深刻的人物形象。可以说，改编具有传播和普及新文学经典的现实意义，这不仅传播了鲁迅精神，也是对新文学经典通俗化解读的一种社会效应。戏剧改编尤其在民国时期抗战年代对于传播和普及鲁迅作品，使鲁迅作品走近文化程度不高甚至没有读过书的广大民众从而发挥其启蒙的巨大价值无疑是有着重要作用的。鲁迅小说的戏剧改编经久不衰，显示了戏剧在普及新文学经典上的优势，符合鲁迅意图唤醒国民的创作宗旨。

戏剧以演员的现在动作为媒介所产生的直接审美效果，从根本上区别于用叙述性文字作为媒介的小说所产生的间接审美效果，能够带给观众强烈的感染力，更受大众的喜爱和欢迎。鲁迅小说除了被改编为戏剧搬上舞台之外，还被改编为电影、电视搬上了银幕、荧屏，甚至被改编为以图像进行叙事的连环画等，这些改编都有助于生动形象、通俗易懂地解读和传播鲁迅小说，从而使大众能够理解鲁迅小说深刻的思想意蕴，并广泛接受鲁迅，认识到鲁迅精神的伟大之处。鲁迅小说原本言简义丰、寓意深刻，加之当时社会环境距现今较远，人们往往对其很难理解，尤其是生长在新中国新社会的青少年，因其对封建社会、封建制度、封建礼教等缺乏感性认识更是难以理解，因此，将鲁迅小说运用戏剧、电影、电视、连环画等直观感人的艺术形式呈现出来，对人们理解鲁迅及其作品丰富的内涵、厚重的思想无疑是大有裨益的。除了鲁迅小说，还可以将更多的文学名著搬上舞台、银幕、荧屏，以更有力地发挥名著的教育作用。

其次，对鲁迅小说进行戏剧改编的编剧、导演基本上为从事戏剧工作的专业人士，对改编抱以谨慎、认真、热情的态度，从而创造出一部部屡演不衰的经典之作。戏剧的传播，主要不是通过剧本以文字为媒介进行传播，而是通过搬上舞台由演员表演向给广大观众进行传播。但是戏剧要想搬上舞台，就必须先要改编剧本，剧本改编是演出传播的起点，是戏剧搬上舞台的基础。剧本往往是编剧秉持一定的戏剧观念和改编观念进行改编的，改编的过程就是编剧将抽象的观念形象化，呈现出其独具个性的审美意识和情感倾向。因此，剧本改编的成功是搬上舞台演出成功的保障，编剧的重要性显而易见。从鲁迅小说最早被改编为戏剧直到当下，凡是得以发表、出版或搬上舞台的改编，其编剧、导演基本上为戏剧专业人士，甚至戏剧名家，在戏剧改编上对戏剧审美特点的把握显然是精准的，因此，改编的戏剧才能无论在抗战时期还是新中国成立后受到观众和媒体的热烈欢迎。比较早的改编《阿Q正传》的许幸之原本是画家，但20世纪30年代中期就开始从事电影导演、戏剧编导工作。改编《阿Q正传》和许幸之同年发表的田汉在当时就已经是鼎鼎有名的大剧作家，被誉为中国现代戏剧奠基人。改编越剧《祥林嫂》的吴琛为上海越剧院总导演。改编话剧《咸亨酒店》的梅阡为北京人艺著名话剧导演，自1939年起就从事戏剧电影编导工作。在鲁迅先生诞辰100周年时，编剧王泉、韩伟，作曲施光南这三位中国歌剧界的大师级人物，以鲁迅小说《伤逝》为蓝本创作出民族歌剧《伤逝》，使其成为歌剧舞台上的一个传奇。2014 年则由当代中国歌剧和音乐剧导演的领军人物、著名导演、中国音乐学院表演教研室主任陈蔚进行全面复排。其他的像陈涌泉、沈正钧、刁亦男、林兆华、古榕、郑天玮、陈家和、卓鉴清、孟京辉、王延松等作为鲁迅小说的戏剧改编的编剧或导演均为戏剧专业人士。他们深谙戏剧的审美特点，在改编时能够将小说的语言转换为戏剧的语言，并以自己的戏剧审美观解读鲁迅作品。

这些改编者不仅为戏剧专业人士，而且在改编鲁迅作品的态度上都格外重视，抱以谨慎、敬畏的态度。如中国著名剧作家陈白尘虽在新中国成立之前就期待鲁迅的《阿 Q 正传》能搬上荧幕和舞台，但一直担心自身没有改编这一世界名著的修养与能力，直到 20 世纪 80 年代初才带着一颗敬畏之心将这一名著改编为电影和戏剧。梅阡在谈其改编话剧《咸亨酒店》时，就表明了自己顾虑、谨慎的心理。他写道："把鲁迅先生小说中的人物移植到话剧舞台上来，是我想了很久的事。每当反复翻读总是跃跃欲试。但提起笔来又感顾虑重重。"[1] "鲁迅先生是伟大的文学家、思想家、革命家，其作品具有深刻的思想内涵，战斗性又极为强烈。我研究得不深不透，理解得未必正确，怎敢贸然从事？其次，鲁迅先生的文笔简洁、凝炼、浓缩而含蓄，常用曲笔与白描。他举重若轻，一个典型的悲剧人物，例如《孔乙己》中的孔乙己、《明天》中的单四嫂，他只用寥寥两三千字，便刻画得栩栩如生，给人以不可磨灭的印象。这在舞台上又如何表现呢？表现得能否准确呢？如何体现鲁迅的风格，颇值深思。于是我一再搁笔。"[2] 后来梅阡重游绍兴，鲁迅小说中的人物形象"隐约可见了，都活了起来，提笔之想又有些欲罢不能"[3]，

---

① 梅阡：《咸亨酒店》，第 85 页。
② 梅阡：《咸亨酒店》，第 85 页。
③ 梅阡：《咸亨酒店》，第 85 页。

"于是决心作一次大胆的尝试。我又开始构思了"①。从以上可见，这些剧作家、导演对待鲁迅小说是怀着敬畏而严谨的态度去改编，因此出现了一部部堪称经典的戏剧之作，以致每每演出观众反响热烈。

再次，以前鲁迅所担心的三个问题如今已不是问题。一是演员的问题。鲁迅曾担心改编之后当时的"明星"无法表现，但是后来的戏剧改编在演员的选取上有很多是表演名角，而且演技高超，即便有的在表演时不是名角，也因为演技的出众而一举成名。越剧《祥林嫂》扮演祥林嫂的演员不论是袁雪芬还是方亚芬都是响当当的越剧名家，将人物心理、情感演绎得十分到位。越剧《孔乙己》扮演孔乙己的演员茅威涛为戏剧梅花奖得主。古榕导演的长达三个小时的大型历史话剧《孔乙己正传》，对许多话剧外行的观众来说，只看热闹，没有热闹就会离开。该剧由著名戏剧演员"百老汇华裔第一人"王洛勇扮演孔乙己，国家话剧院一级演员田岷扮演宋含玉，两位演员的精湛表演吸引了众多观众，也赢得戏剧专业人士的高度赞誉。戏剧评论家童道明十分欣赏在《孔乙己正传》中扮演孔乙己的王洛勇的表演，他称："王洛勇达到了这个艺术境界，他在舞台上一举手，一投足，他的台词处理的轻重缓急，都有讲究，都有艺术化了的情感真实的鲜明体现，而没有自然主义的随意。这才叫艺术！头一个亮点，是他的孔乙己在咸亨酒店争辩说：'窃书不能算偷……窃书！……读书人的事，能算偷么？'他那语气，那神态，正像是鲁迅小说里描述的'额上的青筋条条绽出'。王洛勇的最值得欣赏的高潮戏是在孔乙己遭贬斥而失意之后，王洛勇的孔乙己就像座暂时沉默的火山，但这火山已经在冒烟，而戏演到孔乙己的丧子之痛，王洛勇的巨大的情感能量便像火山一样爆发了出来。看这样的戏是过瘾的。"② 可见王洛勇作为百老汇舞台上的顶级演员名不虚传。

扮演宋含玉的演员田岷的表演可谓深入人心，尤其是她把宋含玉受

---

① 梅阡：《咸亨酒店》，第 86 页。
② 童道明：《看〈孔乙己正传〉》，《中国戏剧》2001 年第 11 期。

辱投河自尽的一段戏里人物丰富的内心戏演得淋漓尽致。"她继续走着，走向舞台下的乐池，最后从我们的视野里消失……那一刻整个剧场显得安静极了，直到舞台上的灯光全部熄灭了，观众席里才爆发出一片经久不息的热烈的掌声。""最后，在演员谢幕的时候，她又出现了，掌声也随之变得格外的热烈，不断地塞向演员田眠手里的花束已经使她有点抱不住了。这时，我看见一个老太太在别人的搀扶下颤颤微微地走到田眠的跟前。出于好奇，我凑了上去，只听得老太太对田岷说道：'小姑娘，侬演得太好了，我都哭了两遍了……'"① 由此可见，一个好的演员所带给人的精神上的享受是无与伦比的，这说明如今的戏剧演员是能够准确把握剧中人物形象并打动观众的，从而带给观众艺术审美感受的。

二是观众的问题。鲁迅当时不主张改编，其一就是担心那时的观众只看"女脚"，这样就失去了小说的启蒙目的。不过，自 20 世纪抗战爆发以后，随着国民的觉醒、思想的进步，尤其是 20 世纪 80 年代以来，观众自身素质和审美情趣的提升产生了对文学名著的内在需求，早已不再专看"女脚"，鲁迅所担心的观众问题已经不存在了。而且 20 世纪 90 年代，一些改编鲁迅作品的戏曲家也在提升戏曲的文学品位，开拓城市演出市场，将主体观众定位于大中学生、城市观众，积极争取青年观众，使日渐衰弱的戏曲赢得了新的发展空间，而在这一空间里的观众类型在艺术审美品位上自然也比较高。另外，20 世纪 90 年代"小剧场"戏剧重新崛起，在艺术创新和探索上重新确立了"观"与"演"的关系，打破了传统意义上的固定舞台，重新构建了观演空间结构，这大大加强了演出与观众的交流，符合现代观众审美过程中的"参与意识"，也最大限度地发挥了戏剧当中表演的艺术魅力。现代观众参与戏剧的表演也可见观众在观看戏剧时日益增长的审美需求，而观众的多样

① 项奇：《〈孔乙己正传〉观后有感》，《上海戏剧》2002 年第 4 期。

需求也促进戏剧不断地探索和创新。

三是理解原著，尊重原著精神的问题。鲁迅当时怕改编者仅"以滑稽或哀怜为目的"，没有真正理解原著的目的，最后将只剩下滑稽，以致歪曲原著精神。改编是否能够获得成功首先取决于编剧能否准确理解原著、把握原著的精神。编剧在解读原著时往往会渗入自己的个性化见解，这是不可避免的，关键是要把握原著精神。确实，由于文学素养的差异，有的戏剧专业人士在解读文学名著时，可能会出现理解的偏差，但是编剧对于改编鲁迅的作品基本上都很慎重，在改编之前反复学习、阅读鲁迅的作品。如，吴琛等于1956年在周总理的指示下重新改编、排演越剧《祥林嫂》，基于该剧在1946年首次演出没有很好地体现原著精神的缺陷，他们"重新组织了力量，学习了鲁迅的有关作品，并到绍兴一带作了调查、访问，经过集体的讨论研究，重新改编、排演了《祥林嫂》"①。编剧严肃认真的态度，从根本上保障了改编的质量。

陈白尘早在20世纪80年代初就曾指出："鲁迅的三怕已不存在：观众进步了，已不再专看'女脚'；'明星'也成熟了，对阿Q有法表现了，比如赵丹、石挥、蓝马、于是之等等都是足以胜任愉快的好演员；而改编者也有的是（当然不是我），比如能改编《祝福》的人不能改编《阿Q正传》么？"② 如今已是21世纪的20年代，鲁迅当时所担心的三个问题就更是不成问题了，鲁迅小说的深厚思想内涵应该能够在舞台上得以更好地呈现。

最后，观众之所以对鲁迅小说搬上舞台之后反响热烈，还在于名著效应和经典的魅力。鲁迅，一个在中国家喻户晓的文学大家，一个在世界上被传播最为广泛的文学巨匠。在戏剧家们看来，鲁迅小说是令改编者感到最为艰难但又最想搬上舞台的一部文学名著，90余年，戏剧家们一直热衷于鲁迅小说的改编，关键还是在于名著的效应和经典的魅

---

① 吴琛：《越剧〈祥林嫂〉的改编和导演》，《戏剧艺术》1978年第1期。

② 董健编：《陈白尘论剧》，第301页。

力。鲁迅小说作为新文学的经典，无论是从精神内涵还是艺术成就上都是难以超越的。吴琛认为："如果这个改编本对宣传鲁迅、学习鲁迅能起一些作用的话，那也是由于鲁迅不朽的原著提供了深厚的基础。"①确实如此，鲁迅的小说的戏剧改编能够引起观众的热情关注、受到观众的欢迎，显然是基于鲁迅小说作为经典名著的自身魅力。一是鲁迅小说的魅力在于一个个源于时代生活中的鲜活而典型的人物形象和深刻而厚重的思想意蕴，因此，在不同的历史时代，戏剧家们纷纷借名人名著效应对鲁迅小说进行大胆改编并渗入不同的意识形态，发挥其时代的价值。如田汉改编话剧的《阿Q正传》在抗战时期多次上演，在唤醒民众、积极抗战上发挥了重要作用。陈白尘力图借改编的话剧《阿Q正传》唤起全国人民的羞恶之心，唤醒那些经历"文化大革命"而又麻木健忘的灵魂。鲁迅作品的深厚思想，令人总能找到可以开掘的亮点。二是作为经典名著的鲁迅小说是中国优秀文化遗产的一部分，戏剧家改编鲁迅小说目的也是向大众普及文学经典所承载的优秀文化。戏剧这一媒介有助于向观众普及文学经典和优秀文化，改编这些名著更能够对观众产生教育意义，这就是名著的效应。三是在重视经济的今天，戏剧改编文学名著更容易产生经济利益。作为经典文学作品的鲁迅小说通过广泛流传被人们熟知、认可和接受，即便是岁月更迭仍能深入人心，早已经拥有潜在的广大观众群体，被戏剧改编更容易受到观众的关注，成为演出成功的基本条件。

戏剧家们热衷于改编鲁迅小说固然有政治因素、文化因素、经济因素这三个因素，因为名著自身的知名度和影响力，这三个因素自然容易实现，但是，更重要的因素是名著本身的思想因素。鲁迅笔力深刻，入木三分，一个个人物形象深入人心，其所赋予的深刻而厚重的思想意蕴才是改编者们最想将鲁迅小说搬上舞台的因素。而观众，尤其是平民大

---

① 吴琛：《后记》，载吴琛、庄志、袁雪芬、张桂凤改编《祥林嫂》，第122页。

众，则希望鲁迅小说能够从知识精英的书斋中走出来，通过戏剧这一直观而通俗的艺术形式了解鲁迅小说中的人物形象及作者所赋予的深刻的思想意义。鲁迅小说的戏剧改编所引起的强烈反响说明了观众对名著改编的内在需求及对戏剧直接审美效果的热切追求。

## 第五节　基于观众接受的鲁迅小说的戏剧改编机制

戏剧改编作为对源文本——鲁迅小说的一种阐释方式和接受方式，是具有集体性的，一部将鲁迅小说搬演到舞台上的戏剧改编之作是编剧、导演、演员等改编者集体阐释的结果，它与改编过程存在着互文性，与改编的时代背景、意识形态，改编者的个性化创造，改编的艺术媒介等诸多因素之间存在互文关系。鲁迅小说的戏剧改编之作之所以能为广大观众所接受，关键在于改编者将源文本视觉化、舞台化的过程中以观众接受为核心的制约因素所形成的改编机制。

首先，鲁迅小说的戏剧改编与改编活动的时代背景有着无法割舍的关系，改编背后不免受到时代的影响和制约。纵观鲁迅小说的戏剧改编历史，我们可以发现，戏剧改编具有时代性，改编本往往会呈现出时代的烙印，尤其在对原著思想主题的表现上时代性更为突出。陈白尘曾指出："名著的本身是不变的，而每一个改编本都会各各不同。这除了改编者的修养素质不同的原因以外，还有个时代的影响。三十年代有三十年代的要求，这种时代要求不能不影响着、约束着各个不同时代的改编本。八十年代有自己的时代要求，将来九十年代也会有它的要求，还要出现新的改编本。"① 鲁迅小说的戏剧改编者充分考虑到了时代的背景，并将时代的要求熔铸到改编本之中，从而使改编之作呈现出具有时代色彩的思想精神。

---

① 董健编：《陈白尘论剧》，第305页。

田汉于 1937 年改编的《阿 Q 正传》即明显地打上了抗日救亡的时代烙印，田汉将去除阿 Q 性与抗日战争的时代背景巧妙地结合起来，艺术地实现了在特殊历史时期戏剧的宣传启蒙功能。田汉曾在《鲁迅翁逝世二周年》一文中鲜明地表达了这一思想："我们可以说自从抗战开始，中国农民的阿 Q 时代就告终了。然而阿 Q 性既不是一朝一夕养成的，我疑心就在今日它还要出来作祟，因此肃清国民心中阿 Q 性的残余依然是很必要的事。记得《阿 Q 正传》在天声上演时曾替他们写过这几句话：敌人疯狂进攻未有已，我们岂肯作虫豸？亡我国家灭我种，岂是'儿子打老子'？寇深矣，事急矣！枪毙人人心中阿 Q 性，誓与敌人抗到底。"[1] 田汉的戏剧改编显然服膺于抗日民族解放战争，使鲁迅的《阿 Q 正传》中批判国民性的主题具有了时代的特点。吴琛于 1977 年重新排演了在"文化大革命"时期被禁演的越剧《祥林嫂》，其目的之一就是反击"四人帮"在"文化大革命"期间对越剧的污蔑。戏剧家沈西蒙、漠雁在长篇评论《赞越剧〈祥林嫂〉》中指出，该剧"紧密配合了揭批'四人帮'的伟大斗争"[2]。20 世纪 80 年代，鲁迅小说的戏剧改编则有意识地添加亮色，正像陈白尘所主张的那样：不愿意将鲁迅自以为苦的寂寞传染给 20 世纪 80 年代正从一场噩梦中醒来的青年，不愿意给年轻人展现太过阴暗的一面。梅阡于 1981 年改编的《咸亨酒店》中重新塑造了夏四奶奶的形象，使夏四奶奶上坟时明白了花环的来源，并深感安慰，从而使改编后的思想主题就有了亮色，让人看到了希望。陈白尘同年改编的《阿 Q 正传》也不乏添加亮色的做法，陈白尘在 20 世纪 80 年代是不主张消极的。可见，鲁迅小说的戏剧改编不免要受到时代的影响和制约，不同时代有不同时代的改编本，体现了这个时代观众的审美需求。

---

① 田汉：《鲁迅翁逝世二周年》，载《田汉文集》（十五），中国戏剧出版社 1986 年版，第 56 页。

② 沈西蒙、漠雁：《赞越剧〈祥林嫂〉》，《上海文学》1978 年第 3 期。

　　其次，鲁迅小说的戏剧改编与改编者有着直接的关系，改编本充分体现了改编者的再创造个性。事实上，戏剧改编之作的舞台呈现是编剧、导演、演员集体阐释的结果，同为改编者的这三者构成了改编的复杂性。改编者的修养素质、文化背景、改编理念和个性化解读等都会影响和制约着改编。2001 年，古榕将鲁迅的《孔乙己》改编为大型现代历史话剧《孔乙己正传》，他在改编中融入了自己与众不同的意图，他意在通过对孔乙己这个艺术形象的再创造，部分地再现鲁迅的身世背景，既创造性地虚构了孔乙己从青年到老年时期在科举仕途上大起大落的人生经历和爱情悲剧，又融入了鲁迅父亲及祖父科考案的家族悲剧命运史。古榕的这一独特构思使其在编剧中塑造了一个与众不同的孔乙己形象，可以说是基于源文本再造了一个孔乙己形象。

　　身为编剧的古榕同时也是著名电影导演，他亲自导演了该剧。古榕充分发挥了自己的专长，在舞台设计上创造性地将电影艺术运用到舞台艺术中，展现出戏剧电影化的独特魅力，从而增强了舞台的表现力，生动展现了江南水乡的特色风情和人物生活化的表演。该剧演员由美国百老汇华裔著名演员王洛勇任主演，倾情演绎悲剧人物孔乙己，与王洛勇搭档饰演女主角唐秋兰的是他在上海戏剧学院的同窗好友宋佳。王洛勇与宋佳对人物的精彩演绎显示了其作为演员的个人独特的艺术魅力，获得广泛赞誉和宣传。正因为独具视角的编剧、独具匠心的导演、独具魅力的演员三者的共同阐释，才铸就了这样一部虽为"戏说"却反响热烈深受观众和舆论界肯定的改编剧作。

　　虽然改编者中编剧、导演、演员都很重要，三者各自的优长和魅力才能共同成就一部优秀的改编之作。但是，毋庸置疑，改编者中编剧更为重要，其所改编的剧本是演出的蓝本，决定着改编的最终面貌。编剧秉持的改编理念、戏剧观念和个人理解等不同，改编本也会各有差异。就鲁迅小说的戏剧改编而言，由于编剧对改编的看法不同，采用的改编方法不同，形成有以结构形式划分的节选式改编、单篇式改编和组接式改编的改编本，以及从忠实度上划分的誊写式改编、框架式改编、取材式改编的改编本。其中，取材式改编是将原著作为素材进行重新加工的创作，再创造的元素居多，属于创造性改编，与原著面貌相差很大，往往备受争议，但在演出中亦会反响强烈、深受欢迎，如古榕改编的话剧《孔乙己正传》。而且，由于不同历史时期编剧的戏剧审美观念不同，改编本也会出现审美风格上的明显差异，鲁迅小说的戏剧改编经历了从以写实为主的戏剧改编到具有实验性或先锋性的小剧场戏剧改编，如抗战时期、20世纪80年代的戏剧家基本上主张现实主义改编，而到了20世纪90年代，一些编剧受西方现代主义戏剧思潮的影响，倾向于运用现代主义手法将鲁迅小说改编为具有实验性或先锋性的小剧场戏剧，如刁亦男改编的先锋戏剧《阿Q同志》，林兆华改编的实验话剧《故事新编》，郑天玮改编的实验话剧《无常·女吊》，张静改编的小剧场实验昆剧《伤逝》，张广天改编的民谣清唱史诗剧《鲁迅先生》等。另外，编剧自身的戏剧素养也会影响到改编的不同，如一生钟爱戏曲，身为河南省曲剧团编剧的陈涌泉根据其深厚的曲剧素养将鲁迅的两部名著《阿Q正传》和《孔乙己》改编成曲剧《阿Q与孔乙己》，于1996年由河南省曲剧团公演之后，广受好评，载誉众多。

除以上因素之外，编剧个性化的阐释会直接影响到改编的面貌。鲁迅小说中有些作品都被多次改编过，如《阿Q正传》《狂人日记》《伤逝》《祝福》等。就《阿Q正传》来说，被正式改编为戏剧就有十余次之多，比较有名的改编本有陈梦韶改编的话剧《阿Q》、许幸之改编的话剧《阿Q正传》，田汉改编的话剧《阿Q正传》，陈白尘改编的话剧《阿Q正传》，梅阡改编的《阿Q正传》，陈涌泉改编的曲剧《阿Q与孔乙己》等，十几部《阿Q正传》各具特色，充分彰显了编剧话语的个性化创造。身为编剧和导演的梅阡即曾强调改编者见解对于改编的重要性，他指出，就戏剧改编而言，"一切只是原原本本不敢越雷池一步，那是很难完成改编任务的。如果只是把小说中的人物情节不增不减一字不易地搬来，只在编排拼凑上下功夫，那改编者的见解，处理与创造又如何体现呢"①。

再次，鲁迅小说的戏剧改编关键受制于戏剧艺术的媒介及其所形成的戏剧艺术特性。小说与戏剧这两种艺术互有差异的根源在于，它们进行艺术创作的媒介不同。小说是用文字语言塑造形象的艺术形式，艺术媒介（材料）是叙述性文字语言，而戏剧是由演员扮演角色并当众表演的艺术形式，以演员的表演作为主要表现媒介，演员的创造性表演是戏剧的核心媒介。小说所依赖的媒介是"物"，戏剧所依赖的媒介是"人"。核心媒介如果改变，那么艺术的特性也就不存在了。正因为小说与戏剧两种艺术媒介不同，两种艺术具体在创作与接受、时空的品格与设置、艺术技巧、艺术效果等诸方面存在着明显的区别，所以改编者将鲁迅小说改编为戏剧，不管忠实度如何，都要根据戏剧的艺术特性去改编，在原著的基础上进行再创造，使之符合戏剧的审美特点。众所周知，鲁迅小说的情节性并不强，更无明显矛盾冲突，但戏剧改编往往使故事情节更为具体丰富，有意加强了故事情节中人物的矛盾冲突，甚至使矛盾冲突十分尖锐。对戏剧而言，没有冲突就没有戏剧。戏剧是由演员与观众的直接交流来产生审美效果的，它以演员的现在动作为媒介，用直接可闻可见的逼真形态诉诸观众的视听。由于演出时空的限制，观众在剧场中的审美期待就并非是那些在小说中能够比较平静接受的东西，冲突于是成为戏剧的核心，是一切戏剧的主要力量。矛盾冲突能够造成观众紧张的心理，能够激起观众强烈而热情的反应。因此，鲁迅小说的戏剧改编者往往会通过增加矛盾对立双方的人物或是增加故事本身的葛藤和纠纷来加剧矛盾冲突。

许幸之于 1937 年改编的《阿 Q 正传》不仅基于原著进行了发挥，而且有"偏重女脚"之嫌。许幸之"在原著的暗示之中，或从原著的

①　梅阡：《咸亨酒店》，第 87 页。

可能性之内，增加了故事本身的葛藤和纠纷"，从而使该剧在舞台上呈现出更强烈的戏剧性效果。许幸之如此改编，与其对戏剧本质特征的认知有直接关系。他认为，根据戏剧的突出特征——"人间意志的斗争"和"没有斗争，就没有戏剧"，"剧作者的任务并不在于忠实原著"，"剧作者，要使原著在获得多数的读者之外，获得更多数的观众，这才是剧作者忠实于原著的唯一方针，因此，我的改编《阿 Q 正传》的剧本，是大胆地在这方向之下进行着我的计划的"。可见，许幸之改编的原则在于体现戏剧的本质特征——矛盾斗争。许幸之改编所追求的"忠实"不是对原著的忠实，而是获得更多的观众，这正是戏剧演出的目的。

可见，鲁迅小说的戏剧改编者即便有再多的想法，也要在改编时遵循戏剧艺术的特性，将改编内容融入戏剧艺术的表达中，所以，改编者一般会选取小说中有利于视觉化的文字语言，并进行符合戏剧艺术特性的改编，而对于戏剧不容易呈现的心理描写则往往省略。通过本体透视，艺术媒介的不同使小说与戏剧在诸多方面存在着差别，具有相异的艺术特性。因此，鲁迅小说的戏剧改编也会因为媒介的转换而呈现出与小说原著不同的戏剧艺术审美特点，由此带来人物塑造、故事情节、思想内涵、风格形式、艺术效果等方面的不同。显然，要想客观公正地评价改编就不能仅仅从是否忠实于原著的标准上去评价，还应该从被改编成的艺术形式的审美特点去衡量一部改编作品的价值和意义。

综上所述，鲁迅小说的戏剧改编尽管会引发争议，但从演出效果来看，往往反响强烈，广受观众欢迎。这不仅在于戏剧艺术的直接审美效果、改编者的专业性和谨慎认真的态度、鲁迅所担心的三个问题不复存在、名著效应和经典的魅力，还在于戏剧改编者将鲁迅小说舞台化过程中以观众接受为核心的制约因素所形成的改编机制。

# 第五章

# 鲁迅小说的戏剧改编与原著的关系

关于改编，《中华人民共和国知识产权法》进行了明确的规定。"改编是指以原作品为基础，对原有形式进行解剖与重组，创作新的作品形式的行为。改编是一种再创作，不是原创，故又称为演绎制作、二度创作、派生创作以及衍生创作。""改编者将作品经再度创作赋予新的形式，改编者对这种新的形式享有新的著作权。""改编完成的新作品，是原作和派生创作双重创作活动的产物。"① 由此可见，（改编换一种形式要遵循艺术规律，知识产权法）改编并非照抄照搬，即使是再遵循原著的改编，也不可能对原著没有任何改动。但是，改编作品不管采取何种表现形式都是基于原作的创作，应尊重原作精神，符合原作的基调和风格，不能对原作思想内容进行篡改或歪曲，否则就是侵犯原作品修改权和保护作品完整权的行为。改编如果脱离原作就不能独立存在。

就与原著关系而言，鲁迅小说的戏剧改编并非十分成功。虽然改编本就属于再创作，即使是同一剧本被不同的剧团、剧院导演、表演，也有不同的演绎。如中央实验话剧团、江苏省话剧团、辽宁人民艺术剧院都曾排演过陈白尘改编的话剧《阿Q正传》，但它们在进行二度创作时，由于各自遵循的美学原则和艺术风格不同，对剧本的理解不同，最

---

① 刘春田主编：《知识产权法》，第74页。

后呈现出来的演出也各具特色。但是，戏剧改编若是并没有扩大鲁迅的
影响，尊重或拓展原著的内涵，反而扭曲了原著精神，那么对于传播鲁
迅来说，事实上也就丧失了意义。本文将从人物形象、故事情节、思想
精神、艺术形式等方面，对鲁迅小说的戏剧改编与原著进行比较分析，
透视两者之间的内在关系以及鲁迅小说戏剧改编的得失，以便提出改编
的建议和思考。改编体现了改编者什么样的阐释，这样的阐释与原文本
关系如何，又在何种程度上体现着与时代、社会、文化、传统、文学、
批评等之间的互文关系。

## 第一节　戏剧改编对鲁迅小说人物形象的创造

　　鲁迅小说中人物形象个性鲜明，每个人物形象都被赋予了独特而深
厚的意蕴，戏剧改编对鲁迅小说人物形象准确的呈现，实际上就是对原
著精神的呈现。但是，戏剧改编对鲁迅小说的人物往往会进行再创造，
从而使改编后的人物形象与原著存在着很大差异，主要表现在以下几个
方面。

### 一　增添亮色

　　鲁迅小说的人物给人印象最深刻的一点就是愚昧麻木、至死不觉悟
的灵魂，但是戏剧改编在人物形象塑造上往往会增添许多亮色。就话剧
改编而言，梅阡改编的《咸亨酒店》、陈白尘改编的《阿Ｑ正传》、田
汉改编的《阿Ｑ正传》等都着意增添了亮色。梅阡改编本将鲁迅《药》
中对为革命而牺牲的儿子毫不理解的愚昧无知的夏瑜母亲，创造性地塑
造成不仅理解而且支持儿子革命事业的深明大义的现代母亲。另外，梅
阡使孔乙己在临死之前也像狂人一样觉悟到黑暗社会"吃人"的本质，
还特意虚构了木生这一亮色人物，他老实本分、仗义执言、富有同情
心，不畏流言热心帮助祥林嫂，但最终被污蔑为强奸而押送县衙。陈白

尘在改编中删去了鲁迅对比狼眼睛更可怕的看客眼睛的描写；将原著中势利的土谷祠老头子塑造得有情有义；使阿Q在土谷祠革命之梦中并未像原著一样将小D、王胡统统杀掉，而是能够分清敌友的界限。田汉改编本在人物形象塑造上增添亮色之处就更多。由以上可见，编剧增添亮色，有的在原著人物形象基础上有所改变，有的则完全重新塑造人物形象。

改编者在人物形象塑造上增添亮色是有所依据的，而这一依据即源于鲁迅。正像梅阡说的那样，对原著中某些人物，"作了一些相应的发展，这无非是照鲁迅先生之意，使作品比较显出若干'亮色'"①。陈白尘也曾发表过这样的言论。鲁迅在《〈呐喊〉自序》中确实坦言："我往往不恤用了曲笔，在《药》的瑜儿的坟上平空添上一个花环，在《明天》里也不叙单四嫂子竟没有做到看见儿子的梦，因为那时的主将是不主张消极的。至于自己，却也并不愿将自以为苦的寂寞，再来传染给也如我那年青时候似的正做着好梦的青年。"②鲁迅在《南腔北调集·〈自选集〉自序》中也表达了类似的意思："但为达到这希望计，是必须与前驱者取同一的步调的，我于是删削些黑暗，装点些欢容，使作品比较的显出若干亮色，那就是后来结集起来的《呐喊》，一共有十四篇。"③虽然鲁迅在小说中会"显出若干亮色"，但是戏剧改编作品中所呈现出来的"亮色"，多数与鲁迅的本意并不相符，甚至相悖。

梅阡在《咸亨酒店》中完全颠覆了原著中夏瑜母亲的形象。原著中的夏瑜母亲是一个为儿子因革命而死感到羞愧、与儿子隔膜至深的无智识母亲，被称为"夏四奶奶""老女人"。而戏剧改编中的夏瑜母亲则被尊称为"夏老太太"，从小即教育夏瑜学习仁人烈士，以身报国，并赞赏其以杀身成仁为旨归的诗作，在夏瑜即将被杀头时表现出革命英雄母亲的凛然正气："瑜儿，生当作人杰，死亦为鬼雄。你去吧，娘不

---

① 梅阡：《咸亨酒店》，第86页。
② 《鲁迅全集》第1卷，人民文学出版社2005年版，第441—442页。
③ 《鲁迅全集》第4卷，人民文学出版社2005年版，第468—469页。

后悔。拿酒来!"① 鲁迅在谈到自己为什么提笔写作时，曾指出是为了给身在寂寞中的战士们呐喊助威，但"在这中间，也不免夹杂些将旧社会的病根暴露出来，催人留心，设法加以疗治的希望"②。可见，鲁迅使作品显出亮色，是缘于遵奉当时革命前驱者的命令，但是鲁迅提笔的目的还是暴露病根，引人疗治，所以改编中增加太多的或不适合的"亮色"，就会歪曲鲁迅的本意。人物形象被拔高，会使原著中人物形象所包蕴的悲剧性不复存在或是悲剧性大打折扣，从而改变鲁迅所塑造的人物性格及作品的深刻意蕴。

## 二 人物的嫁接与整合

在鲁迅小说的戏剧改编中，对原著人物之间进行嫁接与整合是编剧和导演常用的改编方法。戏剧改编对原著人物进行嫁接和整合，往往出于对戏剧场景的限制和尽可能多地展现鲁迅小说人物精彩刻画的考虑，采取集中叙事，既可以节省人物，又能够使人物形象更为丰富。但总体来看，很少有戏剧改编对原著人物的嫁接与整合不会影响到原著人物本身的性格和思想意蕴，更多的则会违反原著人物性格发展的逻辑，影响原著思想意蕴的准确表达。如，梅阡改编的《咸亨酒店》将鲁迅小说《祝福》里"我"回答祥林嫂疑问的话嫁接到孔乙己的身上，虽然这在戏剧表演的角色上很简省，但却使原著人物身份和性格都发生了改变，人物形象变得模糊不清，性格存在着明显的矛盾。原著中的"我"是一个新式知识分子，而孔乙己是旧式知识分子，将两者嫁接在一起，显然不协调。原著中被鲁四老爷赶出家门成为乞丐，已经对魂灵的有无产生动摇的祥林嫂之所以会很信任地向"我"发问，是因为在她看来"我"是一个"识字的，又是出门人，见识得多"（鲁迅:《祝福》），作为新式知识分子的"我"本来毫不介意灵魂的，但出于善心却做出

---

① 梅阡:《咸亨酒店》，第44—45页。
② 《鲁迅全集》第4卷，第468页。

似是而非的回答，而这"善心"在祥林嫂死后则化作"我"的"内疚"。原著中孔乙己虽然也是读书人，也表现有善良的一面，但旧式知识分子的本质使孔乙己不可能对魂灵、地狱的有无，以及死去的一家人能否在阴间见面的问题也作出如同"我"一样的回答。梅阡让孔乙己与祥林嫂这两个在原著中相错三四十年的人物在一个舞台上相遇，本来就有违鲁迅所设置的时代背景，又让孔乙己代替"我"回答祥林嫂的三问，显然不符合人物性格发展的逻辑，造成原著人物形象混乱，成为"四不像"人物。

除了嫁接之外，对原著人物之间进行整合也是常用的改编方法。由于戏剧场景的限制，改编者往往采取集中叙事，将原著中本为两人及以上的动作集中在一人身上完成。有的改编对原著人物进行整合同样并不合适，有违鲁迅本意，甚至令人无法接受。如，由曾力、郭文景编剧，郭文景作曲的独幕歌剧《狂人日记》将原著中的医生何先生这样一个老头子与狂人质问的一个二十岁左右的年轻人合二为一。虽然这在戏剧表演的角色上更为简省，但也忽视了鲁迅所表达的深厚思想。鲁迅意在表现不管是老头子还是年轻人都是吃人的一伙，封建社会吃人的意念和行为早已浸染了所有的人，代代教传，如今已难见真的人。而整合之后的人物显然不能表现出鲁迅的这一意图，以及老头子和年轻人这两类吃人的人的不同特点。

但是，有的改编对原著人物进行整合还是比较合理的。如，梅阡改编本将鲁迅小说中狂人与疯子这两个人物合为一人。梅阡说："当我构思《咸亨酒店》剧本时，最早在我头脑中活起来的便是'狂人'这一艺术形象。他具有极大的吸引力，使我非写他不可，而且要成为戏中的主要人物之一。狂人，我是把《狂人日记》中的狂人和《长明灯》里的疯子合而为一的。"① 这种改编，确实可以在时空有限的戏剧舞台上

---

① 梅阡：《咸亨酒店》，第 87 页。

使人物形象更为丰富，但也必须在人物性格相似的前提下才能整合，狂人与疯子在精神上都表现出疯狂、执着、无畏的一面，他们都是鲁迅用以向封建传统势力宣战的主要人物，因此，将这两个人物整合在一起基本符合原著精神。

另外，最早将鲁迅小说改编为戏剧的陈梦韶对原著人物也进行了整合，整合使人物更为集中，并未涉及一些本质上的改变。陈梦韶在改编的《阿Q剧本》第五幕衣锦还故乡中，将原著中秀才说的话"价钱决不会比别家出得少"，赵太太说的话"我要一件皮背心"，以及秀才娘子的神情"忙一瞥阿Q的脸，看他感动了没有"，均整合在一起由赵太爷完成。至于为何要将这些叙事元素集中起来由赵太爷一人完成，陈梦韶解释道："第五幕'衣锦还故乡'所选择的景地是一间村中的酒店，一般酒客、王胡甚至邹七嫂、赵太爷都有到那里去的'可能性'，至于那个'忙瞥了阿Q的脸，看他感动了没有'的秀才娘子，恐怕就不能够到了酒店中做起这么肉麻的表情来罢。然而这种肉麻的表情是不可少的，于是就将这种表情派给一位比较能有到酒店去的'可能性'的赵太爷去表现出来。"① 陈梦韶的考虑不无道理。陈梦韶改编本每幕的人物都比较精简，酒店的酒客也只分为A、B、C三个角色，实际却承担了原著中闲人、酒客等的角色功能。

事实上，鲁迅小说一篇有一篇的人物个性及特殊意义，如果改编不考虑人物性格的独立性和完整性，将原著不同人物随意进行嫁接或整合，就会使原著人物性格受到损害，使原著思想意蕴发生改变，难以产生原著人物感人至深的艺术效果。

## 三 强化人物某一性格特点

戏剧改编对鲁迅小说人物形象的再创作也表现在原著基础上进一步

---

① 陈梦韶：《写在本剧之前》，载陈梦韶《阿Q剧本》，第6页。

丰富人物形象，强化、突出人物某一方面的性格特征。基于原著的暗示和可能的发展空间，改编者对鲁迅小说进行戏剧改编时往往会利用细节丰富原著人物形象，以增加戏剧性，凸显矛盾冲突。关于赵太爷这个人物形象，鲁迅的《阿Q正传》只是从吴妈与阿Q的闲谈中，透露出赵太爷"要买一个小的"好色的本性之外，并没有对赵太爷与其他女人的纠葛有任何交代，戏剧改编却多以此为出发点，创造一些细节，进一步强化赵太爷好色的腐朽本质。如陈白尘改编的话剧《阿Q正传》，吴妈在与阿Q聊天的话里即暗示赵太爷与他自己的儿媳妇偷情，少奶奶怀的孩子"晓得那是他孙子还是儿子"①。陈白尘借女佣吴妈之口展现赵家乱伦的复杂男女关系，暴露当时统治势力的肮脏与罪恶。陈家和在改编的河北梆子《阿Q正传》中也增加了赵太爷调戏吴妈的情节，以此表明阿Q调戏吴妈虽然不对，但情感毕竟是真诚的，比起那些道貌岸然的封建统治者来说要可爱、可怜得多。梅阡改编的《咸亨酒店》同样呈现了赵太爷淫乱的罪恶，赵太爷暗地里勾搭吴妈，与吴妈私下有染，因为偷偷给吴妈打了个包金的簪子被大太太发现而大吵三天三夜，后来大太太嫉恨吴妈，找茬将吴妈痛打一顿，吴妈于是上吊而死。

许幸之改编的话剧《阿Q正传》更是充分地表现了赵太爷的好色本质。赵太爷倚仗自己有钱有势任意糟蹋女人，他不仅与杨二嫂勾搭，将小丫头凤仙收房，而且致吴妈怀孕，将此事嫁祸于阿Q，把吴妈撵出家门，甚至连工钱也不给。许幸之为了强化戏剧冲突，突出统治势力的罪恶，还虚构了假洋鬼子淫荡无耻、卑劣阴险的言行。假洋鬼子除了与赵家大少奶奶通奸之外，还用洋货勾引小尼姑，最后把罪恶也都推到阿Q身上。可以说，这些虚构的关于赵太爷的细节是符合艺术真实的。许幸之认为编剧的任务并不在于遵循原著，而在于如何使原著主题明朗化；使故事发展有规律；加重人物的纠纷、葛藤；展开人物之间斗争的

---

①　陈白尘编剧：《阿Q正传》，第23页。

场面；使人物个性明显而具有典型性；使全般的戏剧成为舞台艺术的形象化；使原著向着另一方向的舞台领域发展。① 从许幸之的出发点来说，他显然更注重作为小说的原著转换为戏剧艺术形式后所体现出来的戏剧审美特征。以上改编对于赵太爷的虚构虽然符合原著人物性格，能够使人物形象更加丰富，加深人物在观众心目中的印象，但也有违鲁迅反对改编"偏重女脚"的意见。

## 四 改写人物

戏剧编剧有时会按照改编所重新赋予的意蕴，对鲁迅小说中的人物进行改写。陈梦韶改编本中的吴妈有四五十岁，陈梦韶如此设计吴妈的年龄，是想表现出阿Q对吴妈的求爱实际上是对吴妈的同情，同情吴妈像他一样，劳苦一辈子的穷人没有出头之日，没有子孙后代。剧中，当阿Q不无同情地说："难道你自己不望将来有了好子孙不成？"吴妈则苦笑着说："'朽木头长不出连理枝'。我这样四五十岁的老木头了，还敢希望有什么的。"② 陈梦韶在原著基础上增加这些对话，将阿Q向吴妈求困觉的举动归为对吴妈的同情，"他对于那'同病相怜'的吴妈，又未免要抢前便跪了下去，希冀她也许会受感动的"③。关于吴妈的年龄，鲁迅在小说中没有言明，但根据鲁迅对土谷祠之梦的描写可见，阿Q对女人实际上是非常挑剔的："赵司晨的妹子真丑。邹七嫂的女儿过几年再说。假洋鬼子的老婆会和没有辫子的男人睡觉，吓，不是好东西！秀才的老婆是眼泡上有疤的。"在阿Q眼中，吴妈除了脚太大之外，应该长相不错，年龄与其相当，思想传统。鲁迅曾在《寄〈戏〉周刊编者信》中发表意见说，阿Q应该在三十岁左右。那么，吴妈的年龄应该在三十岁左右为好，陈梦韶在改编中将其定为四五十岁，其意

---

① 许幸之编剧：《阿Q正传》，第7页。
② 陈梦韶：《阿Q剧本》，第27页。
③ 陈梦韶：《写在本剧之前》，载陈梦韶《阿Q剧本》，第11页。

图是为阿Q跪求吴妈困觉寻求一个更为合理的解释，这不仅是源于人的性本能，源于传宗接代以图死后被供养的传统观念，还源于同为穷苦人的同情之心。然而，原著中，阿Q是没有这种同情之心的。

另外，鲁迅小说的戏剧改编几乎都或多或少地表现了人物的觉醒，这是人物改写尤其引人注目的一个方面。如陈涌泉改编的曲剧《阿Q与孔乙己》中就赋予了孔乙己觉醒的意识。就人物性格而言，孔乙己能脱掉长衫换酒为阿Q送行显然已经不再是鲁迅笔下的孔乙己了，即使孔乙己的性格中有善良的一面，但我们显然不能把此举仅仅理解为善良本性使然，他有了觉醒的意识，他清醒地意识到伪革命党的伎俩——画圈即意味着死，他将阿Q的死和自己的生视为"百步"和"五十步"，最后悲叹长号：在这个黑暗的世道上生存，"死不如生；生，还不如死啊"①。孔乙己充当了阿Q行刑时麻木看客中唯一清醒之人。

## 五 为人物取名

鲁迅一向不主张剧本专化，包括小说中的人名，鲁迅在小说中指明人物姓名的很少。因为鲁迅一方面不想给那些"才子学者们"穿凿的机会，另一方面也使读者不至推诿，能够反省自身。但有的戏剧改编却有违鲁迅这一创作的苦心，如孔乙己在原著中没有名字，鲁迅在小说中交代："他姓孔，别人便从描红纸上的'上大人孔乙己'这半懂不懂的话里，替他取下一个绰号，叫作孔乙己。"正因为这样，编剧们就有了想象的空间，有了给孔乙己取名的机会，如沈正钧在改编的越剧《孔乙己》中将其取名为"孔逸举"，古榕在改编的话剧《孔乙己正传》中将其取名为"孔少成"。当然，编剧在给"孔乙己"取名赋予一定寓意的同时，也减弱了原著人物本身所具有的悲剧性。

---

① 陈涌泉：《阿Q与孔乙己》，《剧本》2002年第2期。

### 六　删减人物

关于删减人物，这在戏剧改编中是很常见的做法，因为戏剧讲究集中叙事。但是如果，删减不当，则会影响原著思想意蕴的表达。陈梦韶在改编的《阿 Q 剧本》衙门大堂上下的主要人物就判官一人，而非原著中的把总和举人老爷，这样删减人物之后就不能表现出封建势力的自私与矛盾。

## 第二节　戏剧改编对鲁迅小说故事情节的重构

戏剧改编对鲁迅小说的故事情节几乎都进行了重构，只不过改动的幅度大小不同而已。即使是誊写式改编，在故事情节上也还是进行了再度创作。戏剧改编对鲁迅小说故事情节的重构，基本上采取三种方法，一是删减，二是增添，三是改写。戏剧改编对鲁迅小说故事情节进行不同侧重的演绎、再创造，其思想主题也会有不同的侧重。因为鲁迅小说除了《阿 Q 正传》的篇幅较长、故事情节较为复杂之外，其他小说篇幅均较为短小、故事情节简单且发展迅速，所以戏剧改编对鲁迅小说故事情节的重构，运用最普遍的方法就是增添，即对鲁迅小说中言简意赅的地方和空白之处加以具体而丰富地展现。这主要体现在两个方面：一是在原著基础上拓展或增加故事情节；二是创设和加剧故事情节中人物的矛盾冲突。

### 一　在原著基础上拓展或增加故事情节

鲁迅小说叙事一向精简含蓄，而戏剧改编在叙事上则更为具象而明确。编剧常常会在鲁迅小说具有戏剧性、能够引起观众兴趣的地方充分发挥想象，在叙事空白之处做文章，根据思想主题的需要拓展或构筑新的情节内容。剧作家沈正钧对从小说到戏剧的改编有着深刻的体会，他认为："小说以'计白当黑'的高超笔法，给人留下想象的空间。从小说到剧本，无疑需要利用这个空间来补充、演绎，重新生成舞台动作。"① 鲁迅的《阿Q正传》对阿Q在监狱里的情形只是一带而过，十分简单地交代了同狱的两个囚犯似乎是乡下人的身份，以及三人被囚禁的原因。然而，戏剧的编剧和导演却对阿Q在监狱里的情形大写特写，拓展和创造情节内容，用一个场景，甚至两个场景去具体展现。田汉改编本将最后一幕的场景专门设在监狱——绍兴府监狱的一角。田汉不仅将监狱里的人由原著中没名没姓的两个人增加到均有姓名的六个人，而且别具心思地将这六个人的身份设置为更为多样的三种类型，除了穷苦人之外，还有真正的革命党和看透社会吃人本质、受迫害的"狂人"。田汉使这六个人关押在一起，一方面借监狱集中展现了当时众多受苦受难的灵魂，凸显社会的黑暗，表达强烈的反封建主题；另一方面制造这三种人相互了解的机会，拉近他们之间的距离，唤起民众的觉醒。田汉对阿Q在狱中故事情节的虚构，使原著的思想主题发生了明显的变化。陈白尘的改编本则将阿Q在监狱的情形分为两个场景详细展示，将监狱里的囚犯扩展到十来个人，并增设了"笼头"。阿Q在狱中备受欺凌，临上法场已被其他囚犯和看守红眼睛阿义剥削殆尽。添加这些情节内容，陈白尘意在以笑声将阿Q推向悲剧的结局，这与鲁迅对阿Q命运书写风格是一致的。

由鲁迅小说中的一点晕染开来，拓展故事情节是很常见的戏剧改编方法。鲁迅在《祝福》中对祥林嫂再嫁的情况仅仅通过卫老婆子与四婶的谈天透露一二，谈得较多的就是祥林嫂拜堂时极力反抗撞破了头，后面的事情就只进行了概述，读者所了解到的是大致的情况：祥林嫂生了一个儿子，过得还不错，男人有力气会做活，但后来死在伤寒病上，儿子又被狼吃了，大伯来收屋，将祥林嫂赶出家门。至于祥林嫂因撞破

---

① 沈正钧：《剧本〈孔乙己〉后记》，《剧本》1999年第6期。

头第二天未起床到后来起来了这个过程,鲁迅只字未提。而戏剧改编却对这一叙事空白的戏进行了充分的挖掘,如吴琛等改编的越剧《祥林嫂》就将这一段的戏演绎得十分动人。贺老六面对醒后不停哭骂,执意要走的祥林嫂真诚地相劝,并坦言自己的苦闷:一是自己并不知晓媒人卫老癞未征得祥林嫂自愿再嫁的意见;二是自己为娶妻所花的"八十千"半是积蓄半是借,如果祥林嫂走了,自己不仅要负债累累,而且今生休想再能娶妻。

可见,戏剧改编在原著基础上拓展故事情节,可以造成原著思想主题和写作风格的偏差,也可以强化原著的思想主题和写作风格。增加故事情节,同样如此。

陈梦韶在改编的《阿Q剧本》第五幕未庄一家酒店里酒客的聊天中,增加了他们谈及革命党孙文、黄兴的内容。酒客们对革命党的新闻尽管了解较多,但在讲述时明显表现出愚昧与无知。酒客A说:"孙文这个人真好利害呀!"酒客B说:"听说还有一个黄兴,也是了不得的人呢!"酒店主则讲述了黄兴带领七十多个壮士攻打广东总督衙门(称为"黄花岗起义")失败后,传奇性逃脱被斩首的命运,成为唯一幸存者。对于黄兴如何逃脱的,酒店主神乎其神地说:"这黄兴实是齐天大圣的化身,把身一摇,不知跑到那儿去了。听说他比孙文还利害呢。"①酒客A又讲述了孙文因起义失败被清朝皇帝悬赏通缉流亡海外,在英国被清廷特务缉捕入中国使馆,后来在其英国老师康德黎的全力营救下脱险这一事件,但他将英国说成"红毛番国",将英国人称为"红毛"。陈梦韶添加这些叙事元素除了为从城里回来的阿Q出现做准备和展现闭塞未庄人的愚昧之外,最重要的意图应该在于交代故事发生的特殊历史背景,为后文辛亥革命发生、革命党进城造势,使观众更加明确故事的时代背景。但在原著中,关于革命党的这些传言都是没有的,虽然这

---

① 陈梦韶:《阿Q剧本》,第65—66页。

些都是当时十分著名的历史事件。在鲁迅笔下，未庄人很少上城，关于革命党的听闻是很有限的，他们眼中的革命党"个个白盔白甲"，都"穿着崇正皇帝的素"，而这正是鲁迅写这篇小说的意义所在，鲁迅意在表明辛亥革命严重脱离农民的事实，所以，对于黄兴黄花岗起义和孙中山伦敦蒙难事件，未庄人应该是不知晓的。

## 二　加剧故事情节中人物的矛盾冲突

总体来看，鲁迅小说故事情节中的人物矛盾冲突并不强烈。鲁迅小说一向注重人物性格塑造，淡化故事情节，没有明显的矛盾冲突。鲁迅小说尽管存在人物矛盾对立的关系，但却是在一个人与一群人之间极不对等不平衡的特殊关系，由于人物力量的悬殊，故事情节的矛盾冲突并不明显。而戏剧改编则往往使故事情节更为具体丰富，有意加强了故事情节中人物的矛盾冲突，甚至使矛盾冲突十分尖锐。对戏剧而言，没有冲突就没有戏剧。一个剧本"情节可以是简而明的、直线发展的、没有系结与错综纠纷的；但它必须表现斗争，必须显示各种斗争着的愿望的冲突。这就表明了小说与戏剧之间的明显区别"①。对于观众而言，他们"希望看到争斗，一争到底的争斗"②。综观鲁迅小说的戏剧改编，编剧加剧矛盾冲突的主要做法有：一是增加矛盾对立双方的人物；二是增加故事本身的葛藤和纠纷。

在鲁迅小说中，我们常常深感个人与个体独占众数的悲哀，但戏剧改编则尽力改变了这种极不对等的人物关系，只不过增加的人物数量不同而已。在鲁迅的《阿Q正传》中，阿Q这一人物是令人可笑而又可悲的，自始至终没有获得一人同情。戏剧改编则改变了小说中众人与阿Q这一冰冷透骨的关系，重置了吴妈与赵太爷和阿Q的关系，改编基本上都将吴妈安放在与赵太爷对立，而对阿Q施以同情的一面。许幸

---

① ［美］布·马修斯：《怎样写剧本》，载罗晓风选编《编剧艺术》，第74页。
② ［美］布·马修斯：《怎样写剧本》，载罗晓风选编《编剧艺术》，第74页。

之改编的《阿Q正传》在吴妈与赵太爷之间展开的矛盾冲突可谓是最
为强烈的，两者的冲突均为在公开场合的正面冲突。一是在未庄咸亨酒
店，吴妈揪住赵太爷的衣领，要与玷污了其清白又要将其撵出未庄的赵
太爷拼命，为同自己一样被赵太爷糟蹋的众多女人复仇。这一故事情节
充分塑造了吴妈泼辣、强悍的性格。二是在县衙大堂上，吴妈愤然控诉
赵太爷致其怀孕却不负责任，反而嫁祸给阿Q并将其赶出赵家的无耻
之举，公然斥责赵太爷为"老畜生""强盗"。这一故事情节虽也表现
出吴妈强烈的反抗精神，但在吴妈身上糅进了鲁迅《离婚》中爱姑的
影子，在县官面前吴妈也表现出胆怯、畏惧的一面。吴妈对赵太爷之类
有钱有势、将罪恶嫁祸他人、连强盗都不如的人疾恶如仇，而对于阿
Q，则表现出极大的同情。在最后一幕大团圆中，吴妈自觉地到刑场为
阿Q送终、痛骂起哄让阿Q唱戏的王胡等人、给阿Q喂水、为阿Q
饮泣。

　　陈涌泉改编的曲剧《阿Q与孔乙己》不仅增加了赵太爷调戏吴妈、
吴妈反抗的故事情节，而且增加了阿Q被押赴刑场途中吴妈为阿Q送
行两人表达相爱心意的故事情节。以下是赵太爷调戏吴妈的剧情①，以
及阿Q与吴妈两人展开的内心世界对话②：

（一）

　　吴妈上。赵太爷潜随。

　　赵太爷　（欲抱吴妈）吴妈。

　　吴　妈　（大惊）老爷！你——

　　赵太爷　啥"老爷"，我还不老，吴妈呀——（唱）

　　　　　　我不老，看见你心中似猫咬，

　　　　　　我不老，想起你半夜睡不着；

---

①　陈涌泉：《阿Q与孔乙己》，《剧本》2002年第2期。
②　陈涌泉：《阿Q与孔乙己》，《剧本》2002年第2期。

我不老，凭功夫我还能娶两房小，

我不老，快随我红罗帐里度春宵。

吴　妈　（躲）老爷，咱还是正经些。

赵太爷　"正经"都是让旁人看的。这会儿又没旁人，别正经
　　　　了，来吧！（扑向吴妈）

吴　妈　（急中生智，冲内叫）阿Q！

阿Q内应。

赵太爷　哼！（悻悻下）

（二）

阿　Q　（唱）可记得半年前的那一晚？

吴　妈　（唱）一桩桩一幕幕如在眼前。

阿　Q　（唱）我爱你确实是真心一片，

吴　妈　（唱）我对你也并非冷心冷肝。

阿　Q　（唱）为什么你不愿吐露真言？

吴　妈　（唱）非不愿，实不敢，有苦难言。


　　事实上，鲁迅小说并未表现出吴妈与赵太爷之间在性关系上的矛盾
冲突，也并未表现出吴妈对阿Q的同情态度，相反是极其冷漠的，在
赴刑场的路上吴妈只是众多看客中的一个，似乎连看阿Q一眼都未看，
只是专注地看着兵士背上的洋炮。但戏剧改编却对三者关系的重置表现
出相当大的热情，编剧通过创造具体故事情节重新演绎这三者的关系，
使吴妈作为一个同阿Q一样的底层民众敢于反抗赵太爷，同情阿Q，这
无疑削弱了鲁迅在小说中所表现的阿Q悲剧的深度，以及批判看客冷
漠、麻木的力度。而且有的戏剧改编创造出来的故事情节相当出格，过
分在吴妈和阿Q的情爱上做文章。如毛世杰编剧、崔智慧导演的小剧
场话剧《圈》，吴妈在阿Q临死前探监，以身相许，与阿Q在狱中圆
房，如此故事情节确实令人感到荒唐，直接颠覆了原著。

戏剧改编除了改变原著中矛盾对立关系人物的数量，还会将鲁迅小说其他篇目中同一阶级人物增加进来，甚至创造崭新的人物，以形成势均力敌的两大矛盾对立群体。随着人物关系的变化和人物数量的增加必定会带来故事情节的变化，增加故事本身的纠葛，使矛盾冲突更为集中、强烈。田汉在改编的话剧《阿Q正传》中不仅将矛盾冲突集中在苦难民众和封建统治势力之间，而且大大加强了冲突双方的力量，从而使矛盾双方的冲突尖锐而激烈。田汉将苦难民众一方人数在原著基础上扩大了两倍多，可谓是戏剧改编中增加人数最多的，除了原著中的阿Q、小D、王胡、吴妈、小尼姑、老尼姑等，又增加了鲁迅其他小说中的同类人物单四嫂、孔乙己等十余人，还虚构了陈菊生、徐二虎、刘子贵等下层人物，另外还添加了吴之光、马育才这两个革命先驱人物。对于封建统治势力，田汉在保留原著赵太爷、钱大少爷等人基础上主要增加了处于暗场的皇上、县太爷、张委员、丁举人，以及处于明场的《风波》中赵七爷这个封建老朽。田汉围绕这两大矛盾对立的群体，重新构设故事情节，不仅将众多底层人物的苦难集中呈现出来，而且将他们的苦难均与赵太爷等封建统治势力瓜葛在一起，另外，增加了苦难民众之间的对话，展现出他们相互间真挚纯朴的同情、关爱之心，以及他们不满社会黑暗现实、强烈要求改变现状的愿望。田汉在苦难者和制造苦难者之间全面开展冲突，并使冲突愈演愈烈，苦难民众的反抗最终由自发反抗发展为由革命党和先觉者领导的自觉反抗，他们为封建统治者和伪革命党谋杀无辜的阿Q罪行而愤怒，要求释放阿Q，并垂首为阿Q致悼。由此可见，田汉改编本完全改变了阿Q在鲁迅小说中孤立无援的悲惨处境，以及阿Q在极度冷漠、阴森恐怖围观中死去的令人感到绝望的思想意蕴。

像田汉改编本这类采取组接式改编方法将多篇鲁迅小说中的人物和故事情节组合嫁接在一起的戏剧改编之作，不仅增加矛盾对立双方人物的数量，而且增加故事本身的纠葛，从而使矛盾冲突更为集中、强烈。

梅阡改编的话剧《咸亨酒店》以《长明灯》《狂人日记》《药》为主，并择取《明天》《孔乙己》《祝福》《阿Q正传》中的人物和情节，组接在一起，本就使剧情更为丰满、复杂，又增加了原著中不存在的葛藤与纠纷，从而强化了冲突，使戏剧性更强。该剧创造性地以赵太爷、潘阔亭等有财有势的绅董们借开迎神赛会敛财作为他们的动作主线，以致几家欢乐几家愁，单四嫂子和祥林嫂等人的悲惨命运即是由此造成的。该剧将原著中本由中医治死的单四嫂子宝儿的死与迎神赛会关联起来。宝儿被赵太爷等强选为迎神赛会的金童，在耍幢幡时被摔死。正当单四嫂呼天拍地地哭喊时，隔壁酒店里赵太爷们却在猜拳畅饮，开庆功宴。潘四爷趁机欲娶单四嫂不成，于是妒忌并污蔑常常帮助、接济单四嫂子的穷苦青年木生（创造的一个人物），将其以强奸犯的罪名抓送到县里。该剧将祥林嫂的悲剧也与迎神赛会关联起来，祥林嫂捐门槛的钱并非遵循原著捐给了庙祝，而是交给了借迎神赛会敛财的封建势力的代表潘阔亭，这些封建统治者为了骗钱嘴上许诺捐了门槛就能赎罪，但最后却仍然不许其赎罪。除了愚弄、欺骗、陷害民众之外，封建黑暗势力还对革命党夏瑜、反封建斗士狂人进行血腥镇压，将狂人活活地砸沉在河里。增加这些原著中没有的纠葛主要是为了集中凸显封建黑暗势力对穷苦大众和反封建先驱者的残酷压榨和迫害。尽管这两大矛盾群体最终以后者的惨败而告终，但剧中却表现出他们强烈的反抗精神：祥林嫂在万念俱灰下悲愤地要用斧头去将门槛砍掉；木生面对随意诬陷抓捕他的黑暗势力狂喊"你们的好日子长不了啦"[①]；孔乙己从政府安民的告示中也看清了两个字——"吃人"；阿Q喊出二十年后还要革你妈妈的命的话；狂人为了灭掉长明灯最终放火烧庙。这一切均颠覆了原著中个体和个人在封建黑暗势力与众多看客共谋的"吃人"环境中悄无声息被毁灭的命运和反抗的力度。

---

① 梅阡：《咸亨酒店》，第81页。

从梅阡的改编本我们可以看出，戏剧改编十分重视故事情节中人物的矛盾冲突，不局限于原著简单的故事情节和明显不平衡的冲突力量。但是梅阡如此改编，显然与鲁迅的本意相去甚远。当鲁迅重在表现个人或个体的悲剧时，他将批判的矛头指向封建黑暗势力和与之共谋的周围冷漠的看客，以及国民灵魂的弱点。而梅阡呈现一群人的悲剧时，他将批判的矛头更多地指向了封建黑暗势力。梅阡集中了原著一些作品里的底层人物，添加或改写了他们在原著中的反抗尺度，其用意即在于：一方面凸显封建黑暗势力对人民压榨、迫害得广泛而严重，另一方面在集中呈现底层民众悲剧和反抗精神的同时，激发人们反抗封建黑暗势力的决心和勇气。在戏剧里，斗争双方至少在表面上应该势均力敌。美国布·马修斯在《怎样写剧本》中指出："在剧院里我们大家聚集在一起，如果看不到某种情节，以及动人的、其中我们可理解对立力量的斗争的故事，那就会感到厌烦。""我们希望看到争斗，一争到底的争斗。"① 正是基于戏剧的这一特征，鲁迅小说的戏剧改编才会增加人物矛盾对立双方的力量和故事本身的纠葛，以创设和加剧矛盾冲突。值得注意的是，有的戏剧改编的矛盾冲突、故事性、戏剧性都很强，但却基本上脱离了鲁迅小说，重构成分很大（如取材式改编），故事情节所呈现的意义与原著相差甚远。

总体而言，在鲁迅小说的戏剧改编中，单篇式改编的故事情节最为接近原著，保留了原著中大部分故事元素；组接式改编的故事情节既不完全符合也不完全脱离原著，保留故事的核心结构；取材式改编的故事情节几乎是对原著的重新创造，大部分情节被舍弃。戏剧改编虽然可以对原著故事情节进行重构，但关键要深得鲁迅小说的精神。

那么，戏剧对鲁迅小说故事情节改编的尺度到底应该怎样把握，编剧是否可以随意进行增、删、改呢？中国著名戏剧、电影艺术家夏衍对

---

① 大连市艺术研究所剧作理论研究组编：《剧作艺术论》，第53页。

此发表了自己的看法，他认为对鲁迅这类大师著作的改编要力求忠于原著。夏衍指出："从改编不可避免地要有所增删，很自然地就会联想到容许增删的程度、范围，——也就是改编本与原作的距离的问题。对此，我以为应该按原作的性质而有所不同。假如要改编的原著是经典著作，如托尔斯泰、高尔基、鲁迅这些巨匠大师们的著作，那么我想，改编者无论如何总得力求忠实于原著，即使是细节的增删、改作，也不该越出以至损伤原作的主题思想和他们的独特风格；但，假如要改编的原作是神话、民间传说和所谓'稗官野史'，那么我想，改编者在这方面就可以有更大的增删和改作的自由。"① 根据夏衍对改编中增、删、改的看法可见，对经典著作的改编必须要忠于原著，即便是对细节进行重构，也要符合原著的精神和风格。编剧孟冰在谈到对史诗巨作《白鹿原》的改编时，认为自己没有能力超越原小说，他说："对小说改编的小心翼翼，忠实于原著，不超越的态度让我在创作上处于一种保守状态。本来我可以在戏剧中走得更远，可以离小说远一点，这些都是可能的。但当我一旦意识到自己走远了，就会止步，仍希望忠实原著精神。"②

## 第三节　戏剧改编对鲁迅小说思想精神的再现

综观鲁迅小说的戏剧改编，几乎没有一部改编作品可以达到原著的思想深度。事实上，对于经典作品的改编，其思想精神往往备受关注。尊重经典的思想精神，是改编所要坚守的基本原则。张德祥在《企望善待名著》中曾指出："一部作品成为名著乃至经典，必定有其值得流传的思想价值和精神意蕴，有其超越时代甚至超越民族界限的人类普遍

---

① 夏衍：《杂谈改编》，载中国电影出版社编辑《祝福——从小说到电影》，中国电影出版社1979年版，第118页。

② 李樱：《〈白鹿原〉编剧孟冰：我没能力超越原小说》，《三月风》2006年第7期。

的精神启示。""之所以成为名著，就在于其精神内涵或深刻或博大或高尚，为绝大多数人所认同、与历史发展要求相一致而具有了超越性。一部作品行于世并历久不衰，主要依赖于所承载的思想精神的恒久的生命力。我们今天之所以要改编它，是因为它在今天仍有其积极的思想意义和审美价值。这就要求我们在名著改编中，尊重原著的基本精神，而不能随意改变原著的精神主旨。"① 然而，改编是否能真正做到尊重原著的思想精神，却关系诸多因素。这也是戏剧改编难以达到鲁迅小说的思想深度的原因。

首先，戏剧改编是否能够遵循原著的思想精神，不仅与戏剧的艺术表现形式和媒介有关，更重要的是与编剧对原著的看法和改编的功力有关。夏衍认为戏剧改编作品实际上很难企及原著的思想内涵，难以收获与原著同样的感受。他曾发表意见说："托尔斯泰自己没有改编过《安娜·卡列尼娜》，鲁迅先生自己没有改编过《阿Q正传》，那么我想，要求看到改编后的戏剧或者电影而依然能够得到阅读原作当时那样的享受和感动，本来就是一件很难能的事了。"② 夏衍认为缩编长篇固然困难，但是"要把万把字甚至几千字的短篇小说改编为戏剧、电影也很不容易。前者是满桌珍羞，任你选用，后者则是要你从拔萃、提炼和结晶了的、为量不多的精华中间，去体会作品的精神实质，同时还因为要把它从一种艺术样式改写成为另一种艺术样式，所以就必须要在不伤害原作的主题思想和原有风格的原则之下，通过更多的动作、形象——有时还不得不加以扩大、稀释和填补，来使它成为主要通过形象和诉诸视觉、听觉的形式。割爱固然'吃力不讨好'，要在大师名匠们的原作之外再增添一点东西，就更难免有'狗尾续貂'和'佛头著粪'的危险

① 张德祥：《企望善待名著》，《人民日报》2004年8月24日第十六版。
② 夏衍：《杂谈改编》，载中国电影出版社编辑《祝福——从小说到电影》，第115—116页。

了"①。在鲁迅小说的戏剧改编中，增添是不可避免的，增加哪些内容，增加多少，编剧根据自己对原著的理解会各有不同，但是所增加的内容是否有助于再现原著的思想精神，就要看改编者的功力如何了。好的改编会很好地体现原著精神，再现小说中主要人物和社会背景，再加以剧作家以他本身的知识与修养，丰富了小说在戏剧改编时的细节与生活环境的描写，在原著基础上大胆而又准确地发挥了一些有关重要人物的性格的刻画，而这一切又都是通过或结合着熟练的戏剧技巧与严谨的戏剧结构来完成的。熟练的剧作家，每一情节的预先安排，每一细节与道具的预先出现，都不会徒然或浪费。从这些戏剧改编可见，忠实于鲁迅原著的优秀改编者是怎样在改编鲁迅原著，是怎样运用了自己创造的权力，以利于传达原著的思想主题和它的精神。

其次，戏剧改编的思想精神与时代也有密切关系，改编对原著思想精神的再现会受到时代的影响和制约。陈白尘曾指出："名著的本身是不变的，而每一个改编本都会各各不同。这除了改编者的修养素质不同的原因以外，还有个时代的影响。三十年代有三十年代的要求，这种时代要求不能不影响着、约束着各个不同时代的改编本。八十年代有自己的时代要求，将来九十年代也会有它的要求，还要出现新的改编本。"②田汉在抗日救亡背景下改编的《阿Q正传》，即明显地打上了抗战时代的烙印，田汉将去除阿Q性与抗战巧妙地联系起来，艺术地实现了在全国抗战的特殊历史时期戏剧的宣传功能。田汉曾在《鲁迅翁逝世二周年》一文中鲜明地表达了这一思想："我虽曾竭力使之现代化，但因成于抗战以前，无论如何总有不合式的地方。鲁迅翁的阿Q写的是辛亥革命。我的阿Q写的是抗战以前。那中间有一些问题现在显然不存在了。""我们可以说自从抗战开始，中国农民的阿Q时代就告终了。然而阿Q性既不是一朝一夕养成的，我疑心就在今日它还要出来作祟，

---

① 夏衍：《杂谈改编》，载中国电影出版社编辑《祝福——从小说到电影》，第117页。
② 董健编：《陈白尘论剧》，第305页。

因此肃清国民心中阿Q性的残余依然是很必要的事。记得《阿Q正传》在天声上演时曾替他们写过这几句话：敌人疯狂进攻未有已，我们岂肯作虫豸？亡我国家灭我种，岂是'儿子打老子'？寇深矣，事急矣！枪毙人人心中阿Q性，誓与敌人抗到底。在武汉危迫的今日，纪念鲁迅翁去世第二周年，我觉得这几句话有重写出来的必要。同时希望我们文艺界的同志们加强团结，开展工作，使我们的抗敌文艺深入人民间，特别是我们前线和敌人后方，使中国大陆成为压迫者侵略者的'坟'，这样才是鲁迅精神的真正继承者。"① 田汉的改编虽然服膺于抗日民族解放战争，但他将戏剧的艺术与宣传兼顾，在进行宣传的同时，尚能保持艺术水准。

1977年，吴琛重新排演了在"文化大革命"时期被禁演的越剧《祥林嫂》，其目的之一就是反击"四人帮"在"文化大革命"期间对越剧的污蔑。戏剧家沈西蒙、漠雁在观看越剧《祥林嫂》之后，曾发表了观剧后的长篇评论——《赞越剧〈祥林嫂〉》，深有感触地称赞道：该剧"紧密配合了揭批'四人帮'的伟大斗争"②。20世纪80年代，鲁迅小说的戏剧改编则有意识地添加亮色。梅阡在改编于1981年的《咸亨酒店》中重新塑造了夏四奶奶的形象，使夏瑜母亲上坟时明白了花环的来源，并深感安慰。而原著中夏四奶奶自始至终都不知道缘由，糊里糊涂，以迷信的说法解释夏瑜坟上花环的存在。这样，改编后的思想主题就有了亮色。尽管该剧最后狂人的结局比原著更为凄惨，被众人用石头砸沉河底，但思想显现出的亮色，毕竟让人看到了希望。与梅阡同一年改编鲁迅小说的陈白尘在作品中也不乏添加亮色的做法，因为他不愿意将鲁迅自以为苦的寂寞传染给20世纪80年代正从一场噩梦中醒来的青年，不愿意给年轻人展现太过阴暗的一面。可见，编剧在改编时不免要受到时代的影响和制约。

---

① 田汉：《鲁迅翁逝世二周年》，载《田汉文集》（十五），第56页。
② 沈西蒙、漠雁：《赞越剧〈祥林嫂〉》，《上海文学》1978年第3期。

由以上可见，鲁迅小说的戏剧改编不同时代有不同时代的改编本，思想主题也与时代密切相关。不可否认，时代的变化会使编剧对鲁迅小说进行新的解读，但这显然会影响鲁迅小说思想精神的准确传递。

再次，鲁迅小说戏剧改编的思想精神还与改编的方法有很大关系。一般来说，取材式改编的思想主题与原著相去甚远，甚至无关。在鲁迅小说的戏剧改编中，取材式改编的争议最大。这种改编，只是将鲁迅小说作为改编的素材，与原著面貌相差甚远，是对原著的创造性改编。关于取材式改编类的作品，戏剧研究者廖奔曾就古榕改编的《孔乙己正传》发表过并不赞同的意见，认为其"又是一部借鲁迅还魂的戏。越剧《孔乙己》由于改变鲁迅已经遭到一些非议，此剧走得更远"①。《孔乙己正传》将原著中老年孔乙己的命运仅仅作为改编的终点，向前追述了青年孔乙己大喜大悲的一生。该剧将孔乙己塑造成扬名科场、连中三元的成功者，可谓极大地歪曲了鲁迅小说的思想精神。廖奔进一步指出："既然已经扭曲鲁迅，根本改变了孔乙己的形象内涵，这个人物从形象到寓意就走上了另外一条轨道，他已经回不到鲁迅的结局。编剧硬要把结局扳回到鲁迅，就又扭曲了人物。孔乙己幻灭是对于消亡了的科举制度以及依附其上的个体人生价值的幻灭，他的形象是作为科举制度殉葬物而确立意义的。而此剧中的主人公则由于仇家栽赃使到手的功名毁于一旦，最后落得个人财两空的落魄下场。一个形而上的意义符号，被完全世俗化了。一种从春风得意的境地中倏尔幻灭的人生失落，与原本没有任何成功、只是寄生于斯麻木于斯哀叹于斯的浑浑噩噩的人生体验，缺乏共同之处。""如果人物不用孔乙己之名，这部剧作还不失为完整，尽管它的深层意义缺失。"② 确实如此，古榕改编的《孔乙己正传》已经丧失了鲁迅在孔乙己身上所赋予的特殊而深刻的意义。

---

① 廖奔：《借鲁迅还魂》，《文艺报》2001年9月6日第3版。
② 廖奔：《借鲁迅还魂》，《文艺报》2001年9月6日第3版。

另外，对人物形象、故事情节、细节等的创造性改编，均有可能造成鲁迅小说思想精神的偏差或扭曲。因此，戏剧改编在进行二度创作时一定要吃透原著精神，才能更好地传播鲁迅作品。

## 第四节　戏剧改编对鲁迅小说再现的艺术局限

鲁迅小说被改编成的戏剧表现形式多种多样，有话剧、戏曲、歌剧、芭蕾舞剧等，由于小说与戏剧在叙事上的艺术形式不同，所以戏剧改编在呈现鲁迅小说时难免会因为艺术的局限而无法传递原著中深厚的思想意蕴。

编剧在改编《阿 Q 正传》这篇小说时，基本上都省去了阿 Q 被绑赴刑场途中的一系列复杂的心理活动。鲁迅对阿 Q 当时的心理活动描写和剖析细致入微且意味深刻，对读者深入认识阿 Q 形象和这一形象所赋予的思想意蕴有着重要意义。阿 Q 由糊里糊涂被抬上车，到突然觉到要杀头后着急发昏，随即又以精神胜利法使自己泰然处之、自我安慰，接着诧异为何不向法场走，又突然省悟到一定是去杀头，再到惘惘然，看到吴妈后忽然很羞愧自己没志气，于是想借唱戏长点志气但终于没有唱成。随着他的环顾四望，他想起了四年前想要吃他的恶狼的眼睛，那种恐惧令其印象深刻，而如今那些喝彩的围观人的眼睛却让他感到更加害怕，这种恐惧越来越深而且近，直至侵入灵魂，感到灵魂被噬咬。当阿 Q 因为极度恐惧终于醒悟到要"救命"时，全身已迸散，"救命"也没有喊出口。鲁迅对阿 Q 临刑前心理的细腻描写并非可有可无之笔，而是大有深意。一是以阿 Q 的视角和体验呈现了那个最令人恐惧的"无主名无意识杀人团"，暗含鲁迅对这个麻木到无动于衷、冷漠残忍、喜欢鉴赏、有着渴血欲望的看客群体的决绝批判；二是生动地表现出阿 Q 这个愚昧落后的贫民即将被杀头时依然不觉悟，蕴含着鲁迅对阿 Q 的"哀其不幸，怒其不争"，并对其可能的觉醒寄予希望。阿 Q

开始只是对杀头本能地做出反应，对看客十分麻木，但到最后，同为看客之一的阿Q对这些看客有了"吃人"的强烈感受，以及来自灵魂深处的极度恐惧和震颤。然而，戏剧改编却无法将小说中这些与思想意蕴密切相关的强烈感受表现出来。

在鲁迅小说的戏剧改编中相当有名的陈梦韶、田汉、许幸之、陈涌泉等改编的《阿Q正传》，均未能将鲁迅对阿Q被游街示众时细腻而又深刻的心理剖析展示出来。即使是被称为仅对原著加工誊写的陈白尘的改编本，也删去了原著中阿Q所看见所感受到的比狼眼睛更可怕的"又钝又锋利""已经在那里咬他的灵魂"看客眼睛的描写。陈白尘在《〈阿Q正传〉改编杂记》一文中解释道："这不仅仅是因为舞台上无法表现（电影里倒是可以表现的），而是出于对今天观众的考虑。"① 陈白尘以鲁迅在小说中运用"曲笔"的初衷推测，鲁迅肯定也"不愿将自以为苦的寂寞，再来传染给"② 20世纪80年代正从一场噩梦中醒来的青年，所以就在电影和戏剧的两个改编本中将这段"极其沉痛的文字"③ 都删去了。但是，中央实验话剧院的演出（导演于村、文兴宇）为保持原著精神，仍然将这段描写以解说人之口表达了出来。

当然，也有一些改编者意识到鲁迅这些心理描写与剖析对于思想意蕴的重要性，为使改编尽可能忠于原著，尝试着将阿Q被绑赴刑场途中的心理活动表现出来，表现的手段一般运用旁白、独白、独唱。陈家和改编的河北梆子《阿Q正传》即是用独唱来表现阿Q当时的心理活动的。如果我们将原著中鲁迅对阿Q的心理描写与陈家和改编本中阿Q的唱词进行比较，就会发现，陈家和虽然已经将鲁迅的描写和剖析所表达之意尽可能地转换成了人物唱词，但仍有缺憾。一是陈家和的改编本并未完全将阿Q复杂的心理变化表现出来，二是韵语化的唱词未能将

---

① 董健编：《陈白尘论剧》，第309页。
② 《鲁迅全集》第1卷，第441页。
③ 董健编：《陈白尘论剧》，第309页。

鲁迅作品的深刻意味表现出来，反而显得有些滑稽可笑。下面我们选取两组文段为例进行比较。

### （一）

他突然觉到了：这岂不是去杀头么？他一急，两眼发黑，耳朵里喤的一声，似乎发昏了。然而他又没有全发昏，有时虽然着急，有时却也泰然；他意思之间，似乎觉得人生天地间，大约本来有时也未免要杀头的。

——鲁迅：《阿 Q 正传》

城南城北沿街绕——

啊!?

走上了奔往法场路一条。

斩首革命党，我曾看热闹儿，

莫不是也要将我脑壳削。

我的妈呀——

想起来世间万物天设地造，

人在世上走一遭。

到头来总要有人未免被杀掉，

命里注定在劫难逃。

——陈家和：《阿 Q 正传》

### （二）

永远记得那狼眼睛，又凶又怯，闪闪的像两颗鬼火，似乎远远的来穿透了他的皮肉。而这回他又看见从来没有见过的更可怕的眼睛了，又钝又锋利，不但已经咀嚼了他的话，并且还要咀嚼他皮肉以外的东西，永是不远不近的跟他走。

这些眼睛们似乎连成一气，已经在那里咬他的灵魂。

——鲁迅：《阿 Q 正传》

一阵吼叫将我的魂吓跑，

恰好似一群饿狼嚎——

我往哪里躲？我往哪里跑？

无处藏身无处逃。

血盆大口把我咬，

把我吞，把我嚼。

啃我的骨头吃我的肉，

不留头发与毫毛。

哎呀呀，不得了！

绿眼睛成群四面包抄。

张牙舞爪哈哈笑，

连我的魂魄也要叼。

如坠深渊一棵草，

黑漆漆冷森森无边无底往下飘。

——陈家和：《阿Q正传》

　　可以说，在众多的《阿Q正传》戏剧改编中，陈家和的作品是极少数将鲁迅对阿Q游街示众时精彩的心理描写与分析转化为人物唱词者之一。但是，由于小说在叙事上的便利，戏剧不管怎样改编，还是难以尽传小说运用叙述所表现的人物心理。在小说中，社会背景、故事情节、人物性格等都可以通过叙述者的叙述表现出来，叙述者还可以深入到人物的内心世界，甚至人物的潜意识领域里，剖析人物的情感变化。而作为"直观的再现"的戏剧由于缺乏叙述者（或者说叙述者沉默），人物内心世界等在戏剧中是很难交代清楚的。因此，阿Q被绑缚法场途中一系列心理活动及鲁迅对他的深刻剖析，在改编中几乎都被省略了，也可以说是不方便表现出来，这恰说明了小说在塑造人物上的优

·183·

越性。

有的戏剧改编为了尽可能接近鲁迅的本意，也会采用类似小说中第三者即作者功能的旁白，在剧中也会以幕后合唱、解说、序幕、尾声等形式出现，来替代作者的叙述和对人物的心理分析。然而，旁白虽然是戏剧表现人物性格、揭示人物内心最古老也是最为简便的方法，但是在追求真实西方近代剧中，因为这种说白有违情理和写实原则，使人感到不自然、不真实，所以总是尽量减少运用或者不用。陈白尘本着对鲁迅的敬意，在改编的话剧《阿Q正传》中请鲁迅登场，专门设置了一个解说人的角色来旁白剧中演员难以表演到位的鲁迅议论之语。可见，连陈白尘也深感戏剧表演的局限，不如此就不足以再现阿Q的灵魂和保持原著的风格。然而，陈白尘似乎"忘记了人物只能依靠它自己去揭示自己；并且一切只能叫观众直观地去感受"①。解说使该剧中人物成了依照表演的木偶，完全丧失了自己的灵魂。众所周知，戏剧的两个重要特点是不容忽视的，一是戏剧是引人感受的艺术，人物形象要具体、直观展现在观众的眼前；二是戏剧是不容许第三者解释的艺术，一切人物的思想言行都要由其自身展现在舞台上。这就对戏剧演员表演的素养、功力提出了更高的要求。英国戏剧理论家阿契尔认为，有旁白的戏"就好像一幅绘画上贴上一些写着画中人物嘴里所说的字句的纸条。如果采用这种办法，任何一个笨拙的剧作者也可以揭示他的剧中人物的脑子里所想的东西"②。一般来说，小说在叙事上有着比戏剧更多的便利，除了作者的客观叙述之外，可采用很多方法，将无法单靠人物的言行表现清楚的人事心理，运用说明议论加以补充。但戏剧则除了客观地搬演事实之外，别无他法。

---

① 焦菊隐：《导演·作家·作品》，载大连市艺术研究所剧作理论研究组编《剧作艺术论》，第60页。

② ［英］阿契尔：《剧作法》，载大连市艺术研究所剧作理论研究组编《剧作艺术论》，第459页。

戏剧改编难以再现鲁迅小说中人物深处的灵魂，还在于戏剧对人物肖像展示的局限。众所周知，鲁迅十分重视并擅长人物肖像刻画，尤其是对眼睛（光）、脸（色）的描写，他以简洁而深刻的笔力，动态地刻画人物肖像，借此活画出人物的性格与心理，巧妙地揭示小说的深邃思想。如鲁迅在《祝福》中以多次对祥林嫂眼睛（光）和脸色的描写展示了其身体与精神上一步步被损害的悲苦命运。而吴琛在改编的越剧《祥林嫂》中对祥林嫂的肖像刻画就只能偶尔一次用幕后合唱唱出来，如"脸上显白胖，渐有笑影在口角边"①，但是演员并不能将脸色的变化表现出来。原著中祥林嫂的脸色变化大体有三个阶段：初到鲁镇，脸色青黄，脸颊有血色；再到鲁镇，脸色青黄，脸颊无血色；最后一次出现，脸色黄中带黑，而且中间的发展还有细微的变化，如捐了门槛之后仍然被四婶呵斥不能动祭祀的器具时，她的脸色立即变成灰黑。就原著而言，方亚芬主演的祥林嫂在最后"问苍天"选段中的肖像扮演比袁雪芬主演的要好，衣服有缝补之处，面容更为苍老、灰黑，目光无神呈现呆滞，而袁雪芬主演的祥林嫂则衣服干净无补丁，眼睛睁得大而有神，表现更多的是愤怒的心理。所以，戏剧改编的演出，演员在人物肖像的造型上一定要尽量符合原著，但要想演出小说中所描写眼睛（光）、脸（色）的细腻变化却是相当难，甚至是不可能的。

当然，就本体而言，戏剧改编也有其自身的特点和优越性。相比鲁迅小说而言，戏剧改编能够更明白地叙事。陈梦韶改编的《阿Q剧本》基于原著添加了一处情节，在第六幕人生大团圆的开端，审判庭公堂上的判官刚开始表现得很公正，强调"照实招来"。一开始，判官对地保说看见阿Q带领匪徒打劫赵家的证词明察秋毫："既是明明看见，怎么又说'应该是他'呢？这显明你是在推测，不是明明看见的罢。"② 判

---

① 吴琛、庄志、袁雪芬、张桂凤改编：《祥林嫂》（越剧），上海文艺出版社1986年版，第16页。

② 陈梦韶：《阿Q剧本》，第86页。

官还进一步询问了地保看见阿Q穿的什么衣服，衣服的颜色，打劫的时间，显得十分秉公办案。但接下来判官对审判阿Q却表现得如此含糊，阿Q再三申明"他们没有来叫我"，判官却置若罔闻，还说"地保说他明明看见你领头走的"，这等于将刚才对地保的质疑抛之脑后，后来居然说出"你敢造反，东西那敢不抢"的强盗逻辑的话。显然，添加的元素与后面保留元素在塑造判官形象上，呈现出矛盾的一面。既然判官对地保的话能明辨是非，为何对阿Q却胡乱判案？陈梦韶这样设计，无非是为了让观众在这一幕中更容易看明白判官其实并非一个糊涂的判官，他对阿Q的糊涂判决是故意而为之，就是为了面子想要早点结案，以凸显阿Q被判官作为替死鬼草率判决的悲剧命运。作为无产阶级和无智识阶级代表人物的阿Q，只能成为"人间冤抑的无告者"，成为塑造他的社会环境的牺牲品，"这便是有产与无产和有智识与无智识两种阶级的人们的差别点了"①。

　　鲁迅小说的戏剧改编更明白的叙事也表现为在故事情节中着意突出时代背景这一方面。许幸之改编本中假洋鬼子用洋货勾引小尼姑；梅阡的《咸亨酒店》中未庄有教堂的钟声，有叫卖洋货的吆喝声，该剧还发挥了假洋鬼子的作用，让假洋鬼子与因办迎神赛会得罪了的洋人沟通交涉。鲁迅在小说中极少表明时代背景，时代背景往往隐含在叙事中。而戏剧改编者则将时代背景明确而具体地表现出来，甚至刻意突出西方经济、文化、政治入侵的时代背景。戏剧改编更明白的叙事还表现在将简单的叙述以直观、生动、丰富的场景展现出来。鲁迅《阿Q正传》中阿Q的土谷祠之梦实际上是其白日梦，戏剧改编往往不会错过这出好戏，将它以梦境的形式专门用一个场景来展现，十分热闹，如陈白尘改编本，陈涌泉改编本。有的也会以人物对话来展现，如许幸之改编本将原著阿Q的白日梦，心理独白，改成阿Q与土谷祠老头子的对话。

---

① 陈梦韶：《写在本剧之前》，载陈梦韶《阿Q剧本》，第2页。

改编者几乎都会在这一出戏上尽情发挥，以充分表现阿Q愚昧可笑的"革命"蓝图。

　　总而言之，鲁迅小说的戏剧改编确实取得了一定的成绩，这与一些本着严肃、认真态度改编的编剧、导演、演员等相关人员的努力是分不开的，但改编也存在不少值得商榷的问题。关于改编的出发点，有的是向大众普及文化遗产，也有的是借鲁迅经典的威望为戏剧尤其是中国古老的戏曲赢得更多的观众，还有的就像戏剧研究者廖奔所说的那样——借鲁迅还魂。事实上，改编者的出发点基本上是纪念鲁迅和传播鲁迅，但关键是怎么才能不辜负改编者的出发点呢？可以说，尊重原著是最好也是唯一的选择。鲁迅并不反对改编，但反对曲解或误读，歪曲原著精神，因此，在得其原著精神的基础上，更丰富、更深刻地阐释原著的内涵才是更好的改编。是否为好的戏剧改编，要看它对鲁迅的影响有无扩大，要看它对鲁迅作品人物形象、故事情节、思想精神、时代背景等有无准确地呈现。戏剧改编虽非创作，但也并非易事，尤其是对堪称经典的鲁迅小说。编剧和导演要深刻领会原著精神，尽可能将原著精神准确地表达出来，同时还要将原著的艺术风格呈现出来，使戏剧改编之作仍能具有明显的鲁迅风格，使观众能够看出是鲁迅之作。

# 第六章

# 鲁迅小说的戏剧改编的媒介
# 转换意义与思考

鲁迅小说的戏剧改编意味着传播信息的媒介已经从小说转换为戏剧，而戏剧强大的传播功能，对于普及作为经典的鲁迅小说自然具有不可忽视的重要意义，"改编能起到通俗化的作用，并引起观众去重读鲁迅先生原著的兴趣"①。如何改编，本文认为，戏剧改编在信息传播上越接近鲁迅小说原作，越有助于传承经典本色。鲁迅生前不仅赞成其作品被改编，而且深切希望能够将其作品真正传递到广大民众的心中，使大家都能从中深刻反省。因此，鲁迅小说的戏剧改编首要遵循的原则就是以原作为基础，尊重原作。戏剧改编在演绎鲁迅小说上尽管有其不可避免的局限性，但基于以往丰富的改编经验和对其他艺术媒介的借鉴，将会出现更好地呈现鲁迅小说的戏剧改编之作。从以往丰富的改编实践来看，成绩还是十分可观的，这些可观的成绩说明，只要尊重原作且发挥戏剧的特长，鲁迅小说的戏剧改编就大有作为。

## 第一节　戏剧改编对于鲁迅小说传播的意义

从传播学的视角来看，鲁迅小说的戏剧改编意味着传播信息的媒介

---

① 陈白尘：《〈阿Q正传〉改编杂记》，载陈白尘《阿Q正传》，第118页。

已经从小说转换为戏剧。相比小说而言，戏剧具有更为强大的传播功能，有着独特的传播优势。作为精英文学的鲁迅小说，自生产之初就因其博大精深的思想、冷峻峭拔的语言而很难为广大平民所接触、所真正理解。在20世纪20年代，中国影视媒介尚不发达之际，戏剧在传播信息上显然要比文学更具有优越性。从传播的受众来看，鲁迅小说的戏剧改编已由精英受众转为平民受众。作为戏剧改编者和传播者，他首先考虑到的不是单个的读者，而是成群的观众，这使鲁迅小说能够得以更广泛的传播，提高艺术信息的传播效率。随着受众面的扩大，鲁迅亦从神坛走进民间，其作品亦走进广大平民的心中。事实也证明了这一点，田汉和许幸之在抗战时期改编的《阿Q正传》在中国大江南北屡次演出，效果轰动，在民众中发挥了巨大的启蒙作用，激起广泛的抗日救亡热情。

从传播的形式来看，鲁迅小说的戏剧改编由依靠想象的文字的平面传播，变为依靠演员、音乐、舞台、布景等综合媒介的更为直观、生动的立体传播，更容易对传播的受众产生直接、强烈的感染力。对于戏剧而言，它要在剧场演出范围之内，运用小说不能运用的方法，使受众注意力高度集中，引起尽可能大的情绪效果，这是戏剧的重要职责之一。另外，戏剧可以摆脱小说线性镜头的局限，将不同类型的信息同时传达给观众，而成群观众的交互体验会强化个人的体验，因此，戏剧的传播效果显然更好，有利于延展鲁迅小说信息传播的范围。可以说，戏剧改编对于鲁迅及其小说的传播来说，有着非常重要的意义，能够使经典得以有效传承。不过，戏剧属于舞台艺术，演出还是要受演出时间、空间、演员等限制的，以致受众面相对电子媒介的传播还是比较窄。影视艺术的产生克服了舞台剧的局限，使传播更为广泛。鲁迅小说被改编的戏剧中就有被拍成电影或电视的，如陈涌泉改编的曲剧《阿Q与孔乙己》、陈白尘改编的话剧《阿Q正传》、沈正钧改编的越剧《孔乙己》等，不仅便于保存，而且传播范围更广。但是，戏剧相对于影视和小说而言，由于其传播媒介的直接性特点，使受众直接参与和演员之间的情感互动，尤其是优秀演员的表演更能增添情感的力量，所以艺术体验会更为强烈。

鲁迅小说戏剧、影视改编载体的变化，意味着媒体自身成为鲁迅小说改编中鲁迅命运的时代书写。尽管鲁迅小说的戏剧改编与原作在信息传播上始终都存在着距离，但是没有读者的经典，就失去了鲜活生命，也失去了经典的意义。黄发有曾在其专著《文学传媒与文学传播研究》中指出："在一个媒体时代，文学的传播变得多元甚至是混乱，文本在传播中扮演着越来越不重要的角色。在经过多种中介（诸如报刊、戏剧、影视、互联网等等）的过滤之后，文本被简化成一种信息，被道听途说、牵强附会的寥寥数语所概括"，"在一个传媒主宰的时代，文学作品进入传播渠道必须以牺牲自己的独立性和完整性作为代价，尤其是那些具有鲜明个性的作品，其中的审美新质由于得不到主流趣味的认同，它所面临的选择非此即彼，要么做出让步，要么将作品锁进抽屉。"① 当然，对于像鲁迅小说这样的经典作品而言，如果被改编尺度太大，一味迎合主流趣味，做出太多的牺牲和让步，那么传播得越广泛，对鲁迅小说误解的人就越多，传播鲁迅小说也就失去了价值与意义。因此，笔者主张在信息传播上尽可能接近鲁迅小说的戏剧改编，以借用戏剧传播的优越性扩大鲁迅小说的影响，彰显经典的魅力。戏剧改编在信息传播上越接近鲁迅小说原作，越有助于经典的传承，有助于观众准确理解鲁迅小说中可贵的思想精神，促使观众有兴趣深入了解鲁迅、阅读鲁迅小说原作。

戏剧改编不仅使鲁迅小说得到更为广泛的传播，焕发出绵延不衰的生命力，而且因为其经典的魅力，也成就了不少戏剧界表演艺术家，并提升和传播了戏剧这一艺术形式本身。如雷恪生凭借着在陈白尘改编的

---

① 黄发有：《文学传媒与文学传播研究》，南京大学出版社 2013 年版，第108—109 页。

话剧《阿Q正传》中成功扮演阿Q一角，荣获首届戏剧"梅花奖"最佳演员奖。杨帅学凭借在陈涌泉改编的曲剧《阿Q与孔乙己》中主演阿Q一角而摘得第20届中国戏剧"梅花奖"，填补了曲剧"梅花奖"的空白，成为曲剧历史上第一位"梅花奖"得主。茅威涛也因为在沈正钧改编的越剧《孔乙己》中领衔主演孔乙己一角而囊括首届"中国曹禺戏剧奖"、第十届上海"白玉兰主角奖"、中宣部第七届"五个一工程奖"以及"浙江鲁迅文学艺术"突出成就奖等众多奖项和荣誉，并受到李鹏总理及夫人的接见。由此可见，鲁迅小说作为经典中的经典，其戏剧改编显然也为戏剧本身带来了益处。也就是说，戏剧传播了经典，同时也传播了自身，尤其是中国传统戏曲。昆曲、曲剧、绍剧、豫剧、越剧、京剧、河北梆子等均曾改编过鲁迅小说。改编使中国古老的戏曲焕发出青春，戏曲借鲁迅实现了现代化，提升了品位，突破了大量才子佳人的主流题材，扩大了题材范围，吸引、争取了更多的观众尤其是年轻观众。鲁迅经典成就了戏曲，戏曲借鲁迅经典的声誉和深刻发扬光大了自身，但是，戏曲切不可只借经典发扬光大自身，而忽略传播经典的责任。事实上，我们要重视传统戏曲这一大众传播媒介，以观众喜闻乐见的艺术形式更好地传播鲁迅经典。

## 第二节　鲁迅生前对戏剧改编的态度与看法

鲁迅认为"剧本虽有放在书桌上的和演在舞台上的两种，但究以后一种为好"①，可见鲁迅很清楚地意识到放在书桌上的文学性剧本读者会很少，传播效果不佳，作品难以深入人心，而剧本被搬演到舞台上后，因其传播媒介的变化，不仅拥有更广泛的受众，而且更有利于传播，因此鲁迅很重视剧本，在鲁迅看来，有了剧本就会有上演的可能。

---

① 《鲁迅全集》第13卷，人民文学出版社2005年版，第249页。

鲁迅对自己作品被改编成的剧本同样十分重视。尽管在鲁迅生前其作品被改编成戏剧、电影的很少，但仍然有改编者会将剧本送给鲁迅过目，鲁迅也就剧本发过意见，表达了个人对于改编的态度和看法。

1934 年 11 月 14、18 日，鲁迅给向他征求意见的《戏》周刊编者写了两封信，信中对刊载的由田汉改编，袁牧之负责翻译成绍兴话的话剧《阿 Q 正传》发表了意见。从这些意见中，我们可以看出鲁迅关于戏剧改编的重要思想，主要表现在三个方面。一是在改编方法上，鲁迅赞同将其他小说中的人物穿插进来，展现未庄或鲁镇的全貌的组接式改编方法。因为鲁迅的主张，后来的鲁迅作品戏剧改编基本都会运用到这样改编方法。二是鲁迅再三强调改编的剧本不要专化。鲁迅不赞成将其小说人物的语言改编成绍兴话，有的还是令人看不懂的绍兴话，即使让人物说绍兴话，也只能演给绍兴人看，如果演给别处人看，别处人就会看不懂，剧本的作用就会减弱或完全消失。鲁迅认为，可以编一种对话比较容易了解的剧本作为底本，根据演出地的情况可以将对话改为当地的土话，使观众觉得更加切实。不但语言，就连背景、人名也都可以改换，"譬如罢，如果这演剧之处并非水村，那么，航船可以化为大车，七斤也可以叫作'小辫儿'的"①。对于人名，鲁迅不赞成将人物姓名具体化，以免有人穿凿人物，将自己推诿掉，变为旁观者。鲁迅对戏剧改编将小 D 揣测为"小董"进行了否定，将其叫作"小同"即为此意。鲁迅是想要塑造具有普遍性的典型人物形象，而不是仅指某一个具体的人。同样，鲁迅也不赞成将故事发生的地点设在绍兴，指明某处，这样会使非某处的人置身事外，而不知反省。鲁迅如此苦心，"目的是在消灭各种无聊的副作用，使作品的力量较能集中，发挥得更强烈"②。总之，鲁迅希望剧本不要专化，可以使大家活用。

然而，后来的改编并没有编出一部可以活用的剧本，一些编剧也没

---

① 《鲁迅全集》第 6 卷，第 151 页。
② 《鲁迅全集》第 6 卷，第 149 页。

有理解和考虑到鲁迅的这一苦心。尤其是在故事发生的背景上，有些编剧总是刻意凸显绍兴。吴琛等改编的越剧《祥林嫂》将地点专门设在"浙东"；沈正钧改编的越剧《孔乙己》在开头即点明剧情发生在"浙江鲁镇"；田汉和许幸之改编的话剧《阿Q正传》均将地点指明为"绍兴"；梅阡改编的话剧《咸亨酒店》第一幕舞台说明中"中小县城""钱塘江的支流从城里穿过""水乡的风光""乌篷船""酒店的格局具有绍兴地方特色"① 等描述，无不显示编剧心有所指的故事发生地点。

三是改编要准确，要注重细节。在看了戏剧改编中的人物画像之后，鲁迅并不满意，主张改编要能够认真研究人物形象，对人物形象的塑造应当准确，要把握住人物的年龄、外貌、性格等，即使戴错一顶帽子，都会失去这个人物。在背景上，要安排与人物身份、地位和时代相符的道具，如给阿Q坐摩托车就远于事实，应该坐大车好些。② 鲁迅的这些关于改编的稀少而宝贵的意见为以后的改编提供了直接的指导和依据，对其有重要的借鉴作用。鲁迅很清楚，准确的改编才能准确地传递作品的思想意蕴。但是，在后来的戏剧改编中，这一方面却未能如鲁迅所愿，改写人物是常见的事。

根据以上鲁迅对于戏剧改编的意见，我们可以看出鲁迅实际上是赞成改编的，他对改编的态度既宽松，又有原则性。鲁迅并不主张照本宣科的改编，他再三强调剧本不要专化，改编可以因地而宜，灵活处理，同时鲁迅又主张改编要准确，符合事实。可见，鲁迅所主张的改编是在准确把握、呈现原作精神的前提下，能够在更为广泛的传播中使作品发挥更强有力的作用。关于这一主张，鲁迅早在1930年对电影改编也曾发表过类似的意见。

1930年10月、11月，鲁迅接连给王乔南写了两封信，就其改编的电影剧本《女人与面包》分别发表了两个看似矛盾的意见：先是说不

---

① 梅阡：《咸亨酒店》，第3页。
② 《鲁迅全集》第6卷，第154页。

主张改编，后来又说不阻止改编。实际上，两者并不矛盾，鲁迅"不主张"改编，并非"禁止"改编，鲁迅并不反对改编，但反对曲解或误读的改编，也就是说鲁迅"主张"改编是有原则的。鲁迅在第一封信中认为自己的作品实在没有改编成剧本和电影的要素，不值得观众观看，还是让它"死去"。鲁迅之所以这样说，并不是其作品真的没有改编成剧本和电影的要素，而是担心改编不能准确把握其作品，不能准确呈现其创作意图。鲁迅不主张改编主要有三个顾虑：一是担心改编后就只剩下滑稽，而《阿Q正传》"实不以滑稽或哀怜为目的"①；二是担心中国当时的"明星"无法表现其作品中的情景；三是担心改编会偏重女脚。在第二封信中，鲁迅声明自己不禁止改编，但同时也声明"它化为《女人与面包》以后，就算与我无干了"，因此"仍奉还"②。显然，鲁迅并不赞赏王乔南的电影改编本。

总之，鲁迅不仅赞成改编，而且深切希望能够将其作品真正传递到广大民众的心中。但是，鲁迅坚持改编能真正把握作家意图和原作精神的原则，坚持使大家能从改编中深刻反省作品和社会的价值追求，而非隔岸观火、撇清自身。

## 第三节　改编遵循的首要原则——以原作为基础

鲁迅小说的戏剧改编演出后大都反响强烈，除了像话剧《圈》这样比较出格的改编之外，也都受到观众的广泛欢迎，包括像越剧《孔乙己》和历史话剧《孔乙己正传》这类与原作相去甚远，脱离原作完全可以独立的改编之作。这显然与名著效应有关，尤其是像鲁迅小说这样难以为广大民众所接受的深刻冷峻的精英文学，就更被希望改编为戏剧，以使更多的人走近鲁迅，了解鲁迅，因此，鲁迅小说的改编就更会

---

① 《鲁迅全集》第12卷，第245页。
② 《鲁迅全集》第12卷，第247页。

受到观众的欢迎。但是，我们也可以看到，一些鲁迅研究者和对鲁迅作品比较了解的观众们对有的改编并不满意，甚至对与鲁迅作品严重不符的改编十分愤怒。吴世昌认为，纪念鲁迅，不能篡改鲁迅的作品，篡改其作品会引起不良的社会效果。他曾在《纪念鲁迅不能篡改他的作品》一文中直言不讳地指出："如果这样篡改原作的风气任其继续下去，乃至受到某些编者的欢迎、观众的喝彩，在文艺界、在文学评论界、在电影界会发生怎样的社会效果？……鲁迅如果活在今天，他会不会同意把他的作品如此篡改？鲁迅往矣！不会有人代表鲁迅提出抗议或异议。但是这种擅改前人杰作的恶劣风气，能否任其滋长流行？"[1] 吴世昌斩钉截铁的意见可以说代表了尊崇鲁迅作品的文艺工作者、爱好者的心声。那么，到底怎样的戏剧改编才能更好地传承经典，使观众能够准确理解鲁迅小说呢？在探讨这个问题之前，我们有必要了解对于"改编"的法律规定。

从《中华人民共和国知识产权法》关于"改编"的界定，我们可以对"改编"作出以下理解：第一，改编不管采取何种作品形式，都是基于原作的创作，所以必须尊重原作。第二，改编并非照抄照搬，改编属于再创作，它需要根据新的作品形式对原作进行重新解读，即使是再接近原作的改编，也不可能对原作没有任何改动。由以上两点简言之，改编是在原作基础上的再创作，改编如果脱离原作就不能独立存在。

在鲁迅小说众多的戏剧改编中，以话剧《孔乙己正传》和越剧《孔乙己》为代表的"取材式改编"显然不符合"改编"的法规。对鲁迅小说进行戏剧改编，主要存在三大主张：一种是严格遵循原作改编，一种是在原作基础上发挥创造，一种是根据原作重新创作。"取材式改编"属于第三种，话剧《孔乙己正传》和越剧《孔乙己》即是根

---

① 《电影艺术》编辑部、中国电影出版社本国电影编辑部合编：《再创作——电影改编问题讨论集》，中国电影出版社1992年版，第118页。

据原作重新创作，脱离原作完全可以独立。米兰·昆德拉曾经说过：
"采访、座谈、讲话录、改写、改编、电影的、电视的。改写好像是时
代精神，'会有一天已经过去的全部文化被完全重写，它将在它的改写
本后面被完全地遗忘'。"① 米兰·昆德拉对改写的忧虑不无道理。改编
若不能尊重原作，实际上也就成了改写，因此，从法规上对"改编"
做出明确的规定很有必要，那么鲁迅小说的戏剧改编毫无疑问也必须是
基于原作的再创作。然而，对鲁迅小说进行的戏剧改编却并非都是以原
作为基础的再创作，有的改编只是以鲁迅小说为出发点和创作的素材而
已，如刁亦男编剧、孟京辉导演的先锋戏剧《阿Q同志》，以及取材式
改编作品，都不能算作真正的改编。那么，到底怎样的戏剧改编才能更
好地传播鲁迅及其作品？

对于鲁迅小说而言，好的戏剧改编一定要能很好地体现原作精神，
这需要如实再现小说中主要故事情节、主要人物、主要思想意蕴和写作
风格。对于鲁迅小说的戏剧改编，我们确实可以不必局限于"微观真
实"，编剧完全可以在传递"宏观真实"中获得改编鲁迅小说的更大自
由。编剧、导演、演员可以在原作基础上对细节、人物、环境进一步丰
富和大胆地发挥，但，宏观真实也要建立在一定微观真实基础之上，如
果编剧在故事情节上增删改的内容太多，那也就不能称为对鲁迅小说的
改编了，因为鲁迅小说的思想精神会通过故事情节包括细节体现出来。
鲁迅小说构思一向高度概括，十分凝练，其中的细节和道具都是经过精
心挑选和设计的，承载着深厚的思想意蕴，所以一些重要的细节和道具
不能有太大的变动。编剧在对鲁迅小说进行戏剧改编时可以创造而且必
须创造，关键是，他们要运用自己的创造权力，将原作的思想精神准确
地传递出来。我们改编鲁迅的作品，如果歪曲原作的主要故事情节、主
要人物形象，就会引起观众对原作人物乃至对思想主题的错误理解，使

① ［捷克］米兰·昆德拉：《小说的艺术》，孟湄译，生活·读书·新知三联书店1992
年版，第142—143页。

鲁迅小说的深远意旨和思想光华难以呈现出来。

好的改编不仅要忠实于原作精神，而且能够借助戏剧的优势弥补鲁迅小说空白之处或不便表现之处，让观众通过改编更好地认识那个社会、那个时代，更好地领会鲁迅深刻之意。事实上，已有的鲁迅小说的戏剧改编远没有达到鲁迅的旨意，在改编上还有很多空间值得我们去挖掘。鲁迅小说的精简叙事使戏剧改编不仅拥有更多可以发挥的想象空间，而且在思想意蕴上还有更为深刻、丰富的内涵需要去发现。鲁迅当时的言说环境可谓相当严苛，"这么说不可以，那么说又不成功，而且删掉的地方，还不许留下空隙"①。对于鲁迅的作品，检察官在审查时从不会放过，"遇见我的文章，就删削一通"②，"现在当局的做事，只有压迫，破坏，他们那里还想到将来。在文学方面，被压迫的那里只我一人，青年作家，吃苦的多得很，但是没有人知道"③。鲁迅曾在与朋友的闲谈中透露了当时发表文章的境况："现在的文章，是不会有骨气的了，譬如向一种日报上的副刊去投稿罢，副刊编辑先抽去几根骨头，总编辑又抽去几根骨头，检查官又抽去几根骨头，剩下来还有什么呢？我说：我是自己先抽去了几根骨头的，否则，连'剩下来'的也不剩。"④ 那么，如今我们在改编鲁迅作品时，如何能尽量复原这些"骨头"，充溢"骨气"，应该是今后改编努力探索的方向。尽管这在改编时确实是一大难题，但改编者还是要尽力去做，以充分传递鲁迅思想精神。因为这个时代给我们提供了能够真正彻底传递鲁迅思想精神的言说环境和机会，复原"骨头"是这个时代所赋予我们的责任。

对鲁迅小说进行戏剧改编，需要本着传承经典、弘扬鲁迅精神的纯粹目的去改编，而不是"借鲁迅还魂"。在鲁迅小说的戏剧改编中，戏

---

① 《鲁迅全集》第 5 卷，人民文学出版社 2005 年版，第 438 页。
② 《鲁迅全集》第 13 卷，第 316 页。
③ 《鲁迅全集》第 13 卷，第 270 页。
④ 《鲁迅全集》第 5 卷，第 438 页。

曲改编已非少数,尤其是 20 世纪 90 年代以来,更多的剧种关注到鲁迅,将鲁迅小说这一现代题材引入戏曲,意欲以鲁迅的深刻拯救这一处于萎靡困境的大众艺术,出现了一些影响较大的戏曲改编之作,如曲剧《阿 Q 与孔乙己》、豫剧《伤逝》、昆剧《伤逝》、河北梆子《阿 Q 正传》、秦腔《祝福》、京剧《阿 Q 正传》、绍剧《阿 Q 正传》、越剧《孔乙己》和《祥林嫂》等。改编者大胆尝试将鲁迅小说引入戏曲,在经典名著与通俗戏曲、现代观念与传统艺术之间开辟了一条新路,给中国古老的戏曲带来了生机与活力,赢得了更多的观众。然而,有的戏曲改编只是"借鲁迅还魂",却没有将鲁迅作品之魂传递下去。

众所周知,戏剧是最具群众性的传承形式,尊重原作精神的戏剧改编才能够使鲁迅作品中深邃的思想得以更广泛更深入人心的传播,才能使经典本色得以传承。而改编要尊重原作精神,就必须尊重原作的主要故事情节、主要人物性格、思想精神、时代背景和艺术风格。在注重市场效应的当下,我们不能让深刻的鲁迅文化被庸俗化、娱乐化、商品化。我们关注鲁迅小说的戏剧改编,实际上也是关注经典的改编,"以后如果要纪念郭老或沈雁老等作家,他们的作品是否可以随便改写?既然连鲁迅的作品都改写了,别人的作品当然更不在话下了"①。因此,改编既然依附于原作,就要尽量展现原作的面貌,为适合新的作品形式需要而进行的调整幅度不宜过大,否则就会造成原作风神气韵丧失。

## 第四节　戏剧演绎鲁迅小说的难点及展望

因为鲁迅在文学上的显著声誉及其作品的深刻现实意义,鲁迅作品一直是改编者关注并企望改编成功的对象,改编从鲁迅在世至今从来未停止过。鲁迅小说的戏剧改编涉及鲁迅大部分小说的人物和故事情节,

① 《电影艺术》编辑部、中国电影出版社本国电影编辑部合编:《再创作——电影改编问题讨论集》,第 118 页。

改编比较频繁且作为单篇被改编过的篇目有《阿Q正传》《孔乙己》《祝福》《伤逝》《药》《狂人日记》《长明灯》等，其中《阿Q正传》是改编最多的一篇。可见，鲁迅小说中故事性或者戏剧性比较强，人物典型个性鲜明，思想主题具有强烈反封建色彩的作品，更容易引起改编的关注，而像《一件小事》《鸭的喜剧》《兔和猫》《幸福的家庭》《社戏》这样的小说则很难被改编，这也说明并非所有的鲁迅小说都适合改编。尤其是在叙事中穿插较多内心独白、议论抒情的小说，是不适合视听形式的审美接受的，而且很难转化成画面语言。戏剧有着舞台惯例，它不仅受到舞台、立场和语言约束，同时也受到现场演员和观众的约束，这惯例既有着自身的局限，也是戏剧张力的源泉，要对鲁迅小说进行戏剧改编就要遵循舞台惯例。

　　鲁迅小说的戏剧改编最大难点就在于如何将复杂、细腻的人物心理描写和深刻的叙述者叙述或评论转化为舞台上的具象，而这些在改编者看来都是直接影响到鲁迅思想意蕴深刻表达的关键之处。可以说，抒情色彩浓郁的小说在改编时要想切近原作是比较困难的，如《伤逝》。人物心理的抒发，确实很难具象化，在改编中如果不采用独白或旁白，是无法将鲁迅的深刻之意表现出来的，如陈白尘为了尊重原作，就曾直接在舞台上引入解说人以替代鲁迅的言说。而在话剧中，运用大量独白和旁白显然是不合适的，会打断戏剧的流畅性。但是，对于戏曲和歌剧而言，在表现人物的心理上可以说有着天然的优势，以独唱、独白、旁唱、旁白都可以很好地表现人物的心理。越剧《孔乙己》就将孔乙己脱长衫的矛盾心理以大篇幅的独唱表现出来，施光南改编歌剧《伤逝》的成功也证明以歌唱抒情是能够做到的。不过，不管是评论抒情，还是揭示人物内在思想，都要深入理解原作之意。关于鲁迅小说的戏曲改编，我们可以发现所涉及的戏曲种类比较多样，特别是20世纪90年代，很多专业戏曲编剧家着手于鲁迅小说的戏曲改编。由这一改编热现象可见，鲁迅小说与戏曲之间肯定存在着某种艺术上的相通之处，从而使改编更为容易。

由于舞台的限制，戏剧在故事背景和事物的展现上必须保持在有限范围内，无法提供大量的历史背景和更多的场景，展现事无巨细的内容。然而，随着媒介的相互渗入，戏剧可以更好地利用现代媒介，鲁迅小说也可以更好地被展现出来。已经出现的古榕编导的大型历史话剧《孔乙己正传》以戏剧电影化的形式表现，"舞台灯光布景的制作有新意。运用电影手法，将浙江绍兴鲁镇水乡风光和剧中人物的活动一同摄入镜头，映放在垂帘上，然后垂帘卷去，进入舞台实景，让人觉得跳脱鲜活"①。在演出场次之间播放影片，可以更好地丰富戏剧背景，渲染气氛，增强生动的效果。童道明认为："古榕这回是给中国戏剧扔来了一根可靠的'电影的拐杖'。戏剧是有很多分期方法的。俄罗斯导演扎哈罗夫认为戏剧也可以分期为电影发明之前的戏剧和电影发明之后的戏剧。看了《孔乙己正传》之后，我想到了扎哈罗夫的这个观点，想到了因为电影介入而使得我不能忘怀的舞台场景。我忘不了在舞台上表现孔丁两家红白喜事的平行蒙太奇，忘不了咸亨酒店里那个'孔乙己欠酒钞十九文'的特写镜头，而电影外景与舞台内景的一次次巧妙对接真正称得上是难得一见的舞台奇观。早在20世纪20年代，梅耶荷德就提出了'戏剧的电影化'的概念。《孔乙己正传》可能是迄今中国一部最最电影化了的戏剧演出，而且也可能充分的电影化使这个演出在中国话剧演出史上留下痕迹。"② 虽然古榕改编话剧《孔乙己正传》并非尊重原作的改编之作，但其将电影媒介引入戏剧，无疑拓展了戏剧的表现力。需要强调的是，将其他媒介引入作为创造戏剧演出效果的手段时，也只是将其作为辅助媒介参与塑造人物、营造环境、表达意蕴，如果喧宾夺主，过分突出物质媒介，忽视演员的身体条件及其创造性表演这一"人"的核心媒介，那就忽视了戏剧艺术的特性。

---

① 廖奔：《借鲁迅还魂》，《文艺报》2001年9月6日第3版。
② 童道明：《看〈孔乙己正传〉》，《中国戏剧》2001年第11期。

　　另外，鲁迅小说的戏剧改编虽然演出后大都反响强烈，但也都受到争议，其中争议最大的就是舞台人物形象塑造的问题。我们知道，即便编剧在剧本创作上忠于原作，还要看演员表演的功力。鲁迅生前曾表示并不希望自己的作品被改编，除了改编上的问题，还因为缺少能很好表现其作品情景的演员。毋庸置疑，戏剧改编选择什么样的演员显然会对戏剧演出产生不同的影响。当然，如今已经不乏功力深厚的演员，但若是改编剧作本身就没有尊重原作，即使有了好演员也无法将鲁迅之作的精神传递给大众。诚然，由于小说与戏剧的媒介不同，两者所呈现的人物形象也不同。小说的读者通过想象使人物形象重现，戏剧则使人物形象直接地具体地呈现在观众面前。人物形象在小说读者的脑子里有不同理解，而在舞台上则给予观众以同一而唯一的理解。因此，戏剧改编所呈现出来的人物形象总是很难令人满意。但是，要想使鲁迅经典更准确而广泛地传播，就要在舞台人物形象的塑造上深入研究鲁迅作品，研究其思想和人物性格，尽量合乎鲁迅本意。

　　有人认为鲁迅小说篇幅短小，很难改编，且短篇发挥太多，容易引起争议。但我们也应该看到其存在的优势。一是以场景叙事为特色的鲁迅小说在戏剧改编上更为方便；二是短篇小说或中篇小说是改编剧本的理想长度，不需要削减或添加大量元素，美国戏剧理论家乔治·贝克即认为"短篇小说比长篇小说容易改编为剧本"①；三是鲁迅小说简洁蕴藉，反而有较多的空白之处和巨大的想象空间。可以说，鲁迅小说在戏剧改编上具有先天的良好条件。从 20 世纪 20 年代末至今，鲁迅小说能够被改编成百余部戏剧，足以说明鲁迅小说可供改编的空间很大，可以给人以丰富的想象空间和创作的余地，这正是好的原型。鲁迅小说虽然短小，但给了戏剧阐释不尽的空间，为观众演绎出众多的改编本，丰富了鲁迅小说，而且使鲁迅小说中空白、不明确的地方更为具体、直观、

---

　　① ［美］乔治·贝克：《戏剧技巧》，载大连市艺术研究所剧作理论研究组编《剧作艺术论》，第50—51页。

丰满、生动。将鲁迅小说改编为戏剧，要能充分发挥戏剧所特有的表现手段，以戏剧更为强烈的艺术感染力打动观众。从小说到戏剧，作品形式的变化势必要在原作基础上有所创造，在这创造中体现改编者对原作的理解和美学上的追求。改编之作在思想性和艺术性上即使不能超越原作，也要至少尊重原作，两者在思想的深度和艺术的高度方面不能差别太大。而且，我们更要思考，在戏剧改编中，怎样使90多年前鲁迅的思想为现今的广大民众所接受。不管怎样，已有的戏剧改编为今后鲁迅小说的戏剧改编提供了丰富的经验和借鉴，笔者真诚希望并相信今后能够改编出更多的切近鲁迅原作精神的优秀作品，将鲁迅的宝贵精神资源传承下去。

# 第七章

# 鲁迅小说的戏剧改编的个案研究

鲁迅小说从 1928 年首次被改编为戏剧到当下仍未停止过的改编中，具有代表性的改编之作有三部：一是早期改编之作——田汉改编的《阿 Q 正传》；二是近期改编之作——2018 年法国著名导演米歇尔·蒂迪姆改编的话剧《阿 Q》和 2021 年波兰戏剧大师克里斯蒂安·陆帕改编的话剧《狂人日记》。这三部戏剧改编作品呈现了 90 余年改编历史中的巨大变化，有必要作为个案进行较为详细的研究。

## 第一节　论田汉改编的话剧《阿 Q 正传》

在鲁迅小说《阿 Q 正传》的戏剧改编史上，田汉的改编本始终是不容忽视的重要剧作。经研究发现，田汉的改编本在思想主题、人物塑造、艺术审美上均与原著有很大的差别。田汉集中塑造了两大矛盾群体，重在展示以阿 Q 为代表的底层民众在封建统治势力剥削、压迫下所遭受的苦难和被激起的反抗意识，并借革命党之口直接反思了辛亥革命因脱离下层民众而导致失败的教训，鲜明地突出了"彻底去除阿 Q 精神，争取中国苦难人民真正胜利"这一思想主题。因此，田汉为抗战需要而改编的《阿 Q 正传》在特殊的历史时期演出效果轰动，发挥了启蒙大众的重要作用。但也存在思想主题暴露、人物个性不突出、艺术粗糙等问题。

《阿Q正传》自问世以来，就以其深厚的意蕴、丰富的艺术吸引着国内外文艺家持续改编的热情，它不仅是鲁迅小说戏剧改编次数最多的一篇，也是新文学作品戏剧改编次数最多的一个文本。据可查找到的资料统计，鲁迅的《阿Q正传》被改编为戏剧达30多次，形成了长达90余年的改编史。在众多的戏剧改编作品中，田汉改编的《阿Q正传》（以下简称"田汉改编本"）始终是研究者无法回避的一部影响很大的剧作。田汉于1937年春改编的《阿Q正传》，是根据鲁迅的《阿Q正传》《明天》《孔乙己》《狂人日记》《风波》《故乡》等多篇小说综合改编的五幕话剧。剧本原载于1937年5、6月《戏剧时代》第1卷的第1、2期上。同年12月由中国旅行剧团首演于汉口天声舞台，此后十多年该剧本曾在全国各大城市上演，受到广大观众欢迎，"在抗战时期曾在大后方各地多次演出，有着深远的影响"①，即使到了20世纪五六十年代仍然是鲁迅作品戏剧改编本中上演机会较多的。1937年10月由汉口戏曲时代出版社出版了单行本，此后又多次出版。然而，研究者基本上认为田汉改编本并不够成功，但都没有进行专章的研究，只是将其放在《阿Q正传》改编史中较为简单地去评述，因此，我们有必要对田汉改编本进行全面、深入的研究，以透视其演出效果和在研究中评价反差巨大的原因及存在的价值与意义。

## 一　田汉改编本的思想主题倾向

田汉改编本思想主题十分鲜明，主要揭露、控诉和批判辛亥革命前后时期中国黑暗的、人吃人的社会现实，反思辛亥革命因脱离下层民众而导致失败的教训，表明中国革命并未取得胜利，呼吁大众起来为千千万万阿Q式悲苦无助的贫民复仇，并彻底去除人们心中的阿Q精神，勇敢奋斗，争取中国苦难人民的真正胜利。这一思想主题与鲁迅小说

---

① 董健编：《陈白尘论剧》，第321页。

《阿Q正传》（以下简称"原著"）的思想主题有所不同。小说重在揭露和批判以阿Q为代表的中国国民的痼疾，以及对阿Q进行迫害、造成阿Q悲剧命运的社会环境，展现旧社会中国广大受剥削受压迫的劳动人民悲苦艰辛而又愚昧麻木的人生，也客观反映了辛亥革命的教训。田汉改编本思想主题与原著相比，有重大区别的地方具体表现在以下三个方面。

首先，田汉改编本集中表现了在封建统治势力压迫下广大底层人民的苦难生活。原著虽也反映了以阿Q为中心的一些下层民众的苦难生活，但更侧重对国民精神麻木的揭露和批判，且原著中呈现出来的苦难民众比较少，也并未突出其所受的苦难。田汉改编的《阿Q正传》，将鲁迅其他小说中众多遭受苦难的下层人物写进了剧作，又另外虚构了一些这样的人物，通过对众多下层人物遭受剥削、压迫、迫害命运的书写，突出地展现了辛亥革命前后时期中国广大劳动人民悲惨的生活处境。

田汉改编本的每一幕都表现出底层民众在剥削和压迫下苦不堪言的生活。在第一幕中，田汉就以咸亨酒店为场所将一群穷困的底层人民：老拱、阿五、七斤、孔乙己、闰土、阿Q、王胡汇聚在一起，通过他们愤慨热议皇上关于加捐的告示，揭示清朝末年自甲午战败以来政治腐败、生灵涂炭的时代背景，表达了他们对封建统治者借口振兴国家搜刮民财以致民不聊生的社会现实强烈不满和苦闷无奈之情。第二、三、四幕即充分展现了在这一社会背景下众多底层人民的苦难生活：吴妈倾诉自己干活重、工钱少的苦楚；阿Q、小D为即使老老实实干一辈子活也娶不起老婆、顶多糊住自己一张嘴而苦闷；邹七嫂为参加婚礼没有衣裳穿而去向赵太太借，又为弄脏、弄破了衣服担心无法交差；八一嫂深受赵家用两把秤，大进小出重利盘剥之苦，还赵家谷子要吃两次亏；单四嫂子的宝儿得了重病，却无钱看病，失去宝儿后，形容枯槁，无钱生计；杨二嫂豆腐店没有本钱，又借钱无着；尼姑庵的产业被钱家、赵家以欺骗的手段霸占，尼姑们每年只给一些刚够吃的谷子；孔乙己因为偷书被打断腿。目睹身边上演的一出一出悲剧，闰土忍不住爆发出积郁在内心的愤怒："他妈妈的，像刚才的单四嫂，像这位孔乙己，像我们每天看见的这些人，谁过过一天像人的日子？都给折磨得死不死活不活的了。"（转引自田汉编剧《阿Q正传》，艺术出版社1955年版，以下引文均出自该版本）即使像萧老板这样开酒店的生意人也感觉生存的艰难，自己该赵太爷的期票已经到期，却无法解决。社会的黑暗，已使广大人民无法生存，真可谓"做一行怨一行"。而赵家、钱家等有钱的封建统治者越有钱越是一丝一毫也不肯放松。

田汉最为集中展现广大劳动人民受苦受难灵魂的是在第五幕。田汉将地点设在绍兴府的监狱，监狱里与阿Q关押在一起的不是原著中两个没名没姓的人，而是处于社会最底层的穷苦人、真正的革命党马育才和看透社会吃人本质、受迫害的"狂人"吴之光等六个均有姓名的人。穷苦人除了阿Q，还有因加租与赵太爷打官司，被拘入狱的赵太爷佃户——陈菊生；因没得吃只好抢劫，失了风被抓的徐二虎；因被举人老爷追其祖父欠下的陈租，自己交不出租而被关进监狱的佃户——刘子贵；因在赵家遭抢时在路上与阿Q说了几句话，被赵家疑为嫌犯的小D。真正的革命党是光复会的马育才，自关进监狱受过很多次酷刑。看透社会吃人本质、受迫害的"狂人"吴之光，面对一个个受苦受难的灵魂愤怒揭露和痛斥这个吃人的社会。贫民、强盗、革命党被关押在一起，他们都是遭受苦难和迫害的一类人。

由以上可见底层民众生活的艰辛，他们对身边遭受苦难的人们表示深切同情，对黑暗的社会现实表示愤慨，期待社会现状的改变。这些在鲁迅小说中都是没有的。

其次，田汉改编本侧重表现广大劳动人民在承受剥削与压迫的苦难生活中，不仅相互间具有同情、怜悯之心，而且明显地具有觉醒和反抗意识。而原著中，鲁迅主要通过阿Q这个一无所有、处于社会最底层、四处流浪的贫雇农遭受剥削、压迫、迫害的悲惨遭遇，和他依靠精神胜利法麻醉自我的奴性自尊，展现旧社会中国广大受剥削受压迫的劳动人民悲苦艰辛而又愚昧麻木的人生。因此，鲁迅在小说中并未表现出下层民众的同情、怜悯之心和觉醒、反抗的意识。田汉着意于这两个方面，显然在思想主题的表现上有悖于原著，但却与中国当时抗战的需要有关。作为中国共产党，又曾任左翼戏剧家联盟党团书记的田汉，实际上是借此剧唤醒广大贫苦民众起来参与到民族救亡的大任中来。基于此，田汉对原著的思想主题进行了发挥创造，使其符合时代的精神，具有宣传鼓动的作用。

田汉改编本的第一幕一开场，在咸亨酒店边喝酒边哼着小曲的老拱就和七斤调侃寡妇单四嫂子，阿五一改原著小说中卑琐无赖、假借帮忙抱孩子占单四嫂子便宜的形象，成为具有同情心的天真青年农民，不仅制止他们调侃单四嫂子，还替单四嫂子抱不平："得了，别胡说八道了，单四嫂子丈夫死了，带着孩子守节，人家满好的。"阿Q调戏小尼姑时，七斤立即出言劝止："阿Q，不要欺负她。"第四幕，失去宝儿的单四嫂子受到八一嫂、闰土、王胡等人的安慰和同情。

田汉在剧中不仅表现出底层民众之间的同情、怜悯之心，而且表现出劳苦大众的觉醒和反抗意识。田汉在第五幕体现了广大苦难人民最为激烈、集中的反抗精神，而且这种反抗不再是大家自发地反抗，而是在革命党马育才领导下的自觉反抗。在绍兴府监狱，马育才听说阿Q受审时画了圆圈，便一针见血地指出其中草菅人命的关窍，并对其进行启蒙。当阿Q即将被杀头，马育才忍无可忍爬住栅栏大叫："我反对！你们谋杀一个无辜的农民！是你们犯罪！我要求释放阿Q！"马育才的呼声引起犯人群体响应。当阿Q被押走，地字号监狱中的难友们愤怒地爬住栅栏，无一人发出声响。吴之光从黄字号监狱里发出这样的吼声："吃人的人们，听见了没有？鸡在叫了，天快要亮了，你们可以改了。要晓得将来容不得吃人的人活在世上的。"阿Q被枪毙，马育才面对狱友严肃地说："死了一个天真无辜的农民。朋友们，中国革命还没有成功，残余封建野兽还在吃人，让我们继续奋斗替千百个阿Q复仇吧。也让我们去掉每个人心里的阿Q，争取中国痛苦人民的真正的胜利吧。"马育才话毕，狱中难友默然遥望着即将破晓的天空，一齐垂首为阿Q致悼。从以上可见，狱中苦难的人们与黑暗的封建统治势力之间的矛盾冲突十分尖锐。在革命党马育才的启蒙和领导下，这些底层民众的觉悟已有所提高，逐渐走向自觉，显示出与黑暗封建统治势力对抗的强大力量。

十分明显，田汉戏剧对底层民众精神的塑造在鲁迅原著基础上有所创造。在鲁迅小说中，民众彻头彻尾的无知愚昧与麻木不仁令人心寒透骨，生活在苦难中的民众，相互间毫无同情、怜悯之心，更无觉醒与反抗意识。鲁迅小说中的阿Q从未清醒地认识到造成自己生计无着的根本原因和罪魁祸首。健忘的阿Q在遭到赵太爷打骂、盘剥之后只是觉得"世上有些古怪"，最终将小D视为谋去了他饭碗的仇敌，并在饥饿难耐之际将其平时视为草芥的尼姑作为掠夺的对象。阿Q被抓关进监狱，鲁迅并没有写他和其他狱友相互间的同情和深入交流。阿Q被押赴法场，并无狱友的送行和悲愤的觉醒，而是路两旁跟着蚂蚁似的围观杀头的人群。鲁迅创作的意图在于"画出这样沉默的国民的魂灵来"①。

最后，田汉改编本直接反思了辛亥革命因脱离下层民众而导致失败的教训。田汉通过革命党马育才之口直接反思了辛亥革命的教训，马育才在狱中面对实心实意安慰、理解、照料自己的苦难民众痛悔地说："谢谢你们，因为你们对我这样好，我才没有完全绝望。我们革命没有把你们做基础，真是失策。"马育才之所以能有如此反省，是因为田汉专门在第五幕中设置了阿Q等苦难民众与革命党关押在同一监狱中的场景，制造了相互间深入了解的机会。剧中，不仅阿Q等苦难民众相

---

① 《鲁迅全集》第7卷，人民文学出版社2005年版，第84页。

互间有深入了解，而且苦难民众与革命党相互间也有了真正的认识。田汉将原著小说中谣传的革命党去妖魔化，加以具体化、血肉化了。因加租与赵太爷打官司失败而被关押的佃户陈菊生，在对革命党马育才有了近距离的接触和了解后说："从前人家都说革命党白盔、白甲，又说他们是红头发绿眼睛，自从见了马先生，才晓得也跟我们是一样的。"革命党马育才对阿Q等苦难民众同样有了深入的认识，才能自然而然地说出辛亥革命没有以苦难民众为基础而遭失败的痛悔之语。

原著尽管以阿Q个人悲剧命运反映了辛亥革命失败的教训，但并未直接表达出来，小说中也没有出现革命党的具体形象，阿Q等贫苦农民并没有见过真正革命党，只是想象而已，因此阿Q等不可能对革命党有什么认识。鲁迅小说中的革命党形象和有关信息，对于阿Q等贫苦农民来说，仅仅是从谣传得来的，革命党的形象即是"个个白盔白甲：穿着崇正皇帝的素"，革命党所做的革命性的行为便是"剪辫子"。

田汉借革命党马育才之口将辛亥革命失败的教训直接呈现出来的原因可能有以下几个方面。一是戏剧审美特点的需要，戏剧思想主题必须鲜明、突出、单纯；二是该剧写于中华民族处于危亡关头的1937年，正是需要唤醒广大农民、建立抗日民族统一战线共同抗击侵略的紧要时期，且此时国民精神与鲁迅反映的时代已有所改变；三是已加入中国共产党的田汉积极参与了党对文艺的领导工作，政治倾向鲜明，如此安排设计意在表明后来的革命应该充分吸取辛亥革命的教训。但是，田汉在剧中让革命党马育才直接反思辛亥革命的教训也是自己的主观臆想，辛亥革命的性质决定了其革命党人不可能有如此反思，这其实是从中国共产党的角度反思的，因而这样的直白表达有些生硬。不过，如果我们从田汉自身创作意图和理解来看，他让革命党马育才直接反思教训，意在表明以后的革命者应以此为教训。

## 二 田汉改编本的人物塑造

田汉改编本中的人物如果按照创作来源来分的话，可以分为三类：

原著中的人物,鲁迅其他小说中的人物,虚构的人物。如果按照阶级性质来分的话,这些人物又可以分为:深受剥削压迫的苦难民众,资产阶级革命党,封建统治阶级。如此看来,田汉改编本中的人物明显要比原著丰富许多。

原著中下层苦难民众的主要人物就是阿 Q,其次有小 D、王胡、吴妈、小尼姑、老尼姑等。而田汉改编本将这一底层苦难人物的数量充分扩大了,在原著基础上增加了两倍多,广泛撷取了鲁迅其他小说中的同类人物。《明天》中的单四嫂、老拱、阿五,《孔乙己》中的孔乙己,《故乡》中的闰土、杨二嫂,《风波》中的七斤、七斤嫂、九斤老太、八一嫂等下层人物都被田汉改编进话剧中。1934 年 11 月 14 日,鲁迅在《答〈戏〉周刊编者信》中对田汉改编、袁牧之翻译成绍兴话的《阿 Q 正传》剧本的这种做法表示了充分的肯定,他说:"现在回忆起来,只记得那编排,将《呐喊》中的另外的人物也插进去,以显示未庄或鲁镇的全貌的方法,是很好的。"① 除了鲁迅小说中现成的人物,田汉又虚构了陈菊生、徐二虎、刘子贵等一些下层苦难人物。以上下层民众,每个人都有各自的苦难,田汉集中呈现了吃人社会中广大下层人民的悲苦生活。剧中还专门增设了两个对黑暗社会先知先觉的人物——吴之光、马育才,其原型分别来源于小说《狂人日记》中看透四千年吃人历史的狂人和《药》中的革命者夏瑜。田汉将鲁迅其他小说中的和虚构的遭受不同苦难的下层人物,以及诅咒并反抗吃人社会的先驱者汇聚在同一部话剧中,集中凸显了渴望争取痛苦人民真正胜利的思想主题。

至于封建统治势力和投机革命成为新贵把持政权的伪革命党,田汉基本上维持了原著的人物。在剧中主要增加了处于暗场的封建最高统治者——皇上,县太爷、张委员,以及《风波》中赵七爷这个封建老朽。田汉增加这些人物,显然意在加强矛盾这一方的冲突力量。

---

① 《鲁迅全集》第 6 卷,第 148 页。

　　田汉除了在原著基础上增加人物之外，还创造性地重塑了人物性格。人物性格有的基于原著有所改变，有的甚至被着意重新雕琢。田汉剧中苦难民众人物形象、性格变化最大的当属闰土。在鲁迅小说中，中年闰土是一个常年在海边种地，饱经风霜、多子多难的贫穷农民，是一个等级观念深厚、灵魂毁灭、苦不堪言的木偶人。然而，在田汉剧中，闰土被重新塑造。首先，闰土的身份、职业、家庭都有所变化。闰土因种地入不敷出，只好将地押出去，挑起货郎担，由农民转变成为一个做小生意的人。而且，闰土是"光棍一条"（第四幕中这一说法与第一幕中所写"一家七口"相矛盾，或许是作者失误所致）。其次，闰土的形象、性格有很大变化。闰土一改《故乡》中苦不堪言的木讷形象，而成为在咸亨酒店借酒消愁的穷苦民众中的活跃一员。闰土出场虽然只在第一幕和第四幕，但在这两幕中，闰土都表现得比较活跃，善于言辞。第一幕中，大家讨论皇上加租的告示时，闰土不仅看法很理性，而且显示出很高的觉悟。他赞成国家恢复已失主权、报仇雪耻，为此宁愿捐钱，甚至捐命，但又担心朝廷拿了钱不办好事，恢复了的主权也只是皇上做得了主，穷苦人做不了主。第四幕中，闰土同情单四嫂子这样的穷苦人，为孔乙己因偷书即被丁举人私刑拷打致残的悲惨遭遇抱不平，对赵家、钱家霸占别人产业的卑劣行径进行声讨。闰土面对广大人民所过的非人日子，并不认命，与原著小说中苦到只知无奈承受，将希望寄托于神灵的闰土不同，他不仅清醒地认识到造成自己志气消磨、生活艰难的原因——饥荒、捐税、各种各样受气的事，而且对苦难民众如此命运进行大胆质疑，并号召大家投奔革命党。另外，闰土看问题很有头脑，能一针见血。他能有根有据地揭露迂腐的赵七爷关于革命党身穿白盔白甲为崇祯皇帝报仇的谣传，他也能立足现实果断制止赵七爷和孔乙己的无谓争论，他还直接指出阿Q将辫子盘在头上并非就是革命党的事实。

　　由以上可见，田汉剧中的闰土敢于表达自己的想法，能理性看待问题，有相当高的见识和觉悟，同情苦难民众，敢于反抗封建势力，这样一个崭新的闰土形象表现出田汉对中国最广大农民觉醒并奋起反抗的热切期待，这样的闰土不再是鲁迅小说中那个沉默的灵魂。

田汉在塑造主人公阿Q时，虽然基本遵从原著中的性格，但也有所创造。一方面，剧中的阿Q敢于反抗，并将反抗的矛头直指虚伪的封建礼教、森严的封建等级秩序和狠毒的封建统治者。阿Q因调戏吴妈而受到赵家严厉的教训和惩罚，并招致众人排斥，失去了谋生的来源，他不禁愤然指骂和抗议："他妈妈的，这未庄哪一家是干净的？外面仁义道德，骨子里男盗女娼。老子看上了吴妈就算犯法了？就不许我吃饭了？"阿Q的这一反抗精神可谓振聋发聩，与原著中高唱"我手执钢鞭将你打"将夺取其饭碗的仇恨记在小D身上有本质区别。另一方面，阿Q具有农民淳朴善良的本质，他同情穷苦人，能辨识好坏是非，懂得感激别人，与穷苦人友善相处。当别的女人都躲避阿Q，唯有八一嫂非但不躲避，还劝慰他，并热心给他提供雇人信息，阿Q不仅表示感谢，还说出"未庄只有你是好人"这样发自肺腑的话来。狱中的阿Q听小D说他是因为邹七嫂的告发才被关进监狱的，不由得骂道："他妈妈的，邹七嫂这老不死的，专害好人。"阿Q感受到狱中难友间相互关怀的温暖，并将这种温暖传递给小D："没有就大家公用，到了这里全是自己人。"田汉塑造的阿Q形象，虽然紧扣其精神胜利法的性格特点，但仍然有所创造。我们从增加的这两个方面的性格特点可以看出，田汉对阿Q这样处于社会最底层的无产流民寄予了深切的希冀。田汉深信，在中国革命的新时期，这一部分民众是可以依靠的革命力量，他们必将会被唤醒，逐渐成为具有自觉革命意识的最广大群体。

除了闰土、阿Q，田汉剧中其他苦难民众的人物性格相对于鲁迅小说而言，或多或少都有改变。阿五在鲁迅小说《明天》中原本是一个靠喝酒打发夜晚时光的游魂，一个无所事事的流氓无产者和性变态者。他借抱孩子之时占寡妇便宜，借帮忙之机与众人一起分刮单四嫂子靠抵押、赊欠来的一点钱财。然而，在田汉剧中，阿五是一个天真、善良的青年农人，小时候还读过书认得些字，他具有同情心，劝止老拱不要拿单四嫂子调笑，认为单四嫂子是一个守妇德的好女人，并在单四嫂子有难时真心帮助，在别人眼里是个好人。而且，阿五有主见、敢直言，并非一个愚昧无知，对清政府愚民言论听之任之的奴性农民，他对国家大事有一定的清醒认识，敢于对皇帝加租告示上颠倒黑白的说法予以痛斥和揭露。但是，阿五也会参与众人对阿Q的嘲弄。老拱、七斤、七斤嫂等性格中都有一些新的因素，连鲁迅小说《风波》中思想僵化、保守顽固的九斤老太，在田汉剧中对于七斤辫子被剪一事居然思想超前地说出"伤什么心？这几根劳什子剪掉了也好"这样的话，以致闰土称赞道："看不出这老太太倒是一位新人物哩。"

　　总的来看，田汉剧中苦难民众的性格在鲁迅小说基础上的创造性主要体现在三个方面。一是具有善良、朴实的本性，同情弱者。田汉剧中苦难民众之间具有同情心，相互间的帮助真心实意。而在鲁迅小说中的国民是冷漠自私的，始终处于看客的位置。二是敢于直言，具有强烈的反抗精神。田汉剧中的苦难民众不再是鲁迅小说中沉默的灵魂，软弱的羔羊，他们敢于把心中的不满说出来，敢于反抗压迫。三是具有清醒的认知，甚至有较高的觉悟。田汉剧中的苦难民众与鲁迅小说中愚昧无知、甘于为奴的国民不同，他们对造成自己悲剧命运的罪魁祸首和根源有着清醒的认知，因此，他们将反抗的矛头指向封建礼教和封建统治势力。为了国家可以捐钱、捐命，难友之间东西可以公用，大家均为自己人，这样的思想觉悟在鲁迅小说中都是没有的。另外，值得注意的是，田汉有意识地摒除了鲁迅小说中愚昧麻木的看客形象，他在剧中将人物全都具体化，而不再是鲁迅小说中影影绰绰的群像。不过，田汉也遵从原著，表现出了底层民众欺负弱小、揭人伤疤、愚昧落后、利用精神胜利法自我麻醉等劣根性。在田汉看来，即使是到了20世纪三四十年代，阿Q式的精神胜利法仍然表现得非常明显，因此田汉在剧中不但加以突出表现，还在最后直接呼吁中国广大人民要坚决抛弃自身的这一性格特征，只有这样，才能争取中国的真正胜利。

对于赵太爷等封建统治阶级这类人物性格的塑造，田汉则在原著基础上进行了再加工，使其更加丰富、典型，并特别突出了两个方面：一是伪善贪婪，二是冷血狠毒。田汉将封建统治阶级伪善贪婪的嘴脸表现得十分透彻，除了运用原著中较少的细节外，还另外虚构了较多的事件，如清政府借口振兴国家大肆搜刮民财，钱、赵两家地主借口办洋学堂霸占庙产，赵太爷利用小斗出大斗进和缺斤少两的做法重利盘剥借粮的穷苦农民等，这些都典型地活画出封建统治阶级在巧取豪夺中所表现出来的伪善贪婪的本性。同时，田汉在剧中集中凸显了封建统治阶级冷血狠毒的秉性。吴妈遭阿Q调戏后一直哭个不停，赵太太不但不劝解，反而认为吴妈哭对于即将要办相公酒庆祝二少爷洋学堂毕业不吉利，责令其"要哭回家去哭"，自己家绝不允许其这样哭，还嘱咐邹七嫂看住吴妈，"要寻短见也不能让她在我家里"。由此可见封建统治阶级的自私冷漠，无视底层民众的生命。封建统治阶级为了维护自身的利益，可以将要求减租的农民关进大牢使其妻离子散，将偷书的下层知识分子打断双腿。

值得注意的是，田汉还虚构了一个资产阶级革命党的形象。马育才自被关进监狱后受尽酷刑而不屈服，能深刻反省辛亥革命的教训，具有敏锐的洞察力，他对穷苦大众亲近、友善，敢为无辜的农民呼吁劳苦大众奋起反抗。田汉刻画了一个真正的革命党形象，这虽是他的想象，但更是他对今后革命党形象的勾画。

### 三 田汉改编本的艺术审美特点

原著《阿Q正传》虽然有一定的戏剧性，但并不充分，田汉将其改编为剧本并搬演上舞台，就要使其具有戏剧的审美特征。

首先，田汉在剧中大大强化了矛盾冲突，从而使主题思想明朗，并另有侧重。众所周知，没有冲突就没有戏剧，"冲突是一切戏剧的主要力量"①，戏剧主题的彰显和情节的发展都离不开冲突。原著虽然存在矛盾冲突，但由于主题侧重和人物数量等原因，并不突出。田汉改编本不仅矛盾冲突集中，范围广，而且冲突激烈。集中是指矛盾冲突主要在苦难民众和封建统治势力之间展开，这两者存在着明显的阶级对立关系；范围广指矛盾冲突双方人数比原著中明显增多；冲突激烈指双方的矛盾是不可调和的。田汉剧中矛盾冲突的双方，一方是深陷苦难、遭受迫害的民众以及看透吃人社会的狂人和革命者；一方是封建统治势力和投机革命成为新贵把持政权的伪革命党。

田汉在第一幕开始时就通过皇上又要增加田赋房捐的告示，迅速拉开冲突的帷幕，将矛盾冲突的双方——皇上与贫民——展现在观众面前。然后，又借赵太爷等乡村封建势力将皇上的赋捐转嫁到租户头上，将矛盾冲突的双方进一步直接化、具体化，如租户陈菊生与地主赵太爷之间的矛盾冲突。皇上再次增加赋捐使广大农民不堪重负，从而引起农民的强烈不满和反抗，其中陈菊生与赵太爷因加租而打官司即是这一矛盾冲突的代表。矛盾冲突的结果是，陈菊生被关进大牢，妻儿被逼迫搬家。这一悲剧性的结果是必然的。陈菊生尽管将动静闹得很大，闹到县太爷不得不派张委员下乡调查，然而县太爷早已嘱咐张委员下乡务必要找假洋鬼子一起商讨断案。作为本就出身地主阶级家庭——未庄封建统治势力代表赵、钱两大家之一的假洋鬼子自然偏袒赵家，这就注定了陈菊生的悲剧命运。陈菊生怒火中烧、不堪压迫地发出质疑的吼声："他妈妈的，这个世界一辈子是赵家的吗?"剧中，田汉在原著基础上有意识地加强并凸显了封建统治势力这一方的冲突力量，他将辛亥革命前后时期封建腐朽朝廷、地方贪官污吏、资产阶级投机分子、乡村土豪劣绅相互勾结的权力关系集中展示出来，更可见广大贫民有冤无处申的悲惨处境。在封建社会即将崩溃的最为黑暗的统治下，剧中的农民要么另寻

---

① ［英］阿·尼柯尔：《西欧戏剧理论》，载大连市艺术研究所剧作理论研究组编《剧作艺术论》，第30页。

出路，像闰土一样将土地押给别人做小生意糊口；要么只得默默承受被剥削的悲苦生活，像阿五、八一嫂；要么被关进大牢，像打官司根本不可能赢的陈菊生，以及因举人老爷追其祖父欠下的陈租而交不出租来的佃户刘子贵。

除因加租引起的冲突外，苦难民众与封建统治势力之间其他方面的矛盾冲突也无处不在。田汉在剧中几乎将所有的矛盾冲突都集中在这两者之间，着力凸显这两者之间的矛盾冲突。孔乙己与丁举人，吴妈与赵太爷，老师太与钱赵两家，阿Q与赵家，小D与赵家，萧老板、杨二嫂、单四嫂子、徐二虎、马育才、吴之光等与黑暗的社会之间均存在着不可调和的矛盾冲突。就单四嫂子的悲剧而言，田汉没有搬演鲁迅小说中单四嫂子宝儿死后，前来帮忙的邻居所表现出来的冷漠、自私，以及吃人的迫不及待与快感这样的国民性，而是着重表现宝儿死后，单四嫂子不但在精神上受到重创，而且由于安葬宝儿已花尽仅有的一点财物无法过活的凄惨状况，将造成单四嫂子的悲剧归因于这个黑暗的社会。对于阿Q的悲剧而言，田汉也在原著基础上做了改动，他将阿Q因调戏吴妈失去饭碗后的反抗矛头引向虚伪的封建礼教、严格的封建等级秩序和狠毒的封建统治者，有意识加强阿Q与封建保守势力的冲突。封建统治势力的残酷剥削、压榨、迫害使广大民众无法生存，苦难民众也被迫反抗，二者之间的矛盾冲突愈演愈烈，苦难民众的反抗也由自发反抗最终变为革命党和先觉者领导的自觉反抗。马育才作为真正的革命党能够识别封建统治者和伪革命党屠杀无辜百姓的伎俩，能清醒地认识到中国革命尚未胜利的现实，在他的领导下矛盾冲突最终达到高潮。

由以上论述可见，田汉将以上两大矛盾冲突群体集中地呈现出来，加强了双方冲突的力量，致使冲突激烈，从而使主题思想在原著基础上另有侧重。田汉重在展示众多底层人物在与封建统治势力的冲突中所造成的苦难，鲜明地突出了"争取中国苦难人民真正胜利"这一主题思想。原著中虽然也存在阶级的对立，存在着苦难民众与封建统治势力之间的矛盾冲突，如阿Q和赵太爷，但由于主题侧重不同，两者之间并没有表现出强烈的冲突。鲁迅小说常常表现民众之间一人独占众数的悲哀，侧重揭示愚弱麻木的国民与封建势力构成"无主名无意识杀人团"一起吃人的不觉悟。而田汉所处的时代是广大人民由愚昧到觉醒的一个时代。因此，田汉有意削弱民众之间的矛盾，《狂人日记》中的"疯子"不再独自面对众多吃人的人，而是与底层民众一起反抗这个吃人的社会，将矛头指向以皇上为首的腐败政权下赵太爷等封建统治势力。

其次，田汉充分发挥了戏剧区别于小说的最主要优越性——直观的再现，从而使观众可以获得直接、具体而强烈的感受。卡斯特尔维特洛认为戏剧与小说（叙事文学）区别中最为重要的一点是："戏剧体用事物和语言来代替原来的事物和语言；叙事体则只用语言来代替事物，对于说话也是用转述代替直达。"① 原著虽然也存在人物对话，但还是以叙述为主。田汉将鲁迅小说中叙述的话语灵活地转化为人物的话语，通过人物对话展示故事、矛盾冲突、人物性格等。如田汉将原著中关于阿Q赌赢了钱却被抢走之后利用精神胜利法反败为胜的事件过程的叙述，以小D、吴妈、阿Q三人之间的对话展示出来。田汉在改编中充分挖掘小说中的叙述内容，特别是有戏剧性因素的内容，利用人物对话将其直观地表现出来，使观众获得直接而具体的感受。如原著中鲁迅对吴妈在赵家的劳苦只用了一句相当精简的叙述性话语来表现，即"吴妈，是赵太爷家里唯一的女仆"。而田汉在剧中则将其意味加以丰富，以闲话家常时吴妈对小D、阿Q的诉苦生动地展示出来："这儿人太多，一家大小七八口，就只我一个用人。自从大少爷进了秀才了，这一家人都像做了大官似的，谁也不肯动。你想我一个人怎么伺候得来？又没有多少工钱，一年到头连好一点的粗布衣裳都别想穿一件。"显然，吴妈的这一通有感而发的抱怨，具体而直观地展现了下层人民深受封建统治阶级

---

① ［意］卡斯特尔维特洛：《〈诗学〉诠释》，载大连市艺术研究所剧作理论研究组编《剧作艺术论》，第44页。

剥削和压榨的苦楚,这也正是田汉剧中着重要表达的主题思想。另外,从原著中这一句话也可以看出赵太爷的吝啬,不过小说中都没有直接言明这一点,而田汉在剧中则多次借底层民众之口直接指出赵太爷这些土豪劣绅们的吝啬、苛刻,表达他们的愤懑。其中,杨二嫂的话可谓是对地主们的经典评价:"越是有钱就越不肯放松,越不放松就越有钱。"可见,戏剧在表现主题思想、人物性格时通常更为鲜明而突出,使观众一看就懂,这正像美国戏剧理论家乔治·贝克曾指出的那样:"剧本既然比小说走得快,我们就必须在任何特定时刻都让它比小说清楚得多。戏剧家选取来表演的东西,必须比小说家所选的更容易产生直接的效果。"①

尽管直观的再现可以使观众获得直接而具体的感受,其产生的效果要比小说更为强烈,但戏剧却也存在无法完全表现出小说中应有之义的局限。老舍这位在小说和戏剧上均取得了杰出成就的艺术大师谈及这两种艺术的语言特点时,根据自己的创作经验指出:"在小说中,应在适当的时机利用对话,揭示人物性格,这时作者一边叙述,一边加上人物的对话,双管齐下,容易叫好。剧本通体是对话,没有作者插口的地方。这就比写小说多些困难了。"② 老舍在这里实际上指出了小说在叙事上的便利。在小说中,社会背景、故事情节、人物性格等都可以通过叙述者的叙述表现出来,叙述者还可以深入到人物的内心世界,甚至人物的潜意识领域里,剖析人物的情感变化。而作为"直观的再现"的戏剧由于缺乏叙述者(或者说叙述者沉默),人物内心世界等在戏剧中是很难交代清楚的。原著中,阿Q被绑缚法场途中一系列心理活动及鲁迅对其的深刻剖析,在田汉剧中都被省略了,也可以说是不方便表现出来,这恰恰说明了小说在塑造人物上的优越性。

---

① [美]乔治·贝克:《戏剧技巧》,载大连市艺术研究所剧作理论研究组编《剧作艺术论》,第48页。

② 老舍:《戏剧语言》,载大连市艺术研究所剧作理论研究组编《剧作艺术论》,第58页。

　　鲁迅对阿Q临死前游街示众的心理描写和剖析可谓十分复杂且具有深刻意味。一是以阿Q视角和体验呈现了那个最令人恐惧的"无主名无意识杀人团"，暗含鲁迅对这个麻木到无动于衷、冷漠残忍、喜欢鉴赏、有着渴血欲望的看客群体的决绝批判；二是表现出阿Q这个愚昧落后的贫民即将被杀头依然不觉悟，蕴含着鲁迅对阿Q命运的深刻同情，并对其可能的觉醒寄予希望，但阿Q终于没有觉醒。鲁迅对阿Q临刑前心理的细腻描写融合了他独特的生命体验，人心的冷漠与麻木常常使鲁迅陷入绝望。而以上在田汉剧中只是简单地处理为，阿Q唱了半句《龙虎斗》，叫了一声"救命"，喊了一句"二十年后又是一条好汉"，小说中对阿Q细腻、深入的心理剖析完全没有体现。从这一点来说，田汉剧作在艺术表现力上不如鲁迅小说。当然，田汉如此处理原著中这部分内容也是和其创作意图以及所要表现的主题思想有关的。

　　最后，田汉改编本将人物展览式和冰糖葫芦式两种戏剧结构交叉运用，虽然有既塑造了集体群像又展现了主要人物的好处，但结构总的来看有些松散。原著是以阿Q作为主要人物结构全篇的，而田汉改编本虽然也有意如此，但由于增加的人物、事件比较多，阿Q作为主要人物并不突出。田汉有意设计了三条动作线：一是阿Q身上表现出来的固有的精神胜利法，二是众多底层人物遭受苦难，纷纷表现出不满和反抗意识，三是封建统治势力对底层民众进行剥削、压迫和迫害。田汉虽有意将这三条动作线在第五幕中交汇，以达到全剧动作的统一，但可以说比较牵强，因此结构上虽具有完整性，但并不具有统一性。

　　综上所论，田汉的改编本在思想主题、人物塑造、艺术审美上与原著相比，均有很大的差别。这与田汉改编《阿Q正传》的意图密切相关。1937年，田汉在《关于〈阿Q正传〉的上演》一文中对其价值与意义做出了说明："《阿Q正传》在这时上演也可以有它的意义。首先，我们应认识目前的抗战便是辛亥革命的任务的完成。《阿Q正传》写的恰是辛亥革命前后，而直至今日当时的主要革命对象仍然存在。赵太爷、钱太爷、假洋鬼子之流，以汉奸的姿态出现在我们的左右。第二，阿Q式的精神胜利法在对日抗战中仍然表现得非常明显。这妨害我们采取正确有效的战略，妨害我们认清谁是我们的朋友。第三，阿Q作者鲁迅氏至死不妥协的精神在滔滔的今日有提倡宝爱的必要。因而在鲁迅逝世一周年复演由他的遗著改编的戏剧不是徒然的事。"① 从这段话来看，田汉改编本既是纪念鲁迅，也是配合当时抗战的需要。如果按照忠实于原著的改编理论而言，田汉的改编本确实不很成功。但众所周知，改编本身就是一种艺术的再创造，渗透着改编者的个性化理解、思想情感倾向与艺术审美趣味。田汉在当时抗战形势紧张的特殊社会环境下凸显救亡意识，彰显时代精神，其实正体现了其民族责任感。因此，田汉改编本的演出受到广大人民的欢迎，起到激发民众参与革命、奋起反抗、共同抗日的热情。当然，田汉改编本也不免有宣传鼓动之嫌，存在艺术性不足等问题。

## 第二节　论陆帕改编的话剧《狂人日记》

在鲁迅一百四十周年诞辰之际，波兰戏剧大师、"国宝"级导演克里斯蒂安·陆帕将鲁迅于1918年创作的第一部短篇白话日记体小说《狂人日记》改编为同名话剧搬上了舞台。陆帕将仅有4800字左右的原著，扩充到表演内容时长达5小时。该剧于2021年3月在哈尔滨大剧院首演，2021年6月在阿那亚戏剧节进行完整版世界首演，接着又在长沙、绍兴、西安等地巡演。该剧在哈尔滨大剧院正式试演之后，即引起惊叹。不论是媒体的解读和宣传，还是观众历经长时观演的体验、感受、评论，均表明了该剧的反传统性。陆帕打破了观众因作品对鲁迅的印象，他走进狂人的内心世界，展现狂人发现"吃人"的精神历程，

---

① 田汉：《关于〈阿Q正传〉的上演》，《抗战戏剧》1937年第3期。

以自己的理解和方式演绎了一个"陆帕版"的全新戏剧《狂人日记》。

## 一 舞台上被隐藏的"恶"——重塑食人魔形象

我们不得不承认，陆帕改编的《狂人日记》是对鲁迅笔下"吃人"世界的一种颠覆。鲁迅小说《狂人日记》以区区不足 5000 字的精炼文笔，展现了狂人对中国四千年历史"吃人"这一惊天秘密的发现和对人性恶的发现。鲁迅充分发挥了小说艺术手段的优长，鲜明地塑造了一群食人魔的形象，他以十分贴切的描述性语言揭示了他们的"恶"。鲁迅善于抓住人物眼色、脸色、神情、心理等揭示这群食人魔"恶"的本质，他们不仅心理潜藏吃人的欲望和凶狠，而且从外在来看，他们也难掩凶恶的面目和言行。在鲁迅的《狂人日记》中，不管是赵贵翁还是一伙小孩子，他们的眼色都一样，"似乎怕我，似乎想害我"[1]"脸色也都铁青"[2]，路上人的脸色都是"这么怕""这么凶"[3]"其中最凶的一个人，张着嘴，对我笑了一笑"[4]。这伙人"青面獠牙"[5]"他们的牙齿，全是白厉厉的排着，这就是吃人的家伙"[6]。大哥请来给狂人诊脉的何先生"满眼凶光，怕我看出"，临走低声对大哥说"赶紧吃罢"[7]。这些人全都是"狮子似的凶心，兔子的怯弱，狐狸的狡猾"[8]。至于大哥，同样凶恶无比，当狂人劝勉其改了吃人的习惯时，"当初，他还只是冷笑，随后眼光便凶狠起来"[9]，看到大门外围观的一伙人，大哥"忽然显出凶相"，"高声喝道，'都出去！疯子有什么好看！'"[10] 由以

---

① 张秀枫编选：《鲁迅小说全编》，第 1 页。
② 张秀枫编选：《鲁迅小说全编》，第 2 页。
③ 张秀枫编选：《鲁迅小说全编》，第 3 页。
④ 张秀枫编选：《鲁迅小说全编》，第 1 页。
⑤ 张秀枫编选：《鲁迅小说全编》，第 3 页。
⑥ 张秀枫编选：《鲁迅小说全编》，第 4 页。
⑦ 张秀枫编选：《鲁迅小说全编》，第 5 页。
⑧ 张秀枫编选：《鲁迅小说全编》，第 6 页。
⑨ 张秀枫编选：《鲁迅小说全编》，第 9 页。
⑩ 张秀枫编选：《鲁迅小说全编》，第 9 页。

上可见，在《狂人日记》中，鲁迅尽管塑造了一群影影绰绰、躲躲闪闪，相互疑心、相互戒备、相互防卫，表面上尽力掩饰内心吃人欲望的食人魔形象，但是，鲁迅仍然会运用画龙点睛式的描写揭示出他们的"凶"和"恶"。

然而，观看陆帕改编的话剧《狂人日记》，我们会发现，从始到终，舞台上的人物，除了狂人言行举止癫狂，疯言疯语、自说自话之外，其他人物并未像原著一样表现出对狂人迫害的言行，哪怕是一两句具有暗示性的语言。可以说，整个舞台上没有表现出人物"恶"的一面，无论是字幕，讲述者，还是剧中的人物等。陆帕在该剧中有意隐藏了这群食人魔的"恶"，对其不作任何关于"恶"的价值判断。

如果没有读过鲁迅的原著，有的观众真的很难认识到舞台上这群食人魔的"吃人"本质，甚至会将其看作"好人"，因为他们没有表现出恶的面目和言行，反而看似善良、体贴、平和、正直……该剧并没有像原著一样，对赵贵翁、大哥等这些吃人的人进行明显的暗示。关于原著中赵贵翁奇怪的眼色、铁青的脸色，陆帕在剧中都没有去展现，而是通过狂人与赵贵翁的对话，将赵贵翁塑造成了一个"哲学家"，一个看似正直守礼的长者，对狂人进行着预设式的提问，问了狂人四个问题。另外，在鲁迅的《狂人日记》中，何先生诊脉之后，"便低声对大哥说道，'赶紧吃罢！'大哥点点头"①。何先生与大哥的对话，明显具有暗示性，这里的"吃"具有象征意义，指的是"吃人"。但在陆帕的改编剧中，何先生并不是对哥哥这样说，而是对狂人说："不用担心。静静养几天，好好吃饭，就好了。"接着又对狂人说道："吃吧，赶紧吃了吧！"这些话虽然似乎也具有象征意义，但陆帕却有意使"吃"的意思从表面上理解明确化，就是一个医生对病人的正常劝慰，劝其好好吃饭。

---

① 张秀枫编选：《鲁迅小说全编》，第5页。

　　该剧中周围的人看起来也都很正常，他们表现出来的甚至是善良、温和，大哥给人的感觉一直很理智、冷静，很关心弟弟。鲁迅在《狂人日记》中单就大哥对好人、坏人的态度、评价的叙述，即可巧妙地表现出大哥是非不分的立场："我还记得大哥教我做论，无论怎样好人，翻他几句，他便打上几个圈；原谅坏人几句，他便说'翻天妙手，与众不同'。"① 而在陆帕改编的《狂人日记》中，大哥平时的表现都不露痕迹，只有在喝醉的时候才会吐露自己真实而痛苦的内心："我要上吊，我受不了了，我应该去上吊，我要去干掉自己，我要上吊……"

　　剧中狂人对吃人的发现，是一种慢慢的发现，逐步深入的发现，从一开始的恐惧、忧虑，到最后发现社会吃人的真相。当狂人一再发现有吃人的现象并质疑时，周围人就避而不谈或一再否定吃人一说，而且不动声色。在这部改编剧中，除了狂人和嫂子，所有的人说话都很正常，积极正向、义正词严、冠冕堂皇、毫无破绽，似乎与狂人的发现、质疑很不搭调，狂人成了自说自话，没有得到任何可以印证的回应。陆帕如此表现意在使观众透过狂人和周围人之间表面上的话语抵触、不一致，引发想要寻求事实真相的思考。陆帕在剧中隐藏了这群食人魔的恶，这正是陆帕的别有用心之处，是这部戏剧的高级之处。陆帕将吃人的人塑造成了"好人"，伪善的人，使观众不那么容易发现吃人的残忍，以此表明中国"四千年来时时吃人的地方"② 得以存在、延续的秘诀——吃人的隐蔽性，从根本上批判封建制度和封建礼教的伪善面目。在陆帕看来，鲁迅《狂人日记》中的食人魔之所以在中国封建社会几千年历史中一直存在，是因为他们隐藏得很好，越是想吃人的人就会隐藏得越好。但事实上，他们的内心都隐藏着恶，陆帕特意如此设计，使舞台上的演员隐藏角色的恶，更有力地塑造了一群真正的食人魔形象。陆帕认为，如果该剧在舞台上将这群食人魔的恶表现出来，那这部改编之作就

----

① 张秀枫编选：《鲁迅小说全编》，第4页。
② 张秀枫编选：《鲁迅小说全编》，第11页。

是一个平庸的表演。

陆帕不仅在剧中没有点明这伙食人魔的凶残面目，而且他也对原著中的人物对话进行了处理，使人物通常欲言又止，尤其是有意省略原著中人物话语的价值判断。在鲁迅的《狂人日记》中，狂人与一个年轻人有一段对话，其中两句如下。狂人质问年轻人："从来如此，便对么？"年轻人说："我不同你讲这些道理；总之你不该说，你说便是你错！"① 但在陆帕的改编剧中，狂人与大学生之间的对话则没有出现"对""错"这样的做出价值判断的字眼。狂人问道："从来如此，那现在也有吗？"大学生："我不想再谈这个了；总之你不该说，你说便是……"该剧中有不少这样欲言又止的对话，这些未竟的话，会引人联想，引人思考，使观众陷入剧中人的思维和语境中，难以直接从字面上获得该剧想要表现出来的价值判断。陆帕将鲁迅《狂人日记》中所揭示的社会的恶、人的恶有意隐藏起来，在话语中不做任何价值判断，正是其对鲁迅作品深入研究、理解的结果，陆帕为观众展现了中国几千年吃人历史中社会恶的隐秘性，以及长期长养在其中的食人魔的伪善。正因如此，该剧还是属于小剧场戏剧，其观众群应该定位为文化修养比较高的观众，最起码读过鲁迅的《狂人日记》，并能理解鲁迅写作的意图和作品的思想内容，否则观众很难通过这群隐藏恶的食人魔领悟该剧的主旨。

事实上，观众一旦难以领悟该剧主旨，就会感到倦怠。该剧在湖南大剧院演出期间适逢暑假，现场观众中，有不少是家长带着来的中小学生，时时发现有睡觉的、中途退场的现象。对于普通观众来说，陆帕改编的《狂人日记》绝对是 5 个小时的折磨。但陆帕却不以为然，他本来就没有想使该剧屈从观众的审美趣味，他要求演员不要成为观众的奴隶，不怕观众离席，他认为最后留下的就是真正的观众，能够和他一起

---

① 张秀枫编选：《鲁迅小说全编》，第 7 页。

投入剧中理解他的观众。

陆帕在舞台上隐藏"恶"的另一种方式是使人物之间的对话各行其是，没有碰撞和交流，没有肯定和否定，没有回应和反驳，从而引发观众自身的思考和判断。第二幕第四场"夜晚"中狂人与佃户的"对话"，实际上就是一个空间里的自说自话，呈现出来的是两个世界的毫无共同语言的人。佃户只管自顾自地说着狼子村被吃掉的那个"大恶人"被吃前的情况，他以司空见惯和轻蔑的态度讲述了"大恶人"因年轻肉还很新鲜的诱惑和四处躲藏的窘态，以及被抓时如猪一样尖叫的情形。在原著中，鲁迅笔下的佃户并未对"大恶人"进行如此描述，陆帕似乎想要通过如此描述引导观众如同狼子村的村民们一样，对"大恶人"产生厌恶和鄙弃的情绪，从而认同他们吃人就像吃猪似的合法性。而狂人则说着佃户听不懂的"狂话"，关于庸众集体"吃人"的狂话，沉浸在之前他在街道上看到母亲打骂孩子的思考中。狂人的话显然是要引导观众从世界、民族、母亲的层面去思考他的假想和推断，"吃人"是存在的，是合理的。虽然佃户与狂人在对话中各说各话，但从总体上来看，佃户与狂人只是根据自身不同的理解和认知说着同一个话题——吃人！一个讲述着狼子村现吃的状况，一个述说着自己在发现吃人中的思考。可见，陆帕带给观众的是来自多元声音的多向度思考，从而引导观众自己去发现，去判断。

总之，陆帕在其改编的话剧《狂人日记》中，重塑了人物形象，有意识地隐藏了一群食人魔的"恶"。在这个舞台上的，我们看不到吃人的人"恶"的表现和对其言行的关于"恶"的价值判断。这与大多作品通常会给出问题答案和价值判断不同，陆帕尽可能地避免任何价值评判，他摒弃了所有的既定看法和价值标准。

## 二　潜入人物的精神世界——探寻狂人发狂的秘密

陆帕改编的《狂人日记》融合了鲁迅的《孔乙己》《阿Q正传》

《药》《故乡》《风筝》等多部作品中的元素进行拓展和延伸，将人物形象塑造得更为饱满，通过增加故事情节尤其是一些细节丰富了作品内涵，增强了该剧的可看性。陆帕的改编本从根本上来说是深入原著精神的改编，虽然扩充了一些情节内容，但原著精神并未改变。陆帕的改编在故事情节上基本上遵循了原著。故事情节由讲述者开启，他听闻旧友生病，正赶上回到故乡，于是就前去探望，却只见其兄嫂未见其人。哥哥出示日记二册，谓可见其病状。讲述者细读方知，弟弟竟发现了狼子村的惊天秘密——"吃人"！日记所言错杂无伦次，虽满纸荒唐却尽显真相。该剧共分三幕，第一幕分为"第一拜访""日记""风筝"三场，第二幕分为"满月""笑声""狼子村""夜晚"四场，第三幕分为"鱼和大夫""火车上的青年人""母亲""发烧""救救孩子"五场。该剧演出长达近5个小时，中场休息两次。该剧将原著以叙述、描写为主要手段塑造人物和展现人物关系，转变为以对话为主来塑造人物和表现人物关系，该剧以狂人为主要人物，设计了狂人分别与大哥、佃户、赵贵翁、嫂子、老五、黑塞大夫、大学生、母亲之间的多场对话场景，这里在原著基础上增加了狂人与赵贵翁、嫂子、母亲之间的对话。无论是人物的独白，还是人物之间的对话，陆帕都重在引领观众参与一场精神上的神圣旅行，对该剧中很多谜题尤其是狂人内心的隐秘进行多方探索，还原狂人精神上痛苦的历程。

该剧第一幕没有出现狂人。第一场"第一次拜访"，设置了一个身为医生的姓周的讲述者去拜访狂人哥哥，得到哥哥借给他的狂人的日记。第二场"日记"完全是讲述者一个人在房间里阅读狂人的日记。他轻声地缓慢地读着，时不时地重复一些短语或句子，常常要停下来回味思考，给人的感觉像是喃喃自语。整个第二场下来，讲述者边读边品味边质疑边议论，这种絮语似的独白，加之或坐或躺或站或徘徊的缓慢动作和偶有的诡异动作（如将盆扣在墙上小心翼翼地努力想听到些什么），这些对于观众的感受而言是令人崩溃的。他一直读到原著中的"四"：狂人被关起来后感到闷得慌，想要去园里走走，老五起先不答应，过了一会又来打开了门。讲述者读的内容大概占原著篇幅三分之一，这些内容足以让讲述者和观众了解到狂人当时的境况，他对周围一切人、事、物的感受都异乎寻常，这是狂人特有的感受，而当他发现中国四千年历史"吃人"的本质之后，这种异乎寻常的感受越发强烈了，以致其因为表现异常而被关起来，遭受精神与肉体上双重迫害，令人感到痛苦，促发讲述者向哥哥寻求背后的原因。第三场"风筝"中讲述者就阅读日记的感受和疑惑向哥哥追问。讲述者怀疑导致狂人发狂的起因与古久先生及其记录的陈年流水簿子，以及赵贵翁有直接的关系，但哥哥均不耐烦地予以否定。哥哥主动跟讲述者谈起小时候他破坏风筝，泯灭了弟弟梦想的往事。这或许对狂人来说也是致病的缘由，但剧中只限于哥哥的讲述，并没有明确将此事与狂人患病相关联。由以上可见，陆帕在第一幕从一开始就意欲引导观众追随着讲述者一起去探寻狂人发狂之谜，了解狂人当时发生的事情和所患之病。

第二幕从月光开始，日记中的狂人正式出场，该剧开始探索日记中真相的表演，通过狂人的表演，展现他的经历、感受。在探寻狂人发狂之谜中，陆帕在人物话语中经常运用问句，深入灵魂，不断地引发观众思考。如，第二幕第二场"笑声"中，狂人在独白中连续发问："你们得知了什么呢？……你们看到了什么呢？……也许，也许你们都有可怕的事情要隐瞒？""他们是从哪里走出来的？""你们也知道了么？是谁告诉你们的？你们娘老子？他们宠坏了，毁了你们？他们毒死了你们的大脑？你们已经是无法挽救的人？"狂人独白的时候总是不断地发问，不断地试图努力去探寻去思考去发现。

在第四场"夜晚"中，狂人与嫂子之间的对话也不乏相互之间的发问。

狂人："你们为什么没有孩子?"

嫂子："你为什么要问这些? 天哪……我不知道……"

狂人："你知道……我觉得你知道……但我不应该管这个,对吧?"

嫂子："你继续说……这位母亲到底做了什么?"

狂人："如果你遭遇了一个可怕的饥荒……你会不会和别人交换孩子?"

嫂子："你为什么给我讲这些?"

在陆帕的改编本中,这些来自人物灵魂的问题,其实也是陆帕的问题。陆帕阅读鲁迅的作品,往往会生发出很多问题。面对鲁迅《狂人日记》中的诸多谜题,陆帕不仅没有退缩,反而勇于挑战难题,对这些谜题产生了浓厚的兴趣,尤其对神秘的讲述者和患病的狂人很感兴趣。陆帕以探索一个个谜题的方式去深入作者的内心与构思,他很喜欢探索谜题类的剧本,善于通过被常人忽视的问题,重新引发观众对鲁迅及其《狂人日记》的兴趣和关注。陆帕就是以一个个问题引发观众启动自己的思想和分析能力,去积极地参与人物的精神探索。

该剧中不管是狂人的独白还是狂人与其他人物的对话,其中都表现出同样一个问题:狂人一个人努力地发现历史与现实中有"吃人"的现象,而周围人却若无其事地否认。尽管狂人感到有人想要迫害他、吃他,但却找不到吃人的人。观众也同狂人一样在这层层的精神阻碍中艰难地探险。人物之间的发问,似乎都没有得到解答,人物之间的对话也是各说各的,形成多声部表达丰富意义的复调。除了嫂子,狂人不管跟谁之间的对话,他想要知道的事情、想要得到肯定回应的问题,都没有答案,正因为如此,他的内心才非常痛苦,他想要把自己的发现说出来,把真相揭露出来,以唤醒这些人,最后他对他曾经亲爱的大哥情感爆发式地说了出来,并劝其改了吃人的习惯。

　　狂人与佃户之间的对话完全是两个声音，各说各的，两人对话没有交集。狂人与赵贵翁的对话，完全是被动的回答，赵贵翁已经预设好了自己的问答，狂人对赵贵翁的问题可以说是根本不知道该如何回答，只能被动地接受定罪——不尊重长辈和比他等级更高的人就是他最大的罪。狂人与黑塞大夫的对话颇具喜剧色彩，与原著不同，该剧中的大夫是位西医专家，也是一位心理专家。他对狂人的"问诊"和检查很滑稽并似乎与看病无关，但也从另一方面展示了狂人的内心状况，以及揭露了狂人与周围人的关系，还包含对现代科学调侃的意味。狂人与大学生的对话显示了两人完全是两个世界的人，身处现代空间的大学生把狂人称作"旧灵魂"，狂人在大学生那里没有获得心中疑惑的答案和认同。狂人在与母亲的对话中，他想告诉母亲什么，但母亲却不想知道，这就使他只能憋在心里，没有机会把自己的发现说出来，他得不到母亲的回应，也不可能得到母亲的原谅和安慰。第三幕狂人在与哥哥的对话中，虽然回忆了那个曾经很体贴的哥哥，回忆了两人曾经的温情，但那个时代已经过去了。由以上可见，陆帕通过设置狂人与各色人物之间的对话，充分展现了狂人无比压抑而痛苦的精神世界，在这个世界中，狂人除了在与嫂子的对话中才能得到共鸣之外，周围的人没有任何人去回应、认同他关于吃人这一秘密的发现，反而将其看作病人和疯子，他在那个封建秩序依旧的沉闷环境中想要呐喊、想要宣泄，直至彻底爆发，发出让众人真心改起的呼声。嫂子在原著中并不存在，这样一个人物是陆帕在剧中大胆创造的一个全新角色，热烈又内敛，美艳又神秘，是一个受过西式教育的女人。嫂子与狂人是同病相怜的人，他们在精神上是相通的，嫂子可以认为是狂人的补充或另一面，狂人发狂前的样子，她显然是清楚的。

　　我们可以发现，与大多数作品通常会给出问题的答案和价值判断不同，陆帕改编的《狂人日记》则避免给出答案和价值评判，陆帕摒弃了所有的既定看法和价值标准，引领观众一起潜入人物的精神世界，去体验狂人发病的经历及其精神上的痛楚，也对鲁迅进行一次漫长的精神探访，去重新审视之前很少有人真正追究过的种种谜团。

另外，为了使观众将关注的重心放在人物的精神上，陆帕在人物话语的情感、节奏上进行了特别的设计。该剧的情感基调是忧郁的，陆帕所展现出来的忧郁是历史的忧郁、人生的忧郁。该剧中人物的话语基本上是缓慢的、压抑的、低沉的，有些话语甚至是听不清楚的碎语，这与一般戏剧表演中戏剧性的夸张的人物话语明显不同。该剧中的讲述者采用的是日常阅读的方式，他缓慢地念诵日记，时不时地重复念诵，并自言自语、若有所思地议论，试图发掘日记文字背后的隐秘，同时日记中的文本被投影在观众对面的高墙之上。陆帕有意放慢了演出节奏，他把1秒钟拉长至20秒钟、30秒钟，以这种异常缓慢、经常停顿的节奏来表达语言难以表达的心灵质感，相较于语言表达出来的东西，陆帕更看重舞台上没有说出来的东西。但是，这种稍嫌沉闷的演出节奏营造出令人压抑、倦怠的情绪，致使身处其中的观众有的难以接受而中途退场，而这也恰恰表明该剧注重引导观众深入探寻人物的精神世界。由此可见，陆帕想让观众关注的并非是外在的故事情节的进展，而是人物的内在感受。陆帕并不追求与观众的互动，他更多的是引人思考，引导观众与狂人一起经历其致狂的心理历程，以此深深撞击观众的心灵。

有的研究者将陆帕的改编剧看作是"沉浸式戏剧"。确实，陆帕借鉴了沉浸式戏剧的做法，但也不能完全归为沉浸式戏剧。沉浸式戏剧在当下戏剧中已经发展成为主流。作为一种颠覆了传统戏剧里剧目和观众关系的戏剧形式，它的成功从侧面反映出，相较于以往，如今的观众对戏剧产生了更多期待和需求。沉浸式戏剧为了满足观众更为真实、亲密地体验，特别设计了剧场里的场景、音乐，为了能让观众全身心投入环境。所有场景元素、技巧和演出环境都是为了从戏剧化的角度突出作品的主题。沉浸式戏剧的特质是注重观众个人体验、强调观演互动性，具体特点有以下几个方面：一是模拟真实环境的空间设计，沉浸式戏剧最重要的是创造一个类似真实世界的环境，一个切实的、可感知的环境；二是主动体验，沉浸式戏剧让每位观众都能拥有一份独特的个人体验；三是互动性，沉浸式戏剧重视互动式交流。四是多感官体验，沉浸式戏剧大多会灵活而多元地调动观众的五感。根据沉浸式戏剧的特点来看，陆帕改编的《狂人日记》不完全属于沉浸式戏剧，缺少观众互动，但强调思考和体验。

总的来说，鲁迅的《狂人日记》作为日记体小说，要想在戏剧舞台上呈现其实并不容易，尤其是话剧舞台，在遵循鲁迅本意的前提下，如何演"活"狂人，这是一个极具挑战性的问题。陆帕改编的《狂人日记》不是按照大家传统的欣赏习惯讲故事，而是在仔细研读鲁迅文本之后，充分发挥戏剧舞台艺术表现的优长，通过重塑人物的直观表演、别具匠心的舞美设计以及融入全息投影技术的现代多媒体等手段创造的多重视觉、听觉的综合感受，带领观众如同悬疑探案或是心理分析一样，抽丝剥茧、层层剥笋，从鲁迅作为医生身份的视角去探寻狂人发病的病理，进入"狂人"复杂的心灵世界，探索超越时空的人类永久困境，以及更深远的文本精神。

### 三　创造多媒介融合的多维空间——拓宽戏剧的表达

陆帕改编的话剧《狂人日记》中人物形象之所以塑造得如此鲜明而深入人心，观众之所以能够沉浸于对人物精神世界的体验与跋涉中，关键在于陆帕采用融入全息投影的多媒体手段，营造了一个多维的舞台空间，从而拓宽了戏剧的表达。身为国际著名导演的陆帕不仅在戏剧、影像艺术上有很高的造诣，而且在技术上也十分娴熟，他用精湛的影像技术与现场表演一起，创设出多媒介融合的空间，大大拓展了戏剧空间，强化了戏剧带给观众的心理感受，展现了陆帕独特的剧场美学。

众所周知，戏剧舞台时空是有限的，戏曲可以利用虚拟手法来拓展舞台时空，从而在塑造人物上获得更大的自由，但是对于话剧而言，其在舞台时空上具有严格规定性，一向讲究写实布景，要想实现舞台时空的自由则是十分不易的。然而，被誉为欧陆剧场巨人的陆帕则在舞美设计上进行了颇为新巧的构思，以现代化的舞美设计构建了一个多角度、多维度的戏剧空间，丰富而有力地塑造了人物形象。一般来说，戏剧舞美设计具有很强的技术性和对物质条件的依赖性，通过人物造型和景物造型来塑造人物形象，它既具有空间艺术的性质也具有时间艺术的性质，属于四维空间的艺术。四维空间是由客观存在的现实空间即三维空间加上时间所构成的。而陆帕在该剧的舞美设计上，则采取"影像"和"现场拍摄"等舞台手段，将技术与艺术相结合，将视频影像、全息投影等多媒体手段与现实相交融，从而创造出舞台上虚拟时空与写实时空相交错、过去时空与现在时空相衔接、传统时空与现代时空相碰撞的非凡艺术效果，为观众探索"狂人"经历的秘密提供了更为真实、亲密的体验环境。

就舞台写实布景而言，该剧在舞台上搭建了一个喻指"铁屋子"的封闭房间，里面放置着床、桌子、椅子等简单的家具，人物表演的主要空间就是在这个封闭的房间里面。表演开始时，该房间面向观众的一面墙则如同幕布一样升起，结束时又落下。这样一个封闭的空间给人一种压抑感，象征着封建社会压抑人性的吃人本质，还原了小说中令人窒息的环境氛围。陆帕借鉴了鲁迅作品中"铁屋子"的创意，将其赋予在狂人的大家庭上，狂人的清醒和呐喊，意味着"铁屋子"在将来有被毁坏的希望。为了突破舞台上这一狭小封闭固定的空间，陆帕在"铁屋子"的外面专门设计了可通向其露天楼台的楼梯，能使人爬上去透气、看月亮，他还将房间正对着观众的一面墙和室内的三面墙都巧妙地作为投影的幕布，把"日记"手写体、恶狗狂叫的样子、哥哥踩踏风筝的情形等通过投影呈现在墙上，从而构成多维空间的叠映，不仅充实了戏剧的表现内容，而且增强了戏剧的表现力。影像的直观画面无疑令人感受更为深刻，有时陆帕也会将三个相同的镜头叠映，比如恶狗的影像，将其秒接依次展现在三面墙上，而这些又与舞台上的表演叠映，形成多角度多重空间的融合，从而强化了原著中的形象和意义。该剧最后，当狂人揭露世人吃人真相并劝说大家从真心改起时，舞台上同时出现了三个空间的人物。房间中的大哥、老五等仅有的几个人，三面墙上投影里的围观众人，以及房屋楼上天台上站着的其他演员。现实空间与虚拟空间富有层次地叠映，将狂人所处的令人具有极端压迫感的空间淋漓尽致地呈现出来，狂人疯狂的呐喊在这样压抑的空间中显得如此无助和无力。

陆帕的投影技术之所以引人注目，是因为他采用了现代全息投影技术，创造了一个类似真实世界的环境，给观众提供一个更为逼真的体验环境。观看陆帕改编的《狂人日记》，我们会发现，在戏剧时空的营造上，陆帕确实别具匠心，效果令人震撼。可以说，在鲁迅作品改编的戏剧表演中，陆帕以现代全息投影技术所营造的戏剧时空是前所未有的。全息投影是一种利用干涉和衍射原理记录并再现物体真实的三维图像，是一种观众无需配戴眼镜便可以看到立体的虚拟人物的 3D 技术。其中被投射的全息图，是以激光为光源，用全景照相机将被摄体记录在高分辨率的全息胶片上构成的图。全息图和其他三维"图像"不一样的是，全息图提供了"视差"，好像有个真实的物体在那里一样。该剧第二幕第二场"笑声"中即以全息投影呈现了狂人在二十年前早上出门所看到的路人表现怪异的情景，剧本中描述的全息图如下。

全息图：在前面的墙上有一张这条路的形象→是用镜头"波浪似的"描述的→他们俩相遇时，有些事情马上就要发生了→变得越来越狭窄→仿佛镜头在强调这件有更多人参与的事情，当他们看到狂人时，他们就打断了他们的活动→一群人在吃鸟翅，另一群人从街角走出来，第一个→在拐角处偷看，低声呼唤其他人，三个人→一个人把某东西塞在另一个人的口袋里……每次遇到某个人之前还有一种隐藏的，压抑的焦虑冲动，仿佛这些事情是意外发生的。当狂人一个人走路时→镜头渐渐缩小到整个平面图。在房间的尽头有一束像蜡烛的光→狂人像幽灵和一只黑暗、不安的动物一样在房间里游荡→后墙上有狂人的巨大脸庞；暗示并令人入迷的特写镜头→他的眼睛盯着眼前的全息图→他的嘴唇把思想吐到空间。

陆帕将原著中关于狂人在路上走时所看到的周围人异样的言行举止、神情心理的叙述和描写，用全息投影直观地展现出来，大大突破了舞台的局限，将影视拍摄的室外时空、各色人物融入这个舞台上，将舞台空间延展到了室外的大街上。陆帕采用全息投影营造了一个狂人与路人相遇时看似真实的场景，将路人那种神秘怪异、似乎在密谋什么的感觉以观众在场体验的形式呈现出来，用镜头语言来形象地表达意义。当画面里只有狂人一个人走路时，镜头开始渐渐缩小直至整个平面图，由营造的现实时空又回到了记忆中。然后，回到室内空间，呈现出房间里现在如同幽灵和困兽的狂人。同时，后墙上以特写镜头展现狂人的巨大脸庞，他看着刚刚发生的一切陷入沉思。从戏剧舞台表现来说，狂人所看到的路人怪异的言行、神情事实上很难表现出来。而陆帕运用全息投影技术，借用多媒体最新成果弥补了舞台艺术的不足，从而带给观众更为真实而丰富的艺术体验。

该剧中另一处带给观众非凡体验的全息图投影是在第三幕"火车上的青年人"中。与原著不同，陆帕别出心裁地将狂人与大学生之间的对话场景设置在火车上。全息图投影给观众营造了近似真实旅途中的感觉，火车在田野上行驶伴随着风驰电掣的声音和穿越山洞呼啸而过的声音，这些声音常常盖过了人物之间的对话，令观众有时必须通过看舞台字幕屏才能明白两人说的是什么。现今，生存在二维文化中的观众，渴望获得广泛的、多重感官的、内在的刺激和更加亲密的个人体验，而剧场里的场景可以通过多种手段进行特别设计以使观众能全心投入环境之中。对于几乎都有过火车旅途经验的观众来说，独自乘车，远望窗外，随着飞逝的景物，人往往不免会沉浸于回忆之中或思绪万千、浮想联翩，甚至想要去追问。陆帕利用全息投影技术将整个剧场变成了一辆飞驰的火车，模糊了观众与舞台、现实、虚拟世界的界限，使观众瞬间成为这火车上的乘客，沉浸在火车上的个人体验中。狂人与大学生之间的对话，使观众不免置身其中，扮演着两者的角色——具有现代感并开心快乐的大学生和具有旧灵魂的沉郁执着的狂人。狂人似乎就活在当下，与我们处于同一时空，甚至面对面，我们与大学生一样，面对并感受着狂人的追问，反思当代教育现状和依然存在的吃人现象。在该剧中，陆帕一直试图超越鲁迅作品中特定时空背景去探索问题的普遍性。整个剧场的氛围令人悲伤而又温暖，令人悲伤的是狂人发现了从古至今都在吃人的秘密，让人温暖的是大学生喜欢狂人这个旧灵魂，想让他开心。可以说，陆帕采用全息投影将原来处于舞台下观演的观众顷刻带上疾驰的列车，与演员共同置身于一个虚拟的立体而又逼真的环境中，参与着舞台上的表演，做狂人与大学生对话在场的旁观者和体验者。

陆帕改编的《狂人日记》剧组为了能够给观众呈现原著中的时代背景，最大限度地还原小说中的人物形象，多次到鲁迅的故乡——绍兴进行考察、采风。剧组专门选择在绍兴的柯岩鲁镇、安昌古镇、鉴湖、谢公桥、府山公园、兰亭国家森林公园、古纤道等多个富有特色的景点完成取景拍摄和创排工作。拍摄的景和创排的照片经由多媒体技术手段表现出来，与舞台上布置的实景一起，创造了一个自由转换的舞台时空，立体地、多维地塑造人物，凸显作品主题，也给观众创设了一个可以获得更丰富而真实体验的环境。而《狂人日记》的舞台，也成为一个观众熟悉陆帕作品的媒介，刚一看到《狂人日记》的舞台，会有一种似曾相识的感觉。

陆帕除了运用以上将提前拍摄和创排的图像在现场进行投影的手段之外，还使用了"现场拍摄"手段。现场拍摄可以实现更为艺术化地表达，类似影视装置艺术的形式。在演出现场，摄影师与演员一样出现在舞台上，所以，观众们除了可以看到演员们的表演，还可以看到舞台上大屏幕同时播出的影像。现场拍摄已经成为目前国内外戏剧导演所钟爱的手段，即时拍摄、即时剪辑、实时投影，这种舞台手段可以让表演者随时变为被拍摄的对象，摄影师在舞台上现场将演员们的表演拍摄，并投影到多块屏幕上，保证剧场内各角度观众的观看效果，在舞台上同时出现多维时空，给舞台带来立体的时空关系，带给观众不一样的观演体验。陆帕即采用现场拍摄的手段，在墙上即时投影出与房间内同时发生的故事场景，比如房间外嫂子的哀号场景与房间内狂人的痛苦场景同时呈现。另外，狂人与大学生在虚拟的飞驰列车上对话情景的现场影像，被同时投影到旁边的墙上。现实空间中的狂人与大学生、投影中的狂人与大学生、不同角度的狂人与大学生同时呈现在观众面前，多维空间带给观众丰富而又非同一般的视觉效果，观众时而会以同为乘客的身份近距离倾听着狂人与大学生的交谈，时而又以观影者的身份对狂人与大学生的交谈进行审视性的思考，这种感觉相较于之前被搬上戏剧舞台上的鲁迅作品而言无疑是新奇的。

其实，近两年在国内上演的戏剧，除了陆帕导演的《狂人日记》，还有孟京辉导演的《红与黑》、黄盈导演的《福寿全》、田沁鑫导演的《直播开国大典》、冯远征导演的《日出》、李建军导演的《世界旦夕之间》、张慧导演的《杂拌、折罗或沙拉》、何念导演的《深渊》等剧目都使用了"现场拍摄"手段。黄盈是比较早地尝试在戏剧演出中采用现场拍摄手段的国内戏剧导演，这是他于 2011 年在法国阿维尼翁戏剧节上学习借鉴的一种在国际戏剧界引起轰动的舞台表现手段，他的作品从比较早的《花事如期》到最新作品《福寿全》都采用了现场拍摄，他认为这是拓宽表达的手段。戏剧导演可谓一直致力于受限制的戏剧时空的突破，关注戏剧结构空间上的表达。当下戏剧导演所探索的新触碰点是将戏剧与科技相结合，借此以更好地表达自己的审美，给观众留下一种心灵愉悦。但是，现场拍摄在戏剧舞台上不应该成为一种炫技的手段，而应该为戏剧更好地表达来服务。采用现场拍摄可以增强作品的视觉呈现，丰富表现人物内心世界，更好地传递改编者的情感，放大现场精彩细节与扩展舞台空间。就戏剧未来发展趋势来说，科技和艺术结合是未来剧院要做的事。李建军认为："舞台上的这些技术，是对戏剧时空的一种拓展，指向的是我们对世界的一种哲学性思考。"但是，技术的探索是为了支持表达的原创，任何的装置与影像手段的介入，最终都将作为舞台表现的辅助，舞台上表演的比重还是要大于里面技术性地体现。

由以上可见，陆帕在《狂人日记》中运用"影像"和"现场拍摄"舞台手段，并将其与现场表演深度融合，催生出新的表演形态，以更加丰富的手段和创新开放的态度，让剧场成为多媒介融合的空间，更具表现力地塑造了人物形象，使观众的情感和心跳恰如其分地贴合舞台的表演，呈现着陆帕的叙事思想。

综上所述，陆帕改编的话剧《狂人日记》打破了国人因作品对鲁迅的印象，他走进狂人的内心世界，展现狂人发现"吃人"的精神历程，以自己的理解和方式演绎了一个"陆帕版"的《狂人日记》。陆帕充分发挥了戏剧舞台艺术表现的优长，通过重塑食人魔形象、创新舞美设计以及融入全息投影技术的现代多媒体等手段创造的多重视觉、听觉的综合感受，带领观众如同悬疑探案或是心理分析一样，逐层深入，从鲁迅作为医生身份的视角去探寻狂人发病的病理，进入"狂人"复杂的心灵世界，探索超越时空的人类永久困境，以及更深远的文本精神。

陆帕改编的话剧《狂人日记》以他自身的理解演绎了这部在中国现代文学史上具有跨时代意义的经典之作。该剧除了文中阐述的三个突出的特点之外，还有很多值得挖掘的东西。当然，该剧自上演以来也有一些负面评价或否定性的评价，主要集中于两个方面：一是异常缓慢的节奏造成令人压抑、倦怠的情绪；二是缺乏具有倾向教育意义的鲜明的思想主题。当然，任何一部改编作品都会引发争议，陆帕的改编无疑为鲁迅作品的戏剧改编贡献了不一样的解读。

## 第三节　论中法合作的一部叙述体现代话剧《阿Q》

2018年，法国著名导演米歇尔·蒂迪姆受邀来到北京，与中国演员合作创作了话剧《阿Q》，由新蝉戏剧中心出品，中间剧场联合制作，该剧作为2018年"中法文化之春"交流项目于5月分别在北京"中间剧场"、上海"艺海剧院"、南京"江苏大剧院"盛大演出。蒂迪姆从20岁到50岁均读过《阿Q正传》，且随着年龄的增长对故事的认识愈加深刻。他为中国的观众呈现了一部尊重原著，具有现代感、幽默感且融入了西方时尚元素和中国戏曲元素的叙述体戏剧改编之作。

从话剧《阿Q》与原著的关系来看，该剧在叙事的内容、结构和思想主题上，均选择了严格尊重原著。原著从开始的"序"到最后的"大团圆"共有九章，该剧几乎呈现了这九章的所有内容。正如蒂迪姆坦言的那样，整部剧"没有一个字不是来自鲁迅"。在结构上，该剧完全按照原著的章节结构顺序演出，只不过将"序"和"大团圆"单独设置，将主体部分分为七场。场与场之间的转换依靠报幕人宣示场次和前方屏幕上打出来的字幕提醒观众场次来展现，这在之前改编的剧作中是没有的。这似乎就是在暗示观众，该剧在叙事上刻意遵从了原著的章节结构顺序。在思想主题的表现上，该剧扣住了鲁迅的主要创作意图。鲁迅塑造阿Q这个典型人物就是要画出国民的灵魂，让国民能看清他们自身已麻木不觉的劣根性，从而引起深刻的反省。蒂迪姆认为这是一部很有意思且深入探讨人性的小说，阿Q是一个有着喜剧外壳的悲剧性人物，阿Q的故事不仅是一个彰显中国特色的故事，它还是一个具有世界性的、典型的故事，因此，蒂迪姆在该剧中集中地呈现了阿Q身上所表现出来具有全球性、永恒性的人性主题。

为了尊重原著，真正传递鲁迅之意，话剧《阿Q》选择了叙述体戏剧艺术形式呈现全剧。叙述体戏剧即是通过叙述者的主观叙述将客观的事件展示出来，要求演员与角色在感情上保持距离，避免观众与角色感情的混同，从而使观众能够对剧中表现出来的人事进行清醒地思考和判断。话剧《阿Q》不仅设置了多个讲述者，采用第三人称叙述，保持旁观式的叙述态度，而且使演员与角色之间拉开距离，还让舞台上的乐队和角色互动，从而破除了舞台幻觉世界，在表演中追求间离效果，使演员和观众始终能够保持清醒并拥有自己的思想。

首先，就话剧《阿Q》中的人物设置而言，蒂迪姆可以说是别具心思。阿Q由近年来活跃在话剧舞台上的青年演员黄澄澄饰演。除了黄澄澄专门饰演阿Q之外，其他饰演者均一人扮演多角，最具特色的是剧中设置了七个讲述者。该剧融入了小说的叙事优势，将小说的"讲述"和戏剧的"展示"结合起来，使原著中鲁迅的语言和思想得以准确地传递。该剧前所未有地设置了七个讲述者，场与场之间的转换都会更换讲述者。话剧中设置叙述人以便更好地叙事，这并非首创，在鲁迅小说的戏剧改编作品中，陈白尘改编的话剧《阿Q正传》从始到终就贯穿着这样一个叙述人，担负着小说中叙述人的功能。但不同的是，陈白尘改编的剧作中叙述人只有一个，相当于画外人，只出现在舞台的侧面，与舞台人物始终保持着距离。而该剧中的讲述者则有七个人承担，他们或在伴奏席上，或在酒桌前，或在舞台靠左的镜头前，或在舞台中央，他们不仅位置不固定，活动自如，而且可以直接和舞台中人物进行对话，共同进行着整个戏剧的叙事。这开创了鲁迅作品戏剧改编在舞台表演效果上的一个新鲜而又很有意思，甚至令人捧腹的体验。如一个讲述者讲到未庄一个老头子赞赏阿Q真能做时，竟直接走向一个看起来没有任何准备的演员，对他说"一个老头儿"，这个本来年轻的演员正准备原样向阿Q走去，而讲述人则立马指着他，用强调的语气说"一个老头儿，我说的是一个老头儿"，年轻的演员做明白状，立即弯下腰来装扮成老头的模样摇晃着向阿 Q 走去。讲述者也可以和阿 Q 对话，阿 Q 也会因为假洋鬼子不许其革命而委屈地扑进讲述者怀里将头靠在其肩膀上。讲述者还可以将王胡子装扮的胡子揪下来扔到他手里，挥挥手让他下去，表示他的表演已经结束了。以上显然是在表明这只是在演戏，是在讲述和表现，并非如实再现。可以说，蒂迪姆为中国的观众呈现了一部叙述体戏剧，成功地实现了间离效果，符合鲁迅创作的意图。

其次，除了从始到终贯穿着讲述者之外，话剧《阿 Q》还使演员和角色之间拉开距离，以产生间离效果。《阿 Q》剧中演员有时很精简，同一演员基本上都要承担三四个角色，但有时又不吝演员的扮演。凡是鲁迅的《阿 Q 正传》的戏剧改编之作，尼姑最多由两个演员扮演——老尼姑、小尼姑。但该剧中尼姑的角色却由三个演员扮演，三人动作一样，且依次完成，故意制造一个比一个慢一个节拍的效果，令人忍俊不禁。这里，演员明显地跳出角色，做着与角色无关的动作，与角色拉开有一定的距离。同样，阿 Q 的扮演者居然跳出角色跑到伴奏席上弹起电子琴来。另外，与以往任何改编不同的是，该剧结尾由扮演阿 Q 的演员当场卸掉装扮、变身为叙述人对阿 Q 死后的情形进行评述。为了避免观众将演员与角色混同，演员还在现场进行装扮。如讲述者讲到要为阿 Q 做传时，就将阿 Q 一把拉住按在椅子上，由两位化妆师当场为其装扮起来。以上表演所产生的间离效果非常明显。

最后，为制造间离效果，蒂迪姆还让舞台上的乐队参与表演，剧中角色可以和乐队成员互动，共同表演。如，阿 Q 手持钢鞭打人包括打伴奏席上的乐手，而乐手也做出打他的回应手势，引起台下哄堂大笑。另有，阿 Q 调戏小尼姑后表现异常得意和兴奋，他先朝乐队大笑"哈哈"，乐队回应"哈哈"，他又向一桌酒客"哈哈"大笑并跳起来将一个萝卜使劲摔在地上，酒客更放肆地大笑回应他"哈哈"，此处具有音响效果设计的大笑很好地烘托出阿 Q 此时精神胜利后的快慰。蒂迪姆在本着用人简省的原则上，巧妙构思，突破了以往乐队不参与剧中活动的做法，将整个舞台上的人调动起来共同参与表演，使人物的身份自由转换，跳进跳出，给人戏谑新奇之感。

与之前改编剧作重视营造辛亥革命前后时代环境不同的是，蒂迪姆在《阿Q》中采取了很现代的戏剧表演手法，用现代音乐、现代服装、现代新媒体等来表现这个发生在一百年前的故事。舞台专门设置了根据剧情和现场气氛需要伴奏的乐队，乐器主要为贝斯、电子琴、鼓等，音乐极具现代感。如果是演唱，则台上演员集体上阵，共同演唱，效果非凡。演唱时还有指挥，如钱大少爷、酒客等跳出自己的角色化身为艺术家进行指挥，营造一种滑稽的效果，也节省了人力，具有西方早期戏剧歌队的间隔效果。在第一场"优胜劣汰"中，阿Q输了钱打了自己几个耳光后心满意足地睡下了，这时舞台上的演员集体演唱《睡着了》。反复就一句词"睡着了"，用美声唱法，类似催眠曲，对阿Q有讽刺嘲弄之意。阿Q打定主意要进城去了之后插入现代演唱《我是你的狗》，极具现代感的音乐演绎出与闭塞落后的未庄大不相同的一个新异的城市环境。在阿Q决定革命之前，舞台上再次集体演唱了一首现代歌曲《革命》，改编于The Beatles乐队的作品"Revolution"。阿Q瞬间转换为一个贝斯手，也参与了演唱。"这只是一场游戏"，"当所有一切都好起来"，暗示接下来的革命只不过是旧官僚玩的一场游戏而已。

该剧在人物的装扮上，也基本上是现代的。舞台上的乐队、酒客、讲述者都是现代装扮，舞台上的一些演员也是现代的装扮。你见过披着长发、穿着红色长纱裙的小尼姑吗？从城里回来后的阿Q穿着西装，你见过如此新潮前卫的阿Q吗？当然，在人物的装扮上也有一些非现代的象征性的处理，如蒂迪姆仍然保留了阿Q、小D的长辫子，将其作为年代和人们思想束缚的一种象征，同时也是对鲁迅先生犀利的幽默致敬，在蒂迪姆看来，尽管辛亥革命的标志就是剪辫子，但是，革命过后思想上的"辫子"依然存在。

该剧还以现代新媒体作为辅助手段，不仅可以将台上的表演以特写镜头放大在屏幕上，以便台下远距离观众也能看清楚，而且拓展了舞台有限的空间。面向观众席，舞台布置在空间上主要分为六个区域：中间是主要表演区域；左后是酒店酒客喝酒的固定场景；左前安放了一个专门给人进行特写的镜头和一把椅子，一般为叙述人的位置；右边是乐队演奏区域；舞台后面屏风之后是另一个空间，为节省时间，人物后台或提前布置场景；还有一个虚拟空间，就是屏幕上展示出来的影像空间。其中，影像空间就是利用现代新媒体以投影的方式创设的舞台第二空间，它有效地拓展了有限的舞台空间。如，举人老爷将财物寄放赵家，以及赵家被抢都是利用影像空间展示出来的。人物活动的影子出现在舞台后方屏幕上，有一种黑暗中神秘举动之感。尤其是讲述者讲到阿Q游街中感到人群幻化为狼的眼睛在噬咬他时，舞台上的演员集体上阵充当群众，张牙舞爪的慢动作往前移动配以屏幕上的投影，有力制造了一种扭曲恐怖之感。鲁迅以其深刻笔力所呈现的这一段阿Q临死前似有醒悟的心理描写，成为戏剧改编者最想呈现而又最难呈现之处，然而，在该剧中应该说是得到了比较理想的展示。

话剧《阿Q》虽然现代感很强，融入了西方现代时尚元素，但同时也融入了中国戏曲的元素。如，该剧运用戏曲《击鼓骂曹》和《照花台》的调子填词新作穿插在适当的剧情中，以烘托气氛。在第一场"优胜劣汰"中，阿Q赌钱输了又一次用"精神胜利法"麻痹自己在土谷祠睡着之后，讲述者就用明清流行于北方的戏曲小调《照花台》填词编唱：一呀嘛更儿里呀，月了影儿照花台。情郎他说好了，今呀今晚上来。可是，左等也不来呀，右等也不来……（观演时大致记下来的）。

总之，米歇尔·蒂迪姆执导、中法联合制作的话剧《阿Q》，以其"亘古不变的人性"视角，创作了一版更为现代且尊重原著的《阿Q》。

# 附　　录

## 附录一　鲁迅作品的戏剧改编情况表

| 序号 | 时间 | 剧名 | 剧种 | 编剧 | 国别或地区 | 原著名称或素材来源 |
|---|---|---|---|---|---|---|
| 1 | 1928 | 《阿Q》（六幕） | 话剧 | 陈梦韶 | 厦门双十中学的话剧团首演 | 《阿Q正传》 |
| 2 | 1934 | 《阿Q正传》 | 话剧 | 袁梅（袁牧之） | 未公演 | 《阿Q正传》 |
| 3 | 1937 | 《阿Q正传》（六幕） | 话剧 | 许幸之 | 上海 | 以《阿Q正传》为主 |
| 4 | 1937 | 《阿Q正传》（五幕） | 话剧 | 田汉 | 中国旅行剧团首演于汉口天声舞台 | 以《阿Q正传》为主 |
| 5 | 1937 | 《阿Q正传》（三幕） | 社会剧话剧 | 朱振新、杨村彬 | 北平剧团演出 | 《阿Q正传》 |
| 6 | 1937 | 《阿Q之趣史》 | 话剧 | 雪森库鲁（Sl-sonCoolo） | 美国聂格风剧团演出，在纽约的华盛顿戏院举行公演 | 《阿Q正传》 |
| 7 | 1938 | 《阿桂》 | 滑稽剧 | 上海一个滑稽剧团 | 上海 | 《阿Q正传》 |
| 8 | 1939 | 《长明灯》 | 独幕话剧 | 容纳执笔 | 香港璇宫剧场上演 | 10月22日 |
| 9 | 1940 | 《民族魂鲁迅》 | 话剧 | 萧红 | 第一部以鲁迅为主人公的话剧剧本 | 在杨刚主编的香港大公报文艺剧刊上连载 |
| 10 | 1940 | 《民族魂鲁迅》 | 四幕哑剧 | 香港漫画家协会的成员丁聪、冯亦代、郁风等和徐迟集体创作 | 香港孔圣堂集体演出 | 鲁迅形象首次出现在舞台上 |

| 序号 | 时间 | 剧名 | 剧种 | 编剧 | 国别或地区 | 原著名称或素材来源 |
|---|---|---|---|---|---|---|
| 11 | 1940 | 《过客》 | 话剧 | 冯亦代导演、业余联谊社业余剧团演出 | | 《过客》 |
| 12 | 1946 | 《祥林嫂》 | 越剧 | 南薇（雪声剧团） | 雪声剧团在上海首演 | 《祝福》 |
| 13 | 1948 | 《阿Q正传》 | 滇戏 | 孟晋 | 云南 | 《阿Q正传》 |
| 14 | 1954 | 《程大嫂》 | 粤剧 | 唐涤生 | 广东 | 《祝福》 |
| 15 | 1954 | 《阿Q正传》（三幕） | 话剧 | 霜川远志 | 日本东京明治座上演 | 《阿Q正传》 |
| 16 | 1956 | 《阿Q的大团圆》 | 话剧 | 佐临 | 《文艺月报》发表10月号，上海电影制片厂演员剧团演出 | 《阿Q正传》 |
| 17 | 1956 | 《阿Q正传》 | 滑稽剧 | 南薇 | 上海大公滑稽剧团演出 | 《阿Q正传》 |
| 18 | 1955 | 《祥林嫂》 | 评剧 | 王雁、李凤阳 | 河北中国评剧院首演 | 《祝福》 |
| 19 | 1978 | 《祥林嫂》 | 评剧电影 | 李忆兰、狄江、赵丽蓉、张绍华 | | 《祝福》 |
| 20 | 1961 | 《阿Q正传》（四幕） | 滑稽戏 | 陆群执笔集体改编 | 大公滑稽剧团演出 | 《阿Q正传》 |
| 21 | 1969 | 《阿Q外传》 | 话剧 | 宫本研 | 日本文学座新宿·朝日生命礼堂上映 | 以《阿Q正传》为主 |
| 22 | 1977 | 《祥林嫂》 | 评剧戏曲艺术片 | 从越剧移植 | 天津评剧院 | 《祝福》 |
| 23 | 1977 | 《祥林嫂》 | 曲剧 | 根据上海越剧改编 | 河南郑州市曲剧团 | 《祝福》 |
| 24 | 1979 | 《阿Q正传》（八场） | 绍剧 | 潘文德、王云根 | 浙江绍兴市绍剧团演出 | 《阿Q正传》 |
| 25 | 1980 | 《魂》 | 芭蕾舞剧 | 上海芭蕾舞团 | 上海 | 《祝福》 |
| 26 | 1981 | 《伤逝》 | 歌剧 | 王泉、韩伟 | 中国歌剧舞剧院在北京人民剧场首演 | 《伤逝》 |
| 27 | 1981 | 《阿Q》《伤逝》 | 独幕芭蕾舞剧 | 上海芭蕾舞团 | 上海 | 《阿Q正传》《伤逝》 |

| 序号 | 时间 | 剧名 | 剧种 | 编剧 | 国别或地区 | 原著名称或素材来源 |
|---|---|---|---|---|---|---|
| 28 | 1981 | 《祝福》（四幕） | 芭蕾舞剧 | 蒋祖慧 | 北京中央芭蕾舞团 | 《祝福》 |
| 29 | 1981 | 《阿Q》 | 现代舞剧 | 重庆市歌舞团《阿Q》创作组 | 重庆市歌舞团 | 《阿Q正传》 |
| 30 | 1981 | 《阿Q正传》（七幕） | 滑稽戏 | 穆尼、陆群 | 上海市人民滑稽剧团 | 《阿Q正传》 |
| 31 | 1981 | 《阿Q正传》（七幕、另加序幕） | 话剧 | 陈白尘 | 江苏省话剧团 | 《阿Q正传》 |
| 32 | 1981 | 《咸亨酒店》（四幕剧） | 话剧 | 梅阡 | 北京人民艺术剧院首演 | 《狂人日记》等 |
| 33 | 1980 | 《人血馒头》（四场） | 话剧 | 李乐、姚克平 | 宁夏 | 《药》 |
| 34 | 1981 | 《鲁迅在广州》 | 越剧 | 纪乃咸、薛宝根 | 上海（上海越剧院首演于人民大舞台） | 据鲁迅中山大学任教事 |
| 35 | 1983 | 《关于阿Q的真实故事》 | 话剧 | 德国克里斯托夫·海因编剧 | 德国卡塞尔的黑森州剧院演出 | 《阿Q正传》 |
| 36 | 1983 | 《过客》 | 话剧 | 高行健编剧 林兆华导演 | 北京人艺实验剧场 | 《过客》 |
| 37 | 1977 | 《祝福》 | 秦腔 | 李继祖由上海越剧本和北京评剧本移植 | 陕西省戏曲研究院秦腔团 | 《祝福》 |
| 38 | 1984 | 《吉根纳特》（资料源于《世界文学》1985年04期） | 印度戏剧 | 阿鲁纳·穆克尔吉 | 印度孟加拉舞台演出 | 《阿Q正传》 |
| 39 | 1987 | 《某君昆仲》 | 形体剧 | 埃马纽埃尔·勒鲁瓦 | 法国阿尔芒蒂耶市首演 | 《狂人日记》 |
| 40 | 1993 | 《阿Q梦》（独角小戏） | 曲剧 | 陈涌泉 | 河南 | 《阿Q正传》 |
| 41 | 1994 | 《狂人日记》 | 歌剧 | 曾力、郭文景 | 荷兰首都阿姆斯特丹首演 | 《狂人日记》 |
| 42 | 1995 | 《祥林嫂》 | 新编黄梅戏（从越剧移植） | 苏位东 | 安徽（江苏第一泉黄梅戏剧团演出） | 《祝福》 |
| 43 | 1996 | 《阿Q与孔乙己》 | 曲剧 | 陈涌泉 | 河南 | 《阿Q正传》《孔乙己》 |

| 序号 | 时间 | 剧名 | 剧种 | 编剧 | 国别或地区 | 原著名称或素材来源 |
|---|---|---|---|---|---|---|
| 44 | 1996 | 《阿Q正传》 | 京剧 | 复兴剧团 | 台湾 | 《阿Q正传》 |
| 45 | 1996 | 《阿Q同志》 | 话剧 | 黄金罡 | 被禁演,只存在于《先锋戏剧档案》中 | 《阿Q正传》 |
| 46 | 1996 | 《阿Q同志》——对于小说《阿Q正传》的三次非正式演出的剖析和回顾 | 先锋话剧 | 刁奕男 | 中央实验话剧院与中国青年艺术剧院合作 | 《阿Q正传》 |
| 47 | 1996 | 《呐喊》(无场次) | 话剧 | 童汀苗 | 浙江话剧团 | 根据鲁迅作品《呐喊》系列改编 |
| 48 | 1998—2001 | 《故事新编》三部曲 | 话剧 | 深圳大学艺术学院师生共同编演 | | |
| 49 | 1998 | 《祥林嫂》 | 粤剧折子戏 | 蔡衍棻、红线女 | 广东 | 《祝福》 |
| 50 | 1998 | 《孔乙己》 | 越剧 | 沈正钧 | 浙江 | 《孔乙己》《药》《明天》 |
| 51 | 1999 | 《绝路问苍天》 | 京剧 | 张火丁 | 北京 | 《祝福》 |
| 52 | 2000 | 《故事新编》 | 实验话剧 | 林兆华 | 首演于北京 | 《故事新编》 |
| 53 | 2001 | 《孔乙己正传》 | 话剧 | 古榕 | 首都剧场公演 | 《孔乙己》 |
| 54 | 2001 | 《祝福》 | 小剧场京剧 | 贯涌改编、刘小军导演 | 中国戏曲学院演出 | 《祝福》 |
| 55 | 2001 | 《无常·女吊》 | 小剧场话剧 | 郑天玮 | 北京人艺小剧场正式公演 | 《无常》《女吊》《伤逝》《孤独者》《在酒楼上》《头发的故事》 |
| 56 | 2001 | 《聪明人·傻子·奴才》 | 短剧 | 薛伟 | | 《聪明人·傻子·奴才》 |
| 57 | 2001 | 《鲁迅先生》 | "民谣清唱史诗剧" | 张广天 | 中国实验话剧院在北京儿童剧院上演 | 《狂人日记》、《记念刘和珍君》、《为了忘却的纪念》 |

| 序号 | 时间 | 剧名 | 剧种 | 编剧 | 国别或地区 | 原著名称或素材来源 |
|---|---|---|---|---|---|---|
| 58 | 2001 | 《阿Q》 | 京剧 | 钟文农 | 《剧本》2001年第9期；甘肃京剧团 | 《阿Q正传》 |
| 59 | 2001 | 《祥林嫂》（要将门槛砸烂，但怕连累阿毛和阿毛爹，没有砸） | 眉户剧 | 小上、崔彩彩（导演：郦子柏、徐小强） | 山西 | 《祝福》 |
| 60 | 2002 | 《祥林嫂》 | 淮剧 | 袁连成从越剧移植（泰州淮剧团） | 江苏 | 《祝福》 |
| 61 | 2001年改编2003年公演 | 《伤逝》 | 小剧场实验昆剧 | 张静 | 上海话剧艺术中心小剧场首次公演 | 《伤逝》 |
| 62 | 2004 | 《阿Q正传》 | 河北梆子 | 陈家和 | 河北 | 《阿Q正传》 |
| 63 | 2001 | 《圈》 | 小剧场话剧 | 毛世杰 | 鞍山市艺术剧院在北京人艺小剧场首次上演 | 《阿Q正传》、《药》 |
| 64 | 2005 | 《风雨故园》 | 豫剧 | 陈涌泉 | 河南 | 据鲁迅和朱安婚姻事迹 |
| 65 | 2006 | 话剧《风波》话剧《奔月》 | 话剧 | 王晓松、屈飞 | 山东 | 《风波》《奔月》 |
| 66 | 2006 | 《远火：鲁迅在仙台》 | 多幕话剧 | 石垣政裕 | 日本仙台小剧场NPO剧团 | 《藤野先生》 |
| 67 | 2007 | 《鲁镇往事》 | 肢体话剧 | 史密斯·吉尔莫剧团与中国上海话剧艺术中心 | 加拿大 | 《孔乙己》、《祝福》、《一件小事》、《知识即罪恶》 |
| 68 | 2007 | 《眉间尺》 | 小剧场话剧 | 黄维若、冯柏铭 | 哈尔滨话剧院 | 《铸剑》 |
| 69 | 2007 | 《铸剑》 | 话剧 | 中岛谅人 | 日本鸟取市鹿野町"鸟之剧场"首演 | 《铸剑》 |
| 70 | 2008 | 《伤逝》 | 豫剧 | 孟华 | 河南 | 《伤逝》 |
| 71 | 2008 | 《鲁迅二零零八》 | 新戏（话剧） | 联合编导：大桥宏（东京）、王墨林（台北）、汤时康（香港）、赵川（上海） | 上海东大名创库 | 以《狂人日记》为框架 |

| 序号 | 时间 | 剧名 | 剧种 | 编剧 | 国别或地区 | 原著名称或素材来源 |
|---|---|---|---|---|---|---|
| 72 | 2008 | 《祝福》（结尾嫂将福字撕碎抛洒至空中） | 吕剧 | 段雨强 | 山东省吕剧院 | 《祝福》 |
| 73 | 2011 | 《祝福》 | 歌剧 | 王晓玲 | 浙江人民大会堂举行首演 | 《祝福》 |
| 74 | 2011 | 《紫藤花》 | 歌剧 | 郑小瑛 | 厦门工学院首演 | 《伤逝》 |
| 75 | 2012 | 《鲁迅在西安》 | 秦腔 | 王军武 | 陕西西安人民剧院上演 | 据鲁迅在西安讲学事迹。秦腔舞台上首次出现鲁迅艺术形象 |
| 76 | 2012 | 《野草》 | 现代舞剧 | 王媛媛 | 北京当代芭蕾舞团东方艺术中心首演 | 《野草》 |
| 77 | 2012 | 《刘青霞》（辛亥革命女志士） | 豫剧 | 张芳 | 河南 | 据刘青霞事迹及其和鲁迅的交往 |
| 78 | 2004 | 《祝福》（四集） | 黄梅戏音乐电视剧 | 编剧金芝、导演胡连翠 | 中央电视台中国电视剧制作中心和安徽电视台联合摄制 中央电视台戏曲频道 | 《祝福》 |
| 79 | 2013 | 《子君》 | 话剧（多媒体民族原创音乐话剧） | 杨师舜 | 北大附中黑匣子剧场 | 《伤逝》 |
| 80 | 2013 | 《伤逝》 | 小剧场话剧 | 孟丛笑 | 郑州市文广新局 | 根据鲁迅先生同名小说及孟华同名豫剧改编 |
| 81 | 2014 | 《祝福之夜》 | 小剧场话剧 | 董夏青青 | 北京"梦剧场"上演 | 《祝福》《药》《伤逝》《阿金》《阿Q正传》 |
| 82 | 2014 | 《起死》 | 京剧 | 上海端钧剧院上演 | 上海 | 《起死》 |

| 序号 | 时间 | 剧名 | 剧种 | 编剧 | 国别或地区 | 原著名称或素材来源 |
|---|---|---|---|---|---|---|
| 83 | 2016 | 《阿Q》 | 话剧 | 米歇尔·迪蒂姆（Michel Did-ym） | 法国 | 《阿Q正传》 |
| 84 | 2017 | 《铸剑》 | 话剧 | 格热戈日·亚日那（Grzegorz Jarzyna） | 波兰 | 《铸剑》 |
| 85 | 2021 | 《狂人日记》 | 话剧 | 克里斯蒂安·陆帕（Krystian Lupa） | 波兰 | 《狂人日记》 |
| 86 | 2021 | 《祝福》 | 新编黄梅戏 | 袁连成 | 安徽 | 《祝福》 |
| 87 | 2021 | 《鲁镇》 | 曲剧 | 陈涌泉 | 河南 | 以《祝福》《狂人日记》为主 |
| 88 | 2021 | 《奔月》 | 话剧 | 三黄 | 信剧团在北京隆福剧场上演 | 《奔月》 |

# 附录二　鲁迅作品的戏剧改编研究文献资料

阿民：《这一个祥林嫂——沪浙联手演绎经典越剧〈祥林嫂〉》，《上海戏剧》2005年第12期。

安鲁新：《冲向戏剧性表现之巅——评郭文景室内歌剧〈狂人日记〉》，《人民音乐》2004年第1期。

卜大炜：《从民族主体文化层面切入歌剧〈夜宴〉、〈狂人日记〉印象》，《艺术评论》2004年第1期。

蔡衍棻：《从〈祥林嫂〉到〈豪唱大江东〉》，《南国红豆》1999年第2期。

岑颖：《从〈孔乙己〉谈茅威涛的越剧改革》，《戏文》2000年第1期。

陈白尘：《阿Q正传》，中国戏剧出版社1981年版。

陈加林：《阿Q的悲剧性及其舞台生命》，《上海戏剧》1980年第4期。

陈家和：《阿Q情结——〈阿O正传〉改编后记》，《大舞台》2004年第1期。

陈家和：《阿Q正传》，《大舞台》2004年第1期。

陈丽艳：《试析歌剧〈伤逝〉的结构功能》，《艺术研究》2013年第1期。

陈梦韶：《阿Q剧本》，上海华通书局1931年版。

陈梦熊：《日本大学生演出〈阿Q正传〉的四幅剧照》，《鲁迅研究动态》1987年第6期。

陈漱渝：《〈女人与面包〉——〈阿Q正传〉的一个罕见改编本》，《新文学史料》2021年第4期。

陈伟华：《文本再造、主题偏移与价值增生——论20世纪〈阿Q正传〉的跨媒介改编》，《鲁迅研究月刊》2021年第8期。

陈燕秋：《谈歌剧〈伤逝〉的音乐风格》，《淮南师范学院学报》2004年第2期。

陈涌泉：《〈阿Q与孔乙己〉的成因》，《剧本》2002年第9期。

陈涌泉：《阿Q与孔乙己》，《剧本》2002年第2期。

陈元胜：《〈阿Q剧本〉及其他》，《鲁迅研究动态》1986年第5期。

陈媛媛：《试从歌剧〈伤逝〉看中国歌剧的未来发展趋势》，《北方音乐》2011年第8期。

陈越：《改编鲁迅作品要十分郑重——评越剧〈孔乙己〉改编本》，《鲁迅研究月刊》1999年第4期。

成艳军：《〈阿Q正传〉改编研究》，硕士学位论文，河南大学，2009年。

戴箐：《孔乙己：从小说到越剧》，《中文自学指导》2000年第2期。

邓海燕：《从新文学经典到大众化的艺术形式——〈阿Q正传〉从〈晨报副刊〉到〈麒麟〉的改编》，《沈阳师范大学学报》2013年第3期。

董健编：《陈白尘论剧》，中国戏剧出版社 1987 年版。

董文桃：《真实的魅力：论十七年日常生活叙事空间的丧失与获得——以小说〈十八春〉、〈我们夫妇之间〉和越剧〈祥林嫂〉为例》，《江汉论坛》2005 年第 7 期。

杜芳：《从小说到戏曲的转换之道——以陈涌泉对鲁迅小说的戏曲改编为例》，《大舞台》2019 年第 4 期。

杜孟丽：《陈家和剧作研讨会发言摘要》，《大舞台》2005 年第 1 期。

段颖：《歌剧〈伤逝〉中子君咏叹调的唱段分析》，硕士学位论文，山西大学，2013 年。

《法国人把〈狂人日记〉搬上舞台》，《鲁迅研究动态》1988 年第 2 期。

方筱霞：《〈阿 Q 正传〉改编门外谈》，《中国校外教育》2009 年第 5 期。

冯果：《我看昆曲〈伤逝〉的演出》，《艺海》2003 年第 3 期。

福荣、育生：《浅谈〈咸亨酒店〉的改编》，《人民戏剧》1981 年第 11 期。

傅谨：《一种新的创演方式——从市场角度剖析越剧〈孔乙己〉》，《文化月刊》1999 年第 4 期。

傅学敏：《鲁迅影像与鲁迅形象的塑造》，《现代中国文化与文学》2010 年第 1 期。

龚学平、李源潮：《上海市委副书记龚学平、文化部副部长李源潮发表〈孔乙己〉观后感》，《上海戏剧》1998 年第 12 期。

古榕：《孔乙己》，《电影新作》1999 年第 4 期。

顾文勋：《再创造的硕果——评陈白尘改编的话剧本〈阿 Q 正传〉》，《人民戏剧》1981 年第 10 期。

顾文艳：《东德阿 Q 的革命寓言：克里斯托夫·海因的〈阿 Q 正传〉戏剧改编》，《中国比较文学》2021 年第 3 期。

顾晓鸣：《在鲁迅背景上读解越剧〈孔乙己〉——汲取三点，点到即止》,《上海戏剧》1998 年第 12 期。

郭小男:《关于〈孔乙己〉演出创意的导演报告》,《上海戏剧》1998
年第 12 期。

郭瑛、程桂婷:《鲁迅作品的戏剧改编研究综论》,《上海鲁迅研究》
2018 年第 1 期。

郭瑛:《新时期鲁迅作品的戏剧改编研究》,硕士学位论文,东华理工
大学,2016 年。

郭子辉:《从小说到戏曲:鲁迅作品改编的传播学解读》,《电影文学》
2009 年第 19 期。

何吉贤:《从三个角度看"抗战演剧"的实践》,《艺术评论》2010 年
第 5 期。

贺蕾:《从歌剧人物看中西方文化差异》,《美与时代》(下)2013 年第
4 期。

侯耀忠:《走向永恒的解读——评大型悲喜曲剧〈阿 Q 与孔乙己〉》,
《中国戏剧》2002 年第 3 期。

胡荣:《从"平面的'画像'"到"立体的'塑像'":两代"启蒙者"
的接力(上)——许幸之与〈阿 Q 正传〉的话剧改编》,《上海鲁迅
研究》2021 年第 4 期。

胡文倩:《"长衫"终需脱下——观越剧〈孔乙己〉有感》,《戏文》
2000 年第 1 期。

黄芳:《浅谈粤剧折子戏〈祥林嫂〉中的艺术突破》,《大众文艺》(理
论)2009 年第 8 期。

黄沛舜、李阳:《浅议歌剧〈伤逝〉的艺术价值》,《山西财经大学学
报》2008 年第 S2 期。

黄益倩:《话剧〈无常·女吊〉对鲁迅作品的改编及其意义》,《鲁迅研
究月刊》2006 年第 9 期。

霍庆:《试论歌剧〈伤逝〉中的情感表达——基于李斯特的情感论音乐

美学视角》，《大众文艺》2013 年第 10 期。

霍鑫：《〈阿 Q 正传〉改编探析》，硕士学位论文，陕西师范大学，2011
　　年。

姬学友：《鲁迅的文学遗产与河南戏曲》，《鲁迅研究月刊》2021 年第
　　11 期。

吉吉：《钻进心里的美——看田岷在话剧〈孔乙己正传〉演宋含玉的感
　　受》，《上海戏剧》2002 年第 4 期。

蒋济永：《传奇故事的改写与现代小说的形成——从“改编学”看〈铸
　　剑〉的“故事”构造与意义生成》，《中国现代文学研究丛刊》2011
　　年第 3 期。

金宏宇、原小平：《〈阿 Q 正传〉改编史论》，《鲁迅研究月刊》2004 年
　　第 9 期。

居其宏：《歌剧情结：从〈伤逝〉到〈屈原〉——简评施光南的歌剧创
　　作》，《人民音乐》1999 年第 4 期。

居其宏：《施光南旋律思维与我国当代歌剧创作》，《星海音乐学院学
　　报》2017 年第 4 期。

居其宏、王安国：《找回“状态”：当代歌剧的戏剧支点——评郭文景
　　独幕歌剧〈狂人日记〉》，《中央音乐学院学报》1995 年第 1 期。

阚志伟：《追求自由爱情，歌唱人性解放——歌剧人物“子君”与“金
　　子”的形象比较研究》，硕士学位论文，山东师范大学，2012 年。

孔小石：《为芭蕾舞探索新的道路——看独幕芭蕾舞剧〈魂〉有感》，
　　《上海戏剧》1980 年第 4 期。

黎力：《当阿毛对祥林嫂说“Byebye”——记中加合作肢体剧〈鲁镇往
　　事〉》，《上海戏剧》2007 年第 7 期。

李嘉欣：《鲁迅〈伤逝〉话剧改编研究》，《当代戏剧》2022 年第 3 期。

李莉：《浅析歌剧〈伤逝〉中〈不幸的人生〉的音乐风格及情感表
　　达》，《商丘师范学院学报》2010 年第 7 期。

李历：《从歌剧〈伤逝〉看中国歌剧的发展》，硕士学位论文，西安交通大学，2010 年。

李丽萍：《编排小剧场京剧〈祝福〉的感悟》，《中国戏曲学院学报》2005 年第 4 期。

李凌俊：《加拿大剧团改编鲁迅作品》，《华文文学》2006 年第 3 期。

李梅云：《回肠荡气 情深味浓——介绍袁雪芬演唱的"听他一番心酸话"》，《戏剧报》1984 年第 1 期。

李培健：《论周特生的导演艺术》，《艺术百家》1996 年第 4 期。

李莎：《熊源伟东京"戏剧工作坊"导演侧记》，《四川戏剧》2005 年第 6 期。

李少婷：《歌剧〈伤逝〉中子君唱段人物形象塑造》，硕士学位论文，内蒙古师范大学，2019 年。

李雯静：《歌剧〈伤逝〉中子君人物形象及其唱段分析》，硕士学位论文，河南大学，2008 年。

李艳芳：《中国现代经典歌剧的里程碑——〈伤逝〉解析》，硕士学位论文，云南大学，2010 年。

李尧坤：《袁雪芬四改〈祥林嫂〉》，《当代戏剧》1991 年第 2 期。

廖奔：《北京舞台看地方戏》，《中国戏曲学院学报》2004 年第 3 期。

廖奔：《从鲁迅作品意象到越剧〈孔乙己〉》，《文艺理论与批评》1999 年第 3 期。

廖奔：《借鲁迅还魂》，《文艺报》2001 年 9 月 6 日 003 版。

廖悦婷、杨崇龙：《论两篇最先讨论〈阿 Q 正传〉改编的文章》，《名作欣赏》2022 年第 6 期。

林建伟：《我演〈阿 Q〉》，《上海戏剧》1981 年第 6 期。

林克欢：《〈阿 Q 正传〉与当代喜剧》，《艺术百家》2013 年第 3 期。

林敏洁：《鲁迅作品的戏剧形式在日传播及其影响》，《文学研究》2017 年第 2 期。

林敏洁：《日本对鲁迅作品戏剧形式的接受及传播——以日本剧作家改编作品为中心》，《扬子江评论》2017 年第 2 期。

林晓燕：《论歌剧演唱中角色的情感转换》，硕士学位论文，福建师范大学，2008 年。

凌月麟：《戏剧舞台上的阿 Q 形象——鲁迅小说〈阿 Q 正传〉六个话剧改编本》，《上海鲁迅研究》1999 年第 4 期。

凌月麟：《"越剧界的一座纪程碑"——越剧〈祥林嫂〉六次公演》，《上海鲁迅研究》1998 年第 3 期。

刘厚生：《越剧的故事——贺越剧百年纪念》，《群言》2006 年第 8 期。

刘静：《歌剧〈伤逝〉中子君经典唱段的分析》，《北方文学》2019 年第 24 期。

刘康华：《郭文景室内歌剧〈狂人日记〉和声研究》，《中央音乐学院学报》2001 年第 1 期。

刘璐、曹翎：《施光南声乐作品创作分析——以歌剧〈伤逝〉为例》，《北方音乐》2018 年第 14 期。

刘平：《昆剧〈伤逝〉表演报告——涓生篇》，《上海戏剧》2003 年第 4 期。

刘如曾：《谈越剧〈祥林嫂〉的音乐创作》，《戏剧艺术》1978 年第 1 期。

刘小军：《空间与交流——小剧场京剧〈祝福〉导演思索》，《戏曲研究》2007 年第 3 期。

卢君：《我演子君》，《东方艺术》2010 年第 S1 期。

吕涛：《分寸·节制·完整——漫谈〈咸亨酒店〉中几位演员的表演》，《人民戏剧》1981 年第 12 期。

吕兆康：《由鲁迅小说〈阿 Q 正传〉改编的戏剧》，《戏剧艺术》1981 年第 4 期。

麻立哲：《唱河北梆子的阿 Q》，《大舞台》2004 年第 1 期。

满新颖：《当代中国歌剧的新面孔——〈夜宴〉、〈狂人日记〉观后》，《福建艺术》2004 年第 1 期。

毛夫国：《阐释、重构与偏离——浅谈〈阿 Q 正传〉的三部话剧改编》，《戏剧艺术》2022 年第 1 期。

梅阡：《咸亨酒店》，中国戏剧出版社 1982 年版。

孟京辉编：《先锋戏剧档案》，作家出版社 2000 年版。

沐初：《重排版越剧〈祥林嫂〉观·演偶记》，《文化艺术研究》2012 年第 S1 期。

倪东海：《重排越剧经典〈祥林嫂〉导演札记》，《文化艺术研究》2012 年第 S1 期。

倪默炎：《关于越剧〈孔乙己〉的几个问题——试与张恩和先生商榷》，《鲁迅研究月刊》1999 年第 11 期。

潘艳：《克里斯托夫·海因笔下的〈阿 Q 正传〉》，硕士学位论文，广东外语外贸大学，2006 年。

彭德倩：《〈伤逝〉探索昆曲新路》，《文学报》2003 年 2 月 27 日 001 版。

齐菲：《论施光南的歌剧创作》，《黄河之声》2012 年第 14 期。

其水：《深刻动人的祥林嫂——记中国剧协上海分会座谈越剧〈祥林嫂〉》，《上海戏剧》1962 年第 6 期。

乔宗玉：《我们这个时代的"鲁迅"——简评几出改编鲁迅作品的戏》，《上海戏剧》2001 年第 12 期。

裘金兔：《台湾近日演出〈阿 Q 正传〉》，《鲁迅研究月刊》1996 年第 7 期。

邵蓓漪：《施光南歌剧音乐创作中的民族性分析》，《黄河之声》2019 年第 8 期。

邵伯周：《从小说到剧本，再到舞台和银幕——〈阿 Q 正传〉改编述评》，《上海师范大学学报》1987 年第 3 期。

邵宁：《越剧〈孔乙己〉轰动上海茅威涛新形象引起争论》，《中国戏
　　剧》1999 年第 1 期。

沈西蒙、漠雁：《赞越剧〈祥林嫂〉》，《上海文学》1978 年第 3 期。

沈正钧：《剧本〈孔乙己〉后记》，《剧本》1999 年第 6 期。

沈正钧：《〈孔乙己〉后记》，《上海戏剧》1998 年第 12 期。

沈正钧：《孔乙己》，《剧本》1999 年第 6 期。

施建石：《茅威涛点滴——越剧〈孔乙己〉观后》，《公关世界》1999
　　年第 12 期。

施建石：《走近茅威涛——越剧〈孔乙己〉随看随想》，《当代戏剧》
　　2000 年第 1 期。

石曼：《中国戏剧舞台上第一个阿 Q 究竟是谁》，《中国戏剧》1989 年
　　第 5 期。

宋光祖：《也谈新编越剧〈孔乙己〉》，《四川戏剧》1999 年第 5 期。

宋佳：《越剧〈祥林嫂〉与鲁迅〈祝福〉对比分析——以袁雪芬 1977
　　版越剧〈祥林嫂〉为例》，《戏剧之家》2017 年第 20 期。

苏丽萍：《透视鲁迅作品舞台改编热》，《光明日报》2001 年 9 月 8 日
　　A02 版。

苏冉：《鲁迅〈伤逝〉的改编研究》，硕士学位论文，绍兴文理学院，
　　2021 年。

苏冉：《鲁迅〈伤逝〉改编研究综论》，《绍兴鲁迅研究》2019 年第
　　00 期。

苏冉、卓光平：《论话剧〈无常·女吊〉对鲁迅作品的"复合式"改
　　编》，《大舞台》2021 年第 1 期。

苏石风：《关于〈祥林嫂〉的布景设计》，《上海戏剧》1962 年第
　　Z1 期。

陶国芬：《"遥知不是雪，为有暗香来"——浅评重排版经典越剧〈祥
　　林嫂〉》，《文化艺术研究》2012 年第 S1 期。

田汉：《阿Q正传》，戏剧时代出版社1937年版。

田汉：《关于〈阿Q正传〉的上演》，《抗战戏剧》1937年第3期。

田汉：《田汉文集》（十五），中国戏剧出版社1986年版。

汪毓和：《抒发出千千万万人民心声的音乐——从几首抒情歌曲和歌剧〈伤逝〉谈对施光南艺术风格的浅见》，《人民音乐》1994年第9期。

王安国：《语言与音乐的一体化——歌剧〈狂人日记〉的音乐特点》，《人民音乐》1994年第8期。

王传斌：《电影、戏剧、小说比较论》，《河南大学学报》（社会科学版）1994年第6期。

王得后：《话剧门外看鲁迅》，《中国戏剧》2001年第10期。

王沪红：《试论中国歌剧〈伤逝〉中子君的悲情角色》，《山东女子学院学报》2012年第1期。

王瑞平：《民族歌剧〈伤逝〉的艺术价值》，《黄河之声》2012年第4期。

王同坤：《论鲁迅小说的改编》，《鲁迅研究月刊》2007年第5期。

王彤丹：《论歌剧〈伤逝〉中子君的音乐风格和演唱技巧》，硕士学位论文，天津音乐学院，2019年。

王延松：《我，在荒诞中寻找美好———〈无常·女吊〉导演手记》，《中国戏剧》2001年第11期。

王燕：《浅析歌剧〈伤逝〉中子君咏叹调的音乐特点及演唱风格》，《时代文学》（下半月）2009年第9期。

王寅：《现代昆剧〈伤逝〉》，《南方周末》2003年3月13日。

王永慧：《艺术形象从客体到主体的转换和升华——解读小说〈伤逝〉到歌剧〈伤逝〉的重塑模式》，《四川戏剧》2011年第3期。

魏金枝：《试论越剧〈祥林嫂〉的改编》，《上海戏剧》1962年第6期。

《〈无常·女吊〉将鲁迅作品人物重组——又一种对鲁迅的诠释》，《鲁迅研究月刊》2001年第8期。

吴琛、刘如曾：《听他一番心酸话——越剧〈祥林嫂〉选曲》，《人民音乐》1978 年第 3 期。

吴琛：《越剧〈祥林嫂〉的改编和导演》，《戏剧艺术》1978 年第 1 期。

吴琛、庄志、袁雪芬、张桂凤改编：《祥林嫂》（越剧），上海文艺出版社 1986 年版。

吴戈：《经典意识　乡土色彩　民族风格——浙江省首部原创乡土歌剧〈祝福〉谈要》，《艺术评论》2011 年第 12 期。

吴戈：《论陈白尘改编〈阿 Q 正传〉的传神性与创造性》，《上海戏剧学院学报》2008 年第 6 期。

吴国群：《评越剧〈孔乙己〉》，《绍兴文理学院学报》1999 年第 2 期。

吴熙：《出关（根据鲁迅〈故事新编·出关〉改编）》，《艺海》2003 年第 3 期。

习志淦：《京剧的剧本结构与四功五法——从〈射雕英雄传〉〈阿 Q 正传〉改编谈起》，《大舞台》2016 年第 8 期。

项管森、卢时俊：《简介越剧袁派唱腔——兼析〈祥林嫂〉中一段唱》，《上海戏剧》1984 年第 1 期。

项奇：《〈孔乙己正传〉观后有感》，《上海戏剧》2002 年第 4 期。

肖阳：《论昆剧〈伤逝〉非传统音乐元素的实验运用》，《理论与创作》2006 年第 4 期。

肖章：《袁雪芬主演越剧〈祥林嫂〉》，《世纪》1997 年第 5 期。

啸马：《专家点评越剧〈孔乙己〉》，《戏文》1998 年第 6 期。

谢倩：《情灭了，爱难说——记小剧场实验昆剧〈伤逝〉》，《上海戏剧》2006 年第 7 期。

辛玲：《革命时代的回响：略论田汉对〈阿 Q 正传〉的改编》，《鲁迅研究月刊》2022 年第 2 期。

徐干文：《想看台湾京剧〈阿 Q 正传〉》，《鲁迅研究月刊》1996 年第 7 期。

徐健：《是改编的对象，亦是"精神对话的对象"——从三个时间节点"鲁迅戏"的嬗变谈起》，《戏剧》（中央戏剧学院学报）2021 年第6 期。

徐晓钟：《风采各异的三台〈阿 Q 正传〉》，《人民戏剧》1981 年第11 期。

徐瑛子：《论越剧〈孔乙己〉》，《北方文学》2018 年第 12 期。

许欣：《曲剧〈阿 Q 与孔乙己〉的艺术品味》，《中国戏剧》1996 年第12 期。

许幸之：《阿 Q 正传》，上海光明书局 1940 年版。

许由文：《评现代眉户戏〈祥林嫂〉》，《艺海》2012 年第 2 期。

薛若琳：《两个悲剧人物的巧妙结合——看曲剧〈阿 Q 与孔乙己〉》，《中国戏剧》2002 年第 11 期。

薛允璜：《越剧现代戏创作的思考——〈祥林嫂〉艺术经验的几点启示》，《上海戏剧》1993 年第 2 期。

闫华东：《施光南声乐作品创作分析——以歌剧《伤逝》为例》，《戏剧之家》2020 年第 23 期。

杨靖：《歌剧〈伤逝〉重唱作品的演唱分析》，硕士学位论文，山东师范大学，2011 年。

杨扬：《互文与超越——论鲁迅作品的戏剧改编》，《戏剧艺术》2022 年第 1 期。

杨志敏：《文学经典的再现与戏曲舞台的建构——从曲剧〈鲁镇〉看鲁迅作品的戏剧化改编》，《东方艺术》2022 年第 2 期。

叶梦萍：《谈歌剧〈伤逝〉中的文学悲剧色彩——以子君咏叹调〈不幸的人生〉为例》，《歌海》2013 年第 2 期。

《一次走向戏剧市场的新探索——新编越剧〈孔乙己〉访谈录》，《戏文》1998 年第 5 期。

佚名：《袁雪芬四演〈祥林嫂〉》，《中国演员》2008 年第 5 期。

易荆：《语词质朴涵意深——越剧〈祥林嫂·问天〉赏析》，《上海戏剧》2011 年第 4 期。

殷野：《忆雾重庆话剧舞台的两台〈阿 Q 正传〉》，《人民戏剧》1982 年第 3 期。

游之：《用音乐诠释不朽的文学经典——歌剧〈祝福〉纪念鲁迅诞辰》，《歌剧》2011 年第 11 期。

于宪森：《歌剧〈伤逝〉的音乐风格》，《大众文艺》2011 年第 17 期。

于宪森：《歌剧〈伤逝〉中悲剧人物子君的形象塑造与演唱分析》，硕士学位论文，山东师范大学，2009 年。

于宪森：《咏叹调"风萧瑟"的音乐分析与演唱处理》，《黄河之声》2010 年第 9 期。

余静：《〈阿 Q 正传〉话剧改编研究》，硕士学位论文，首都师范大学，2009 年。

余庆云：《努力塑造具有民族特点的祥林嫂》，《上海戏剧》1981 年第 6 期。

余铜：《喜看黄梅添新枝——黄梅戏〈祥林嫂〉观后》，《黄梅戏艺术》1995 年第 4 期。

曾力、郭文景编剧：《狂人日记》（独幕歌剧），《中央音乐学院学报》（季刊）1995 年第 1 期。

曾嵘：《从小说〈祝福〉到越剧〈祥林嫂〉——谈综合艺术在越剧中的运用》，《上海戏剧》2012 年第 4 期。

张冲：《改编学与改编研究：语境·理论·应用》，《外国文学评论》2009 年第 3 期。

张恩和：《是又不是 不是又是——谈越剧〈孔乙己〉的编剧》，《鲁迅研究月刊》1999 年第 6 期。

张辉：《我演阿 Q》，《上海戏剧》1981 年第 5 期。

张辉：《在大阪看日本同行演出〈阿 Q 正传〉》，《上海戏剧》1982 年第

6 期。

张吕：《被意识形态话语"改编"的鲁迅——追溯新中国鲁迅作品影视戏剧改编六十年》，《鲁迅研究月刊》2010 年第 11 期。

张珊珊：《论歌剧〈伤逝〉中"子君"艺术形象的塑造及其对中国歌剧发展的启示》，硕士学位论文，西北师范大学，2009 年。

张薇：《歌剧〈伤逝〉中子君形象的悲剧意义探究及主要唱段的演唱艺术处理》，硕士学位论文，江西师范大学，2012 年。

张学义：《〈阿 Q 正传〉演剧述略》，《新文化史料》1999 年第 6 期。

张艳、程南希：《歌剧〈伤逝〉与小说〈伤逝〉的共性分析》，《江西教育学院学报》2010 年第 6 期。

张艳：《歌剧〈伤逝〉子君咏叹调试析》，硕士学位论文，武汉音乐学院，2009 年。

张洋：《分析施光南声乐作品创作分析——以歌剧〈伤逝〉为例》，《戏剧之家》2021 年第 34 期。

赵寰：《好一个孔乙己！》，《中国戏剧》1999 年第 3 期。

赵京华：《阿 Q 越界日本九十年》，《现代中文学刊》2021 年第 5 期。

赵莱静等：《百家评说〈孔乙己〉》，《上海戏剧》1998 年第 12 期。

赵莱静等：《从〈祥林嫂〉到〈孔乙己〉——世纪末越剧变法对话录》，《上海戏剧》1998 年第 12 期。

赵垒：《浅谈歌剧创作民族性与现代性的探索及实践——以〈狂人日记〉、〈诗人李白〉、〈再别康桥〉等为例》，《文艺理论与批评》2010 年第 5 期。

赵娜：《歌剧〈伤逝〉中子君唱段研究》，硕士学位论文，南京艺术学院，2008 年。

郑朝阳：《壮怀激烈的〈孔乙己〉》，《上海戏剧》1998 年第 12 期。

郑淑婷：《论越剧《孔乙己》的戏剧冲突》，《名作欣赏》2019 年第 8 期。

郑小瑛：《让歌剧走近大众　让大众走进歌剧——谈"歌剧中心"上演的〈紫藤花〉（歌剧〈伤逝〉校园版）和〈茶花女〉（中文版)》，《艺术评论》2012 年第 4 期。

周特生：《戏剧导演必须死在演员身上》，《艺术百家》2008 年第 8 期。

周允中：《许幸之改编〈阿 Q 正传〉的演出和评议》，《江淮文史》2021 年第 3 期。

洲：《根据〈阿 Q 正传〉改编的〈吉根纳特〉》，《世界文学》1985 年第 4 期。

朱铿薛、允璜：《袁雪芬新演祥林嫂》，《戏剧报》1962 年第 7 期。

朱蕾蕾：《歌剧〈伤逝〉中子君咏叹调的赏析处理》，《山东艺术学院学报》2009 年第 6 期。

朱琳琳：《鲁迅小说的当代戏曲改编研究》，硕士学位论文，河南大学，2017 年。

朱士场：《鲁迅会如何看越剧〈孔乙己〉》，《上海戏剧》1999 年第 2 期。

紫炊：《〈故事新编之出关篇〉：从〈出关〉到"出关"》，《广东艺术》2000 年第 6 期。

紫茵：《又见她从鲁镇来——听歌剧〈祝福〉北京首演》，《歌唱世界》2012 年第 5 期。

［澳］寇志明、杨青泉：《跟鲁迅徘徊在澳洲：当代澳洲歌剧〈新鬼〉及澳洲媒体的反映》，《鲁迅研究月刊》2012 年第 8 期。

［美］拉约什·埃格里：《编剧的艺术》，高远译，北京联合出版公司2013 年版。

［美］约翰·M. 德斯蒙德、彼得·霍克斯：《改编的艺术》，李升升译，世界图书出版公司北京公司 2015 年版。

［日］饭冢容：《中国现当代话剧舞台上的鲁迅作品》，《文化艺术研究》2009 年第 5 期。

# 参考文献

## 一　本书所引鲁迅作品的出处

《鲁迅全集》（共十八卷），人民文学出版社 2005 年版。

《鲁迅译文全集》（共八卷），福建教育出版社 2008 年版。

张秀枫选编：《鲁迅小说全编》，北京工业大学出版社 2005 年版。

## 二　史料、著作类

［德］贝·布莱希特：《布莱希特论戏剧》，丁扬忠、张黎、景岱灵等译，中国戏剧出版社 1990 年版。

［德］弗里德里希·温格瑞尔，［德］汉斯－尤格·施密特：《认知语言学导论》，彭利贞、许国萍、赵薇译，复旦大学出版社 2009 年版。

［德］黑格尔：《美学》，朱光潜译，商务印书馆 2009 年版。

［德］曼弗雷德·普菲斯特：《戏剧理论与戏剧分析》，周靖波、李安定译，北京广播学院出版社 2004 年版。

［德］谢林：《艺术哲学》（上、下），魏庆征译，中国社会科学出版社 1997 年版。

［俄］A. V. 卢那卡尔斯基：《浮士德与城》，柔石译，神州国光社民国卅五年版。

［俄］安特列夫：《黑假面人》，李霁野译，书林书局 2015 年版。

［俄］别林斯基：《别林斯基选集》（第 3 卷），满涛译，上海译文出版

社 1980 年版。

［法］贝尔纳·瓦莱特：《小说——文学分析的现代方法与技巧》，陈艳译，天津人民出版社 2003 年版。

［法］狄德罗：《狄德罗美学论文选》第 2 版，张冠尧、桂裕芳等译，人民文学出版社 2008 年版。

［法］热拉尔·热奈特：《热奈特论文选，批评译文选》，史忠义译，河南大学出版社 2009 年版。

［捷克］米兰·昆德拉：《小说的艺术》，生活·读书·新知三联书店 1992 年版。

［美］S. W. 道森：《论戏剧与戏剧性》，艾晓明译，昆仑出版社 1992 年版。

［美］布罗凯特：《世界戏剧艺术欣赏——世界戏剧史》，胡耀恒译，中国戏剧出版社 1987 年版。

［美］拉约什·埃格里：《编剧的艺术》，高远译，北京联合出版公司 2013 年版。

［美］鲁·阿恩海姆：《艺术心理学新论》，郭小平、翟灿译，商务印书馆 1994 年版。

［美］乔治·贝克：《戏剧技巧》，余上沅译，中国戏剧出版社 1985 年版。

［美］塞米利安：《现代小说美学》，宋协立译，陕西人民出版社 1987 年版。

［美］苏珊·朗格：《情感与形式》，刘大基译，中国社会科学出版社 1986 年版。

［美］苏珊·朗格：《艺术问题》，滕守尧、朱疆源译，中国社会科学出版社 1983 年版。

［美］亚瑟·史密斯：《中国人的国民性》，张梦阳、王丽娟译，中国长安出版社 2014 年版。

［美］约翰·霍华德·劳逊：《戏剧与电影的剧作理论与技巧》，邵牧君、齐宙译，中国电影出版社 1978 年版。

［日］丸山升：《鲁迅·革命·历史》，王俊文译，北京大学出版社 2005 年版。

［日］丸尾常喜：《"人"与"鬼"的纠葛：鲁迅小说论析》，秦弓译，人民文学出版社 1995 年版。

［日］伊藤虎丸：《鲁迅与终末论》，李冬木译，生活·读书·新知三联书店 2008 年版。

［日］竹内好：《近代的超克》，李冬木、赵京华、孙歌译，生活·读书·新知三联书店 2005 年版。

［苏］巴赫金：《小说理论》，白春仁、晓河译，河北教育出版社 1998 年版。

［苏］霍洛道夫：《戏剧结构》，李明琨、高士彦译，华东师范大学出版社 1981 年版。

［苏］杰尔查文：《易卜生论》，李相崇、王以铸译，作家出版社 1956 年版。

［苏］莫·卡冈：《艺术形态学》，凌继尧、金亚娜译，生活·读书·新知三联书店 1986 年版。

［英］E. M. 福斯特：《小说面面观》，冯涛译，人民文学出版社 2009 年版。

［英］J. L. 斯泰恩：《现代戏剧的理论与实践》，象禺武文译，中国戏剧出版社 1989 年版。

［英］阿·尼柯尔：《西欧戏剧理论》，徐士瑚译，中国戏剧出版社 1985 年版。

［英］霍克斯：《结构主义和符号学》，瞿铁鹏译，上海译文出版社 1987 年版。

［英］马丁·艾思林：《戏剧剖析》，中国戏剧出版社 1981 年版。

［英］威廉·阿契尔：《剧作法》，吴钧燮、聂文杞译，中国戏剧出版社
　　1964 年版。

陈平原、夏晓虹编：《二十世纪中国小说理论资料·第一卷（1897—
　　1916)》，北京大学出版社 1989 年版。

陈谦豫：《中国小说理论批评史》，华东师范大学出版社 1989 年版。

陈世雄：《西方现代剧作戏剧性研究》，中国戏剧出版社 1983 年版。

大连市艺术研究所剧作理论研究组编：《剧作艺术论》，文化艺术出版
　　社 1990 年版。

《电影艺术》编辑部、中国电影出版社本国电影编辑部合编：《再创
　　作——电影改编问题讨论集》，中国电影出版社 1992 年版。

范伯群、曾华鹏：《鲁迅小说新论》，人民文学出版社 1986 年版。

房文斋：《小说艺术技巧》，吉林大学出版社 1991 年版。

冯雪峰：《鲁迅的文学道路》，湖南人民出版社 1980 年版。

傅谨：《中国戏剧艺术论》，山西教育出版社 2003 年版。

耿占春：《叙事美学：探索一种百科全书式的小说》，郑州大学出版社
　　2002 年版。

顾仲彝：《编剧理论与技巧》，中国戏剧出版社 1981 年版。

韩进廉：《中国小说美学史》，河北大学出版社 2010 年版。

胡妙胜：《戏剧演出符号学引论》，中国戏剧出版社 1989 年版。

胡亚敏：《叙事学》，华中师范大学出版社 2004 年版。

黄发有：《文学传媒与文学传播研究》，南京大学出版社 2013 年版。

季星星：《陀思妥耶夫斯基小说的戏剧化》，首都师范大学出版社 1999
　　年版。

金登才：《戏剧本质论》，中国戏剧出版社 1989 年版。

靳丛林编译：《东瀛文撷——20 世纪中国文学论》，吉林大学出版社
　　2003 年版。

蓝凡：《中西戏剧比较论》，学林出版社 2008 年版。

乐黛云主编：《国外鲁迅研究论集（1960—1981）》（译文集），北京大学出版社1981年版。

李希凡：《〈呐喊〉〈彷徨〉的思想与艺术》，上海文艺出版社1981年版。

李煜昆：《鲁迅小说研究述评》，西南交通大学出版社1989年版。

刘柏青、金训敏合编：《日本学者研究中国现代论文选粹》，吉林大学出版社1987年版。

刘欣中：《金圣叹的小说理论》，河北人民出版社1986年版。

鲁迅博物馆编：《韩国鲁迅研究论文集》，河南文艺出版社2005年版。

鲁迅博物馆鲁迅研究室编：《鲁迅年谱》（1—4册），人民文学出版社2000年版。

陆梅林、李心峰编：《艺术类型学资料选编》，华中师范大学出版社1997年版。

吕同六主编：《20世纪世界小说理论经典》（上、下），华夏出版社1995年版。

栾冠桦：《角色符号：中国戏曲脸谱》，生活·读书·新知三联书店2005年版。

马琦：《编剧概论》，陕西人民出版社1981年版。

茅于美：《易卜生和他的戏剧》，北京出版社1981年版。

孟京辉编：《先锋戏剧档案》，作家出版社2000年版。

孟昭毅等：《印象：东方戏剧叙事》，昆仑出版社2006年版。

彭吉象：《艺术学概论》，高等教育出版社2002年版。

钱理群：《心灵的探寻》，河北教育出版社2005年版。

邵伯周：《〈呐喊〉〈彷徨〉艺术特色探索》，四川人民出版社1982年版。

申丹、王丽亚：《西方叙事学：经典与后经典》，北京大学出版社2010年版。

沈达人：《戏曲的美学品格》，中国戏剧出版社 1996 年版。

施旭升：《戏剧艺术原理》，中国传媒大学出版社 2006 年版。

宋宝珍：《世界艺术史·戏剧卷》，东方出版社 2003 年版。

孙惠柱：《第四堵墙——戏剧的结构与解构》，上海书店出版社 2006 年版。

孙文辉：《戏剧哲学——人类的群体艺术》，湖南大学出版社 1998 年版。

孙郁、黄乔生主编：《回望鲁迅丛书》（共 22 册），河北教育出版社 2000 年版。

孙郁：《鲁迅树影录》，海燕出版社 2017 年版。

谭霈生：《论戏剧性》，北京大学出版社 1981 年版。

谭霈生：《戏剧本体论》，北京大学出版社 2009 年版。

汪晖：《反抗绝望：鲁迅及其文学世界》，生活·读书·新知三联书店 2008 年版。

汪靖洋主编：《当代小说理论与技巧》，江苏教育出版社 1989 年版。

汪流等编：《艺术特征论》，文化艺术出版社 1986 年版。

汪又绚：《舞台美术：幻觉与非幻觉的诱惑》，北京大学出版社 1997 年版。

王富仁：《鲁迅前期小说与俄罗斯文学》，陕西人民出版社 1983 年版。

王富仁、赵卓：《突破盲点——世纪末社会思潮与鲁迅》，中国文联出版社 2001 年版。

王富仁：《中国反封建思想革命的一面镜子——〈呐喊〉〈彷徨〉综论》，中国人民大学出版社 2010 年版。

王喜绒等：《20 世纪中国文学的跨学科研究》，中国社会科学出版社 2004 年版。

王晓明：《鲁迅传》，上海文艺出版社 1993 年版。

王瑶：《王瑶全集》（第六卷），河北教育出版社 2000 年版。

王寅：《认知语言学》，上海外语教育出版社 2007 年版。

王友贵：《翻译家鲁迅》，南开大学出版社 2005 年版。

王增斌、田同旭：《中国古代小说通论综解》（上、下），中国文联出版公司 1999 年版。

翁义钦：《欧美近代小说理论史稿》，黑龙江人民出版社 1994 年版。

吴福辉编：《二十世纪中国小说理论资料·第三卷（1928—1937）》，北京大学出版社 1997 年版。

吴光耀：《舞台道具》，上海文化出版社 1964 年版。

夏兰：《中国戏曲文化》，时事出版社 2007 年版。

夏志清：《中国现代小说史》，复旦大学出版社 2005 年版。

谢成功、梁志勇：《戏剧手法例话》，上海文艺出版社 1987 年版。

谢昭新：《中国现代小说理论史》，安徽大学出版社 2003 年版。

徐岱：《小说形态学》，杭州大学出版社 1992 年版。

徐岱：《小说叙事学》，商务印书馆 2010 年版。

许幸之：《阿 Q 正传》，光明书局 1940 年版。

严家炎编：《二十世纪中国小说理论资料·第二卷（1917—1927）》，北京大学出版社 1997 年版。

杨恩寰、梅宝树：《艺术学》，人民出版社 2001 年版。

杨义：《中国叙事学》，人民出版社 2009 年版。

姚文放：《中国戏剧美学的文化阐释》，中国人民大学出版社 1997 年版。

余秋雨：《舞台哲理》，中国盲文出版社 2007 年版。

余秋雨：《戏剧理论史稿》，上海文艺出版社 1983 年版。

俞为民：《中国戏曲艺术通论》，南京大学出版社 2009 年版。

张华：《鲁迅和外国作家》，陕西人民出版社 1981 年版。

张兰阁：《戏剧范型——20 世纪戏剧诗学》，北京大学出版社 2009 年版。

张梦阳：《鲁迅全传：苦魂三部曲》，华文出版社 2016 年版。

张梦阳：《中国鲁迅学通史》，广东教育出版社 2005 年版。

郑家建：《历史向自由的诗意敞开——〈故事新编〉诗学研究》，上海三联书店 2005 年版。

中国大百科全书出版社编辑部编：《中国大百科全书》（戏曲、曲艺卷）戏剧卷，中国大百科全书出版社 1983、1989 年版。

中国社会科学院外国文学研究所外国文学研究资料丛刊编辑委员会编：《外国现代剧作家论剧作》，中国社会科学出版社 1982 年版。

中国社会科学院文学研究所鲁迅研究室编：《鲁迅研究学术论著资料汇编（1913—1983）》，中国文联出版公司 1985 年版。

中国戏剧出版社编辑部编：《戏剧美学思维》，中国戏剧出版社 1987 年版。

中国艺术研究院戏曲研究所《戏曲研究》编辑部编：《戏曲研究》（第三十七辑）·目连戏研究专辑，文化艺术出版社 1991 年版。

周书文：《中国古典小说审美思考》，中州古籍出版社 1990 年版。

周遐寿：《鲁迅小说里的人物》，人民文学出版社 1957 年版。

周育德：《中国戏曲文化》，中国友谊出版公司 1995 年版。

周作人著，止庵编：《关于鲁迅》，新疆人民出版社 1997 年版。

朱恒夫：《论戏曲的历史与艺术》，学林出版社 2008 年版。

## 三　论文类

［韩］朴宰雨：《韩国鲁迅研究的历史与现状》，《鲁迅研究月刊》2005 年第 4 期。

［日］丸山升：《日本的鲁迅研究》，靳丛林译，《鲁迅研究月刊》2000 年第 11 期。

［日］丸尾常喜：《祝福与救济——在鲁迅的"鬼"》，《鲁迅研究月刊》1991 年第 4 期。

曹禺：《学习鲁迅》，《剧本》1981 年第 10 期。

程致中：《论鲁迅胡适对易卜生戏剧的文化选择》，《学习与探索》1997 年第 2 期。

冬梧：《鲁迅与戏剧》，《青海社会科学》1981 年第 3 期。

杜孟丽：《陈家和剧作研讨会发言摘要》，《大舞台》2005 年第 1 期。

胡淳艳：《鲁迅论梅兰芳问题研究述评》，《上海戏剧学院学报》2007 年第 4 期。

黄艾仁：《浅谈鲁迅对京剧的意见》，《江淮论坛》1965 年第 1 期。

姜建：《历史小说·戏曲·杂文——〈故事新编〉"油滑"风格探源》，《齐鲁学刊》1986 年第 5 期。

李占鹏：《鲁迅戏剧评论的涉笔视野与蕴意指向》，《飞天》2009 年第 4 期。

廉文澄：《鲁迅现代戏剧艺术的审美意识》，《西安教育学院学报》1996 年第 4 期。

廉文澄：《鲁迅中国传统戏曲的审美情趣》，《当代戏剧》1999 年第 2 期。

刘国平：《日本中青年学者鲁迅研究的新成果》，《鲁迅研究月刊》1993 年第 8 期。

彭万荣：《鲁迅的戏剧观》，《武汉大学学报》（人文科学版）2003 年第 3 期。

钦文：《鲁迅和戏剧》，《西北大学学报》（哲学社会科学版）1980 年第 1 期。

覃碧卿、刘家思：《论鲁迅的戏剧审美取向》，《四川戏剧》2006 年第 4 期。

万洪莲：《析鲁迅对戏剧的意见》，《语文学刊》2008 年第 7 期。

汪晖：《戏剧化、心理分析及其它——鲁迅小说叙事形式枝谈》，《文艺研究》1988 年第 6 期。

王传斌：《电影、戏剧、小说比较论》，《河南大学学报》（社会科学
　　版）1994 年第 6 期。

张福贵：《日本近年鲁迅研究述评（上）》，《鲁迅研究月刊》1994 年第
　　8 期。

张福贵：《日本近年鲁迅研究述评（下）》，《鲁迅研究月刊》1994 年第
　　9 期。

张杰：《美国的鲁迅研究》，《齐齐哈尔师范学院学报》1986 年第 4 期。

张梦阳：《日本鲁迅研究概观》，《文艺研究》2006 年第 12 期。

张新元：《中国戏曲发展道路的哲人思考——鲁迅三十年代论梅兰芳》，
　　《四川戏剧》1995 年第 1 期。

甄洪永、付玲玲：《曲史结合：论鲁迅的戏曲批评》，《前沿》2009 年
　　第 1 期。

郑心伶、梁惠玲：《美国鲁迅研究概述》，《广东社会科学》1992 年第
　　4 期。

卓光平：《鲁迅对话剧的见解与期望》，《戏剧》（中央戏剧学院学报）
　　2009 年第 2 期。

卓光平：《"鲁迅与戏剧"研究述评》，《五邑大学学报》（社会科学版）
　　2010 年第 4 期。

# 后　记

　　本书研究的鲁迅小说的戏剧改编，其实是以鲁迅小说为主也会涉及鲁迅其他文体作品的戏剧改编，这种改编情况在国内国外都存在。改编者在以鲁迅小说为主的戏剧改编中融入鲁迅的杂文、散文、散文诗、序言等，将这些作品中的人物、情节、意象、诗句等改编进戏剧中，不仅拓宽了改编之作的表达，而且集中呈现了鲁迅的思想精神，从而使改编之作的内蕴更为丰厚。鲁迅小说的戏剧改编成果，有80余部之多，本书中所提到仅为一些公开演出过并具有代表性的剧作。

　　基于鲁迅作品的世界影响力和戏剧改编的非凡成就，越来越多的研究者开始关注并开展鲁迅作品的戏剧改编研究。研究热点主要集中于鲁迅小说的戏剧改编研究。戏剧改编文本往往与鲁迅小说文本构成互文性，成为透视鲁迅小说的一个十分重要的视角，对于丰富、拓展、深化鲁迅小说研究并挖掘鲁迅在不同时代的价值有着重要的意义。

　　本书基于对鲁迅小说90余年的戏剧改编的梳理和研究，一方面从本体上研究鲁迅小说被改编为戏剧后的审美价值，以及对于传播经典的意义，另一方面对鲁迅小说的戏剧改编与原著进行比较研究，透视两者之间的内在关系、不同艺术形式叙事的价值以及改编的得失，由此提出鲁迅小说戏剧改编的建议和思考以更好地传播鲁迅及其作品，进而研究如何改编才能更好地传播、传承文学经典，从而使文学经典具有更永恒的艺术生命力。

本书力图从改编学的视角系统研究鲁迅小说的戏剧改编现象，全面考察戏剧改编对鲁迅小说内容、意义的彰显和遮蔽，透视改动背后的历史、文化、技术等背景，以及改编的理念和价值判断，重在对戏剧改编鲁迅小说这一行为和改编后的作品本身进行研究。不仅关注戏剧改编过程所提出来的诸多问题，如对鲁迅小说的再现和阐释、戏剧改编中的增加和删减、改编作品在思想主题等方面与原著的距离等，更关注改编文本和改编过程的互文性，从而更好地认识鲁迅小说的戏剧改编的规律和特征。但是，这一构想并未得到很好地实现，还有待进一步深入研究。

事实上，改编者以视听艺术形式改编鲁迅小说，除了戏剧之外，还有影视艺术，鲁迅小说的电影改编和电视剧改编在数量上虽然远不如戏剧改编，但也取得了不可忽视的成就，且在传播上更具优势。鲁迅作品的舞台化、影视化能够使鲁迅的文字作品通过视觉化方式呈现在观众面前，具有广泛传播和普及文学经典的现实意义。

虽然鲁迅小说的戏剧改编成果丰硕，成效卓著，但对鲁迅小说的巨大思想与艺术价值的"戏剧化"呈现，并未达到理想的程度，因此，可以预料的是，随着时代的发展，随着各种新型理论的不断出现，关于鲁迅小说的戏剧改编，不仅可能出现新的创作成果，而且，相关的研究也将会得到相应的展开，新的研究成果也一定能不断涌现。本研究将会称为其研究动态中的一环——丰富和完善既往的此类研究，开启新的研究。

本书在正文之后增加了两个附录，一是鲁迅作品的戏剧改编情况表，一是鲁迅作品的戏剧改编研究文献资料。梳理、统计这两项资料，主要是为了给后来的研究者提供参考和借鉴，但肯定存在挂一漏万的现象。希望今后在对资料的不断发掘中进一步补充完善。

最后，我想对给予本书大力支持的学界同仁表示最真挚的感谢！感谢著名鲁迅研究学者孙郁教授为本书赐序！感谢恩师许祖华教授对本书的精心指导和建议！感谢中国社会科学出版社对本书出版所付出的诸多辛劳！感谢前人研究成果为本研究提供的良好基础！感谢我任教的云南师范大学对这一成果的鼎力资助！